SIONED

Darluniau o fywyd gwledig yng Nghymru

WINNIE PARRY

gyda rhagymadrodd newydd
gan
Margaret Lloyd Jones

HONNO
CAERDYDD
1988

Cyhoeddwyd gan HONNO Cyf., Ailsa Craig, Heol y Cawl, Dinas Powys, De Morgannwg.

Y testun © HONNO (h), 1988
Y rhagymadrodd © Margaret Lloyd Hughes (h), 1988

Manylion Catalogio Cyhoeddi (CIP) y Llyfrgell Brydeinig

Parry, Winnie, *1870-1953*
   Sioned
   I. Teitl
   891.6'632

   ISBN 1—870206—03—7

Cyfieithwyd y manylion catalogio cyhoeddi gan y Cyhoeddwyr.

Dymuna'r cyhoeddwyr ddiolch i'r Cyngor Llyfrau Cymraeg am ei gefnogaeth ariannol.

Cynllun clawr gan Rhiain Davies
Cysodwyd gan Afal, Caerdydd
Argraffwyd gan Qualitex Printing Cyf., Caerdydd

Rhagymadrodd i'r Argraffiad Cyntaf

YR wyf yn meddwl i mi dderbyn ysgrif gyntaf Miss Winnie Parry. Yr oedd yr awdures yn wylaidd ac ofnus wrth ei hanfon, a phroffwydai mai i'r fasged yr âi. Swynwyd fi ar unwaith gan y meddwl oedd ynddi, — tybiwn fod ei dull yn dlws, ei chwaeth yn bur, a'i bod yn anadlu bywyd. Yr wyf yn credu fod miloedd o'r un farn â fi erbyn hyn.

Y mae amryw yn ein darlunio i'r Saeson ar hyn o bryd. Y mae Allen Raine wedi dysgu i filiynau y byd Seisnig ddechrau hoffi bywyd Ceredigion; a hwyrach y dengys Miss Gwendolen Pryce fywyd Môn ac Arfon dan dlysni yr un dychymyg. Y mae Miss Winnie Parry wedi ymgymeryd â thasg mwy anhawdd, llai ei wobr, ond nid llai ei fendith, — sef ein darlunio i ni ein hunain.

Os medr neb gydymdeimlo â bywyd plentyn, mae ar y ffordd i ddeall y natur ddynol. Y mae y cydymdeimlad hwn yn llenwi ysgrifau Miss Winnie Parry, ac nis gall neb ddarllen ei gwaith heb deimlo adfywiad pleserus i'r hyn sydd dda a thyner yn ei natur. Bydd yn ddedwyddwch i bob gwladgarwr ac i bob dyngarwr yng Nghymru feddu y gyfrol hon, i fod gydag ef beunydd yn ei gartref ac yn ei lyfrgell.

Coleg Lincoln, Rhydychen.   OWEN M. EDWARDS

Rhagair

WRTH baratoi'r argraffiad hwn, buom yn hynod o ymwybodol o ddymuniadau Winnie Parry. Oherwydd hyn, penderfynwyd cadw'n agos at naws y testun gwreiddiol. Y cyfan a wnaethpwyd felly oedd cywiro gwallau amlwg, diweddaru'r orgraff i'w gwneud yn fwy cyfarwydd i lygad y darllenydd cyfoes, a cheisio mwy o gysondeb rhwng y gwahanol ffurfiau ieithyddol sydd yn britho'r nofel. Ni wnaethpwyd ymdrech i safoni na chysoni iaith y nofel yn ei chrynswth.

Diolch i Jane Edwards a Derec Llwyd Morgan am gymorth parod a gwerthfawr wrth inni geisio pennu ffurf y fersiwn derfynol. Ni dderbyniwyd pob awgrym a gynigiwyd ganddynt; wrth reswm, cyfrifoldeb y cyhoeddwyr yw unrhyw frychau a erys.

Diolch hefyd i Margaret Lloyd Hughes am ysgrifennu rhagymadrodd ac i Rhiain Davies am ddylunio'r clawr.

HONNO, Gorffennaf 1988.

Cynnwys

Nodion Bywgraffyddol

G ANED Winnie Parry yn y Trallwm yn 1870. Hanai ei thad, H.T. Parry o sir Fôn a'i mam, Margaret, o sir Gaernarfon. Ysgrifennodd ei mam o dan yr enw Gwenfron i lawer o gylchgronau Cymraeg a Saesneg, a bu farw pan oedd Winnie yn chwe blwydd oed. Aeth Winnie i fyw i'r Felinheli gyda'i thaid, John Roberts, gŵr a oedd yn llenor ac yn englynwr gwych. Ailbriododd ei thad ac ymfudo gyda'i blant eraill i Dde Affrig.

Er na chafodd Winnie Parry addysg uwchradd na choleg, ei huchelgais oedd medru ysgrifennu. Darllenodd yn helaeth yn y Gymraeg a'r Saesneg a dysgodd rai o ieithoedd Ewrop i allu darllen gweithiau rhai o awduron enwog y Cyfandir.

Erbyn 1905, roedd ei thaid wedi marw a hithau wedi symud i fyw i Gemaes, Môn. Ni bu yno'n hir gan iddi gael swydd fel ysgrifenyddes breifat i gyfarwyddwr cwmni o beirianwyr yn Croydon — swydd a roddodd gyfle iddi ddefnyddio ei Ffrangeg a'i Halmaeneg. Aeth i fyw i Norwood, Llundain.

Er iddi adael Cymru yn 1907 parhâi i gyfrannu i'r cylchgronau Cymraeg, ac o 1908 i 1912 bu'n olygydd *Cymru'r Plant*. Ar gyngor O.M. Edwards, cynigiodd am swydd gyda'r Bwrdd Addysg yn Whitehall, er mwyn iddi gael mwy o hamdden i olygu'r cylchgrawn. Llwyddodd yn ei chais am y swydd, ond byr iawn fu ei harhosiad yno.

Yn 1918, daeth yn ysgrifenyddes i Syr R.J. Thomas, AS, i'w gynorthwyo i gasglu tanysgrifiadau i Goleg Prifysgol Gogledd Cymru, Bangor. Dychwelodd i'w hen swydd yn Croydon yn 1924.

Oherwydd afiechyd rhoddodd y gorau i olygu *Cymru'r Plant* yn 1912, ond yn 1925 ailddechreuodd gyfrannu i'r cylchgrawn ar gais Ifan ab Owen Edwards.

Yn 1928, bu hi a Lewis Davies yn cyd-feirniadu'r stori fer yn Eisteddfod Genedlaethol Treorci. Blwyddyn cyn hynny bu'n feirniad yn Eisteddfod Genedlaethol Caergybi a, blynyddoedd yn gynharach, yn Eisteddfod Genedlaethol Caerfyrddin yn 1911. Bu'n un o feirniaid llên Eisteddfod Genedlaethol yr Urdd 1932.

Yn ystod yr Ail Ryfel Byd bu'n byw mewn sawl lle ar arfordir de-ddwyrain Lloegr. Bu farw yn Sanderstead, Surrey, yn 1953, ac fe'i claddwyd yn y fynwent yno.

Rhagymadrodd

Y M mis Gorffennaf 1891, cyhoeddodd Owen M. Edwards rifyn cyntaf ei gylchgrawn misol *Cymru*. Meddai yno, 'Y werin sy'n siarad ac os na dderbyn llenyddiaeth eiriau ac arddull y werin, bydd arddull llenyddiaeth Cymru yn rhy hynafol a chlasurol ac yna yn annaturiol ac yn ddiwerth at amcanion bywyd.' Prif amcan y cylchgrawn oedd rhoi cyfle i'r gwerinwr fynegi ei hun.

Yn 1893 ymddangosodd cyfraniadau cyntaf Winnie Parry yn y cylchgrawn, ac mewn llythyr ati ddiwedd y flwyddyn honno mynegodd O.M. Edwards ei hoffter o'i gwaith gan ychwanegu, '. . . yr wyf yn sicr y medrwch wneyd llawer dros lenyddiaeth Cymru . . .' Pan gyhoeddwyd y bennod gyntaf o storïau Sioned yn rhifyn Medi 1894, amlygwyd ei dawn diamheuol fel nofelydd. O'r frawddeg gyntaf un, hudwyd y darllenydd gan afiaith ac anwyldeb y ferch ddwy-ar-bymtheg honno. Ar ben hynny, cafodd gyfle i rannu holl obeithion, ofnau a rhwystredigaethau pob merch ar ei thyfiant, ac i fwynhau portread naturiol iawn o fywyd cymdogaeth wledig Gymraeg ym mlynyddoedd ola'r ganrif ddiwethaf.

Gwyddai Winnie Parry na fedrai Sioned 'fyw' heb iddi siarad yn naturiol. Oherwydd hynny, dewisodd, yn hollol fwriadol, iddi ddweud ei stori yn nhafodiaith sir Gaernarfon. Nid yn unig roedd llifeiriant tafodieithol *Sioned* yn ei wneud yn waith unigryw yn ei gyfnod, ond roedd y fath gyflwyniad yn rhoi rhyw ystwythder a chynhesrwydd i'r mynegiant ac yn gosod cyflymdra ar y dweud na chafwyd mo'i debyg mewn llenyddiaeth Gymraeg cyn hynny. Yn y bôn, llwyddodd Winnie Parry i osod ar bapur lithrigrwydd cynhenid y storïwr llafar.

Bu ymateb brwdfrydig i benodau cyntaf *Sioned*. Yn Ionawr 1895, cafwyd y sylw canlynol yn *The Merthyr Times*: 'Winnie Parry a young girl of twenty-one summers stands unrivalled in Wales as a writer of short stories. Her productions in *Cymru* display marvellous imaginative powers. Her tales are exceedingly homely . . .' Soniodd J.W. Jones (Andronicus) mewn llythyr at yr awdures, ym Mai 1895, am sylwadau a ymddangosodd yn y *Mercury*, '. . . Everyone is asking who is "Winnie Parry" who contributes such charmingly natural and racy stories of Welsh life in *Cymru*. The tale in the current issue, entitled "Mam yn myned ar fisit" is extremely amusing, as well as faithful to facts in every detail . . .'

Yn ystod y cyfnod 1895-7 bu Winnie Parry a J. Glyn Davies, Lerpwl yn gohebu â'i gilydd yn gyson (yn yr iaith Saesneg), a chanmolai ef ei gwaith bob amser; sylwodd mai hiwmor oedd ei chryfder ac fe'i cynghorodd i lynu wrth yr elfen hon yn ei gwaith a'i meithrin. Mae'n amlwg iddo gael ei swyno'n lân gan *Sioned*: mewn llythyr yng Ngorffennaf 1895, ysgrifennodd yn gellweirus '. . . I was delighted with Sioned again. Leave her alone — you musn't be hard on her — for I am quite gone on her. I am very jealous of that beggar John. Please let him die in the next chapter . . .'

Er i O.M. Edwards awgrymu cyhoeddi *Sioned* yn llyfr yn Cyfres y Fil ni fynnai Winnie Parry hynny o gwbl. Roedd, mae'n amlwg, rhyw ymlyniad clòs rhwng yr awdures a'i 'Sioned', a mynnai ymwneud â chyhoeddi'r llyfr ei hunan. Cyhoeddwyd *Sioned* gan Cwmni Cyhoeddi Cymraeg, Caernarfon yn 1906. Yn ei ragymadrodd i'r argraffiad hwnnw, dywed O.M. Edwards fod Sioned 'yn anadlu bywyd'. Mawr fu canmoliaeth rhai o'r adolygwyr yn y papurau Cymraeg a Saesneg hefyd, ac yn ôl un ohonynt, '. . . ochr yn ochr gyda *Rhys Lewis* ac *Enoc Hughes* dylai fod lle hefyd i Sioned . . .' Ategir y gymhariaeth rhwng Winnie Parry a Daniel Owen gan Iorwen M. Jones (traethawd MA, 'Merched Llên Cymru, 1850-1914', 1935) a wêl debygrwydd rhwng *Rhys Lewis* a *Sioned* gan mai hunangofiant a geir yn y naill a'r llall, a'r ddau awdur fel ei gilydd yn rhoi pwys ar gymeriadu ac ar ddefnyddio iaith lafar — heb ofni cynnwys geiriau Saesneg yma a thraw.

Bu hwn yn gyfnod cynhyrchiol i Winnie Parry. Cyfrannai'n helaeth i gylchgronau O.M. Edwards, a chyhoeddwyd *Catrin Prisiard* eisoes fel stori-gyfres yn *Y Cymro* yn 1896. Mae hon yn stori sicrach ei saernïaeth na *Sioned*, ac unwaith eto gwelir dawn yr awdures wrth iddi gymeriadu'n gywrain ac iddi greu sefyllfaoedd naturiol ddifyr. Yn 1899, ymddangosodd y gyfres gyntaf o *Y Ddau Hogyn Rheiny* yn *Cymru'r Plant* gyda'i hanesion smala am y ddau hogyn wedi'u hysgrifennu gyda sioncrwydd a direidi arbennig — hanesion a ddaeth yn y cyfnod hwnnw fel chwa o awel iach i ganol llenyddiaeth plant Cymru a'i holl foesoli.

Dangosodd Winnie Parry ei hadnabyddiaeth arbennig o blant yn *Cerrig y Rhyd* a gyhoeddwyd gyntaf yn 1907. Er bod y storïau hyn yn y cywair lleddf a rhai ohonynt yn cynnwys y tylwyth teg, eto ceir y plant sydd ynddynt yn ymateb i'r digwyddiadau yn hollol naturiol — elfen a oedd yn sicr o blesio'r darllenydd ifanc. Unwaith eto, cawn yr awdures yn cyflwyno'r sgwrsio mewn tafodiaith. '. . . As sincere and tenderly conceived a little book as ever went out of a Welsh press . . .', oedd y sylw amdano yn 'Welsh Literary Notes' yn *The Manchester Guardian*.

Yn ystod y blynyddoedd hyn ymddangosodd nifer o weithiau awduron eraill. Yn 1908, cyhoeddwyd *Cit* gan Fanny Edwards (hanes merch ifanc a'i bywyd carwriaethol), ac er i'r awdures hon hefyd ddewis cael ei phrif gymeriad i adrodd ei stori ei hun, mae ei harddull yn draddodiadol ffurfiol a'r sgwrsio yn brennaidd. Anystwyth a di-fflach oedd arddull yr enwocaf o lyfrau Anthropos, *Y Pentre Gwyn*, a gyhoeddwyd y flwyddyn ganlynol ar ffurf atgofion bore oes. Ar wahân i *Gwilym a Benni Bach* a ysgrifennwyd gan W. Llewelyn Williams yn nhafodiaith Dyffryn Tywi (ac a seiliwyd i raddau helaeth ar *Helen's Babies* John Habberton), efallai mai Moelona yn ei storïau-caru estynedig a ddaeth agosaf at fywiogrwydd a naturioldeb *Sioned*. Yn *Rhamant y Rhos* a ysgrifennwyd ganddi yn 1907, ond nas cyhoeddwyd tan 1918, ceir y sgwrsio yn nhafodiaith bro ei mebyd — ardal Rhydlewis yn ne Ceredigion. Ond yn 1913 cyhoeddwyd gwaith enwocaf yr awdures hon, sef *Teulu Bach Nantoer*, heb arlliw o dafodiaith ei bro ar y sgwrsio. Er gwaetha'r teimladrwydd, yr elfen felodramatig, a'r defnydd o gyd-ddigwyddiad bondigrybwyll y cyfnod, daeth y gyfrol yn *best-seller*.

Ond nid felly *Sioned*. Yn 1917 soniodd J.J. Williams (awdurdod ar weithiau Daniel Owen) am ddawn nodedig Winnie Parry '. . . i bortreadu fel un a chanddi *microscope* . . .', a mynegodd ei syndod '. . . fod Cymru wedi dangos ei hanallu cyfangwbl i adnabod gwir athrylith . . .'

Cymharwyd dawn Winnie Parry i fanylu â dawn Jane Austen. Fel Jane Austen, dewisodd Winnie Parry ysgrifennu am y rhan o gymdeithas y gwyddai orau amdani. 'The small world inhabited by the lesser gentry' oedd byd y naill a chymuned amaethyddol glòs oedd byd y llall. Yn ei gyfrol *Swyddogaeth Beirniadaeth*, sonia Dr J. Gwilym Jones am sylfeini nofel. Dywed, 'Prin y ceir na beirniad na nofelydd i anghytuno â Jane Austen mai cyfrwng yw nofel i roi i'r byd adnabyddiaeth drwyddi o'r natur ddynol yn ei hamrywiaeth dihysbydd, a hynny'n ffrydlif fywiog o arabedd a synnwyr cymesuredd ac yn yr iaith addasaf i'r pwnc . . .' 'Does dim dwywaith na chawn y 'ffrydlif fywiog o arabedd' yn *Sioned*.

Yn ôl Iorwen M. Jones, 'Anodd yw cael ei gwell am roddi disgrifiad o gymeriad mewn ychydig eiriau.' Ym mhrysurdeb dweud ei stori nid oes gan Sioned mo'r awydd disgrifio'n hirwyntog, a gwelir yn glir ddawn Winnie Parry 'i daro ar y gair a'r ymadrodd bywiol, cryno', y cyfeiria Dr John Gwilym Jones ato. Llwydda arabedd y ddeialog i ddadlennu bron yr oll am ei chreadigaethau, ac y mae fel petai'r stori a'r cymeriadau a'r sgwrsio yn anwahanadwy. A mynnai Winnie Parry, wrth gwrs, na ellid eu gwahanu oddi wrth eu tafodiaith naturiol; pe gwneud hynny byddai Sioned a'i byd yn peidio â bod iddi hi. Wrth ystyried dewis mynegiant addas i nofel dywed Dr John Gwilym Jones, '. . . pa ffurf bynnag fo ar y mynegiant, dylai fod yn gwbl amlwg ei fod yr un a ddewisodd yr awdur yn fwriadol ystyriol . . .' Ac yn 'fwriadol ystyriol' y cafodd Sioned ddweud ei stori mewn llifeiriant diymdrech o dafodiaith naturiol gyfoethog ei byd bach hi. Eto i gyd, tybed ai y defnydd yma o dafodiaith ardal arbennig o'i dechrau i'w diwedd a gyfyngodd ar apêl *Sioned*.

Cafwyd ailargraffiad o *Cerrig y Rhyd* yn 1915, ac yn 1928 cyhoeddwyd *Y Ddau*

Hogyn Rheiny yn llyfr gan gwmni Foyles, — gan i'r awdures lwyddo yn ei dadl i gadw, fwy neu lai, at dafodiaith y sgwrsio a oedd yn y gwaith gwreiddiol. Gyda chryn betrusder trosglwyddodd yr hawlfraint i'r cyhoeddwyr. Ym Mai 1926, mewn llythyr at Winnie Parry dywed Kate Roberts, '. . . Mae'n dda gennyf y gwelir *Y Ddau Hogyn Rheiny* allan o'r diwedd. Bydd yn bleser gennyf wneuthur a allaf ynglŷn â'r dafodiaith . . . Nid wyf yn credu mewn gosod iaith lyfr yng ngenau neb fydd yn sgwrsio ond mae'n bosibl gwneud yr iaith yn iaith siarad naturiol fel y bo'n ddealladwy ymhob talaith . . . Credaf mai'r gyfrinach yw cadw oddi wrth y gair prin mewn tafodiaith . . .'

Pan ail-gychwynnodd Winnie Parry gyfrannu i *Cymru'r Plant* yn 1925, mae'n amlwg fod Ifan ab Owen Edwards, y golygydd, yn poeni ynglŷn â'i defnydd o dafodiaith; ceir ef yn ysgrifennu ati yn 1928 yn gwrthod stori arbennig o'i heiddo, '. . . Gan fod eich stori wedi ei hysgrifennu yn nhafodiaith Sir Gaernarfon, nis gall plant rhannau eraill o Gymru ei deall. Pam y rhaid i ni gadw tafodiaith yn fyw yn llenyddiaeth plant yng Nghymru? Beth pe tae Robert Louis Stevenson, er enghraifft, wedi ysgrifennu yn nhafodiaith y Cockney? Rhaid i ni ffurfio iaith Gymraeg syml, byw a llenyddol a ddeallir drwy Gymru gyfan, os am greu llenyddiaeth i Blant Cymru oll . . .' Â ymlaen i sôn am *Sioned*. 'Pe cyhoeddasid *Sioned* heddiw yn ei dafodiaith ni ddefnyddiasid ef mewn unrhyw ysgol y tu allan i Sir Gaernarfon . . . Ac eto mae *Sioned* yn glasur bach. Onid yw hyn yn resyn?' Mae'n amlwg iddo hefyd ei chynghori, mewn llythyr, ynglŷn â phwy i gyhoeddi *Y Ddau Hogyn Rheiny* ac yn crybwyll yn y llythyr fod Mr Evans (Y Seren, Bala) am anfon ati ynglŷn ag ail-gyhoeddi *Sioned* ac yn ychwanegu, '. . . Gwnewch, da chwi . . .'

Nid ef oedd yr unig un a alwai am ail argraffu *Sioned*. Yn Chwefror 1927, ymddangosodd y canlynol yn 'Welsh Notes' *The Liverpool Post and Mercury*: '. . . The other day, in a lecture she gave somewhere in South Wales, I noticed that Miss Kate Roberts called for a second edition of *Sioned*, Miss Parry's story, published some twenty years ago . . . I have never been able to understand how it is — or was — that *Sioned* did not become a best-seller . . .' Eto, yn rhifyn Awst, 1928 o *Y Gymraes*, ar adeg pan oedd *Y Ddau Hogyn Rheiny* newydd ddod o'r wasg, roedd ysgrifennydd adran lenyddol y cylchgrawn hwnnw yn tynnu sylw at ragoriaeth a gwerth llenyddol *Sioned* ac yn pwyso am ail argraffu'r llyfr.

Wrth baratoi'r gyfrol *Y Ddau Hogyn Rheiny* i'w chyhoeddi, roedd Winnie Parry, fel y soniwyd, am newid cyn lleied posib o'r gwaith gwreiddiol, — yn enwedig tafodiaith y sgwrsio. Soniodd mewn llythyr yr adeg honno mai mater bach fyddai adolygu'r sillafu ond pe gwneid i'r plant sgwrsio mewn iaith lyfr byddai hynny yn ei ddinistrio'n llwyr. Yn 1939, roedd Mr Alun Oldfield Davies o Adran Ysgolion y BBC yng Nghaerdydd yn paratoi cyfres radio *Ystoriau a Llenyddiaeth*, a chafodd ganiatâd Winnie Parry i ddefnyddio *Sioned* yn sail gwers ac i gyflwyno darn o'r nofel ar ffurf ddramatig. Wrth iddi roi ei chaniatâd, pwysleisiai'r ffaith mai '. . . nid y stori ynddi ei hun sydd o bwys, eithr y ffordd yr adroddir hi gan Sioned ei hun . . .' Wrth iddo ateb ei llythyr â Mr Davies allan o'i ffordd i'w sicrhau, '. . . y byddwn yn ofalus iawn i beidio â cholli awyrgylch a naws y llyfr. Yr wyf yn hollol gydweld â chi pan ddywedwch y byddai ceisio coethi'r iaith a gwneud iddi siarad "fel llyfr" yn gwneud o "Sioned" gymeriad hollol annaturiol . . .' Ychwanega'n ddiplomataidd, '. . . Gwn y bydd raid i ni fod yn ofalus dros ben wrth ddewis llais Sioned . . .' Ond, ysywaeth, daeth rhyfel i dorri ar drefniadau'r darllediad arfaethedig. Serch hynny, cafwyd caniatâd Cwmni Foyles yn 1940 i ddefnyddio rhywfaint o *Y Ddau Hogyn Rheiny* at bwrpas darlledu.

Ar y pedwerydd o Orffennaf, 1940, bu *Celt* yn ei golofn yn *The Liverpool Daily Post* yn sôn am Dr R.T. Jenkins yn siarad yn Llanuwchllyn y Sadwrn blaenorol am rai o'r awduron a gafodd y cyfle gan O.M. Edwards i feithrin eu doniau yn ei gylchgrawn *Cymru*. Wrth drafod pwysigrwydd y gwahanol awduron meddai, '. . . it was in *Cymru* that Miss Winnie Parry's work appeared . . . *Sioned* ran as a serial in the magazine and *Sioned* is a work of genius . . .'

Cyhoeddwyd y gyfrol *Llenyddiaeth Gymraeg, 1900-1945* gan Thomas Parry yn 1945 ac wrth gyfeirio at awduron ddechrau'r ganrif, ysgrifennodd, '. . . y fwyaf ei dawn yn gyffredinol yn ddiau oedd Winnie Parry ac y mae yn storïau *Sioned* rai cymeriadau clir iawn, llawer o ddychymyg, meistrolaeth ar yr iaith lafar a hiwmor'. Ond ychwanega, '. . . Buasai'r storïau ar eu hennill pe rhoisid iddynt ffurf fwy cynnil a chryno . . .' Yr un oedd ei feirniadaeth o *Y Ddau Hogyn Rheiny*.

Daeth gweithiau Winnie Parry i sylw'r cyhoedd unwaith yn rhagor adeg dathlu Jiwbili *Cymru'r Plant* yn 1942. Cafwyd sawl cyfeiriad yn y wasg Gymraeg a Saesneg at safle *Sioned* mewn llenyddiaeth Gymraeg. Cynhwyswyd stori o'i gwaith yn rhifyn y Jiwbili, gyda llaw, ond dewiswyd un o'i hymdrechion cynharaf gan anwybyddu ei champweithiau, — ac anwybyddwyd hefyd y ffaith iddi fod yn olygydd *Cymru'r Plant* o 1908 hyd 1912, fe'i henwyd fel un o is-olygyddion y cylchgrawn.

Ymddangosodd sylwadau ar ei gwaith yng ngholofn *Mustard and Cress (by M.A.T.)* yn *The Caernarvon and Denbigh Herald* yn Rhagfyr 1941, (a diolch i John Roberts Williams am y wybodaeth ddiddorol mae y 'Man About Town' yma oedd E. Morgan Humphreys). Meddai M.A.T., 'Miss Parry is a great writer, — I say so advisedly, . . . she will take a permanent place in Welsh literature.' Ac am ei gwaith, '. . . as minute in its observation as anything Jane Austen ever wrote, with a lambent humour playing over it all and a deep understanding of human nature . . .'

Er y galw am ailargraffiad o *Sioned* ni chafwyd un. Bu E. Morgan Humphreys yn gohebu â'r awdures ynglŷn ag ail-gyhoeddi ac mae'n amlwg iddo anfon rhestr o gyhoeddwyr iddi. Bu hithau mewn cysylltiad â Gwasg Gee — gan iddi dderbyn llythyr oddi wrth Kate Roberts yn Ebrill 1949 yn ymddiheuro am na fedrent ystyried cyhoeddi oherwydd pwysau gwaith, '. . . ni roesai ddim fwy o bleser i Wasg Gee na chael cyhoeddi *Sioned*, oblegid mae gennym yma feddwl mawr ohono. Ond gwn na hoffech inni addo ei gyhoeddi rywdro, a ninnau'n methu cadw ein haddewid . . . Credwch fi, *mae'n* ddrwg gennym . . . Credaf y bydd angen diwygio rhyw gymaint ar ei orgraff, er mai mewn tafodiaith y mae . . .'

Bu Winnie Parry farw yn Chwefror 1953. Rhoddodd E. Morgan Humphreys ei golofn ddyddiol yn *The Liverpool Daily Post*, yn gyfan gwbl i dalu teyrnged iddi. Soniodd fel y diflannodd fel awdures ac fel y collodd ei chysylltiad â bywyd llenyddol Cymru ac mai syndod iddi oedd deall, ymhen blynyddoedd, beth oedd safle *Sioned* ym marn rhai fel J.J. Williams a T. Rowland Hughes, — '. . . rhai yr oedd ei barn werth rhywbeth . . .' Adroddodd fel y bu iddo ei hannog i ail-gyhoeddi Sioned, '. . . Ac ni chafwyd ail-argraffiad hyd yn hyn o un o'r storïau gorau a ysgrifennwyd yn Gymraeg ers amser Daniel Owen, stori a ddeil i'w chymharu, yn ei chrafter cyrhaeddgar, â nofelau Jane Austen. Bellach y mae Winnie Parry wedi marw. Tybed a gellir cael ail-argraffiad yn awr?'

* * * * * *

Bron ddeugain mlynedd yn ddiweddarach, hyfrydwch pur i fwy nag un genhedlaeth ohonom fydd cael y cyfle i ddod i adnabod un o greadigaethau anwylaf ein llenyddiaeth. Wrth ddarllen y nofel hon, hawdd iawn fydd i'r darllenydd ddeall pam na fynnai Winnie Parry i neb ymyrryd â'i Sioned, — roedd ganddi drysor.

MARGARET LLOYD HUGHES

Bob fy Mrawd mewn Cariad

'R OEDDAN ni'n methu gwybod beth oedd ar Bob acw. 'Roedd o wedi mynd i edrach yn synfyfyriol, a phan ddeudach chi rywbath wrtho fo, bydda'n deud 'Be', fel un yn deffro o gwsg, ac yr oedd wedi mynd i fwyta fel tasa fo heb fod allan o'r tŷ ers mis neu ddau. 'Roedd mam reit bethma yn ei gylch, a meddyliai weithiau fod y ddannodd arno fo; ond mi ddaru mi edrach y botal oel tar un noson pan oedd Bob wedi mynd i'w wely heb ddim swpar, a mam yn edrach ar 'i ôl o ac yn deud,

''Dwn i ddim beth haru'r hogyn 'na.' Wiw i chi ofyn dim i Bob pan fyddwch chi yn 'i weld o'n wahanol i'r cyffredin o ran ei olwg neu dymer. Os gofynnwch − 'Be sy arnat ti, Bob?', mi ddeudith yntau − 'Beth sy arnat ti yn gofyn peth mor wirion?' Ac ni fyddwch ddim callach. Felly mi edrychais y botal oel tar y noson honno, ac mi edrychais hi bore wedyn, ond 'doedd dim tropyn wedi mynd ohoni hi. Nid oedd y ddannodd yn poeni Bob. Wel, mi ddois i'r penderfyniad ei fod o un ai wedi syrthio allan â Thwm Tŷ Mawr neu ei fod o wedi syrthio mewn cariad â rhyw hogan. Mi rois heibio'r syniad cynta yn bur fuan, achos 'roedd Twm yn ein tŷ ni yn chwilio am Bob i fynd i'r cwarfod canu y noson wedyn, ac aeth y ddau allan mor gyfeillgar ag erioed. 'Yn siŵr,' meddwn wrthyf fy hun, 'mewn cariad â rhywun mae Bob.' Mi wyddwn dipyn am y peth fy hun, achos mi ges inna dwtsh o'r clefyd ers rhyw 'chydig, er y basa mam yn deud − 'Yr hen sopan bach, be wyddost ti am gariad, paid â chyboli da chdi.'

Ond waeth i chi p'run, mae serch un ar bymtheg yn bur angerddol tra pery − ond wrth lwc 'dydi hynny ddim yn hir. Ac felly mi wyddwn i'r holl arwyddion, ac yr oeddent yn atab i'w gilydd yn iawn. A phan welwn i Bob yn ista o flaen y tân â llyfr yn ei law, − mae o'n arw iawn am ddarllan, a bydd mam yn deud o hyd, − 'Welas i rotsiwn beth erioed â'r hogyn Bob 'ma, 'neno'r taid annwyl, fasa fo am fod yn bregethwr rwan, fasa rhyw sens yno fo yn pendroni hefo'r llyfra Saesneg 'na,' − ond yr amsar yma, pan fydda fo'n ista fel y deudais i â'i lyfr yn ei law, mi fyddwn i yn sylwi na fydda fo ddim yn troi'r un ddalen ohono fo, a bod ei lygaid o'n syllu i ganol y tân, a gwyddwn mai gweld yr *hi* honno 'roedd o. Cefais gadarnhad pellach mai dyna oedd ar Bob un bora Llun wrth i mi frwsio'i ddillad gora fo. Clywn rywbath calad ym mhocad 'i wasgod o. Wrth gwrs 'roedd rhaid i mi gael gweld beth oedd 'na. Mi 'roeddwn wedi colli pensal led, ac mi feddylias yn siŵr mod i wedi dal Bob yn lleidr. Siomwyd fi beth bynnag. Tynnais allan becyn bach wedi'i lapio yn ofalus mewn papur. Mi feddylias na faswn i byth yn darfod datod yr holl bapura, a be ges i'n diwadd ond *hairpin* – un o'r *hairpins* ffasiwn newydd 'ma â bwlch yn y canol! 'Dydw i ddim yn iwsio *hairpins*, – mae mam yn deud fy mod i rhy ifanc i roi fy ngwallt i fyny – a *hairpins* hen ffasiwn fydd gin mam, ac felly 'doedd o ddim wedi ei chael hi yn ein tŷ ni. Fasa ddim peryg o ran hynny i Bob fynd i draffarth i lapio'r un *hairpin* gawsa fo acw mewn papur, a'i chadw ym mhocad ei wasgod – reit wrth ymyl ei galon o, decin i. Rhois hi yn ei hôl yn reit ofalus; 'doeddwn i ddim mor wirion â mynd i ddeud wrtho fo fy mod i wedi ei gweld hi, achos mi fasa hynny yn ei roi o ar y *look out* na fasa fo ddim yn gadal dim byd o gwmpas. Ond 'roeddwn i'n siŵr o'r ffaith yn awr.

'Roeddwn yn ei weld o'n beth rhyfadd na fasa mam wedi ffendio beth oedd arno fo, 'doedd hi ddim yn cofio amsar caru tybad. Dyna lle 'roedd hi yn deud wrth y naill a'r llall, na wydda hi ddim beth oedd ar Bob, a Gwen Jones yn deud wrthi hi,'

'Gwnewch jygiad reit dda o de wermod, Margiad Hughes. A gwnewch iddo fo yfad llond cwpan bob bora cyn brecwast.'

A mam reit ddiniwad yn gwneud y te wermod lwyd, a Bob reit ufudd yn cymyd y gwpan ac yn mynd i'r drws ac yn taflu'r cwbl am ben y llwyn wermod ei hun. A finna yn gwybod o'r gora beth oedd y matar. Ond 'doedd wiw i mi sôn gair wrth mam, achos fasa'n nwrdio i'n ofnatsan am 'gyboli', chwadl hithau. Fodd bynnag, 'roedd un peth yn fy mlino i – fedrwn yn 'y myw gael allan pwy oedd *hi*. 'Doedd wiw gofyn dim byd i Bob. Os holwch chi o, mae o'n siŵr o ddeud petha'n hollol groes i'r hyn fyddan nhw; ac os deudwch chi wrtho fo wedyn fod o wedi deud anwiredd, mi ddeudith yntau, 'Dyna beth sy i gael am holi'.

Bûm yn hir iawn yn trïo dyfeisio sut i gael gwybod. Un diwrnod mi ddeudis wrtho fo reit ddiniwad wyddoch, jest i'w drïo fo,

'Mi wn i pwy 'di dy gariad ti, Bob.'

Ni chododd Bob 'i olwg oddi ar yr esgid 'roedd wrthi yn gau, ond meddai reit undonog,

' 'Rwyt ti'n gall iawn, Sioned.'

Bydd Bob yn 'y ngalw i'n 'Sioned' pan fydda i wedi troseddu. Ond 'roeddwn i wedi penderfynu y mynnwn gael gwybod pwy oedd hi.

Meddylias am yr holl genod oeddwn i'n nabod. Dyna Miss Jones Tŷ Mawr – na, 'roedd hi'n rhy hen – yn ddeg ar hugian reit siŵr. 'Dydi Bob ddim yn bump ar hugian eto. Na, 'doedd hi ddim yn y *list*. Dyna Margiad y Siop, Mary Tai Hirion, Elin bach y Rhiw, a Maggie Tanrallt, – na, 'doedd Maggie ddim ond 'run oed â fi, ac mae Bob yn meddwl mai babi ydw i. Felly y tair ganol oedd yn sefyll, ac mi gysidrais sut rai oeddan nhw. Bydd rhai yn deud y bydd pobl yn licio pobl heb fod yn debyg iddynt eu hunain – fel hyn ydw i'n feddwl – dyn â gwallt gola yn licio dynas â gwallt tywyll, a dyn tal yn licio dynas fechan, a dyn byr yn licio dynas fawr; 'dwn i ddim oes rhywbath yn hynny chwaith, ond 'rydw i'n cofio fod Johnnie Tŷ Ucha jest i fyny â f'ysgwydd i − yr ydw i'n dal iawn, 'rhyw slaff o hogan' fydd mam yn fy ngalw i. Wel, am Bob, 'rydw i'n meddwl nad oes 'na ddim dyn mor hardd â fo yn y byd. Mae o'n dal a syth, ac mae 'i wallt o'n ddu a'i lygaid o, − tasach chi'n gweld Bob yn edrach ar mam pan fydd hi'n sâl mi fasach yn deud mai'r llygaid clysa a ffeindia welsoch chi erioed oeddan nhw. 'Dydw i byth am briodi neb os na fydd o yn debyg i Bob fy mrawd. Mae'n debyg 'i fod o wedi anghofio pan oeddwn i'n hogan bach pan fyddwn i'n brifo drosta i gyd, fel y bydda fo yn 'y ngharïo i o gwmpas, ac mor esmwyth fel na fydda'i freichia fo'n brifo dim arna i. Na, 'does neb tebyg i Bob.

Nid oedd yr un o'r tair hogan yn agos ddigon da iddo fo yn 'y ngolwg i. 'Roedd gan Margiad y Siop wallt coch, ac yr oedd bron mor dal â Bob, na, thala hi ddim. A Mary Tai Hirion wedyn, 'roedd ei gwallt hi'n ddu fel y frân, a bydda yn gweiddi wrth siarad, ddigon â'ch byddaru chi. Elin bach y Rhiw oedd yr un fwyaf tebyg o fod wedi ennill serch Bob. 'Rydw i'n meddwl mai am fod pawb mor hoff ohoni hi y byddan nhw yn ei galw hi'n Elin bach, achos 'roedd hi'n ddwy ar hugian beth bynnag. Mae'n wir ei bod hi'n fechan iawn. Pe gwelsach chi ei thraed hi − wel fasach yn meddwl nad oeddan nhw fawr fwy na thraed y Chinese rheini 'roedd y cenhadwr yn sôn amdanynt yn y capal y noson o'r blaen. A'i dwylo: roeddynt yn edrach fel tasan nhw'n rhy fach i 'neud dim gwaith, ond mae'r Rhiw fel pin mewn papur, a 'does 'na neb ond Elin i'w gadw fo felly. 'Roedd ei gwallt cyn felynad â'r ŷd pan yn barod i'w dorri, a'i llygaid mor las â gŵn priodas mam − ŵyr mam ddim mod i wedi ei weld o, ond mi gweles i o un diwrnod pan oedd hi wedi gadal y goriad yn y drws heb gofio. Elin bach oedd hi reit sicr, ond 'roedd rhaid i mi gael prawf mwy siŵr. Un noson, mi aeth Bob allan wedi gwisgo amdano'n smart ofnatsan − mae mam yn deud nad oes ddim posib 'i blesio fo hefo'i ddillad a'i goleri, 'A fydda Bob ddim yn un particlar yntôl', − ond mi wyddwn i beth oedd.

Wel i chi, mi es i ar 'i ôl o'n ara deg, gan gymryd arna hel bloda o'r clawdd, ond edrychodd Bob dros 'i ysgwydd, a gwelodd fi'n dwad. Safodd ar ganol y ffordd nes dois i ato fo, a dyma fo'n deud,

'Lle'r wyt ti'n mynd, Sioned?'

''Dydw i'n mynd i unlle,' meddwn.

'Wel dos adre 'ta, mae mam dy isio di.'

'Nac oes ar mam ddim o f'isio fi.'

'Wel oes, tyd.'

A gafaelodd Bob yn fy mraich a danfonodd fi at ddrws y tŷ, a ffwrdd â fo i gyfeiriad hollol wahanol i'r cynta gymerodd o. 'Doedd dim iws 'i watsio fo. Penderfynais drïo ffordd arall, a'r diwrnod wedyn yr oeddwn yn gwneud te iddo fo, a mam yn rhywla yn y tŷ llaeth, − cha i ddim mynd yn agos i'r fan honno ers pan ddaru mi daflu llond dau bisar o lefrith i gafn y moch, gan feddwl mai llaeth enwyn oedd o, 'dydi mam ddim wedi darfod sôn amdano eto. 'Roedd Bob â'i ben yn 'i lyfr fel arfar.

'Maen nhw'n deud fod Margiad y Siop yn mynd i Loegr,' meddwn.

'Beth oeddat ti'n ddeud am Margiad y Siop, Janet? Tyd i mi 'chwanag o de gynta,' medda fo, gan godi'i ben yn ddigon hamddenol.

Na, 'doedd Margiad a'i hymadawiad yn peri dim cyffro iddo fo. Jest ar y funud, pwy ddaeth i'r tŷ ond Mary Tai Hirion, ac mi wnes i wylio ar Bob.

'Hylo, Mary, sut wyt ti ers oesoedd? Mi rydan ni wedi clywad newydd amdanat ti a'r llongwr hwnnw; ond hidia befo, bachgen reit glên ydi o.'

'Roedd Mary yn chwerthin ac yn gwrido hyd ei chlustia, a gwelais fod y ddau ddigon iach eu calon mewn perthynas â'i gilydd. Ni 'rhosodd Mary acw ddim gwerth, a dyma fi'n mentro sôn am Elin bach. Wrth i mi dorri brechdan iddo fo, meddwn,

'Mae Elin bach y Rhiw yn sâl, Bob,' − 'roedd tipyn o annwyd ar Elin pan oeddwn i yno yn y pnawn.

'Roedd Bob â'i gwpan yn 'i law yn mynd i gymyd llymad, ond mi rhoth hi'n ôl yn y sosar reit ddistaw, a gwelwn fod ei wynab o wedi gwynnu, ac 'roedd 'i lygaid o'n edrach fel llygaid Pero pan fydd o wedi cael cweir gin 'y nhad am dyrchu'r rhesi tatws. Mi 'roedd 'difar gin i ddeud wrtho fo. Yr unig beth ddeudodd o oedd, 'Diar mi', ac yn trïo gwneud 'i lais swnio'n ddigyffro, ond fwytodd o'r un tamaid 'chwanag, a fasa waeth i mi heb dorri'r frechdan honno. Gwyddwn o'r diwadd mai Elin oedd dewisedig Bob.

Y peth nesa oedd cael gwybod a oedd Elin yn teimlo'r un fath ato fo. Meddylias mai y capal oedd y lle gora i'w gwatsio hi. Mae sêt y Rhiw reit gyferbyn â'n sêt ni. Bora Sul 'roeddan ni yn y capal o flaen Elin, a phan ddaeth hi i mewn ddaru mi sylwi na ddaru hi ddim edrach arnom ni am yn hir iawn. Ond dyma hi'n rhoi cipolwg o'r diwadd. Pan welodd hi fod Bob yn sbïo arni hi, dyma hi yn troi'i llygaid ac yn edrach yn fwyaf diniwad allan o'r ffenast. 'Roedd hi'n edrach yn ddigon difatar ar yr hogia eraill. Wrth i ni fynd allan 'roedd Elin yn 'sgoi Bob gymaint y gallai hi, ond mae hi mor shei, wyddoch, a gwyddwn fod rhywbath. Rhyw ddydd Sul mi dalias hi'n iawn. Wrth y drws daeth Bob tu ôl iddi heb iddi hi wybod ac medda fo,

'Sut rydach chi heddiw, Elin?'

Dyna hi'n troi'n sydyn fel tasa rhywun wedi'i tharo hi, a gwelais hi'n cochi 'dat ei chlustia. Pam 'roedd rhaid iddi hi gochi wrth i Bob siarad â hi mwy nag wrth i un o'r hogia eraill? 'Roedd Elin bach wedi'i dal yn y rhwyd.

Ac yn awr bydda'n ddifyr gweld sut yr âi petha 'mlaen. Wel ymhen tipyn mi welas nad oedd petha'n mynd rhyw wastad iawn. 'Roedd Bob yn edrach yn fwya trist, a chaech chi ddim sgwrs yn y byd gino fo. 'Roedd Elin yn edrach yn eitha.

Penderfynais roi tipyn o gyngor i Bob. Pan fyddwn yn gwneud te iddo fo y
byddwn yn cael hamdden i siarad yn breifat â fo, achos fydda mam wrthi yn trin
llaeth yr amser honno, a nhad heb ddwad i'r tŷ. Ac meddwn un diwrnod wrth
Bob,

'Be sy arnat ti, Bob? 'Rwyt ti'n edrach fel tasat ti wedi digio hefo pawb yn y lle.
Ydi Elin bach wedi digio hefo chdi? O waeth i ti heb â gwadu dim, 'rydw i'n
gwybod dy hanas di i gyd, a rwan well i ti ddeud wrtha i sut mae petha'n sefyll.
'Wyrach medra i ddeud wrthat ti sut i wneud petha'n iawn. Mae dynion mor
ddwl, 'dydyn nhw ddim yn deall merch, ac yn enwedig merch mewn cariad, mwy
nag ydyn nhw'n deall iaith y mwncis, maen nhw'n deud fod gin reini iaith.'

Edrychodd Bob arna i'n fwya gwirion, ac yna medda fo,

'Wel, 'rwyt ti'n un reit siarp hefyd, Janet, faswn i'n disgwyl i mam ffendio allan
yn gynt na chdi. Wel gan bod ti'n gwybod cymaint, waeth i mi ddeud y cwbl.
Dyma ydi'r gwaetha, fedra i ddim cael gafael arni hi'n unlle, mae hi wedi mynd
mor swil â deryn, a fydda hi ddim felly chwaith. Mae hi'n dengid rwan o hyd. Os
af i'r Rhiw mae hi'n siŵr o ista wrth ochr 'i mam o hyd, 'does dim posib cael gair
hefo hi, ac felly ydw i'n sicr nad ydi hi'n hidio dim yno i, neu fasa hi ddim yn cario
'mlaen fel 'na.'

'Wyddost ti beth 'nei di, Bob,' meddwn, 'cymer arnat fod yn ffrindia ofnatsan
hefo Mary Tai Hirion, jest i'w gwneud yn jelys wyddost. Mae Elin yn meddwl
bod hi'n siŵr ohonot ti, ac felly mae hi'n cymyd ei hamser i adael i ti weld bod
hi'n dy licio di.'

'Roedd hi'n digwydd bod yn noson cwarfod canu y noson honno, a deudodd
Bob y basa fo'n trïo nghyngor i. Fydda i ddim yn mynd i'r cwarfod canu, mae
Bob yn deud na fedra i ddim canu mwy na fedar Pero. Amser te drannoeth mi
'fynnais i iddo fo sut y bu hi arno fo. 'Roeddwn i'n gwybod sut bu hi ar Elin.
Ysgydwodd ei ben ddigon sobor,

''Doedd Elin yn hidio dim mod i'n smalio hefo Mary. 'Roedd hi'n chwerthin
ac yn cadw reiat hefo'r genod eraill, yn wir ni weles i 'riod mohoni hi mor
'sbrydol, tasat ti'n 'i gweld hi'n rhedag i lawr allt y Rhiw fasat yn meddwl nad
oedd ganddi hi ddim ar y ddaear i blino hi.'

Gwenais.

'Dyn a helpo Elin,' meddwn, 'wyt ti'n meddwl fod hogan mor ffôl â dangos
bod hi'n hidio dim bod 'i chariad hi'n fflyrtio hefo rhywun arall? Dim peryg.
'Does gin ddynion ddim digon o sens i guddio'u heiddigedd, ac yn aml iawn pan
fydd merch yn chwerthin mwya calonnog, dyna'r amser y bydd 'i chalon hi agosa
i dorri. Wyt ti'n cofio, yn un o dy lyfra Susnag di, y llyfr barddoniaeth câs glas
hwnnw? Mae o yn deud rhywbath am beidio tosturio cymaint wrth y rhai fydd yn
begio am dosturi â'u dagrau, ond wrth y rhai sydd yn ceisio cuddio eu tristwch â
gwên. Ond am Elin, mae gin i stori wahanol iawn. Es i'r Rhiw neithiwr, a phan es

i i'r gegin, dyma Mrs Jones yn deud wrtha i, "Mae Elin yn y llofft yn tynnu amdani, wedi bod yn cwarfod canu, Janet, dos i fyny ati hi os lici di." A dyma fi'n mynd i fyny'r grisiau, ac agorais ddrws ei llofft, a be feddyliet ti weles i, − Elin yn swp ar lawr wrth ochr y gwely a'i gwynab yn y dillad ac yn sobian nes basat yn meddwl fod 'i chalon ar dorri. Mi 'chrynais i, ddaru mi 'rioed feddwl y medra Elin grïo felly. 'Doedd hi ddim wedi tynnu'i chôt, ddim ond wedi taflu'i het ar lawr wrth 'i hochr. Caeais i'r drws yn ddistaw bach ac es i lawr y grisiau, ac adra â fi heb aros i ddim ond deud "Nos dawch" wrth Mrs Jones. Achos tasa Elin yn gwybod mod i wedi'i gweld hi felly, fasa hi byth yn madda i mi. Wyddost ti am beth 'roedd Elin yn crïo felly, Bob?'

Wrth i mi ofyn iddo mi 'drychais arno fo ac 'roedd rhyw edrychiad rhyfadd ar 'i wynab o a'i lygaid wedi mynd yn dywyll, dywyll. Bydd llygaid Bob yn newid hefo pob teimlad.

'Ac rwan, Bob,' meddwn wedyn, 'hidia di befo os bydd hi dipyn yn independant, 'rwyt wedi rhoi achos iddi fod felly, mae'n debyg bod hi'n deud fel hyn heddiw, − "Waeth gin i befo fo, geith fynd hefo Mary os ydi o'n licio, 'dydi o ddim ots gin i", er 'i bod hi wedi rhoi ffordd i'w theimladau neithiwr.'

'Dwn i ddim be fu canlyniad fy nghynghorion, na sut y bu hi rhwng Elin ac yntau, ond beth bynnag, ymhen tipyn, mi ddechreuodd Bob sirioli yn ofnatsan. 'Roedd mam yn falch iawn ac yn deud wrtha i fod 'Bob wedi dwad ato'i hun o'r diwadd'. Ond 'doedd hi ddim yn disgwyl y newydd gafodd hi un pnawn. 'Roedd Bob wrth 'i de, a mam, nid yn y tŷ llaeth fel arferol, ond wrthi hi'n crasu bara gymaint galla hi. Edrychai Bob yn bur anesmwyth, ac 'roedd o'n troi ac yn trosi yn 'i gadar, a phan ddeudwn i rywbath wrtho fo, chawn i ddim ond atab reit gwta gino fo. O'r diwadd dyma fo yn deud reit sydyn felly,

'Gin i isio deud rhywbath wrthach chi, mam.'

Mi wyddwn i mewn munud beth oedd o'n mynd i ddeud wrthi hi. Fydd mam yn meddwl bydd hi'n gwybod popeth o hanas y pentra o flaen pawb, a dyma hi'n deud wrth Bob,

'O mi wn i, mynd i ddeud fod Huws Castell yn mynd i'r 'Merica ynte. Wel mae o'n fwy mentrus na mi, faswn i ddim yn cymyd 'dwn i ddim be am fynd.'

'Na mam, nid dyna oeddwn i'n mynd i ddeud wrthach chi ond −'

'O ie, mae Mr Jones y drygis wedi codi siop gwerthu dannadd gosod 'n dydi o? Wel fasa well gin i fod heb 'run daint yn 'y mhen na rhoi rhyw sothach felly yn 'y ngheg, maen nhw'n deud mai dannadd pobl wedi marw ydyn nhw.' A throdd mam i agor drws y popty, ac 'roedd yn amlwg fod un o'r bara wedi cipio. Edrychodd Bob arna i, ac 'roedd yn edrach fel tasa'i fynadd bron â phallu. Mi 'roedd arna i isio chwerthin ond mi gymis drugaradd arno, ac meddwn yn ddistaw,

'Hidia befo, Bob, mi ddeuda i wrth mam.'

Wedi iddo orffan 'i de, aeth Bob allan, a dyma mam yn rhoi torth arall yn y popty ac yna yn ista ar stôl wrth ymyl y ffenast i gael dipyn o aer. 'Roedd Bob yn pwyso ar glawdd yr ardd o flaen y ffenast, a gwelwn mam yn edrach arno fo. Pan fydd hi'n edrach arno fo fel y gwna yn awr, amsar hynny y byddwn yn deall faint oedd ei chariad ato fo. 'Roeddwn i'n golchi'r llestri, ac meddwn wrth 'i phasio hi ar fy ffordd i'w rhoi yn y cwpwrdd,

'Wyddoch chi beth oedd ar Bob isio ddeud wrthach chi amser te, mam? Fod o'n mynd i briodi hefo Elin bach y Rhiw.'

Trodd mam 'i llygaid arna i, a daliodd i syllu yn 'y ngwynab i heb ddeud gair am funud neu ddau. Ac yna torrodd y storm ar fy mhen,

'Sioned,' medda hi, 'pwy sy wedi rhoi y fath ffolineb yn dy ben di, dywed? Dim achos i hogan bach fel chdi siarad am betha fel 'na. Bob briodi'n wir, fydd yn ddigon buan iddo fo sôn am hynny 'mhen deng mlynedd. Cofia di na chlywa i mono chdi'n sôn am gariada eto. Ni chlywas i neb yn meiddio deud fod Bob hefo 'run hogan, a fydda i byth yn 'i weld o'n sbïo ar 'run ohonyn nhw.'

Ni agorais i'n ngenau, ond gwelwn fod mam wedi anesmwytho, 'roedd yn troi a throi'i modrwy am 'i bys, yr hyn na fydda hi byth yn wneud ond pan fydda hi'n ddyrys 'i meddwl.

'Pwy oeddat ti'n ddeud oedd yr hogan?' gofynnodd.

'Elin bach y Rhiw,' meddwn reit ufudd.

'Mae Elin yn eitha hogan, 'does dim byd yn uchel o'i chwmpas. Wel, wel, fel 'na mae hi, 'roeddwn i'n meddwl y basa Bob hefo ni am sbel go hir eto,' a rhoes mam ochenaid, ond 'roedd hi'n coelio beth oeddwn wedi ddeud wrthi hi, er 'i bod hi wedi'n nwrdio i ar y dechra.

Ar hyn daeth Bob i fewn, ac es innau allan a gadawes nhw hefo'i gilydd. Beth oedd yr ymgom fu rhyngddynt 'dwn i ddim, ond 'roedd llygaid Bob yn disgleirio pan welas i o 'mhen rhyw hannar awr wedyn, a gwyddwn fod y ddau yn gytûn ar y pwnc.

Y peth nesaf ar y rhaglen oedd gwadd Elin acw i de. A ryw bnawn, pan nad oedd na phobi na golchi, smwddio na chorddi, yn mynd ymlaen yn tŷ ni nac yn y Rhiw, dyma Elin acw, reit swil cofiwch fel bydd hi. 'Roedd mam wedi gwneud crempog — mae sôn am grempog tŷ ni drwy'r fro i gyd — ac 'roedd hi wedi tynnu'r llestri gora allan, rhai oedd bia'i nain hi medda hi. Faswn i'n meddwl fod te yn ddrud iawn y pryd hwnnw. Fasa 'nhad yn yfad llond un o'r cwpana ugian gwaith cyn basa fo wedi cael digon 'dw i'n siŵr. Unwaith 'roeddwn i wedi'u gweld nhw o'r blaen, pan oedd f'ewyrth Twm o Lundan acw hefo'i wraig. Er mwyn y wraig 'roedd y llestri gora yn cael 'u hiwsio. Saesnas ydi hi, ac 'roedd ar mam isio dangos iddi hi y medra y Cymry fod gyn grandiad â'r Saeson bob tipyn, ond 'dydw i ddim yn meddwl fod modryb wedi meddwl cymint ohonyn nhw ag mae mam, achos peth cynta ddeudodd hi oedd,

'O what funny little cups.'

'Dydi mam ddim yn deall rhyw lawer o Susnag, ac 'roedd hi'n meddwl mai deud bod nhw'n glws iawn 'roedd hi. Ond dyma 'roeddwn i'n mynd i ddeud, y basa'n well gin i gael te o'r hen gwpana delff glas a gwyn o lawar iawn, achos 'roedd mam yn gwneud golwg arna i bob tro y daliwn fy nghwpan yn gam, ac o drugaradd â Bob mi 'stynnais i ei gwpan fydda gino fo bob dydd, ac 'roedd mam mor brysur yn pwnio crempog ar blât Elin fel na ddaru hi ddim sylwi arni hi nes oeddwn i'n clirio'r bwrdd, a dyma hi'n deud,

'Lle'n y byd ddoth yr hen gwpan yna, Sioned?'

Wnes i ddim cymyd arna'i chlywad hi. Mi aeth y te drosodd reit,hwylus ar y cyfan, ac mi helpiodd Elin fi olchi'r llestri. 'Roedd hon yn *stroke* bur dda o eiddo Elin i gael ffafr 'y mam, ond 'roedd Elin reit ddiniwad, chwara teg iddi hi. Gyda'r nos dyma Bob yn mynd i ddanfon Elin gartra. 'Roedd arni hi isio i mi ddwad hefo nhw, ond gwyddwn ni y cawn i hi gin Bob wrth ddwad adra, ac mi sefais i hefo mam wrth y giat i edrach ar 'u hola nhw, a mam yn deud rhwng gwên a deigryn,

'Maen nhw'n edrych reit ddel hefyd tasa Elin fodfedd yn dalach.'

A dyma Elin yn troi yn sydyn ac yn picio'n ôl fel deryn. Yn sydyn bydd Elin yn gwneud popeth bron, ac yn rhoi cusan ar foch 'y mam gan ddeud, 'Nos dawch, mam Bob.'

'Roedd hi wedi dal Bob cyn i mam gael 'i gwynt i ddeud, â'r gwrid yn 'i gwynab, 'Besta di'r hogan'. Ond fel 'na bydd Elin. Fydda i'n meddwl bob amsar am straeon y tylwyth teg wrth edrach arni hi.

A dyma fi wedi deud hanas Bob yn caru wrthach chi. Ni fydd rhaid 'i ddeud o ddim mwy nag unwaith, achos unwaith am byth fydd hi hefo Bob ym mhob peth. Dim peryg iddo fo newid 'i feddwl.

Maen nhw'n mynd i briodi'r Pasg, a 'does dim gwerth tan hynny. Mae brawd Elin, y twrna, yn dwad adre i fod yn was priodas ac rydw inna am fod yn forwyn briodas. 'Rydw i am gael ffrog newydd, 'dwn i ddim pa liw na dull eto, ond mae hi i fod yn llaes at fy meilwng i. Ac − mae mam am adael i mi godi 'y ngwallt, ac yna mi fyddaf fi wedi tyfu fyny. Dyna chi!

Jacob Jones y Stiwdent

MAE Bob a fi yn ffrindia ofnatsan; bydd mam yn deud na welodd hi ddim brawd a chwaer 'rioed mor arw am 'i gilydd â Bob a fi. Yn wir bydd hi'n deud amdana i mod i'n hidio mwy o lawar yn Bob nag ydw i yni hi a nhad. Fydda i'n meddwl weithia f'hun mod i'n caru Bob yn fwy na neb yn y byd. Choeliach chi 'rioed mor jelys oeddwn i o Elin yn y dechra, ond mae Elin fel Bob, fedrwch chi ddim peidio'i licio hi.

Er yn bod ni gymint o ffrindia bydd ambell i ffrwgwd rhyngddon ni weithia; ond cofiwch chi mai arna i bydd y bai bob amsar. Mi ddigiodd Bob wrtha i'n enbyd unwaith. Ddaru o ddim siarad hefo fi am ddiwrnod cyfa. Fedra i ddim byw os bydd Bob yn ddig wrtha i; bydd rhywbath yn brifo yn 'y ngwddw i, ac yr oedd y dydd Llun hwnnw y diwrnod mwya annifyr ydw i'n gofio; a'r oll ar gownt rhyw greadur o bregethwr.

Bydd mam yn cymyd mis pregethwrs ambell i dro, a choeliwch fi, mi fydd gas gin i 'u gweld nhw. Bydd isio tân yn y parlwr gora, a bydd rhaid gofalu am ddigon o bibelli a baco, welas i 'rioed o fath y pregethwrs 'ma am smocio, a rhyw gant a mil o betha. Fydda i ddim yn licio pobl ddiarth chwaith. Bydd mam yn deud, y basach chi'n meddwl mai rhywbath ddistaw, ddisiarad ydw i wrth 'y ngweld i pan fydd rhywun diarth acw, 'ond tasach chi yma am wythnos Mr Jones, mi gusach chi brofi hyd tafod Sioned, mi 'ranta chi'. Mae hi'n meddwl mod i'n rhy barod bob amsar hefo atab iddi hi; ond gini hi 'rydw i wedi cael y ddawn. Mi allech ista am hannar diwrnod yn 'run fan â nhad heb glywad gair gino fo, ond tasach chi'n ista am hannar diwrnod felly hefo mam mi fasa'ch clustia chi wedi gwisgo allan. Felly ni fydda i'n hoffi mis pregethwrs o gwbl. Byddaf yn gallu rhoi fyny'n o lew hefo'r rhan fwyaf ohonyn nhw, ond mae 'na un na fedra i mo'i ddiodda fo − rhyw hogyn o'r coleg 'na − Jacob Jones ydi enw fo, ond 'yr hogyn llwyd hwnnw' fydda i'n 'i alw fo.

Rhywbath tal, tena ydi o, a gwynab hir llwyd gino fo, mae o'n gwisgo sbectols, er mwyn i bobl feddwl fod o'n treulio'i olwg wrth stidio, decin i. Mi fydd yn edrach arnoch chi drwyddyn nhw, fel tasa cyrn ar ych pen chi. 'Dw i'n credu mai nid gweld petha'n fwy, ond 'u gweld nhw'n llai bydd o drwy'r sbectols 'na, achos mi fydda i'n teimlo'n rhyw fychan iawn pan fydd o'n sbïo arna i. Mi fydd yn siarad hefo fi hefyd fel taswn i rhyw hogan bach ddeuddeg oed, ond ar mam mae'r bai am hynny, na 'na hi adal i mi godi ngwallt a gwisgo ffrog laes. Fel 'na mae'r hogia 'ma i gyd yn fy nhretio i. *Mae* mam yn gas hefyd. Dyna Maggie Tanrallt, 'dydi hi ddim ond 'run oed â finna, ac mae hi'n codi'i gwallt ystalwm, ac mae hi hannar pen yn fyrrach na fi; ond gweitiwch chi tan briodas Bob.

Ond am y stiwdent 'ma, mi fydd yn edrach i lawr arna i fel taswn i rhyw bry copyn bach. Faswn i ddim yn hidio cymint amdanaf fy hun, ond mi fydd yn ôl 'y marn i yn dibrisio Bob, fel tasa fo'n meddwl am fod Bob yn gweithio ar ffarm nad ydi o'n gwybod dim ond sut i ladd gwair a bwydo anifeiliaid, ond mi wn i fod mwy yn 'i ben o o lawar nag ym mhen yr hogyn llwyd â'r gwydra 'na. Mi 'llasa Bob fod yn ddoctor erbyn heddiw tasa fo wedi licio, ond mae yn fwy o anrhydedd o lawar iddo fo fod yn gweithio ar yn ffarm ni. Mi glywais mam yn deud yr hanas lawar gwaith, fod f'ewyrth Twm sy'n cadw siop drygist yn Llundan wedi gyrru at Bob i ofyn iddo fo ddwad yno i'r siop, ac y basa fo yn 'i helpu o i basio'n ddoctor. 'Roedd yn digwydd bod 'y nhad wedi brifo'i droed ar y pryd; ac 'roeddan nhw'n meddwl y basa fo wrth 'i fagla tra basa fo byw. A dyma Bob yn gyrru'n ôl at f'ewyrth i ddeud fel 'roedd hi acw, ac na fedra fo ddim gadal y lle heb rywun i edrach ar 'i ôl. Ni ddeudodd Bob air wrth neb ar y pryd, ond pen 'r hir a'r hwyr mi ddaeth allan yn ddamweiniol rywsut. Fydda i'n meddwl fod Bob wedi actio fel arwr yr amsar honno, achos mi wn i nad peth bychan oedd o i hogyn â thueddiada fel sy gin Bob wrthod y fath gynnig. Ond tasach chi'n deud wrtho fo 'i fod o wedi gneud rhywbath dipyn uwch na'r cyffredin, mi fasa'n agor 'i lygada arnoch chi mewn syndod, achos 'roedd o'n meddwl mai'r peth mwya naturiol yn y byd oedd yr hyn 'nath o, ac mae o wedi'i anghofio ystalwm. Ond 'dydi mam ddim, a 'dw i'n meddwl bod hi'n gofidio am y peth hyd heddiw. Mi ddaru nhad fendio 'mhen rhai misoedd, ond ni chafodd Bob ddim ail gynnig, 'roedd f'ewyrth wedi cymyd rhywun arall. A dyna fel y bydda i mor filan wrth ryw greadur fel yr hogyn llwyd 'na am edrach i lawr arno fo. Ond 'dydi Bob yn meindio dim. Bydda i'n meddwl y bydd o'n licio'i glywad o'n siarad fel y bydd o, achos mi fydd rhyw fflachiad digri yn 'i lygad o pan fydd yr hogyn llwyd yn brolio mwy nag arfar ac yn sôn am yr holl betha y mae o'n 'u stidio yn y coleg – *subjects* fydd o'n 'u galw nhw – ac yn explenio pob gair i Bob fel tasa hwnnw heb gael diwrnod o ysgol 'rioed, a Bob yn deud, 'Diar annwyl', 'felly'n wir', 'chlywais i rotsiwn beth', fel tasa popeth yn newydd iddo fo, a fynta 'dw i'n siŵr yn gwybod gymint ddwywaith am bob pwnc ag ydi Jacob Jones, er 'i fod o'n gwisgo sbectols, ac yn stidio *subjects*. A tasa fo'n deall y fflachiad hwnnw yn llygad Bob, fasa fo ddim mor barod i esbonio'i *subjects*, chwadl ynta. Ond dyma fel bu iddo fo fod yn achos i Bob ddigio wrtha i.

'Roedd o wedi'i gyhoeddi i bregethu acw ar ddydd Sul 'chydig amsar yn ôl. 'Roedd y mis hwnnw'n digwydd bod hefo ni – fydd 'n siŵr o fod os bydd Jacob Jones i fod yn pregethu, – fel mae gwaetha modd. Mi ddoth acw ar nos Sadwrn. Pan welis i o'n dwad i fyny llwybr yr ardd, â'i wynab hir, a'r gwydrau'n sgleinio, mi ddengis allan trwy ddrws y cefn odd' ar 'i ffordd o. 'Doeddwn i ddim wedi meddwl gneud dim allan o'r cyffredin i boeni fo, mwy na rhyw dro arall. Ond wedi i mi ddwad i'r tŷ, mi oeddwn i'n ista ar ben fy hun yn y gegin, a dyma fo i mewn yno yn reit ddigwilydd. 'Roeddwn i'n ista yng nghysgod y dresar, a 'doedd o ddim yn 'y ngweld i. Mi 'roedd Bob wedi digwydd gadal un o'i lyfra ar y bwrdd, mae o'n gyffredin yn bur ofalus na 'neith o mo hynny hefyd, maen nhw gino fo mewn cwpwrdd yn 'i lofft, mae clo ar y cwpwrdd, a cha i 'run ohonyn nhw ond pan fydd o'n licio. Ond 'roedd o wedi anghofio cadw hwn beth bynnag. Mi 'roeddwn i wedi bod yn 'i edrach o ers meitin. Faswn i'n meddwl 'i fod o'n llyfr go ddwfn, achos fedrwn i 'neud dim ohono fo. 'Doedd o ddim yn stori nac yn farddoniaeth, achos 'roedd y leins yn rhedag yn ddidor o dop y *page* i'r gwaelod. Fydda i ddim yn licio llyfra felly, maen nhw'n edrach mor sych rywsut, ac 'roedd rhyw enw hir ofnatsan arno fo hefyd, ffeilias i'n glir â'i 'neud o allan. Mi sbeciodd yr hogyn llwyd y llyfr gyn gyntad â finna, a dyma fo yn cydio yno fo ac yn darllan yr enw, a dyma fo'n deud wedyn, fel tasa fo'n siarad wrtho'i hun, 'Hwn yn fan 'ma, diar mi. Pwy sy 'ma'n medru 'i ddeall o, 'sgwn i'. Tybad fod o'n meddwl mai dan 'i wallt o mae'r oll sens wedi'i grynhoi. Mi aeth allan, fodd bynnag, heb 'y ngweld i, a lwc iddo fo hynny, ne mi faswn wedi deud dipyn wrtho fo fasa'n 'i synnu fo! Ond mi 'steddais i yn y gegin am gryn ddeng munud yn hwy i drïo dyfeisio sut i flino dipyn arno fo. Ac mi ddaru mi gael *idea splendid* yn y deng munud hwnnw. Mi es i'r cwpwrdd ac mi gymis i focs pupur, ac mi es i fyny'r grisiau'n ddistaw bach, ac i lofft y ffrynt, lle 'roedd yr hogyn llwyd i gysgu. A dyma fi'n pupro'i obennydd o reit dda. Mi ddaru mi roid o mor neis, wyddoch, fel na fasach chi byth yn gwybod fod yno ddim byd yno 'blaw fasach chi'n chwilio'n fanwl dros ben. Ddaru mi gael 'y nychryn yn ofnatsan pan oeddwn jest wedi gorffan. Mi glywn rywun yn dwad i fyny'r grisia yn ddistaw. Mi 'ddylis yn sicr mod i wedi nal, bod mam yn dwad, mi agorodd ddrws y llofft yn ara, a dyma Pero'n rhoi'i ben i fewn. Mi sbïodd arna i reit slei, fel tasa fo'n deall beth oeddwn i'n 'neud. Mae Pero a fi'n cyd-weld yn hollol ynghylch Jacob Jones. Pan ddaethom ni i lawr, mi glywn mam yn y gegin, ac mi slipias y bocs pupur i mhocad.

Amsar swpar dyma alwad amdano fo, a mam yn chwilio pob man. ''Roedd o gin i pan oeddwn i'n gneud stwffin yn y gegin bach,' medda hi, ''wyrach mod i wedi'i adael o yno. Cymer gannwyll, Janet, a dos i edrych.' Mi ddois i yn f'ôl â'r bocs pupur yn fy llaw. 'Gest ti o? 'Roeddwn i'n meddwl jest mai fanno 'roedd o.' 'Nes i ddim 'i hatab hi. Wedi i bawb fynd i'w gwelyau mi wrandis i am dipyn; a toc i chi, dyma'r hogyn llwyd yn dechra tishian, a thishian, a thishian buo fo, ac yn sŵn y tishian y cysgais i.

Mi oeddwn i i lawr o flaen neb bora Sul.

Wedi i mi gynna tân, dyma mam i lawr, a'r peth cynta ddeudodd hi wrth ddwad i'r gegin oedd,

'Tad, Sioned, mae'r hogyn 'na wedi cael annwyd na fuo rotsiwn beth erioed. 'Roedd o'n tishian drwy'r nos. Glywaist ti o? Rhaid i mi gofio gneud powliad reit dda o bosal dŵr iddo fo heno, y creadur gwirion.'

'Ie wir,' meddwn inna, ac yn troi 'y nghefn arni hi rhag ofn iddi hi ngweld i yn chwerthin.

'Mhen sbel dyma nhad i lawr. Anaml iawn y bydd o'n sylwi ar ddim bron, ond y peth cynta ddeudodd ynta oedd,

'Tad, mae'r hogyn 'na wedi cael annwyd, Margiad.'

'Dyna oeddwn i'n deud wrth Sioned,' medda mam.

Wedyn dyma Bob i lawr, a hwnnw'n deud 'run peth, ac o'r diwadd mi ddoth Jacob Jones. Cyn bod o drwy'r drws dyma mam yn dechra, 'Wel, Mr Jones bach, mi 'dach chi wedi cael annwyd; yn neno'r daear lle'n y byd cusoch chi o deudwch. 'Doedd dim posib bod dillad y gwely'n damp, achos mi 'roeddan nhw wrth tân drwy'r dydd ddoe. Rhaid i chi gymyd posal dŵr heno, 'does dim tebyg iddo fo at annwyd yn y pen.'

'Nac oeddan yn neno'r daear, Mrs Huws, 'dw i'n meddwl mai yn y trên wrth ddwad neithiwr y ceis i o. 'Roedd y ddwy ffenest yn agorad, a finna'n ista yn y drafft.'

'Roedd rhaid i mi fynd i'r gegin bach i chwerthin, fedrwn i ddim dal yr olwg oedd arno fo. 'Roedd 'i drwyn o'n goch a'i lygada fo tu ôl i'r gwydra fel llygada penwaig, mi 'roedd o'n edrach fel tasa fo wedi cael annwyd ofnatsan hefyd.

Faswn i'n meddwl fod o wedi rhwbio'i wynab hefo'i gadach pocad, a bod y papur wedi mynd i honno, a phob tro 'roedd o'n 'i hiwsio hi, 'roedd o'n tishian dros bob man. 'Dw i'n synnu rwan na fasa fo wedi clywad ogla, ond 'wyrach nad ydi o'n clywad ogla ar ddim. Mae rhai pobl felly, dyna modryb Penrhos, chlywith hi ddim ogla ar asiffeta hyd nod. Ac 'wyrach mai felly mae ynta. Beth bynnag, 'roedd fel tasa fo'n coelio'i hun mai'r annwyd oedd arno fo.

Ond yn y capal 'roedd o waetha, achos 'roedd o'n iwsio'i gadach pocad yn amlach. 'Doedd mam ddim yn y capal hefo ni y bora Sul hwnnw.

Mi roth Jacob Jones yr emyn cynta allan, 'Un cant, atishia, naw deg, atishia, ag, atishia, atishia, un.' Ac felly y buo fo drwy'r odfa yn tishian bob yn ail air bron, nes oedd pawb yn edrach ar 'i gilydd, a rhai yn methu peidio chwerthin. 'Roedd hi'n reit galad arna inna, ond 'roedd Bob yn sbïo arna i'n fwya difrifol, ac 'roedd rhaid i mi frathu ngwefusa gora gallwn i. Wrth ddwad allan 'roedd pawb yn deud y naill wrth y llall, 'Diar annwyl, 'doedd yr hogyn 'na wedi cael annwyd, y creadur bach?'

'Roeddan ni'n mynd adra hefo'n gilydd, Jacob Jones, Bob, a nhad, a finna, – a phwy ddaru'n dal ni ond yr hen Owen William. A dyma fo'n cydiad yn 'y ngwallt i fel bydd o, ac yn deud, 'Lle cest ti'r holl wallt 'na, Sioned, rhaid i ti'i dorri o wel di.'

'Dydi o ddim yn clywad rhyw dda iawn, ac 'wyrach nad oedd o ddim wedi clywad yr holl dishian mawr, ond mae o'n gweld yn eitha; a dyma fo'n gofyn i'r hogyn llwyd wedi edrach arno fo, 'Ydach chi'n *subject* i'r eirysipolis, Mr Jones? Mae o'n beth cas hefyd.'

'Roedd Owen William wedi'i gael o, medda fo, ac mi 'roedd o wedi cael rhyw ffisig yn siop drygist oedd wedi'i fendio fo, ac ni fydda byth yn colli cyfleustra i ganmol y feddyginiaeth, a dyma fo'n dechra canu clod ffisig y botel las, chwadl ynta. 'Doedd dim iws i Jacob Jones druan drïo rhoi gair i mewn i wadu'r eirysipolis, achos 'dydi o ddim yn clywad ddim gwerth ar adega cyffredin, ond mae o'n enwedig o fyddar pan mae'r botal las dan sylw, a thraethu y buo fo ar hyd y ffordd gartra, a bu raid i Mr Jones aros am ddeng munud wrth y giat i glywad y diwadd, a than weiddi ar 'i ôl, 'Cofiwch chi, llond dwy lwy de bob bora cyn brecwast, fyddwch chi ddim 'run un 'mhen diwrnod neu ddau,' – yr aeth yr hen frawd i ffwrdd.

'Doedd yr 'annwyd' ddim mor ddrwg yn odfa'r nos. 'Roedd effaith y pupur wedi mynd i ffwrdd yn o lew, ond 'roedd ei drwyn o'n bur goch o hyd. Pan oeddan ni'n ista wrth y tân cyn mynd i'n gwelyau, dyma mam yn cofio am y posal dŵr, ac yn deud wrtha i, 'Dos i'r tŷ llaeth, Sioned, a tyd â llond jwg o laeth enwyn o'r pot sy tu nôl i'r drws, nid hwnnw sy wrth y corddwr, llefrith sy yn hwnnw.' Mae mam yn meddwl nad wn i mo'r gwahaniaeth rhwng llaeth a llefrith ar ôl i mi daflu hwnnw i gafn y moch ystalwm. Pan oeddwn i'n mynd allan dyma hi'n gweiddi, 'Cau drws y parlwr gora, rhag ofn i Pero fynd yno.' 'Dydi mam a Pero ddim o'r un farn ar y parlwr gora. Mae mam yn meddwl na ddyla Pero ddim ar un cyfri gael mynediad i mewn. Mae Pero ar y llaw arall yn meddwl nad oes 'na ddim lle mor braf yn y byd i gi â'r mat blewog o flaen y tân yno. Mae o ddigon o sioe i weld o pan fydd o wedi ffendio fod 'na dân wedi'i gynnu yno. Os bydd y drws yn agorad, mi eith ac mi sbïith i fewn at y mat, ac yna mi eith i ben drws y cefn ac mi wrandith glywith o sŵn troed mam yn rhywla, ac os bydd honno ddigon pell mi eith yn 'i ôl ac mi sleifith heibio post y drws ac o dan y cadeiria a'r soffa yn ddistaw bach nes dwad at y tân, ac yna mi orweddith ar 'i hyd yn braf ar y mat blewog, ac mi gysgith, ond cofiwch chi y bydd y glust 'gosa at y drws yn syth i fyny o hyd yn cadw *watch*, ac os clywith o sŵn mam yn rhywla, mi sleifith o dan y soffa fel llygodan. Weithia mi ddigwyddith i mam ddwad ar 'i warra fo cyn iddo fo glirio o'r ffordd, ac yna mi fydd yn cael ei hel allan yn ddiseremoni, a'r hen Bero'n mynd â'i gynffon rhwng 'i goesa a'i glustia'n fflip fflap i lawr 'i drwyn, ac mi fydda i'n rhedag ar 'i ôl ac yn rhoid moetha iddo fo, ac yn deud wrtho fo y ceith o fat blewog iddo fo'i hun gin i ryw ddiwrnod. Mi fydd fel tasa fo'n deall pob gair hefyd.

Fasa waeth i mam heb â deud wrtha i am gau y drws, achos 'does dim peryg i Pero feddwl am y fath beth a mam yn y golwg, ond 'dydi ddim iws trïo'i darbwyllo hi ar y cwestiwn yma, ac mi gaeais i'r drws fel y perodd hi fi.

Hefo'r jygiad llaeth ddois i, mi wnath mam lond powlan fawr o bosal dŵr, ac mi safodd wrth ben yr hogyn llwyd i wyliad na fasa fo'n gadal dim ar 'i ôl. Pan ddoth o i hannar y bowliad dyma fo'n deud mewn llais myglyd, ''Dw i'n meddwl mod i wedi yfad digon, Mrs Huws, thanciw.' Ond 'roedd mam yn ddidrugaradd. 'Choelia i wir, gorffennwch o i gyd,' a bu raid iddo fo sychu'i wydra wedi darfod, achos 'roedd yr anger wedi'u llwydo'n enbyd.

Ond er nad oes 'dim tebyg i bosal dŵr at annwyd yn y pen', yn ôl 'y mam, nid cyntad 'roedd pawb yn 'i wely na ddechreuodd perchennog y gwydra dishian cymint ag erioed, achos fi oedd wedi gneud 'i wely o, ac 'roeddwn wedi cymyd gofal na faswn i ddim yn ysgwyd y pupur i ffwrdd i gyd o'r gobennydd.

Mi 'roeddwn i'n chwerthin nes oedd 'y ngwely i'n ysgwyd wrth feddwl am yr olwg oedd arno fo yn y capal y bora, ac 'roedd rhaid i mi stwffio darn o'r gynfas i ngheg rhag ofn i mam 'y nghlywad i. Yr unig beth oedd yn y 'mlino i oedd, fod Bob yn edrach yn amheus iawn arna i drwy'r dydd. Mae o'n gwybod am y tric pupur 'ma achos ddaru cnithar i ni 'neud 'run peth hefo un o'r gweision, ac 'roedd Bob wedi'i dwrdio hi'n ofnatsan. Ond 'doedd waeth gin i, 'roeddwn i wedi gneud i'r hogyn llwyd edrach yn o wirion am unwaith, dysgu iddo feddwl cymint ohono'i hun a chyn lleiad o bobl eraill. Ond bora Llun dechreuodd fy ngofidia. Mi ath yr hogyn llwyd i ffwrdd hefo'r trên cynta. Pan oeddwn i wrthi hi'n brwsio dillad gora Bob a nhad, dyma Bob i'r tŷ, ac i'r llofft ar 'i union − i lofft y ffrynt. Mi fuo yno am ryw bum munud, ac yna doth i lawr ac i'r gegin. Pan welis i o mi 'chrynais, achos 'roedd 'i lygada fo'n ola fel byddan nhw pan fydd o wedi gwylltio − mi fedar Bob wylltio weithiau, ond nid yn aml, a'i wefusa fo wedi'u tynnu'n un llinell syth. Mi wyddwn i o'r gora mai fi oedd otani hi, ac mai'r pupur oedd y testun.

'Weli di, Sioned,' meddai, 'mae'n gywilydd i ti chwara tric fel 'na hefo gweinidog yr efengyl, pan oedd o wrth 'i waith yn y pwlpud hefyd. Hen dro budr oedd o, fasa ffiaidd gin i fod mor *mean*. Hidiwn i 'run blewyn na ddeudwn i wrth mam.'

A ffwrdd â fo allan. Mi wydda Bob mai deud wrth mam fasa y gosb droma fedra fo roi arna i, nid am fod arna i 'i hofn hi, ond os bydda i wedi gneud rhywbath allan o le, mi fydd mam yn rhygnu ac yn rhygnu am wythnosa am y peth; fasa well gin i tasa hi'n rhoi cweir reit dda i mi, a darfod mewn rhyw ddeng munud, ond pan fydda i ddim yn meddwl am y peth mi ddaw mam â'r hen drosedd i fyny. Ond ddeudodd Bob ddim wrthi hi am y pupur.

'Roeddwn i'n trïo anghofio drwy'r dydd fod Bob wedi digio hefo fi, ond rywfodd fedrwn i ddim. Amsar cinio ddaru o ddim siarad gair hefo fi, nac edrach arna i. Ddoth o ddim i'r tŷ nôl 'i de, ond mi 'rhosodd tan oedd 'y nhad wedi dwad o bwrpas, achos mae o'n gwybod y bydda i'n licio gneud te iddo fo ar ben 'i hun. 'Roeddwn i'n teimlo'n annifyr ofnatsan a'r lwmp yn 'y ngwddw i'n mynd yn fwy o hyd. Clywais mam yn gofyn i Bob yn ddistaw, 'Be wyt ti wedi 'neud i Sioned, Bob?' ''Nes i ddim iddi hi,' medda fo, ond 'roedd mam yn gwybod peth arall.

Fydda Bob yn galw 'nos dawch, Sioned', ar f'ôl i bob nos, pan fyddwn i ar hannar y grisia wrth i mi fynd i ngwely. Ond mi 'roeddwn i'n dop y grisia ac ni chlywais yr un 'nos dawch' gan Bob. 'Roedd hyn yn waeth na'r cwbl. Unwaith erioed 'roeddwn i'n cofio iddo fo beidio o'r blaen, a hynny am 'y mod i wedi tafodi mam am rywbath. Mi es i fy llofft ac mi 'steddais ar y gwely, ac fedrwn i yn 'y myw beidio crïo, faswn yn tagu tasa'r dagrau heb ddwad. 'Doedd dim iws, fedrwn i ddim meddwl am fynd i ngwely, a Bob wedi digio wrtha i. Faswn i ddim yn cysgu drwy'r nos. 'Dydi o ddim ots gin i os bydd pobl eraill wedi digio hefo fi, mi gân ddigio ne beidio fel lecian nhw, 'dydi o'n blino dim arna i; ond am Bob, fedra i ddim byw os na fydd popeth yn wastad rhyngom ni. Mi wyddwn nad oedd o ddim wedi dwad i'w wely, ac mi slipias i lawr y grisia i'r gegin. 'Roedd o'n ista â llyfr o'i flaen, a'i ddau benelin ar y bwrdd, a'i ben rhwng 'i ddwy law. Ddaru o ddim edrach i fyny wrth i mi ddwad i mewn. 'Bob,' meddwn i. 'Bob.' Ond ddaru o ddim codi'i olwg. Mi es i ar 'y nglinia wrth 'i ochr o, ac mi dynnais 'i law o o dan 'i ben. 'Roedd o'n trïo peidio edrach arna i, ond mi 'nes i iddo fo droi'i lygada arna i, ac mi 'roeddan nhw'n dynar fel arfar.

'Wyt ti wedi digio wrtha i am byth, Bob?' meddwn i.

'Dyna chdi, Sioned,' medda fo, ac yn gwthio'r gwallt oddi ar 'y nhalcan i hefo'i law. 'Paid â gneud peth fel 'na eto. Mi 'llaset ddallu'r creadur, a'i lygada ynta'n weiniad hefyd. Heblaw hynny 'roedd o'n beth angharedig, ac mi ddyla merch beth bynnag fod yn garedig, mae'n annaturiol iddi hi beidio bod, dos i dy wely rwan.'

Rhwbias 'y moch yn 'i wynab o a rhedais i fyny'r grisia a'r lwmp yn 'y ngwddw i wedi toddi; a phan oeddwn ar hannar y grisia dyma Bob yn gweiddi 'Nos dawch, Sioned.' Os bod yn garedig ydi'r peth gora mewn merch mae'r peth gora hwnnw gin Bob hefyd, mae o'n curo pob dyn a dynes y gwn i amdanyn nhw yn y peth hwnnw. Y fo ydi'r ffeindia yn yn tŷ ni mi wn i, a wyddoch chi sut 'dw i'n gwybod, – mae'r holl anifeiliaid sy gynnon ni yn ffondiach ohono fo nag o neb arall yma. Dyna Pero, rwan, 'y nghi i ydi o, ond 'dach chi'n meddwl y daw o i'n nganlyn i os bydd Bob yn rhywla'n agos? Choelia i fawr.

Mi allwch feddwl nad oeddwn i ddim llawar hoffach o'r hogyn llwyd 'na wedi iddo fod yn achos y fath ffrwgwd rhwng Bob a fi. Ond mi oeddwn i'n bur garedig wrtho fo pan oedd o yma y tro wedyn, nid er ei fwyn o, ond er mwyn Bob, ac mi 'roedd Bob yn edrach reit foddhaus wrth 'y ngweld i mor boleit wrth Jacob Jones, ac mi 'roedd ynta'n edrach braidd yn synedig drwy ei wydra am mod i ddim yn 'i snapio fo i fyny fel byddwn i arfar. 'Wyrach fod o'n meddwl mod i wedi syrthio mewn cariad â fo, mae o ddigon digwilydd, ond, dyn a'i helpo. Wel, waeth iddo feddwl hynny na pheidio; 'dydw i'n hidio yn neb ond yn Bob.

'Roedd Owen William yn trïo cael gafal arno fo'r tro wedyn buo fo acw i ofyn effaith y botal las; ond mi ddaru Jacob Jones ffoi mewn dychryn pan welodd o fo'n gneud amdano fo. Mae Owen William, fodd bynnag, yn credu hyd heddiw fod y ffisig wedi bod yn fendithiol iawn i'r hogyn llwyd, ac mi fydd yn sôn amdano fo fel siampl o un wedi mendio wrth 'i gymyd o, pan fydd o ar y pwnc hwnnw. Wrth ryw lwc ni chaf fy mhoeni gino fo na'i wydra eto. Maen nhw'n deud fod o wedi cael galwad i rywla yn y Sowth. Mae'n biti gin i dros y bobl fydd yn 'i gapal o.

Ond chwerthin i mi fu diwadd tric y pupur wedi'r cwbl. Pan oedd mam yn rhoi'r dillad yn wlych, dyma hi'n cydiad mewn cas gobennydd, a dyma hi'n dechra tishian decin i. Ond os nad oedd Jacob Jones yn clywad ogla, mae mam. 'Lle'n y byd doth pupur i hwn, Sioned,' medda hi, 'reit siŵr mod i wedi'i roid o ar y bwrdd lle 'roeddwn i wedi bod yn rhoi pupur ffres yn y bocs, mi ddarfyddodd y pupur dwaetha yn fuan ofnatsan, rhaid fod o wedi cluro yn y bwrdd.' Des i ddim i'w goleuo, 'doedd waeth iddi hi felly 'run tamaid.

Sbectols fy Mam

ER bod Bob wedi digio cymint wrtha i am y tro 'nes i â Jacob Jones pan ddaru mi 'neud iddo fo dishian mor ofnatsan, mae o ddigon llawn o ddireidi fel 'na 'i hun. Mi ddaru 'neud tro garw hefo mam unwaith. Ond rhaid i mi gyfadda 'i fod o'n fwy diniwad na thric y pupur. A dyma fel buo hi. 'Roedd mam wedi cymyd yn 'i phen fod 'i golwg hi'n dechra mynd, ac yr oedd yn sôn o hyd am gael sbectols. 'Roeddwn i'n meddwl mai ffansi oedd y cwbl, achos 'roedd hi'n gweld ddigon buan os bydda rhyw ddiffyg yn y gwaith gwnïo fydd hi'n roi i mi 'i 'neud – fedra i ddim diodda gwaith gwnïo. Bydd y nodwydd yn neidio i rywla o hyd, ac wedi cael honno â'r eda yni hi, mi fydd hwnnw'n mynd yn gwlwm, ac os rho i blwc iddo fo mi dorrith. Mae mam yn deud bod gwilydd i mi 'hogan fawr' (mae hynny'n wir), 'yn mynd yn ddwy ar bymtheg, dyma hi, fedar hi ddim gneud twll botwm taclus mwy na fedar y gath 'na, 'dwn i ddim beth ddaw ohoni hi, na wn i wir.' Ond 'does gin i ddim help. Well gin i olchi llawr y gegin hannar dwsin o weithiau, na hemio un barclod.

'Roedd Bob o'r un feddwl â mi mai rhyw ffansi am gael sbectols fel ornament oedd ar mam. Ni fynna fo ar un cyfri fod 'i golwg hi'n pallu. Ond ysgydwa mam 'i phen, gan ddeud ag edrychiad difrifol, 'Mae dy fam yn mynd yn hen fel pobl erill, Bob bach.'

'Twt lol 'di hynna, mam, 'dach chi'n edrych yn fiengach na'r un o'r genod 'na, ac 'dw i'n siŵr bod chi'n gweld gyn gystal â minna.' Ond ni fynna mam nad oedd hi'n gweld mor ddrwg y bydda rhaid cael sbectols, a chafodd 'y nhad ordors pendant i ddwad â phâr iddi hi o'r dre. Bydd 'y nhad yn mynd i'r farchnad hefo'r menyn bob Sadwrn. 'Dw i'n gwybod y leicia mam fynd yn 'i le fo'n iawn, achos mae hi'n meddwl nad ydi o ddim digon siarp i gael y pris ucha am y menyn. Fel hyn y bydd hi acw ar nos Sadwrn yn aml iawn. Daw 'y nhad adra o'r farchnad, ac mi gyfrith y pres ar y bwrdd. 'Hyn a hyn ges i am y menyn, Margiad,' ddeudith. Ymhen 'chydig 'wyrach daw Gwen Jones, Tyddyn Bach, acw ar 'i ffordd o'r dre. Wedi rhoi'i basgedi ar lawr wrth y dresar ac ista a rhoi pat i Pero, mi 'fynnith reit ddiswta, 'Faint geuthoch chi'r pwys, William Hughes?' 'Pedair ar ddeg,' 'wyrach fydd atab fy nhad. 'Ges i bymtheg,' ddeudith Gwen Jones, gan roi ail bat i Pero os bydd o wrth 'i hymyl hi. Mi fydd wedi cael ceiniog yn fwy na nhad bob amsar bron, ac mi *fydd* mam yn 'i drin o wedi i Gwen Jones droi'i chefn. Ond mae mam yn meddwl tasa hi'n mynd 'i hun i'r farchnad a gadal y tŷ a'r cwbl i ngofal i a Bob y basa'r gollad yn fwy na hynny fydd 'y nhad yn 'i golli ym mhris y menyn. Mae hi'n barnu, fodd bynnag, bod ni i gyd yn rhy llac ein gafal yn yr arian 'ma, ond 'y nhad mae hi'n feddwl ydi'r gwaetha ohonon ni. Mae'r *beggars* i gyd yn 'i nabod o, medda hi, am na fedar o ddim peidio rhoi rhywbath iddyn nhw, os medran nhw ddeud stori ddigon torcalonnus wrtho fo. 'Dw i'n cofio un tro i ryw dramp ddwad acw. 'Roedd 'y nhad newydd fynd drwy y drws hefo hannar coron yn 'i bocad i dalu am 'neud rhywbath i'r drol ganol, ac mi ddoth i wynab y tramp. 'Roedd mam yn y ffenast yn edrach arnyn nhw, a dyma hi'n gweld 'y nhad yn rhoi'i law yn 'i bocad ac yn estyn rhywbath i'r creadur. Gwydda mam nad oedd gino fo ddim dima ond yr hannar coron, achos 'roedd o newydd fod yn y tŷ i nôl o, ac yn deud fod 'i bocad o'n wag, a dyma hi allan fel ergyd decin i, a heibio n̥had, yr hwn oedd yn troi i'r tŷ i chwilio am 'chwanag o bres, ac ar ôl y tramp. 'Roeddwn i a nhad yn sbïo arnyn nhw odd'ar garrag y drws, 'y nhad yn methu deall beth oedd mam wedi'i weld yn y tramp i redag ar 'i ôl o. Yr oedd yn amlwg i mi fod o'n 'cáu ymadael â'r hannar coron, peth digon naturiol hefyd, ond dyma mam yn cydiad yn 'i lawas o, ac yn troi'i phen at y tŷ, ac yn gweiddi, 'Pero, hys, hys iddo fo, Pero.' Ond cyn bod Pero hannar ar draws yr iard, 'roedd y giat wedi cau tu ôl i'r tramp a mam yn dychwelyd a'r hannar coron yn 'i llaw.

'Rhoi hannar coron i labwst diog fel 'na,' medda hi, ''roedd o'n edrych yn fwy abl i weithio o lawar na chi, William.'

''Roedd o'n deud fod o wedi bod yn gweithio yma ystalwm, a bod gino fo wraig a deg o blant, a heb weithio cnoc ers deufis,' medda nhad.

'Deg o blant, wir! Mi goelia i fod o heb weithio ers deufis, neu dri, neu bedwar, 'doedd dim golwg gweithio arno fo, ac mi 'roedd o gyn dewad â mochyn tew. Fasa rhywun yn meddwl fod arian fel slecs. 'Dwn i ddim be ddaw ohonoch chi, William, mi fyddwn yn y wyrcws i gyd yn union, ac mi fasach *chi* yno ystalwm 'blaw fi.'

Rhaid i chi beidio meddwl fod mam yn un grintachlyd nac yn un galad, achos mae hi ddigon hael pan mae hi'n gweld fod isio bod felly. Y noson o'r blaen 'roedd hi a fi yn dwad o'r seiat, ac yr oeddan ni yn pasio tŷ Mary Thomas, gwraig weddw ifanc ydi hi, cafodd 'i gŵr hi 'i ladd yn y chwarel ers rhyw chwe mis. Mae gini hi ddau o blant bach, un ddim yn cerddad. Wrth i ni basio'r drws dyma ni'n clywad crïo yno, a dyma mam a fi yn sbïo i mewn drwy y ffenast, 'doedd dim *blind* arni hi, ac 'roedd twll yn un paen. 'Roedd 'na gannwyll bron â llosgi allan ar y bwrdd. 'Doedd dim tewyn o dân yn y grât, ac 'roedd mor oer fel 'roedd fy nannedd i'n clecian. Ni welais y fath le truenus erioed. 'Roedd Mary yn ista ar yr aelwyd a'r babi yn 'i breichia yn trïo cael gino fo fynd i gysgu, a'r hogan bach arall yn sefyll wrth 'i hochr hi'n crïo ac yn deud, 'O mami, mae arna i isio bwyd; ga i frechdan?'

''Does gin mami ddim brechdan i ti, Neli bach.' Ac O! mi 'roedd rhyw olwg ofnadwy ar 'i gwynab hi wrth ddeud fel 'na.

'Bobl annwyl,' medda mam, a'i llais yn crynu, 'wyddwn i ddim fod hi mor galad arni hi, beth wirion; 'roeddwn i'n meddwl fod 'i brawd yn 'i helpu hi. Tyd, brysia, Sioned, 'dw i jest â rhynnu.'

Ni siaradodd mam yr un gair nes daethon ni i'r tŷ. 'Roedd 'i llygada hi'n edrach yn llawn o ddagra. 'Estyn un o'r basgedi o ben y sbens, Sioned,' medda hi, ac mi ddechreuodd lenwi'r fasged ddois i â bwyd, tipyn o bob peth oedd gini hi yn y tŷ. Wedi iddi hi ddarfod dyma hi'n troi at Bob, yr hwn oedd yn edrach braidd yn synedig wrth weld gwynab mam, ac yn deud wrtho fo, 'Llenwa'r bwcad fawr â glo, Bob, a tyd hefo fi. Aros di yn y tŷ, Sioned'. A ffwrdd â hi â'r fasged ar 'i braich. Yr oedd arna i isio mynd hefo nhw garw iawn, achos faswn yn licio gweld gwynab Mary Thomas wrth iddi hi roi brechdan i'r hogan bach, a gweld honno'n 'i byta hi. Fodd bynnag, 'roedd dda gin 'y nghalon i fod mam wedi mynd â'r petha iddyn nhw, achos faswn i ddim yn medru byta fy swper yn gyfforddus yn tôl.

Y dydd Sadwrn wedi i mam benderfynu cael sbectols, rhodd siars bendant ar 'y nhad i ddwad â rhai iddi hi. Pan ddoth o adra, dyma hi'n gofyn, 'Ddaru chi gofio am y sbectols o dŷ'r *watchmaker?*'

'Wel naddo, wirionadd i, Margiad. Chofis i ddim tan y munud 'ma, ond mi fydda i'n siŵr o gofio'r Sadwrn nesa.'

'Hy! gawn weld,' medda mam. Y Sadwrn nesa a ddaeth, a mam yn siarsio nhad wrth iddo fo gychwyn i'r dref, gofio am y sbectols, a Bob yn edrach fel tasa fo isio deud, 'Cofiwch 'u hanghofio nhw, 'y nhad.'

Ond mi ddaru nhad 'u hanghofio nhw heb help neb, a phenderfynodd mam fy ngyrru i hefo fo yr wythnos wedyn. 'Doedd dim iws gofyn i Bob fynd, achos yr oedd o rhy ddig wrth feddwl am i mam 'u gwisgo nhw i neb feiddio gofyn iddo fo 'i helpu hi'u cael nhw.

'Roeddwn i'n licio'r jiant yn iawn, achos nid yn aml y bydda i'n cael mynd o olwg y pentra 'ma, gan fod mam yn deud fod gin i 'rywbeth gwell i 'neud na jolihoitian ar hyd a lled y wlad'. A phan ddoth bora Sadwrn mi 'drychis drwy'r ffenast peth cynta i edrach oedd hi'n braf, ac yr oeddwn reit falch wrth weld yr haul yn twynnu'n loyw drwy friga'r goedan onnen sy wrth y ffenast. 'Roeddwn i wedi meddwl y baswn yn gwisgo amdana yn deilwng o'r diwrnod, ac mi rois fy nillad gora amdana i gyd. Mi feddylias unwaith am godi 'ngwallt a slipio allan heb i mam 'y ngweld i, ond 'roedd hynny braidd yn rhy fentrus, achos mi fydd yn rhedag ar ôl y car nes bydd o o'r golwg ac yn gweiddi am i nhad beidio anghofio rhywbath neu'i gilydd, ac felly mi cribais o'n syth fel arfar, a ffwrdd â fi i lawr y grisia i edrach oedd 'y nhad wedi rhoi'r ferlan yn y car bach.

Pan welodd mam fi, mi edrychodd arna i'n syn am funud neu ddau, ac 'roeddwn i'n methu gwybod beth oedd. Ond dyma hi'n dechra traethu,

'Beth yn y byd 'di dy feddwl di, Sioned? Dos i dynnu'r ffrog dda 'na mewn dau funud, mi fydda golwg neis arni hi erbyn fory, wedi bod yn y car. Mae dy ffrog noson waith di'n ddi-fai. Tad, welais i rotsiwn beth erioed â genod yr oes hon, maent fel peunod o falch. 'Dw i'n cofio o'r gora pan oeddwn i'n hogan gartra y byddwn i'n mynd i'r dre bob Sadwrn hefo'r menyn, a ffrog o stwff cartra amdana i, a barclod gwyn a phâr o glocsiau cynnas am 'y nhraed i. Dyn annwyl, mae'r byd wedi mynd.'

'Doedd dim i mi 'neud ond ufuddhau. Mae mam yn ein llywodraethu ni i gyd acw, ac yn ein hordro ni o gwmpas fel tasan ni rejmant o sowldiwrs. Mae hi yn glyfar iawn yn 'i ffordd hefyd. Tasach chi'n gweld hi'n manijio nhad, a chael gino fo 'neud fel y bydd hi wedi meddwl, heb iddo fo wybod dim 'i hun. 'Wyrach bydd o wedi penderfynu gwneud rhywbath y ffordd yma, a mam wedi penderfynu mai y ffordd arall y dylid 'i 'neud o, dim peryg i mam ddadla a thaeru mai 'i ffordd hi ydi'r gorau, achos mwya'n byd y trïwch chi droi 'y nhad o'r ffordd mae o wedi feddwl, mwya penderfynol y bydd o i fynd y ffordd honno, ac mae mam yn deall hynny i'r blewyn, ac fel hyn bydd hi'n drin o. Wedi i nhad ddeud 'i ffordd o mi fydd hi'n reit ddistaw am dipyn, yna mi ollyngith air yma ac acw o blaid 'i ffordd hi, ac wedyn gair yma ac acw yn dangos nad ydi ffordd 'y nhad ddim *llawn* gyn gystal, ac felly mlaen nes o'r diwadd mi neith 'y nhad fel mae mam wedi meddwl, gan gredu'n siŵr mai felly 'roedd o wedi meddwl gneud o'r dechra, ac mai cario allan 'i *blan* 'i hun, ac nid *plan* 'y mam, y mae o. Ond dyma fydda i'n dotio at mam, mi adawith iddo fo feddwl felly, ac mi canmolith o am 'neud mor ddoeth, ac mai dyna fasa hi'n 'neud yn 'i le fo.

Mae Bob yn gadal iddi hi'i fanijio fo, am fod o'n llai o draffarth na dadla. Yfi ydi'r unig un fydd yn gwrthryfela, ond bydd rhaid i mi gymyd gofal na 'na i mo hynny pan fydd Bob yn ymyl. Fodd bynnag, 'doedd dim amsar i ddadla ar gownt y dillad gora, achos 'roedd 'y nhad yn dechra pacio'r basgedi yn y car, ac mi frysiais newid fy ffrog a'm het a rhoi fy hen jecad yn lle fy *nghape* newydd.

Pan ddaru ni gyrraedd y dre mi gofis i nhad am y sbectols. 'O dos ti 'u nôl nhw, Sioned,' medda fo, 'dyma hi'r siop, mi â i yn 'y mlaen i'r farchnad, wyddost lle bydda i, y bwrdd ar y chwith wrth fynd i mewn.'

Mi es i fewn i'r siop, a 'doeddwn i ddim yn teimlo rhyw gyfforddus iawn chwaith. 'Roedd 'na ryw ddyn tal, tena, tu nôl i'r cownter; ac mi 'nath i mi feddwl am Jacob Jones, ac mi ddaru mi 'i gasáu o mewn munud.

'Mae arna i isio pâr o sbectols,' meddwn i.

'Cewch siŵr,' medda fo reit boleit felly, ac yn agor cwpwrdd gwydr wrth 'i ymyl. 'Pwy nymbar fyddwch chi'n wisgo?'

'O nid i mi maen nhw, i fy mam.'

'O, mi wela, pwy nymbar?' medda fo wedyn. Wyddwn i ar y ddaear beth oedd o'n 'i feddwl wrth nymbar. Wyddwn i ddim bod seis mewn sbectols 'run fath ag mewn hetiau.

'Pwy nymbar ddaru chi ddeud?'

' 'Dwn i ddim,' meddwn i.

'Dyn annwyl, dyna biti; wel, faint ydi oed eich mam 'ta, 'y ngeneth i?'

' 'Dwn i ddim, a taswn i yn gwybod faswn i ddim yn deud wrthach chi, achos 'dydi o ddim o'ch busnas chi, mwy nag ydi o'm busnas i faint ydi'ch oed chi,' meddwn i reit siarp, achos 'roeddwn i'n 'i weld o'n hy dros ben yn f'holi i am beth 'doedd 'nelo fo ddim â fo. A 'blaw hynny, fedra i ddim diodda i bobl ddeud ' 'y ngeneth i' wrtha i. Ond mi 'roeddwn i'n gwneud cam â'r creadur hefyd, achos dyma fo'n deud dan wenu reit ffeind,

'Fedra i ddim gwybod pa sbectols 'neith 'i siwtio hi heb wybod faint ydi 'i hoed hi. Dyma sbectols yn fan 'ma i rai dros ddeugain oed, a dyma rai wedyn i rai dan ddeugain, ac felly yn y blaen.'

'O deudwch chi hynny,' meddwn, 'mae nhad yn gwybod, 'rhoswch funud, mi â i i ofyn iddo fo.'

Ac mi es i chwilio am 'y nhad, gan feddwl yn f'hun fod mwy mewn prynu sbectols na fasa rhywun yn feddwl. 'Roedd 'y nhad yn y fan y deudodd o y basa fo. A phan welodd fi, gofynnodd,

'Gest ti rai, Sioned?'

'Naddo,' meddwn. 'Wyddoch chi faint ydi oed 'y mam, nhad?'

'Oed dy fam!' a sbïodd 'y nhad arna i gyn wirionad â taswn wedi gofyn iddo fo faint oedd oed y bwrdd wrth ba un yr oedd yn ista.

'Ie,' meddwn, 'mae dyn siop y sbectols isio gwybod er mwyn iddo wybod pa sbectols fydd isio i mam gael.'

'O mi wela. Wel, 'rhosa di rwan, faint ydi hi hefyd? 'Roeddwn i'n un ar ddeg a deugain mis Ionawr dwaetha, ac 'dw i bum mlynedd yn hynach na dy fam, felly mae hi yn—yn, yn', a chysidrodd 'y nhad, 'chwech a deugain, yntê, Sioned?'

Mi redais yn f'ôl hefo'r newydd. Wedi i'r siopwr dynnu lot fawr o sbectols allan, a'u sbïo nhw, dyma fo'n deud, ' 'Rhoswch chi, nid hogan bach William Hughes Tŷ Gwyn ydach chi?'

'Ie,' meddwn ddigon cwta, achos 'roedd y dyn 'ma yn f'insyltio i o hyd hefo'i 'ngeneth i' a'i 'hogan bach'. 'Bach,' wir.

'Wel,' medda fo, 'fydda well i chi fynd â thri neu bedwar pâr ohonyn nhw hefo chi gartra i'ch mam gael 'u dewis, a cheith eich tad ddwad â nhw yn 'u hola Sadwrn nesa.'

Felly y bu. Ac ar ôl i ni fynd adra a chael te, ac wedi i mi olchi'r llestri, ac i mam 'neud popeth yn iawn tua'r tŷ llaeth, dyma drïo ar y sbectols. Tad, mi 'roedd acw fyd. 'Roedd rhaid estyn y Beibl a'r llyfr *hymns,* a'r *Adgofion,* i edrach oedd hi'n gweld y *print* yn iawn. Ddaru ni 'u trïo nhw i gyd ar ôl 'y mam, ond 'doedd 'run ohonon ni'n gweld dim drwyddyn nhw ond drwy un heb ddim nymbar arnyn nhw; ac mi 'roeddwn i'n gweld jest 'run fath hebddyn nhw ac hefo nhw, ond 'roedd mam yn deud 'i bod hi'n gweld yn iawn drwyddyn nhw, medda hi. Ac mi ddeudodd, ''Dw i'n meddwl mai rhain fyddan nhw, Sioned. Mae'r ffrâm yn un go wan, ond 'dw i'n gweld dim drwy'r un o'r rhai erill.'

'Roedd Bob yn ista wrth y tân ac ni fynna ddeud yr un gair amdanyn nhw, na thrïo'r un am 'i lygada, ond mi 'roedd yn edrach fel tasa fo isio'u taflu nhw i gyd i'r tân.

Mi drïodd 'y nhad nhw hefyd bob un, ond fedra fynta ddim gweld dim ond niwl drwyddyn nhw i gyd, ond y rhai 'roeddwn i a mam yn medru gweld drwyddyn nhw, ac 'roedd reit handi, medda fo, pan fasa 'i olwg ynta yn mynd, y basa'r un sbectols yn gneud iddo fynta hefyd.

'Roedd Pero yn cymryd gymint o *interest* â neb ynyn nhw, ac yn edrach arna i pan rown i nhw ar 'y nhrwyn, ac ar mam pan fyddan nhw gini hi, ac wedyn ar 'y nhad, ac 'roedd 'i glustia fo'n syth i fyny a'i lygaid mor fywiog fel yr oeddwn yn disgwyl 'i glywad o'n deud 'i farn o hyd. Fodd bynnag, pan welodd o'r sbectols erill yn cael 'u cadw, a mam yn gadal y rhai oedd hi wedi'u dewis ar 'i thrwyn, dyma fo'n dechra cyfarth a chyfarth nes buasech chi'n meddwl bod o am gyfarth y tŷ i lawr. A bu raid i mam dynnu'r sbectols, achos 'roedd o'n neidio at 'i gwynab hi, i drïo cael gafal ynyn nhw.

Ond tasach chi'n gweld y stŵr fydda acw pan fydda mam yn dwad â'r sbectols allan, y sychu fydda arnyn nhw hefo cornal 'i barclod. Nos Sul pan fydda hi'n mynd i ddarllan oedd yr unig adag y bydda hi'n 'u hiwsio nhw.

Gyda gwela Pero hi'n tynnu nhw oddi ar silff y dresar, mi fydda'n codi'n syth ac yn dechra cyfarth dros bob man, a bydda mam yn gafal yn 'i golar o ac yn 'i ddanfon o i'r gegin bach, ac yn cau y drws arno fo, ac mi fyddwn i'n 'i glywad o'n rhoi ambell i chwyrnad, fel tasa fo'n cofio o'r gora. Wedi'r paratoadau hyn mi fydda mam yn tynnu *Adgofion fy ngweinidogaeth* W. Ambrose odd'ar y dresar, ac yn estyn *Cofiant William Rees* i nhad, a Bob â rhyw lyfr gino fo, ond yn gneud llygad blin dros 'i ymyl o ar sbectols mam, a finna'n ista o flaen y tân yn meddwl.

Adgofion Ambrose ydi llyfr 'y mam. Mae hi'n meddwl fod o'n werth yr oll 'lyfra Susnag 'na' sy gin Bob yn llofft. Mi fydd yn gofyn i bob pregethwr ddaw acw fydd o wedi'i ddarllan o. Mi fydd y rhan fwya o'r hen rai wedi gneud, ond go 'chydig o'r rhai ifanc. A phan fyddant yn cyfadda hynny, bydd mam yn deud yn bwysleisiol dros ben, 'Wel, 'dach chi wedi cael collad fawr, Mr Jones', Williams, neu Davies, fel bydda hi'n digwydd bod.

Mae'r llyfr yn eitha doniol hefyd mewn rhai mannau; ond am 'i ddarllan o fel bydd mam o'i ddechra i'w ddiwadd, ac wedyn yn ailddechra o un pen blwyddyn i'r llall, fasa hynny'n ormod. Ond llyfr William Rees, yn hwnnw mae 'Aelwyd f'ewyrth Robert', ydi llyfr 'y nhad, ac mi fydd dadl boeth rhwng y ddau weithia ar ba un ydi'r gora, a bydd rhaid cael Bob i benderfynu. Ac fel hyn bydd hwnnw'n deud, 'Mae'r ddau yn dda iawn, ond maent mewn *different style. Where there is no likeness, there can be no comparison.* ' Bydd Bob yn syrthio i'r Susnag weithia, ac yn synnu'r pregethwrs 'na, ond mi fydda'n cymyd digon o ofal na 'na fo mo hynny o flaen Jacob Jones, ac mi *fyddwn* i'n stowt wrtho fo. Ond fydd mam ddim yn licio'i glywad o'n siarad Susnag. 'Dyna chdi eto, beth 'di hynna yn Gymraeg, tybad?' Ac mi fydd rhaid i Bob gyfieithu, 'Lle nid oes tebygolrwydd nid oes modd cydmaru.' A bydd 'y nhad a mam yn fodlon am y tro.

Mae'r ddau lyfr yn gorwedd ar y dresar ynghyd â dau arall, – *Cofiant William Rees* yn gynta, *Adgofion Ambrose* wedyn, a *Taith y Pererin*, hwnnw 'di fy llyfr i, 'dydi'r *Adgofion* ddim byd iddo fo. Ac ar y top mae'r Beibl mawr, am 'i fod o'n cael 'i iwsio bob nos, tra mae'r ddau gynta yn gauad ond ar y Sul, a'r trydydd yn cael 'i agor pan fydd yr hynt arna i. Ond bydd Bob a nhad yn cadw dyletswydd bob yn ail. Fydd well gin i glywad Bob yn darllan na nhad, achos mi fydd yn darllan o'r Salmau neu o lyfr Job, neu o Genesis. 'Dydw i ddim yn deall ryw lawar ar lyfr Job, ond mi fydd Bob yn 'i ddarllan o nes bydd o'n swnio fel cân, ond am yr hanesion yn llyfr Genesis mi fydda i'n deall nhw i gyd. Hanas Joseff ydi'r gora gin i. 'Dw i'n cofio Bob yn dechra'r hanas ryw noson, ac mi ddarllenodd ymlaen i'r diwadd, ac 'roedd pawb wedi synnu pan ddaru ni ffendio bod hi'n hannar awr wedi deg. Mi 'drychis i wedyn ac mi welas fod Bob wedi darllan deuddeg pennod. Ond 'roedd rhyw niwl yn dwad dros fy llygada i, ac yn rhwystro i mi weld Bob wrth 'i glywad o'n darllan am yr hen Jacob druan. Fydda i byth yn crïo chwaith, ond pan fydd Bob wedi digio hefo fi. Mae mam yn deud mai'r hogan galon galeta welodd hi 'rioed ydw i, achos y bydda i jest â chwerthin pan fydd Richard Jones y Fron, rhyw hen bregethwr, yn deud hanas y mab afradlon yn gadal 'i gartra. Nid am ben yr hanas y bydda i'n chwerthin, mae hwnnw'n grand iawn tasa fo'n 'i ddarllan o o'r Beibl, ond 'i ddeud o yn 'i ddull 'i hun y bydd o. Mi fydd yn sbïo yn graff ar wydr y lamp ar 'i ochr dde fo yn y pulpud, ac yn codi'i law, ac yn deud 'Dacw fo'n mynd, welwch chi y mhobl i?' ac yn pwyntio at y gwydr lamp fel tasa fo yn hwnnw. 'Dacw fo dros y trothwy. Mae o rwan ar hannar y cowrt, dacw fo drwy'r llidiart. Clec! Mae hi wedi cau arno fo.' Ac mi darawith 'i ddwylo yn 'i gilydd â chlec fawr nes bydd pawb yn neidio. Bydd mam yn crïo bob amsar, ond mi fydda i'n licio clywad Bob yn darllan yr hanas fel mae o i lawr.

Yn yr Epistola bydd 'y nhad yn darllan bron bob amsar, ac *mae* 'na benoda hir, a 'dydw i ddim yn 'u deall nhw, mae 'na gymint o 'am hynny' ynyn nhw, ac mi fydda i'n methu gwybod am hynny beth.

Mi 'roedd Bob yn mynd yn ddicach, ddicach wrth y sbectol 'na bob Sul; ac yn wir 'roeddwn inna yn reit stowt o achos Pero. Mi fyddwn yn teimlo reit anghyffordddus yn ista wrth y tân, a Pero druan yn cael ei droi i'r gegin bach oer 'na.

Rhyw ddydd Sul mi ddaru Bob ddeud amsar cinio nad oedd o ddim am fynd i'r

capal y pnawn. Pregath oedd 'no'n digwydd bod. 'Doedd dim iws i mam roi'r
order to march iddo fo, achos pan licith Bob mae o'n fatsh iddi hi, ac mi fedar 'i
throi hi rownd 'i fys fel bydd hi'n troi nhad. A'r dydd Sul yma mi 'nath i mam
weld yn glir mai'r peth gora fydda iddo fo aros gartra.

Mi wyddwn i wrth lygad Bob fod gino fo ryw ddireidi mewn golwg, ac mi
faswn yn licio aros gartra i weld beth oedd o; ond 'doedd wiw i *mi* sôn am aros
gartra. Fodd bynnag, mi geuthon wybod i gyd ar ôl te. Wedi troi Pero i'r gegin
bach ac estyn y *Cofiant* a'r *Adgofion*, dyma Bob yn neidio i fyny ac yn deud, er fy
mawr syndod ''Rhoswch, mam, mi 'na i estyn ych sbectols chi', a dyma fo'n 'u
hestyn nhw oddi ar y silff, ac yn deud, 'Gweitiwch funud gael i mi'u glanhau nhw
i chi hefo'r hancaish sidan 'ma, mae hi'n stwythach na'ch barclod chi.' A dyma
fo'n ista ac yn tynnu'r hancaish o'i bocad ac yn dechra'u rhwbio nhw. Mi 'roedd
rhyw osgo rhyfadd arno fo'n gneud, ac yr oeddwn yn ama rhywbath.

'Tyd i mi gweld nhw am funud, Bob,' meddwn i. ''Dwyt ti ddim wedi'u
glanhau nhw'n lân.' A dyma fi'n cydiad ynyn nhw wrth iddo fo'u hestyn nhw i
mam, ac yn cymyd cwr 'y marclod i sychu nhw. Ond mi ddaru mys a mawd i
gwrdd 'i gilydd heb ddim gwydr rhyngyn nhw, ac 'roeddwn jest â gweiddi 'O'.
Ond dyma Bob oedd wedi plygu at y tân i guddio 'y ngwynab i oddi wrth mam,
yn rhoi cic i nhroed i o dan y gadar, ac mi ddeallais mai rhyw gynllwyn oedd gino
fo. Fydd mam yn cau'i llygada wrth roi'i sbectols ar 'i thrwyn rhag ofn i'r *handles*
fynd iddyn nhw, ac felly ddaru hi ddim notisio dim byd. Wedi iddi hi'u gosod
nhw wrth 'i bodd, dyma hi'n troi i'r marc oedd gini hi yn yr *Adgofion*, a Bob a
finna'n gwyliad yn ofalus. Yr oedd 'y nhad yn ddwfn yn y *Cofiant*, a ddim yn
clywad nac yn gweld dim o'i gwmpas.

'Diar annwyl,' medda mam, wedi iddi ddarllan un ddalen o'r llyfr, 'Mi ydw i'n
gweld yn dda hefo'r sbectols 'ma hefyd. Rhai iawn ydyn nhw, mi 'dw i'n gweld
yn well bob dydd drwyddyn nhw.' Roedd Bob bron colli'i wynt wrth drïo peidio
chwerthin, a finna hefyd. Wedi iddo fo reoli'i hun dipyn, dyma fo'n deud, 'Mam,
mae 'na dipyn o faw ar ych sbectols chi, well i chi'u sychu nhw. Mae'ch barclod
chi'n sychu'n lanach na'r hancaish 'ma wedyn.'

'Oes, dywad,' medda hi. ''Dw i'n gweld dim byd arnyn nhw.' Ond mi gaeodd
'i llygaid a thynnodd y sbectol.

Yr oedd yn synfyfyrio am yr *Adgofion* wrth godi cornal 'i barclod i sychu'r
gwydra glasa hi; ond pan roth hi 'i bys drwy'r twll, 'Bobl bach,' medda hi, 'beth
sy' ar y sbectols 'ma?' Ond 'doedd dim isio atab. Mi ddechreuodd Bob a fi
chwerthin dros bob man, nes daru nhad ollwng y *Cofiant* mewn dychryn, gan
ofyn beth oedd y matar. Fedra Bob na fi ddim deud gair. ''Drychwch ar y ddau
blentyn drwg 'na, William,' medda mam. 'Maen nhw wedi tynnu gwydra fy
sbectols i, y cnafon. Bob, chdi ddaru 'nte? Dyna beth oedd yr aros gartra pnawn,
mi wela i rwan. Lle mae y gwydra?' Tynnodd Bob nhw o bocad 'i wasgod, a dyna

lle 'roedd mam yn trïo'u rhoi nhw yn 'u hola, a nhad yn chwerthin nes oedd y
dagra yn rhedag i lawr 'i wynab o wrth weld mam o holl bobl y byd wedi'i gneud
mor arw. Ond fedra mam ddim sowndio'r gwydra, ac mi benderfynodd mai'r
peth gora fydda iddi hitha chwerthin hefyd, am mai Bob oedd y troseddwr, a
dyna lle 'roeddan ni'n pedwar yn chwerthin fel petha gwirion.

'Doedd ddim iws i mam ddeud nad oedd hi ddim yn gweld bellach.

Wedi i mi gadw'r ffrâm a'r gwydra rhydd, dyma fi'n gollwng Pero allan o'r
gegin bach. Mi ath yn syth at 'y mam, ac mi roth 'i ddwy bawan ar 'i glinia hi, ac
mi sbïodd yn 'i gwynab hi'n graff, a phan welodd o nad oedd y gwydrau ddim gini
hi, dyma fo'n rhoi rhyw hannar chwyrnad o foddhad, ac yn gorwedd i lawr wrth
draed Bob.

'Dydi mam ddim wedi sôn am gael sbectols wedyn, mae'r ddau wydr mewn *egg
cup* ar y dresar, ac am y ffrâm, mi 'roeddwn i'n cadw reiat hefo Pero ryw
ddiwrnod a dyma fi'n meddwl sut basa fo'n edrych yni hi. Gynta gwelodd o hi,
dyma fo'n dechra cyfarth. Mi rwymais ddau linyn un ymhob pen i'r ffrâm, ac er
ei fod o'n cogio mrathu fi, mi glymais y ddau linyn rownd 'i glustia fo er 'i waetha
fo, a welsoch chi 'rioed mor ddoniol 'roedd o'n edrach nes oedd hyd nod mam yn
chwerthin – bydd mam yn deud, 'Twt lol wirion', am bob pranc fydda i'n
chwara hefo Pero. Ond cynta cafodd Pero'r drws yn 'gorad, mi roth wib allan ac i
lawr dros wrych y cae hir ac ar 'i hyd o ac yn ôl, ond 'doedd yr hen ffrâm ddim ar 'i
drwyn o'n dwad yn ôl. Ac 'roedd o'n ysgwyd 'i gynffon ac yn edrach mor falch, fel
tasa fo'n deud, 'Dyna fi wedi gneud diwadd arnyn nhw i chi.'

Mi gostiodd yr hen sbectols yn ddigon drud i nhad, beth bynnag. Ond 'dydi
mam ddim yn gwybod, neu'r andros annwyl, mi fasa acw hwrli bwrli. Mi
ddeudodd 'y nhad yr hanas wrth Bob a fi pan oeddan ni'n tri yn sôn am y tro.

Y dydd Sadwrn ar ôl i mi fod yn prynu'r sbectols, rhoth mam y rhai oedd i fynd
yn ôl mewn papur, a rhoth nhw wedyn yn ofalus ym mhocad top côt 'y nhad, ac
yn siarsio arno fo fynd â nhw yn 'u hola a thalu am y pâr oedd hi'n 'i gadw. Ond
anghofiodd 'y nhad fynd â hwy i'r siop, ac ym mhocad 'i dop côt y buon nhw am
wythnosa. Y fi fydd yn brwsio'r dillad acw, ond mi fydd gin 'y nhad a Bob y fath
dacla yn 'u pocedi, ond 'u pocedi gora, fel tasach chi'n mynd i ddechra'u chwilio
nhw, mi fasach wrthi tan hannar nos. Ac felly 'nes i mo'u ffendio nhw, ac yno y
buon nhw tan ryw ddydd Sadwrn pan ddaru dyn y siop watsus fynd at 'y nhad
wrth iddo fo basio a gofyn iddo fydda fo mor garedig â dwad â nhw yn 'u hola, bod
cwsmar arall isio sbectols.

'Diar annwyl,' medda nhad wrtho fo, 'Mi ydw i'n un rhyfadd hefyd, maen nhw
yn 'y mhocad i ers wythnosa. 'Rhoswch chi, dyma nhw.' A thynnodd y pecyn o
waelod 'i bocad o dan y celfi oedd wedi casglu yno ers pan oedd mam wedi eu
gosod nhw yno mor ofalus. Ond druan o nhad, pan agorwyd y papur, 'doedd na
ddim un o'r tri phâr sbectols yn gyfa. 'Roedd y gwydr yn ulw, a'r ffrâms wedi

stumio, a bu gorfod iddo fo dalu am yr oll. Mi ddaru'r siopwr ostwng tipyn yn 'u pris nhw ar gownt yr anlwc. 'Roedd 'y nhad yn deud wrthan ni y bydda fo'n cofio am y sbectols bob nos Sul wrth weld mam yn darllan yr *Adgofion,* ond erbyn y Sadwrn wedyn 'roedd wedi'u hanghofio'n llwyr.

'Roedd Bob yn deud wrthan ni mai'r achos fod pawb ohonom ni'n gweld drwy y sbectols oedd am mai gwydr *common* oedd ynyn nhw fel gwydr ffenast, ac mae yn debyg iawn mai mewn camgymeriad y rhoth y siopwr nhw hefo'r lleill.

Mam yn mynd ar Fisit

D DOTH modryb Pen Rhos acw ryw ddydd Sadwrn ers tipyn rwan. 'Doedd mam ddim yn teimlo'n rhyw dda iawn, ac 'roedd hi'n cwyno'n o sownd wrth modryb.

Fydda i ddim yn rhyw arw iawn am modryb Pen Rhos. 'Dw i'n cofio, pan oeddwn i'n hogan bach, mai hi oedd arna i ofn fwya o neb yn y byd. Mae hi'n dal a sgyrniog, ac yn syth fel procar. Bydd 'i cheg hi'n dyn yn gauad bob amsar, prin bydd hi'n 'i hagor hi i siarad, ac mi fydd yn cau'i gwefusa yn glos ar ôl pob gair. 'Dydi modryb ddim yn coelio mewn gwastraffu dim byd, hyd nod geiria. Anaml iawn cewch chi wên gini hi hefyd, ond mi fydd 'i cheg hi fel llinell syth o hyd. Bob ydi'r unig un fedar 'neud iddi hi chwerthin, ac mae o'n gwybod hynny o'r gora, a bydd wrthi yn dyfeisio bob math o betha i ddeud wrthi hi er mwyn 'i gweld hi'n chwerthin yn erbyn 'i hewyllys. Ond llygada modryb fydda'n 'y nychryn i pan oeddwn i'n fychan. Fyddwn i'n meddwl 'u bod nhw fel yn torri dau dwll i mewn i nghalon i, ac yn chwilio allan bob drwg oeddwn i 'n 'neud neu yn feddwl. 'Roedd hi acw'n aros un tro pan oedd mam yn sâl, pan oeddwn i tua wyth oed, ac mi 'roedd 'na bot o jam eirin wedi'i adal ar y bwrdd yn y sbens, ac mi ddaru mi helpu f'hun iddo fo'n o ffri i chi, a dyma modryb yn ffendio fod peth wedi mynd ohono fo, ac amsar te dyma hi'n gofyn i Bob a mi mewn rhyw lais sych cwta, 'Fydd y gath 'ma'n byta jam eirin, dudwch?' ac yn troi'i llygaid arna i nes oeddan nhw'n llosgi i mewn i mi ac yn gneud i mi ddeud ngwaetha i yn 'y ngên,

'Ddaru mi ddim byta dim ond dwy lond llwy, modryb.'

'O! felly'n wir. Wel, be raid 'neud i eneth fach fydd yn byta jam eirin heb wybod i bobl tybed?' ac yn dal i sbïo arna i â'i llygaid glas glas gloyw. 'Roeddwn i'n meddwl yn siŵr 'i bod hi am 'y nghau i yn y beudy pella. Ac mi 'roedd 'na fwgan yn fanno. Mi guddias 'y ngwynab o dan gôt Bob, a fynta'n rhoid 'i fraich amdana i, ac yn deud wrth modryb, ''Neith hi ddim eto, modryb, yn na 'nei di, Sioned?'

Fydda Bob ddim o'i hofn hi, ond mi fydda yn 'i gwatwar hi'n cerddad, yn sefyll yn syth heb 'stwytho dim, ac yn martsio o gwmpas y gegin fel bydda modryb, a finna'n chwerthin ac yn crynu gin ofn i modryb ddwad i lawr a'i gatsio fo. Un o sir Feirionnydd ydi hi. Mae 'i gŵr hi'n frawd i nhad. 'Dw i'n meddwl fod ar 'y nhad gymint o'i hofn hi â fydda arna i pan o'n i'n fychan, achos clywis o'n deud tan ysgwyd 'i ben yn ddifrifol, 'Dynas ofnadwy ydi gwraig John, dynas ofnadwy.'

Er bod hi ffor'ma ers talwm iawn, mi fydd yn siarad rhai petha reit ddigri o hyd. Hi ddaru ddechra ngalw i'n Sioned. Janet fyddan nhw'n 'y ngalw i ystalwm tan ddaru hi ddysgu Bob. Fyddwn i ddim yn licio cael 'y ngalw yn Sioned; ac mi fydda Bob yn gneud hynny i mhlagio i, ac mae pawb wedi mynd i weiddi Sioned arna i rwan, a Sioned fydda i decin i. Wel, 'dydi o ddim llawar o ots chwaith, ran hynny. Ond sôn am modryb yn dwad acw 'roeddwn i.

Wel, i chi, pan welodd hi fod mam yn edrach yn o bethma, dyma hi'n deud, 'Rhaid i chi ddwad hefo fi i Ben Rhos i fwrw Sul, Margiad. Mi 'neith y newid les i chi. Ewch i wisgo amdanoch. Rhaid i mi gychwyn mewn cwarter awr.'

Ar 'i ffordd o'r farchnad 'roedd modryb. Ysgydwodd mam 'i phen,

'Bobol bach,' medda hi, 'be ddo o'r llaeth?'

Bydd Bob yn sôn am bobol o un *idea*, mae gino fo ryw enw Susnag hir yn dechrau hefo 'mon' arnyn nhw, a fydda i'n meddwl mai un o'r rheiny ydi mam, ac mai un *idea* hi ydi'r tŷ llaeth. 'Dw i ddim yn cofio mam yn mynd o cartra 'rioed o'r blaen, dim ond i yfad te i'r Rhiw neu i Tŷ Mawr, ac mi fydd yn *understood thing*, fel bydd Bob yn deud weithia, fod nhw i aros heb de nes bydda mam wedi trin y llaeth, ac yna mi fydd yn troi allan a 'goriad y tŷ llaeth yn 'i phocad. Gwelais hi un tro wedi mynd heb adal llaeth i mi roi yn nhe Bob, ac mi guson ni hwyl, achos fel hyn ddaru Bob fanijio. Mae ffenast y tŷ llaeth yn o uchal i fyny yn y wal, ac odani hi oddi mewn mae y bwrdd llechan lle bydd mam yn gosod y padelli llaeth newydd ddwad i fewn. Fydd y ffenast yn ygorad bron bob amsar, ac mi glymodd Bob linyn wrth glust y cremjwg, ac mi roth yr ystol bach ar y ffenast. Mi redodd i fyny'r ystol, ac mi ollyngodd y jwg i lawr i ganol un o'r padelli, ac yna mi dynnodd o i fyny â thipyn go lew o lefrith yno fo.

Pan ddoth yn 'i hôl a mynd i'r tŷ llaeth, 'roedd hi'n methu gwybod am funud beth oedd wedi bod yn sboncio'r llefrith o gwmpas, ond toc dyma hi'n gweiddi, 'Llygodan sy wedi syrthio iddo fo. 'Dydi'r hen gath 'na'n werth dim, rhaid i dy dad ddwad â thrap hefo fo o'r dre dy' Sadwrn.' A chyn i mi gael amsar i ddeud dim 'roedd hi wedi tywallt y llefrith i ffwrdd i gyd. Ond chafodd hi ddim llygodan, a 'doedd dim iws i mi ddeud y rheswm pam wedi hi ddarfod.

'Medru dringo allan ddaru hi reit siŵr,' medda hi, a chafodd 'y nhad ordors i ddwad â trap hefo fo ddy' Sadwrn; a pheth rhyfadd iawn, mi gofiodd ddwad â fo hefyd. A dyna lle 'roedd hi yn 'i osod o hefo darn o gig moch, ac yn 'i roid o o dan y bwrdd llechan, ac yno mae o byth a'r cig moch wedi sychu'n grimpin.

Wrth glywad modryb yn sôn am iddi hi adal cartra am ddwy noson, 'roedd mam bron llewygu. Ond mae modryb fel haearn; os bydd hi wedi meddwl am rywbath rhaid i'r peth hwnnw fod tasa rhaid mynd drwy'r dŵr a'r tân i'w gael. Mae mam yn un go lew am 'i ffordd 'i hun, ond mae hi fel cŵyr yn nwylo modryb Pen Rhos. Mi gafodd y cynigiad 'i eilio gan Bob. 'Rhaid i chi fynd mam, mi ddo i'ch nôl chi nos Lun hefo'r car, ac mi dreifia i chi rownd heibio'r hen gastell,' medda fo. Rhwng Bob a modryb danfonwyd mam i fyny'r grisia i wisgo amdani, a phan ddoth hi i lawr dyma hi'n dechra arna i decin i.

'Sioned,' medda hi, 'tyd yma.' A dyna hi'n rhoi 'goriad y tŷ llaeth i mi ac yn deud, 'cofia di paid â thwtsiad yn y padelli llawn, ddim ond gadael iddyn nhw, mi 'nawn heb gorddi tan ddy' Mawrth. Rho y llaeth ffres yn y padelli glân 'na, a chymer ofal sgwrio'r llestri llaeth yn iawn hefo digon o ddŵr poeth, a —.'

'Margied ydych chi'n barod bellach, mae'r ferlen bach yn rhynnu, mae hi'n oer arwinol iddi sefyll c'yd,' gwaeddai modryb ar ganol y siars yma. A dyma Bob yn rhoi rhyw naid o'r drws.

'Dowch, mam,' medda fo, ac yn cydio yn 'i braich hi, ac yn 'i bwndlo hi i'r car.

'Sioned,' gwaeddai mam, ac mi redis i'r drws. 'Cymer ofal rhoi llaeth y fuwch wen ar ben 'i hun, mi 'dw i wedi addo peth i bobl Tŷ Isa, a phaid â bod yn rhy hy' hefo Mwyni, neu mae hi'n siŵr o roi cic i ti, well i ti 'i gadael i Bob, a chofia —.'

'Margied bach,' medda modryb, 'mae'r eneth yn 'i iawn synnwyr, mi ŵyr sut i gadw tŷ am ddiwrnod, siawns.'

Ond 'doedd mam ddim yn fodlon, a phan oeddan nhw ar gychwyn dyma hi'n gweiddi,

'Sioned, cofia beidio gadael i dy dad fynd i'r capal fory heb ddim colar; a Bob, cofia beidio aros gartra o'r ysgol, a —' ond 'doedd modryb ddim yn feddiannol ar fynadd Job, ac mi roth slaes i'r ferlan nes oedd hi'n neidio, ac 'roedd mam wedi dychryn gormod i orffan.

Mae gin 'y nhad wrthwynebiad cryf i wisgo colar. Fasa fo ddim yn gwisgo un byth ond 'blaw bydd mam yn gneud iddo fo 'neud. Mae hi wedi'i feistroli o ar y Sul; ond am feiddio sôn am un ar ddiwrnod gwaith, wiw iddi 'neud ffasiwn beth. Bob nos Ferchar yn regilar bydd mam yn deud wrtho fo pan fydd o'n mynd i wisgo amdano i fynd i'r seiat,

'Tynnwch yr hen grafat 'na da chi wir, William, a rhowch golar am ych gwddw. Welis i rotsiwn beth, yn neno'r taid annwyl, na fyddach chi'n debyg i ryw ddyn arall. 'Dach chi'n edrach yn fwy tebyg i ryw hen Wyddal na dim byd arall.' (Mae gin mam ryw feddwl rhyfadd am Wyddal.) Ond bydd 'y nhad yn atab o hannar y grisia,

'O mae'r crafat 'ma'n iawn, be di iws i mi faeddu colar lân, mae ginoch chi ddigon o waith smwddio fel mae hi, Margiad.'

Ond tipyn bach o esgus ydi hyn, a bydd mam yn ysgwyd ei phen ac yn deud, 'Welis i 'rioed ddyn fel dy dad, gneud i bobol feddwl bod ni mor flêr na fedrwn ni ddim cael amsar i startsio a smwddio dipyn o goleri, yn wir mae o ddigon â thorri calon rhywun.' Bydd mam yn egluro i bawb fedar hi beth ydi'r achos y bydd 'y nhad yn gneud 'i ymddangosiad heb 'run golar, ond ar y Sul.

'Welsoch chi 'rioed 'run mor gysetlyd â'r gŵr acw,' bydd yn deud, ''neith o ddim gwisgo colar dros 'i grogi, yn dydi dynion yn betha rhyfadd hefyd mewn

difri calon rwan? Mae'n siŵr bod pobol yn gweld bai arna i, ond 'does gin i ddim
o'r help. 'Dw i wedi crefu arno fo mwy na mwy fel gŵyr Sioned,' a bydd yn cael
cydymdeimlad tebyg i hyn.

'Fel 'na maen nhw, maen nhw i gyd 'run fath, Margiad Huws. Os cyma nhw
rywbath yn 'u penna, waeth i chi ddeud wrth ddarn o bren nag wrthyn nhwtha.
Dacw Sionyn acw rwan, wisgith o ddim het galad tasa fo'n cael 'dwn i ddim be, ac
mae o'n edrach mor hen ffasiwn yn yr hen het feddal 'na. Ac fel'na byddan nhw
wrthi hi, ac mae'n amlwg fod gin bob un wrthwynebiad i rywbath neu'i gilydd.
Ond tasach chi'n gweld 'y nhad yn 'i golar ar ddy' Sul, fydd yn edrach fel tasa lot o
ddrain am 'i wddw fo, ac mi fydd yn troi'i ben mor stiff felly. Mi *fydd* mam mewn
byd hefo fo hefyd, ac yn 'i gychwyn o i'r capal yn ofalus rhag ofn iddo fo gilio yn ôl
i'w thynnu hi.

Un dy' Sul mi fu acw stŵr, ganol yr ha' oedd hi, ac mi 'roedd hi *yn* boeth
wirioneddol. 'Roedd mam wedi cychwyn 'y nhad i'r ysgol yn edrach reit dwt i
chi, a cholar stiff fel procar am 'i wddw fo; a phen tipyn dyma mam a finna yn
mynd. Wedi i mi ista yn 'y lle, a gosod fy Meibl ar y lej, a deud, 'Reit dda,
thanciw' wrth Owen William (fo di'r titsiar), pan ddaru o ofyn mewn llais oedd
o'n feddwl reit ddistaw, ond 'roedd pawb yn y capal yn 'i glywad o, 'Wel, Sionad,
sut mae hi? Sut maen nhw acw? Oes ant ti annwyd heddiw?' Mi 'drychais o
gwmpas, a'r peth cynta welis i oedd mam yn edrach fel tasa hi bron â mynd i ffit.
'Roeddwn i'n methu gwybod beth oedd arni hi, a dyma fi'n edrach ar 'y nhad i
edrach oedd o'n 'i gweld hi, ac mi ges wybod beth oedd yr helynt. Dyna lle'r oedd
o'n ista reit ddedwydd heb yr un pwt o golar i weld ond colar wlanan 'i grys o.
Welsoch chi 'rioed mor gyfforddus oedd o'n edrach, ond 'roedd gwaeth na hynny
i ddod. Galwyd ar 'y nhad i ddechra'r ysgol, a dyma fo'n codi reit ufudd a
hamddenol, fel bydd o, ac yn mynd yn ara deg at y sêt fawr, a dros hannar y golar
yn cyrlio allan o bocad 'i gôt o tu nôl. Mi sbeciodd y plant hi mewn munud, ac yr
oedd y naill ar ôl y llall yn pwffian chwerthin. Wrth iddo fo basio *class* o hogia
bach dyna'r cnonyn bach hwnnw Dici'r Refail, fydd yn gweld 'i gyfla i 'neud
drwg bob amsar, yn cydiad yn y golar ac yn rhoi plwc iddi hi, a'r cam nesa roth 'y
nhad i ganol llawr y capal reit o flaen y sêt ar yr ymyl lle 'roedd mam yn ista
dyma'r golar yn disgyn, a dyna lle 'roedd hi'n gorwedd reit stiff a chrwn, tan
ddaru'r arolygwr 'i gweld hi; a phan oedd 'y nhad yn mynd allan, mi rhoth hi iddo
fo a deud, 'Ddaru chi golli hon gynna, William Huws?'

'O, thanciw John Owen, mi 'roedd hi mor boeth wrth ddwad hyd y lôn 'na fel
ddaru mi 'i thynnu hi. Rhaid bod hi wedi syrthio o mhocad i, thanciw mawr.'

Ond pan ddaethon ni adra, bobol bach, tasach chi'n clywad mam. 'Codi
cywilydd arnon ni fel 'na o flaen cymint o bobol, gneud ni'n sbort i bawb' — ac
felly yn y blaen, a nhad yn darllan y *Cofiant* heb gymyd arno'i chlywad hi, am
dipyn, ond o'r diwadd dyma fo'n deud — 'Margiad bach, peth digon diniwed

oedd o. 'Nes i ddrwg i neb, ac os daru pobl chwerthin, be waeth befo, mae'n meuthun iddyn nhw gael peth mor ddiniwed i chwerthin am 'i ben o.' A Bob yn codi'i ben ac yn deud, 'Hidiwch befo, mam, mi â i i'r capal â dwy golar naill ar dop y llall am 'y ngwddw, ac mi ddeuda i wrth bobol mod i'n gwisgo colar dros 'y nhad.'

'Paid â chyboli, da chdi, Bob, wyt titha gyn waethad bob tamaid yn 'cáu gwisgo côt fel rhyw greadur *respectable*.' Jecad fydd Bob yn wisgo bob amsar. Mae mam yn flin wrtho fo am na wisgith o gôt fel Twm Tŷ Mawr, a brathodd Bob 'i wefus ac mi rois inna 'y mhig i fewn; meddwn i, 'Faswn i ddim yn licio i Bob fod 'run fath â Twm, tasa fo'n gwybod edrach mor smala mae o yn y gôt 'na, mi fasa'n gwisgo jecad yn bur fuan.'

Ond fasa well i mi dewi.

'Taw di, Sioned, 'rwyt ti â dy fys ym mhob brwas bob amsar,' medda hi. Ar hyn cododd Bob ac estynnodd yr *Adgofion* i mam, wedi'i agor yn y marc, ac erbyn amsar capal 'roedd yr *Adgofion* wedi dwad â hi ati hun. 'Dw i'n meddwl bod 'y nhad yn 'difar gino fo, achos mi aeth o flaen y *glass* i'r parlwr ac mi roth y golar am 'i wddw reit neis heb i mam ddeud dim wrtho fo am 'neud.

'Roeddwn i'n teimlo reit bwysig wrth i mam roi 'goriad y tŷ llaeth i mi, ac mi rhois o yn 'y mhocad reit ofalus. Fasa well gin i tasa fo ar yr hôl, achos mae o'n oriad mawr ac mae gryn dipyn o bwysa yno fo, ond yr oeddwn yn meddwl tasa rhywbath yn digwydd iddo fo y basa mam yn deud nad oeddwn i ddim ffit i adal yng ngofal tŷ.

Mi ddoth Elin acw rhwng chwech a saith isio i mi fynd hefo hi i'r pentra. 'Mae mam wedi mynd i Ben Rhos i fwrw Sul, a fedra i ddim gadael y tŷ,' meddwn i. Chwerthodd Elin yn iawn. 'Roeddat ti'n deud hynny fel tasat ti'n gant oed, Sioned,' medda hi.

'Roedd 'y nhad wedi dwad o'r dre, ac wedi cael 'i de, ac yn ista wrth y tân yn smocio. Wedi clywad Elin yn crefu arna i i fynd i chypeini hi, dyma fo'n deud,

'Dos, Sioned, 'does yma ddim byd yn galw, mae mor hawdd i ti fynd â tasa dy fam yma.'

Ond ysgydwais i 'y mhen yn benderfynol a rhois fy llaw yn 'y mhocad i deimlo 'goriad y tŷ llaeth. 'Well gin i beidio heno, Elin,' meddwn.

Mi ddoth Bob i fewn ar y funud honno ac mi aeth yn gypeini i Elin i'r pentra.

Bora Sul, pan ddoth 'y nhad i lawr o wisgo amdano i fynd i'r capal, mi welwn fod o wedi penderfynu cael gŵyl oddi wrth y golar; ac mi oeddwn i'n meddwl y baswn i'n gadal iddo fo. Ond 'roedd 'i hen grafat o'n edrach yn bur rhyw siabi. ''Hoswch,' meddwn i, 'mae gin i grafat gwell na hwnnw, nhad.' Ac mi es i nôl crafat gwyn Bob oeddwn i wedi weu fy hun iddo fo erbyn y 'Dolig. Un nobl ydi o hefyd. Bydd mam yn deud y medra i weu yn iawn, ac na 'fydd dim angen sana a phetha felly os bydd Sioned wrth law'. A dyma fi'n 'i droi o yn ddau dro am 'i wddw fo ac mi 'roedd o'n edrach reit gyfforddus hefyd. Ond 'roedd pobol yn meddwl fod o wedi cael annwyd ofnatsan, achos dyma Owen William yn gofyn i mi yn 'rysgol pnawn,

'Sut yn y byd cafodd dy dad y fath annwyd, Sioned?'

''Dydi o ddim wedi cael annwyd,' meddwn i.

'O, 'i weld o wedi lapio cymint am 'i wddw oeddwn i,' medda fo.

Mi 'nes i ginio *first-class* i nhad a Bob, ac mi ddeudodd Bob mai'r gora glywodd o ers talwm oedd o, ond dyma nhad yn deud, 'Mae hi reit ddigri heb dy fam, 'sgwn i be mae hi'n gael i ginio yn Pen Rhos.'

Mi feddylias y baswn i'n gneud crempog iddyn nhw i de. Chawn i byth drïo gneud crempog gin mam, ac mi oedd arna i isio. Roeddwn i'n meddwl mai peth reit hawdd oedd o, ac y medrwn i 'u troi nhw mor handi â bydd mam, ond y petha sy'n edrach hawdda yn aml iawn ydi'r petha anhawdda 'u gneud, fel ces i brofi, a basa well i mi beidio trïo gneud y crempogau rheini. 'Doedd wiw i mi feddwl am aros adra o'r ysgol, ond mi cymysgais nhw cyn mynd ac mi rhois nhw ar y pentan i godi, a phenderfynais y down allan ar ganol 'rysgol gael i mi gael 'u crasu nhw cyn i Bob a nhad ddwad adra. Y gwaetha oedd y basa pobol yn meddwl fod ginon ni rywun diarth acw, a mod i'n mynd adra i 'neud te iddyn nhw. Ond dyna be 'nes i. Y peth cynta welis i pan ddois i i'r tŷ oedd y pot sy'n dal siwgwr ar 'i ochor ar y bwrdd a phob mymryn ohono fo wedi mynd. Wrth gwrs Pero oedd wedi'i fyta fo i gyd, yr oeddwn i wedi anghofio'i gadw fo yn y cwpwrdd cyn mynd i'r ysgol, wedi darfod cymysgu'r crempog. Wedi i mi dynnu fy het a'm jecad, a rhoi ffedog, chwadl modryb, o mlaen, mi es ati hi i grasu nhw ar y badell, ond dyn a f'helpo i, mi welis nad oeddwn i ddim wedi fy ngneud i'r gwaith yn tôl. Welsoch chi 'rioed y fath olwg ar grempog. 'Roeddwn i'n methu'n glir â dyfeisio sut 'roedd mam yn medru'u troi nhw mor handi. I 'neud petha'n waeth mi losgais fy mys, ond gwaeth na'r cwbl mi ddoth 'y nhad a Bob adra, a Twm Tŷ Mawr hefo nhw, Bob wedi gofyn iddo fo ddwad acw i de.

'Beth yn y byd ydi hwnna, Sioned?' gofynnodd Bob gan edrach ar y platiad crempog, neu y peth tebyca iddyn nhw oeddwn i wedi allu 'neud.

'Crempog,' meddwn i reit gwta. Rhoth Bob chwibaniad, ac mi drois i 'y ngwynab at y dresar, achos mi oedd 'y mys i'n llosgi cymint, ac mi 'roeddwn i wedi blino sefyll wrth ben y tân nes oeddwn i jest â chrio. Mi welodd Bob fod petha wedi mynd o chwith hefo fi dyma fo'n cymyd darn o'r crempog, ac yn rhoid un arall ar blat Twm.

'Maen nhw reit dda, Sioned,' medda fo, 'jest gyn gystal â rhai mam, yn dydyn nhw, Twm?' gan droi at Twm.

'*Splendid,*' medda hwnnw, 'chlywais i 'rioed rai gyn gystal.'

Chyma nhad ddim ohonyn nhw, ac mi 'roedd o reit gall hefyd. 'Doedd Bob a Twm ddim yn 'u byta nhw, ond am fod ginyn nhw biti drosto i.

'Oes gin ti 'chwanag o siwgwr, Sioned?' gofynnodd Bob, gan grafu gwaelod y bowlan wag â'r llwy.

'Nag oes, mae Pero wedi'i fwyta fo i gyd tra oeddwn i'n 'rysgol. Mi ddaru mi anghofio cadw'r pot ar ôl bod yn cymysgu'r crempog.'

Mi chwerthodd Bob a Twm dros bob man. '*Well done*, Pero,' gwaeddai Bob. A Pero'n rhedag ato fo ac yn ysgwyd 'i gynffon fel tasa fo wedi gneud rhywbath clyfar iawn. Ond dyma Bob yn rhoi edrychiad reit ddifrifol cogio, ac yn deud yn sobor,

'Dyma ganlyniadau gneud crempog ar ddydd Sul. Y peth cynta, colli'r siwgwr, a'r ail losgi dy fys. O waeth i ti heb â trïo'i guddio fo, 'dw i'n gwybod bod ti wedi'i losgi o, ac rydw i'n cynnig nad ydi crempog ddim i gael 'i gneud ar ddydd Sul eto.'

'Mi ydw i'n eilio'r cynigiad, pawb sy'n cydweld i 'neud arwydd trwy godi eu llaw,' medda Twm. Mi godais i'n nwy law gyn uchad â medrwn i, achos mi 'roeddwn i wedi penderfynu na 'nawn i byth grempog eto ar ddydd Sul, na dydd Llun chwaith.

Mi aeth Bob a Twm i'r cyfarfod canu ar ôl godro, ac mi estynnais i y *Cofiant* i nhad; ac wedi gneud pob peth yn iawn yn y tŷ llaeth mi es i ista o flaen y tân. 'Roedd 'y nhad yn edrach yn reit anesmwyth ac yn methu setlo yn 'i gadar. 'Mae hi 'reit ddigri heb dy fam, Sioned,' medda fo am yr ail dro y diwrnod hwnnw, ac mi oeddwn inna'n teimlo y baswn i'n licio tasa hi'n ista gyferbyn â mi fel arfar, a 'doeddwn i ddim yn hidio rhyw lawar am weld yr *Adgofion* yn gauad ar y dresar.

Pan oeddwn i'n gwisgo amdana i fynd i'r capal y nos, dyma fi'n meddwl sut baswn i'n edrach wedi codi ngwallt. Mi trois o'n un cocyn tu nôl i ngwar, ac mi ddalis o hefo fy llaw, ond fedrwn i ddim gweld yn iawn sut 'roeddwn i'n edrach, a dyma fi'n mynd i lofft mam i chwilota am dipyn o *hairpins*, ac mi gefais hannar dwsin o un i un yma ac acw. Wedi i mi 'i roid o i fyny'n iawn, mi rois het am 'y mhen, a welsoch chi 'rioed mor wahanol oeddwn i'n edrach. 'Roeddwn fel taswn i tua thair ar hugain. Jest pan oeddwn i'n mynd i dynnu o i lawr, dyma'r cloc yn taro saith − mae'n cloc ni awr rhy fuan bob amsar − ac mi welis fod rhaid i mi fynd i'r capal fel 'roeddwn i. Ond 'roedd 'difar gin i cyn i mi gyrraedd yno, achos yn y llwyd dwyllni 'doedd neb yn fy nabod i, ond yn sbïo'n stond arna i. Clywais Gwen Jones yn deud wrth 'i gŵr, − ''Neno'r diar pwy oedd honna, Thomas; 'doedd hi ddim yn annhebyg i Sioned Tŷ Gwyn.' Pan es i i'r capal ac at ddrws yn sêt ni, mi sbïodd 'y nhad reit wirion arna i, tan ddaru mi ddeud, 'Ga i'ch pasio chi'n nhad.' Ond 'roedd Bob yn ddigon craff i wybod beth oedd. 'Ddeuda i wrth mam,' medda fo yn 'y nghlust. 'Roeddwn i'n teimlo reit annifyr, a basa'n dda gin i taswn i'n gallu tynnu pob *hairpin* oedd yn 'y mhen i, achos sticio i mhen i 'roeddan nhw hefyd, a gollwng fy ngwallt i lawr fel arfar. Ond mi 'roedd rhaid i mi drïo edrach mor ddifatar ag y medrwn. Yr oeddwn yn gweld rhai pobol yn

edrach arna i fel tasan nhw'n methu gwybod pwy oeddwn i ar y cynta, ac yna yn
gwenu wrth iddyn nhw ffendio pwy oeddwn i, a beth oedd y gwahaniaeth. Ond
'roedd rhai yn ista rhy bell orwtha ni a'u golwg nhw'n rhy fyr. Mi 'nes i hyrio adra
o flaen neb, heb siarad hefo'r un o'r genod 'ma. A'r peth cynta 'nes i wedi mynd
i'r tŷ oedd tynnu pob *hairpin,* ac mi 'roeddwn yn edrach fel arfar pan ddoth Bob a
nhad i'r tŷ. Peth cynta ddeudodd 'y nhad oedd,
    'Beth oedd gin ti amdanat heno, Sioned? Wyddwn i ar ddaear pwy oeddat ti.
Oedd gin ti ryw het wahanol neu rywbath?'
    Rhoth Bob winc i mi ac medda fo tan edrach yn sobor, ''Roedd Sioned wedi
rhoi bonat mam am 'i phen, nhad.'
    'Taw â dy lol,' meddwn i, 'wedi codi ngwallt fel hyn 'roeddwn i, nhad.' Ac mi
rois dro iddo fo drachefn.
    'Tyn o i lawr, 'dw i'n licio mono fo fel'na am bris 'n byd.'
    Mi gychwynnodd Bob reit gynnar i Ben Rhos nos Lun. Ac 'roedd nhad a fi ar
ben drws yn 'u disgwyl nhw hannar awr beth bynnag cyn 'roedd modd iddyn
nhw gyrraedd.
    Peth cynta 'nath mam wedi dwad i'r tŷ oedd gofyn i mi am oriad y tŷ llaeth, a
ffwrdd â hi yno, a finna'n sefyll yn y gegin yn crynu rhag ofn y basa hi'n cael
rhywbath allan o le. Ond mi ddoth yn 'i hôl â golwg reit foddhaus ar 'i gwynab hi.
    'Doeddwn i ddim i ddianc heb ryw gerydd am y dy' Sul hwnnw. Lle ofnadwy o
fusneslyd ydi'r pentra, a chyn pen yr wythnos yr oedd mam yn gwybod yr hanas i
gyd, — mod i wedi gadal i nhad fynd heb 'run golar i'r capal, mod i wedi gneud
crempog, ac wedi codi ngwallt. A chlywsoch chi 'rioed y fath driniaeth gefais i.
Ac fel hyn y bu hi. Aeth mam i'r pentra nos Fawrth, ac mi ofynnodd rhywun iddi
sut 'roedd annwyd 'y nhad. Wedyn mi ofynnodd rhywun arall pwy oedd yr
hogan ddiarth honno oedd yn sêt ni nos Sul, a lle 'roeddwn i heb fod yn y capal.
Wrth gwrs 'roedd mam yn methu gwybod beth i ddeud, a phan ddoth hi adra
dyma hi'n dechra ffoli i, a bu raid i mi ddeud yr holl hanas wrthi hi. Wrth i mi
fynd ymlaen, 'roedd gwynab mam yn ddigon o bictiwr i chi, ac wedi mi orffan
dyma hi'n dechra. 'Sioned,' medda hi, 'mi wela fod rhaid i mi beidio mynd o
cartra eto. Mae'n sobor o beth fod hogan bach wedi'i dwyn i fyny yn yr Ysgol Sul
a'r seiat a'r *Band of Hope* yn mynd i halogi'r Saboth drwy 'neud crempog.' Bydd
mam yn cael gafal ar eiria reit ddysgedig weithia pan fydd hi'n dwrdio o ddifri.
'Mi fydd yn hir iawn cyn y gadawa i'r lle 'ma eto, peth siŵr iawn 'di o.'
    Fu mam byth yn bwrw Sul yn unman wedyn.

Bob fel Bardd

MI 'dw i wedi cael hwyl ofnatsan y dyddia dwaetha 'ma. 'Dw i wedi cael allan ffasiwn secrad am Bob. Be 'ddyliech chi, – mae o'n fardd. Nid bardd fel Ioan y Nant 'dw i'n feddwl. Fydd Bob ddim yn cribo'i wallt dros 'i ben a gadal iddo fo droi am ymyl 'i het o tu nôl, a fydd o byth yn edrach yn wirion yn y capal dy' Sul. Basach yn meddwl mai rhyw greadur hannar call ydi Ioan y Nant, – John Jones ydi 'i enw fo'n iawn – tasach chi'n sbïo arno fo pan fydd o'n edrach felly. Maen nhw'n deud mai gneud barddoniaeth y bydd o'r amsar honno, ond fydda i'n meddwl y bydd o'n edrach fel tasa fo newydd weld ysbryd, a'i lygaid yn llydan yn gorad. Gneud englynion a phetha felly bydd o; ac i ddeud secrad wrthach chi, fedris i 'rioed 'neud sens o englyn eto. Cân yn darllan yn syth i'r diwadd fydda i'n licio, a rhai felly fydd Bob yn 'neud. Ond cofiwch chi mae pobol ffor'ma yn deud fod Ioan y Nant, neu John Jones y Cibin, yn fardd godidog, a rhaid bod nhw'n iawn, achos mae o wedi cael cadar ddwywaith mewn steddfod. Maen nhw yn y parlwr yn y Cibin, un o bobtu'r tân, a fydd pobol yn mynd yno i'w gweld nhw. Fues i'n darllan peth o'i farddoniaeth yn yr *Wythnos*, ac wyddoch chi beth, yn ddistaw bach, ffaelis i â'i ddeall o'n glir. Ond nid bardd felly ydi Bob, ac mae well gin i 'i ganeuon o, er nad oes gino fo ddim enw smala, ac na chafodd o 'rioed gadar mewn steddfod. Ond mi fuo'n *wars* ofnatsan rhyngddo i a Bob ar gownt y peth. Ac fel hyn ces i wybod y secrad.

Mi 'roeddan nhw wedi gneud cwarfod llenyddol yn capal ni 'Dolig, ac un o'r testuna oedd gneud cân i'r hen lwyn sydd wrth ymyl y Rhiw, cartra Elin, – Coed-y-Nant fyddan nhw'n 'u galw nhw. 'Roeddan ni i gyd wedi mynd i'r cwarfod. 'Roedd 'y nhad yn deud wedi dwad gartra mai'r lle mwya diflas fuo fo yno fo 'rioed oedd o; yr unig beth oedd o'n cymyd *interest* yno fo oedd beirniadaeth y prenna rhaffa. Y fo a William Pritchard Tŷ Isa oedd y beirniaid. Bob oedd wedi ysgrifennu'r feirniadaeth, a Bob oedd i'w darllan hi yn y cwarfod. Twm Tŷ Mawr gafodd y wobr. Ond O! diar annwyl, mi oeddan ni acw wedi diflasu ar brenna rhaffa. 'Roedd tair wythnos o amsar i nhad a William Pritchard benderfynu pa un oedd y gora o'r twr prenna. Ac 'roedd gŵr Tŷ Isa yn dwad acw jest bob nos, nes oedd mam wedi gwylltio'n lân, ac mi fydda'n rhoi lluch i'r prenna i gwpwrdd y dresar nes byddan nhw'n ratlo. 'Roedd hi'n methu gwybod pam oeddan nhw acw mwy nag yn nhŷ William Pritchard. 'Ond mae dy dad mor ddiniwad, Sioned, fedar rhywun 'neud beth fynnan nhw â fo, ac mae Elin

Pritchard ddigon bethma i beidio gadael rhyw hen dacla fel hyn ddwad i'w thŷ.'
Ac edrychodd mam yn ffyrnig ar yr 'hen dacla'.

Er mwyn tipyn o eglurhad ar Bob fel bardd 'rydw i'n sôn cymint am y cwarfod.
Pan ddaru Ioan y Nant ddarllan y feirniadaeth ar y gân i Goed-y-Nant, mi ddaru
ddeud mai rhyw H.R. oedd y gora; a dyna nhw'n galw amdano fo i dderbyn y
wobr o hannar coron. Ond wedi i nhw weitiad am ryw bum munud a neb yn
dwad ymlaen, mi ddaru nhw ddeud fod H.R. wedi fforffetio'r hannar coron, a'i
fod yn mynd i drysorfa'r cwarfod. 'Yr hen ffŵl,' medda mam wrth f'ochr i, ''dydi
hannar crana ddim i'w cael ar lawr.' Ond 'doedd ar H.R., pwy bynnag oedd o,
ddim llawar o angen hannar coron y noson honno faswn yn meddwl. Yn yr
Wythnos y dydd Sadwrn wedyn 'roedd hanas y cwarfod yn llawn, llond un
ddalen. Fyddan ni'n cymyd yr *Wythnos* bob amsar, er bod Bob yn deud nad ydi o
ddim gwerth, ond bydd mam yn darllan pris y menyn a'r wya yno fo, a nhad yn
edrach prisia'r anifeiliaid, ac mi fydda i'n edrach fydd ar rywun isio morwyn,
achos fydda i'n deud wrthyn nhw yma, pan fyddan nhw'n trin yn fwy nag arfar,
mod i am fynd i chwilio am le i fynd i weini. A bydd mam yn deud, 'Fyddi di
ddim yno ddim deuddydd, Sioned bach, mae dy dafod ti'n rhy hir.' A bydd Bob
yn deud, ''Na i byth faeddu'r llawr eto, Sioned, fydda i'n siŵr o sychu nhraed cyn
dwad i fewn; paid â mynd, neu mi fydda i'n siŵr o grïo.' Welis i erioed mo Bob yn
crïo ddim ond unwaith, ac mi gewch yr hanas ryw ddiwrnod.

Ond am hanas y cwarfod yn y papur 'roeddwn i'n sôn. 'Roedd enw Mary'r siop
yno fo. Hi oedd wedi cael y wobr am weu y sana gora; a bobol bach, mae hi'n
lartsh ar ôl hynny. Mae hi wedi cadw'r papur yn y cest a'r drors. Deunaw oedd y
wobr, a'r sana i fod yn eiddo rhoddwr y ddeunaw. 'Roedd y 'dafadd wedi costio
pymtheg i Mary. John Williams Tyddyn oedd wedi cael y sana. Hen lanc ydi o, a
bydd mam yn deud amdano fo, 'Un garw ydi o, mi flinga chwannan tai o'n
medru, ac os câi o rywbath am y croen.' A phan fydd o'n dwad acw i brynu
rhywbath neu i werthu, mi fydd mam yn gofalu am fod wrth law i edrach fydd o'n
peidio gneud 'y nhad. Fodd bynnag, mi welodd 'i ffordd i gael pâr o sana am
hannar y pris fasa rhaid iddo fo dalu yn y siop. Ond 'doeddan nhw ddim wedi'u
gweu fawr o gamp chwaith. Ddaru Mary 'u dangos nhw i mi cyn 'u gyrru nhw i
fewn. 'Roedd hi wedi gadal gormod o bwytha ar y sawdwl, a ddim wedi cyfyngu
blaen y troed bob yn ail gylch iddo fo ista heb bletan. Mae Bob yn deud mod i'n
authority ar sana, ac mai fi fasa ffitiach fod y beirniad yn y cwarfod. Tad, mi faswn
i'n 'u beirniadu nhw hefyd. Ond y peth mwya diddorol yn y papur gin i oedd y
gân oedd wedi cael y wobr. Yr oeddan nhw wedi'i rhoi hi yn y lle y byddan nhw'n
rhoi y farddoniaeth, ac wrth 'i phen 'buddugol yng nghyfarfod llenyddol capel y
Garn, Nadolig, 18—'. Mi ddarllenais y gân, ac mi 'roeddwn i'n meddwl mod i'n
sathru mwsog yr hen lwyn dan 'y nhraed, ac yn clywad sŵn y gwynt yn cwyno
drwyddo fo fel bydd o gyda'r nos, nes bydd o'n gneud i mi isio rhywbath, 'dwn i

ddim be, ac 'roeddwn i fel taswn i'n clywad sŵn yr afon bach sydd yno'n rhincian dros y cerrig fel bydd hi, ac yn gneud i mi feddwl am ystalwm pan fydda Bob yn 'y nghario i dros y dŵr wrth ddwad o'r ysgol. 'Roedd 'na sôn hefyd yn y gân am ryw hogan gwallt melyn llygaid glas, a daeth Elin o flaen fy llygad mewn munud. Pwy yn y byd oedd yr H.R. 'ma oedd yn nabod Coed-y-Nant mor dda?

Dangosais y gân i Bob, ac meddwn i, 'Yn dydi hi'n glws, Bob.' Ddaru o ddim ond jest edrach arni hi, a dyma fo'n deud, ''Dydi hi ddim rhyw lawar o beth, mae hi'n rhy *sentimental.*' 'Dwn i ddim yn iawn be 'di *sentimental,* ac er mod i'n meddwl cryn dipyn o farn Bob ar bethau'n gyffredin, mi feddylis nad oedd o'n gwybod fawr iawn am farddoniaeth er 'i fod o yn darllan cymint ohono fo, os nad oedd gino fo rywbath gwell i ddeud am y gân na hynny. Mi gymis i'r siswrn ac mi torris hi allan reit ofalus, ac mi rhois hi i gadw yn fy *Nhaith y Pererin* ar y dresar; a fydda i byth yn 'i agor o na fydda i'n darllan am hen Goed-y-Nant.

Bu llawar o gesio pwy oedd yr H.R. Ond chafodd neb wybod am fisoedd, a fi gafodd allan yn y diwadd. Ond 'does dim ond dau yn gwybod eto. A dyma fel daru i mi ffendio pwy oedd o.

Er bod mam wedi deud na fasa hi byth yn mynd o cartra ar ôl y tro buo hi ym Mhen Rhos, pan ddaru mi 'neud y grempog ryfadd honno, ond diwrnod cyn ffair Glama dyma nhad yn deud wrth hi,

'Margiad, dowch hefo fi i'r ffair fory am dro. Fuoch chi ddim ers, – dowch mi weld, faint sy' deudwch?'

'Mae deng mlynedd, reit siŵr,' medda mam.

''Dw i'n cofio fod John Jones y Siop newydd farw, a 'doedd Johnnie ddim ond rhyw flwydd pan fu 'i dad o farw, ac mae o'n glamp o hogyn rwan.'

Wedi i mam gysidro dipyn dyma hi'n deud wrth 'y nhad y basa hi'n mynd hefo fo os basa hi'n braf, ond bod yn rhaid i Bob aros gartra. Fydd Bob yn arfar mynd hefo nhad i'r ffair bob amsar, ac mi fydd yn dwad â rhywbath i mi o'r dre, a 'doeddwn i ddim yn hidio ryw lawar am i mam fynd, achos fasa mam ddim yn dwad â dim byd i mi. Hynny ydi, taswn i'n gofyn iddi hi ddwad â rhywbath fydda arna i isio, os na fydda fo'n rhywbath sylweddol, chwadl hitha, basa'n gofyn i mi, 'Be 'nei di â pheth fel'na, dwad? Well i ti o lawar i mi roi dipyn 'chwanag a dwad â phais winsi i ti.' Ond pan fydd Bob yn dwad â rhywbath i mi, fel hancaish bocad sidan las neu fwclis, mi fydd yn edrach yn reit ddirmygus arnyn nhw, ond rhaid madda i Bob am nad ydi o'n gwybod ddim gwell. 'Mae gin ddynion ryw feddwl mor rhyfadd am beth sy'n fuddiol,' bydd yn deud reit ddiniwad, heb feddwl dim mai fi fydd wedi rhoi ym mhen Bob drwy ryw *hint* reit neis beth oedd arna i isio fwya o ddim, a chwara teg iddo fo, fydd o byth yn achwyn arna i, ond yn gwenu pan fydd mam yn deud wrtho fo,

'Wel yn *wir*-ionadd i, Bob, be ddoi di iddi hi nesa, dwad?'

Yr oeddwn i'n ofni na chawn i ddim byd o'r ffair wedi i Bob fynd yn gymint o

ffrindia hefo Elin, ond 'dydi Bob ddim fel hogia erill, ac mi fydd yn cofio amdana
i 'run fath â tasa fo heb fod yn caru Elin.

Rhai wythnosa cyn y ffair yma 'roeddwn i wedi bod yn sôn llawar wrth Bob pan
fyddwn i'n gneud te iddo fo, a mam yn y tŷ llaeth, am *bangles* i roi am 'y
mreichiau. 'Roedd Maggie Tanrallt wedi cael rhai, ac mi 'roeddan nhw'n glws.
'Doedd Bob ddim yn edrach rhyw fodlon iawn wrth i mi sôn amdanyn nhw, mae
gino fynta'i nosiwns o be ddyla genod wisgo, a fydd o ddim yn licio dim byd fydd
yn tynnu sylw yn arw iawn, a wyddoch chi, mae'r *bangles* 'na'n swnio wrth i chi
symud ych dwylo, ond mi 'roeddwn i'n gwybod baswn i'n 'u cael nhw, achos
'roedd o wedi gofyn i mi faint oedd rhai Maggie yn gostio, a lle 'roedd hi wedi'u
prynu nhw. Pan glywis i mam yn sôn am fynd i'r ffair, mi welis na chawn i mo'r
bangles, ac 'roeddwn i'n edrach reit ddigalon, decin i, achos dyna Bob yn deud yn
ddistaw bach wrth fynd heibio i mi,

'Hidia befo, Sioned, mi â i i'r dre ddy' Sadwrn, ac mi ddo i â rheini i ti.' Yn dydi
Bob yn un iawn hefyd! Ond fu agos i mi'u fforffetio nhw wedi'r cwbl.

Bora wedyn 'roedd mam yn hwylio'i hun yn gynnar i fynd i'r ffair, ac yn hwylio
'y nhad yn *extra*. 'Roedd hi wedi estyn colar gyn stiffiad â bwrdd iddo fo, a fynta'n
deud wrth 'i gweld hi, 'Be 'di iws i mi roi colar i fynd i'r ffair, Margiad bach, mi
gneith fi mor anghyfforddus fel na fedra i ddim dreifio'n iawn.' Ond fynna mam
ddim gair yn erbyn y golar. 'Ydach chi *wedi* drysu'n lân, William? Symuda i ddim
cam hefo chi os na thynnwch chi'r hen grafat 'na. Hwdiwch, dowch yma.'
A chydiodd mam yno fo, a dechreuodd dynnu'r crafat a rhoi y golar am ei wddw
fo. 'Dyna chi,' medda hi, wedi darfod, ac yn rhoi gwrth iddo fo, ''rydach chi'n
edrach yn debyg i rywbath rwan.' A fynta'n cymyd arno fod o jest â thagu.

'Roedd gin mam golar 'i hun a chyps gwynion. Mi 'roedd hi'n edrach reit smart
i chi, ac mi 'roedd Bob yn dotio arni hi, fel tasa hi'n Elin, ac yn gneud 'i gwallt
hi'n llyfn bob ochr 'i gwynab hi, ac yn tynnu 'i siôl hi'n syth tu nôl fel nad oedd
'na'r un pletan yni hi. Mae Bob yn meddwl nad oes 'na ddim gwraig tebyg i mam.
Ac mae hi reit glws hefyd. Mae 'i llygaid hi mor dywyll a gloyw, a gwrid coch yn 'i
bocha hi. 'Dw i'n siŵr bod mam gyn glysad â Elin pan oedd hi'n ifanc, ond bod
gwallt mam cyn dduad â'r frân, a 'chydig iawn mae o wedi llwydo eto.

Mae gin mam fyd rhyfeddol hefo'r siôl honno; a 'blaw fod yr haul yn twynnu
mor braf, fasa hi byth yn mentro'i rhoi hi amdani rhag ofn iddi hi gael glaw iddi
hi. Siôl bersli ydi hi, 'i mam hi oedd pia hi, medda hi, a fyddwn i'n methu gwybod
pan oeddwn i'n hogan bach beth oedd 'nelo persli â hi. 'Doedd hi ddim yr un lliw
â fo, a 'doedd dim hogla persli arni hi, ac mi 'roedd yn beth dyrys iawn i mi tan
ddaru mi ofyn i Bob ryw ddiwrnod, ac mi ddaru esbonio'r secrad i mi. Mae Bob
yn gwybod pob peth bron. 'Roedd mam wedi codi'r siôl yn ofalus cyn mynd i'r
car rhag ofn iddi hi ista arni hi. Welsoch chi 'rioed mor ddel oedd 'y nhad a
hitha'n edrach, er bod 'y nhad yn cymyd arno fod o'n anesmwyth iawn tua'i

wddw, ac yn trïo llacio'r golar o hyd. Fydda i'n meddwl mai rhyw arferiad ddrwg i gyd gino fo ydi'r holl stŵr ar gownt 'i golar. Mae gin bawb rywbath i stwna yn 'i gylch. 'Roeddwn yn synnu fod mam yn cychwyn heb roi cant a mil o gynghorion i mi beth oeddwn i 'neud neu ddim i 'neud. Ond 'doedd hi ddim wedi anghofio, achos pan oedd 'y nhad yn deud, 'Tyd 'y ngenath i,' wrth y ferlan, dyma hi'n dechra, a'r peth dwaetha glywis i oedd, 'Cyma di ofal na 'nei di ddim crempog, Sioned, a phaid â ——.' 'Dwn i ddim eto beth oeddwn i ddim i 'neud. Fasa rhaid iddi hi ddim ofni ar gownt y grempog, achos 'roeddwn i wedi cael llawn ddigon ohono. Wedi iddyn nhw gychwyn, ac i Bob fynd allan mi orffennis i ngwaith reit fuan, ac wyddwn i ar y ddaear beth i 'neud tan amsar cinio. Mi es i fyny i'r llofft i edrach oedd yno ddim byd isio'i drefnu, ac mi 'ddylis fod llofft Bob yn edrach yn o flêr, ac y baswn i'n 'i thwtio hi dipyn bach. Wrth i mi symud un o'i jecedi o, mi syrthiodd 'goriad allan o'i phocad hi. Mi wyddwn mai 'goriad y cwpwrdd lle bydd o'n cadw ei lyfra oedd o. 'Doeddwn i 'rioed wedi gweld tu fewn i'r cwpwrdd hwnnw ac mi oedd arna i isio gwybod beth oedd gin Bob yno. Mi wyddwn fod gino fo lawar o lyfra straeon, na chawn i mo'u darllan nhw gino fo. Fues i ddim dau funud yn troi'r 'goriad yn y clo, ac 'roedd y cwpwrdd yn 'gorad o'r diwadd. 'Roedd 'na lot o gopi bwcs yn y gwaelod, ac 'roeddwn i'n meddwl mai'r hen rai fydda gino fo yn 'rysgol ystalwm oeddan nhw, ac 'roeddwn i'n methu gwybod beth oedd Bob yn 'u cadw nhw mor ofalus. Ond wrth i mi godi un ohonyn nhw i'r gola, er mwyn cael gweld sgwennu Bob yr amsar honno, 'llaswn i, mi welis mai *date* ryw flwyddyn yn ôl oedd ar y cas, a dyma fi'n 'i agor o, i edrach beth oedd Bob yn sgwennu mewn copi bwcs wedi iddo basio pump ar hugian. A beth 'ddyliech chi oedd y peth cynta welis i ond y gân honno am Goed-y-Nant yn sgwennu Bob? Ac mi welis mewn munud mai fo oedd wedi'i gneud hi, ac mai 'i enw fo tu nôl ymlaen oedd H.R., hynny ydi R.H., Robert Huws. 'Roedd 'na lot o ganeuon erill yn y copi bwc, ond mi ddaru mi hitio ar un ar Elin, ac mi 'roeddwn i'n 'i licio hi gymint fel daru mi basio'r lleill er mwyn dysgu honno, a dyma hi,—

Elin brydferth, fwynaf fun,
Yn fy nghalon mae dy lun,
Wedi ei gerfio â phwyntil serch, —
Delw euraidd gwyneb merch.

Holl brydferthion anian dlos,
Fwyn ddeheuwynt, gwenau'r rhos,
Ceinion gwridog gwawrddydd haf,
Ceinion tyner hwyrddydd braf,

Sŵn yr awel drwy yr ŷd,
Sŵn y dyfroedd dros y rhyd,
Cân yr 'hedydd oddi fry,
Cân yr eos hwyr-nos gu,

Swyn y ddisglair lasaidd don,
Swyn yr wylan ar ei bron,
Swynion oll, brydferthion byd,
Ynot maent yn cwrdd i gyd.

'Roedd rhyw ddwy lein wedyn ond 'doeddan nhw ddim yn gorffan. Fel hyn
'roedd rheini,

A allaf ddweud fy serch i ti
Dyfnder, grym, a nerth y lli?
Mae fel y llanw ond heb drai

Pan fydda i'n licio rhyw gân yn ofnatsan mi fydd yn swnio yn 'y nghlustia i o
hyd, ac mi fydda i'n hymian y geiria i ryw fesur fydda i wedi 'neud fy hun. Fydd
Bob yn 'i alw fo'n ganu coch Sir Fôn, ond waeth gin i befo fo, canu i blesio fy hun
fydda i ac nid i blesio rhywun arall. Wel i chi, mi benderfynais y baswn i'n synnu
Bob dipyn amsar cinio. Ac wedi i mi gadw'r copi bwc a chymryd rhyw lyfr coch
oedd arna i isio'i weld o garw, ond chawn i ddim gin Bob, ond 'dydi o ddim
gwerth wedi'r cwbl achos 'dydw i ddim yn 'i ddeall o'n tôl, a 'dwn i ddim sut i roi
o yn 'i ôl, mi es ati hi i drïo gneud tiwn i'r geiria. Ond rywsut neu'i gilydd
'doeddwn i ddim yn yr hwyl, ac yr oeddwn i'n anghofio y leinia o hyd. Mi
drawodd y cloc ddeuddeg, ac mi welis y basa rhaid i mi roi gora i'r meddwl o
synnu Bob. Wrth i mi fynd i ddrôr y dresar i estyn fforc i drïo'r tatws mi welis y
llyfr *hymns* ar y dresar, a dyma fi'n meddwl tybad fod 'na fesur fasa'n gneud hefo
geiria cân Bob. Mi 'steddis i lawr ar y stôl haearn, a dyna lle bûm i am gryn ddeng
munud yn troi ac yn trosi'r llyfr, ond fedrwn i yn 'y myw gael yr un fasa'n ffitio'n
iawn. Ond o'r diwadd dyma fi'n taro ar 'Boston', ac mi 'roedd y geiria'n mynd yn
iawn. Pan oeddwn i'n 'u canu nhw hefo'i gilydd, mi ddaru'n nhrawo i a oedd o'n
iawn i roid tôn o'r llyfr *hymns* hefo geiria cân fel hon; ond wedyn mi gofis bod
nhw'n canu 'O fryniau Caersalem' i'r dôn honno sydd yn rhyw lyfr canu'n
perthyn i Bob, rhywbath am y fwyalchen, ac mi feddylis nad oedd dim mwy o
ddrwg iwsio tôn o'r llyfr *hymns* hefo'r geiria yma nag oedd iddyn nhw iwsio tôn
o'r llyfr hwnnw hefo geiria o'r llyfr *hymns*. Ac mi es drosti hi unwaith neu ddwy,
ac mi 'roedd hi'n swnio'n smala hefyd. Pan oeddwn i'n gosod y bwrdd dyma Bob
i'r tŷ, ac yn dechra chwara hefo Pero i weitiad cinio, a thra'r oeddwn i'n cerddad
nôl ac ymlaen rhwng y gegin a'r gegin bach, dyma fi'n dechra arni hi. Mi sbïis ar
Bob wrth i mi roi'r saltar halan ar y bwrdd, ac 'roeddwn i ar ganol yr ail bennill; a
welsoch chi 'rioed olwg mor rhyfadd oedd ar 'i wynab o. 'Roedd o fel tasa fo isio
chwerthin ac edrach yn stowt ar unwaith. Ond chwerthin ddaru o gynta dros bob
man, nes oedd Pero yn neidio; ac wedyn mi drïodd edrach yn gas, a deud reit sur,
'Wyt ti wedi bod wrth dy hen dricia eto, yn dwyt ti, Sioned? Mi fasat yn gneud
detective iawn. Welis i 'rioed o dy fath di am gael allan betha, ond os deudi wrth

rywun am y lol yma, chei di mo'r petha rheini i roi am dy freichia.'

'Ddaru ti ddangos y gân yna i Elin?' meddwn i heb gymryd arna 'i glywad o.

'Dangos rhyw hen rigwm fel 'na iddi hi! Wyt ti'n meddwl mai ffŵl ydw i, dwad?' A throdd 'i wefusa mwyaf dirmygus, – 'Cofia di,' medda fo wedyn, 'na 'nei di ddim sôn amdan y peth wrth neb.'

''Na i ddim,' meddwn i'n uchal, 'ond wrth Elin,' meddwn i wrtha f'hun.

Fel digwyddodd, ddoth Elin acw yn y pnawn, isio i mi fynd yno i de. 'Doedd hi ddim yn gwybod bod mam wedi mynd hefo nhad i'r ffair. Mi 'nes iddi hi dynnu'i het a'i siôl, ac aros i gael te hefo ni. Cyn i Bob ddwad i'r tŷ dyma fi'n cymyd pensal led o'r drôr ac yn torri dalen o'r llyfr fydd gin Bob yn cadw cownts menyn 'y mam, ac yn sgwennu y gân honno i lawr. 'Roedd Elin yn edrach yn wirion arna i.

'Be'n y byd wyt ti'n 'neud, Sioned?' medda hi.

'Gweitia am funud, Nel,' meddwn i. 'Mae gin i rywbath iti 'i ddarllan.'

Wedi i mi orffan mi rois y gân iddi, a dyma hi'n 'i darllan hi. 'Yn dydi hi'n glws,' medda hi reit ddiniwad. 'Lle cest ti hi, Sioned? Dysgu hi mewn rhyw lyfr ddaru ti?'

'Wyddost ti pwy ydi'r Elin 'na?' meddwn i.

'Wel, 'i gariad o decin i,' medda hi.

'Wyddost ti pwy sgwennodd hi?'

''Na wn i, 'neno'r tad, 'does acw fawr o lyfra, wyddost ti. Yn un o lyfra Bob cest ti hi?'

'Roeddwn yn gweld na 'na hi byth gesio, mae Elin mor ddiniwad, a dyma fi'n deud yn syth wrthi hi,

'Bob 'nath y gân, a chdi ydi'r Elin; ond cyma ofal ddeud wrtho fo mod i wedi'i dangos hi i ti.'

'Roedd gwynab Elin ddigon o bictiwr, mi agorodd 'i llygaid glas mawr, ac mi sbïodd arna i'n syn. 'Bob gnath hi,' medda hi'n ara deg, a dyma hi'n ail ddarllan y gân, a'i gwynab hi'n dechra gwrido, nes oedd o wedi mynd gyn gochad â chrib y ceiliog, 'i thalcan hi a'i chlustia a'i gwddf hi, ac 'roedd 'i llaw hi'n crynu wrth ddal y papur.

'Ga i'r papur 'ma, Sioned?' medda hi'n ddistaw, ac yn edrach yn 'y ngwynab i, a'i llygaid hi'n sgleinio'n rhyfadd.

'Cei neno'r tad,' meddwn i, 'brysia, cadw fo, mae Bob yn dwad', a thrawodd Elin o yn 'i phocad. Welis i 'rioed mo Elin mor swil hefo Bob ag oedd hi'r pnawn hwnnw. Ond 'dydi Bob ddim yn hidio yn 'i swildod hi rwan, achos mae o'n dallt hi. Mi fydda i'n cael hwyl wrth watsiad y ddau hefyd. Fasach yn meddwl wrth Elin fod Bob bron yn ddiarth iddi, bydd mor ddistaw ac oer yn 'i ŵydd o. Fydda i'n disgwyl 'i chlwad hi'n 'i alw fo'n Mr Huws o hyd. Basech yn meddwl nad ydi hi'n hidio dim yno fo, ond mi fydda i'n 'i gweld hi'n edrach arno fo weithia pan fydd hi'n meddwl na fydd neb yn 'i gweld hi, a rhyw olwg yn 'i llygaid hi nad ydw i ddim yn 'i ddallt o, ac mi fydd arna i ofn. Ond 'dach chi'n meddwl y gadith hi i Bob 'i gweld hi? Na, choelia fawr, bydd 'i gwynab hi mor ddigyffro ag erioed ymhen dau funud. Bydd mam yn deud weithia,

'Mae Elin yn hogan bach reit neis, glên iawn; ond wir mae arna i ofn nad ydi hi'n hidio fawr iawn yn Bob. Gobeithio na chaiff o mo'i siomi yni hi.'

Ond mae Bob yn eitha bodlon; ac amdana i, fydda i'n meddwl 'chydig iawn o bobol na fedrant guddio tipyn ar 'u teimlada; er, fel mae gwaetha modd, 'dydw i ddim yn un ohonyn nhw, achos mae Bob yn deud bod 'y ngwynab i fel llyfr.

Wrth weld Elin mor hynod o shei, a'r gwrid yn dal o hyd yn 'i gwynab hi, mi oedd arna i ofn i Bob ama mod i wedi bod yn prepian. Mi ddaru 'i notisio hefyd, a dyma fo'n deud,

'Be sy ar dy wynab di, Elin, mae o'n edrach fel tasat ti wedi bod allan drwy y dydd yn yr haul yng nghanol mis Gorffennaf.'

'O, rhedag i lawr yr allt ddaru mi reit siŵr, 'dw i'n 'i glywad o'n boeth hefyd,' ac yn tynnu'i llaw hyd 'i boch.

'Roedd rhaid i Bob gael talu tipyn bach i mi am chwilota'i betha fo. Wrth i ni gael te dyma fo'n gofyn, 'Oes gin ti ddim crempog i ni, Sioned?' ac yn wincio ar Elin. Ond 'doeddwn i ddim yn hidio o'i blaen hi, achos 'dydi o ddim wedi sôn wrth neb arall am y grempog honno. Ond mi fydd yn 'y mhlagio i reit aml fy hun. Mae o'n deud fod Twm Tŷ Mawr wedi bod yn ddrwg iawn hefo camdreuliad wedi'i byta hi, a bod nhw'n methu gwybod yn y Tŷ Mawr beth oedd arna fo. 'Ond hen foi go lew ydi Twm, Sioned,' medda fo, 'ac mae o wedi penderfynu peidio deud wrth neb am y grempog honno rhag ofn i'r llanciau 'ma ddychryn, ac y byddi di'n hen ferch ar hyd dy oes.' Ffasiwn lol, yntê, fel taswn i'n hidio mai hen ferch fydda i, ac mae'n ddigon tebyg mai felly bydd hi hefyd, achos 'dydw i ddim wedi gweld neb yn debyg i Bob eto. Ond chwara teg i Twm, ddaru o ddim deud wrth neb, a soniodd o byth wrtha inna chwaith. A fydda i ddim yn chwerthin cymint am ben 'i gôt o rwan ag y byddwn i.

'Dydw i ddim yn meddwl fod Elin wedi sôn byth wrth Bob am y gân honno, achos chlywis i ddim byd, a basa Bob yn siŵr o fy nwrdio i tasa fo'n gwybod. Ond mae hi wedi bod yn werthfawr iawn i mi, achos rhaid i mi ddim ond deud wrtho fo mod i am 'i gyrru hi i'r papur newydd â'i enw fo odani hi, na 'neith o bob peth fydd arna i isio.

Mae Bob wedi deud wrtha i lawar gwaith y bydd i'r ysbryd chwilota sydd yn perthyn i mi fy 'arwain i brofedigaeth ryw ddiwrnod', medda fo. Ac mi ddeudodd y gwir hefyd, achos mi fûm i mewn helbul ofnatsan cyn i ddiwrnod y ffair Glama honno fynd heibio. 'Roedd rhaid i Elin frysio adra ar ôl te i helpu i odro, ac ar ôl i Bob a fi orffan yr un gwaith, mi ath o i'r pentra ar ryw negas neu'i gilydd.

Yr oeddwn i'n disgwyl y basan nhw'n dwad o'r dre tua wyth, ac mi 'nes bob peth yn barod. 'Roedd y llestri ar y bwrdd crwn, a'r teciall − neu y tegell, chwadl

Modryb Pen Rhos – yn canu'n iawn ar y pentan tua hannar awr wedi chwech, ac mi 'steddis i ar y gadar wrth ochr y ffenast gyferbyn â'r dresar. Yr oedd rhywbath gloyw ar un o'r silffodd yn sgleinio yng ngola'r haul oedd jest yn mynd i lawr, ac mi fydd yn twynnu'n syth ar yr hen ddresar yr amsar honno, ac yn dangos os bydd y mymryn lleia o lwch arni hi. Mi feddylis nad oeddwn i ddim wedi gweld y teclyn o'r blaen, ac mi godis i edrach o, a beth oedd o ond bwnsh 'goriada mam. Mi oedd arna i isio gweld beth oedd yn y cwpwrdd lle mae mam yn cadw'r llestri gora, yn ofnatsan iawn. Mi wyddwn fod gin mam lawar o betha yno fo nad oeddwn i 'rioed wedi'u gweld nhw, ac mi fyddwn i edrach ar ddrws gloyw yr hen gwpwrdd derw ac yn meddwl y fath betha neis oedd yno. Mi oeddwn i wedi crefu llawar ar mam gawn i weld beth oedd gini hi yno, ond bydda hi'n deud, 'Twt lol, paid â chadw sŵn, da chdi. 'Does 'na ddim ond tipyn o lestri, 'nei di ddim ond 'u torri nhw.' Mi sbïis ar y drws caeëdig, ac ar y 'goriada yn 'y llaw i, ac 'roeddwn i'n methu coelio mod i o'r diwadd i gael gweld beth oedd 'na oddi fewn. Mi drïis y 'goriada fesul un yn y clo, ac o'r diwadd dyma un yn troi, ac 'roedd y cwpwrdd yn 'gorad, a wyddoch chi beth oedd 'na wedi'r cwbl, 'dim ond tipyn o lestri' fel deudodd mam. Mi afaelis yn un o'r cwpanau gora, ac ar y funud honno dyma rywbath fel dwy law yn disgyn un ar bob ysgwydd i mi. Mi 'chrynis gymint nes syrthiodd y gwpan o fy llaw, a dyna lle 'roedd hi'n deilchion ar lawr, a Pero wedi tynnu'i ddwy bawan oddi ar fy ysgwydda, yn edrach bob yn ail ar y gwpan wedi torri ac i fyny i ngwynab i. Bobol bach, wyddwn i ar ddaear be 'nawn i. Un o'r cwpana gora o'r llestri gafodd mam gin 'i mam, a honno wedi'u cael nhw gin 'i mam hitha. Mi helis y darna at 'i gilydd. Tasa un o'r tylwyth teg rheini bûm i'n darllan amdanyn nhw ddim ond yn dwad ac yn 'i sowndio hi wrth 'i gilydd! Clywn sŵn troed Bob yn troi y gornal at y drws cefn, ac mi stwffis y darna tu nôl i ryw jwg yn y cwpwrdd, ac 'roeddwn i wedi cloi y cwpwrdd a rhoi 'goriada oedd wedi fy arwain i brofedigaeth yn 'u hola ar y dresar cyn iddo fo ddwad i'r tŷ. 'Roedd hi'n rhyw lwyd dywyll yn y gegin erbyn hyn, a dyma Bob yn deud gynta doth o i fewn, 'Pam na 'leui di'r lamp, Sioned?' medda fo, ac yn 'i hestyn hi'i hun ar y bwrdd, ac yn trawo matsian.

'Be sy arnat ti, dwad?' medda fo, wedi edrach arna i yn y gola. 'Mi wyt ti'n edrach 'run fath â tasat ti wedi gweld bwgan.'

'Dim byd,' meddwn i.

A dyna'r tro cynta 'rioed i mi ddeud anwiredd wrth Bob, ac mi *oeddwn* i'n teimlo yn annifyr hefyd, ac 'roeddwn i'n mynd i ddeud popeth wrtho fo, pan ddaru mi glywad sŵn y car yn dreifio at y drws, a 'doedd dim iws i mi drïo deud amsar honno.

Mi oedd mam wedi prynu deunydd hannar dwsin o farclodia biliffwdan i mi. 'Hwda, Sioned,' medda hi, 'dyma ti ddeunydd barclodia. Mae o'n beth reit dda. Yn siop Richard Lloyd ddaru mi'i brynu o. 'Rydach chi'n siŵr o gael pethau da gin Richard. 'Roedd arno fo isio wyth geiniog y llath amdano fo, ond rois i ddim mwy na saith a dima. 'Doedd o ddim yn ddrud chwaith, achos mae dipyn o afael go lew yno fo. Clyw,' ac estynnodd 'i ben o i mi i'w deimlo. ''Does dim byd tebyg i biliffwdan am wisgo, ac mae'n well rhoi pris go lew am rywbath yn dechra,' medda hi wedyn. 'Roedd hi wedi prynu hannar dwsin o hancesi pocad coch a gwyn i Bob. 'Rhaid iti iwsio rhain, Bob,' medda hi, ac yn dal un wedi'i hagor i'w llawn maint o'i flaen o. ''Dydi'r rhai gwynion 'na ddim ffit bob dydd i greadur mor flêr â chdi, waeth gin ti gymyd hancaitsh wen glaerwyn i sychu'r harnis os digwydd i ti weld smotyn arno fo, na pheidio.'

Ond 'doedd gin i ddim plesar yn y biliffwdan nag yn gweld Bob yn gneud sbort o'r hancesi coch. 'Roedd y gwpan de honno'n pwyso ar 'y meddwl i, sut gnawn i ddeud wrth mam, achos 'roeddwn i wedi penderfynu deud wrthi. Fedrwn i ddim edrach yng ngwynab Bob, a fedrwn i ddim diodda'i glywad o'n 'y ngalw i'n 'Sioned bach', yn y llais fydd o'n arfar weithia pan fydd o'n meddwl y bydda i'n ddigalon. Fedar Bob ddim diodda rhywun yn twyllo neu yn cuddio rhyw ddrwg fyddan nhw wedi 'neud. 'Dydi o ddim yn hidio yn rhyw dricia diniwad, ond pan ddeudith rhywun anwiredd o ddifri, mi fydd yn mynd i edrach yn ddig ofnatsan. Wedi i bawb fynd i'w gwelyau ond Bob, mi redis i lawr y grisia ac i'r gegin fel gnes i pan oedd Bob wedi digio hefo fi ystalwm ar gownt Jacob Jones.

'Hylo Sioned,' medda fo, gan edrach i fyny oddi wrth 'i lyfr, 'mi ddarut 'y nychryn i. 'Ddylis i mai rhyw ysbryd odd na. Wel, be fynni di? Wyt ti'n sâl?' a chydiodd yn 'y mraich i.

'O Bob,' meddwn i, 'mi 'dw i wedi torri un o gwpana te', ac mi oeddwn jest â chrïo.

'Wedi be?' medda fo, ac yn edrach yn wirion yn 'y ngwynab, ac yn crychu'i dalcan fel bydd o pan fydd o ddim yn dallt rhywbath.

'Wedi torri un o gwpana te y llestri gora. Ac mae mam yn meddwl cymint ohonyn nhw wyddost.'

'O, dyna beth oedd arnat ti gynna? Sut cest ti afal arni hi i'w thorri? 'Roeddwn i'n meddwl fod mam yn 'u cadw nhw yn rhywle dan glo.' Mi ddaru mi ddeud wrtho fo sut y bu hi.

'Wel hidia befo,' medda fo, ''dydi hi ddim ond un gwpan, 'neith mam ddim dy ddwrdio di'n arw iawn. Dywad ti wrthi hi fory, neu lici di i mi ddeud?'

Ysgydwis i mhen, achos 'roeddwn yn meddwl y basa hynny yn llwfr iawn, a fedra i ddim diodda rhywun fydd yn trïo 'sgoi beth maen nhw wedi'i haeddu.

'Wel, dos i dy wely, a phaid â meddwl 'chwanag am y gwpan,' medda Bob, ac mi redis i fyny yn teimlo dipyn bach llai euog wedi deud wrth Bob. 'Roeddwn i'n anesmwyth iawn drannoeth, ofn i mam fynd i'r cwpwrdd cyn i mi gael cyfla i ddeud wrthi hi, ac mi 'roeddwn yn methu'n glir â chael cyfleustra arni hi; un ai mi 'roedd hi wedi mynd â bwyd i'r moch neu wedi mynd i hel yr wya. 'Roeddwn yn dechra 'deud wrthi hi pan oedd hi'n ista wrth y ffenast yn plicio tatws. 'Mam,' meddwn i, 'mi ydw i wedi —' ond cyn i mi fynd ddim pellach, digwyddodd mam godi'i llygaid at y ffenast, a dyma hi'n deud, 'O daria'r hen gi 'na', ac yn codi a thaflu'r gyllath a'r datan o'i llaw. 'Dacw fo ar ôl y cywion eto, welis i rotsiwn beth erioed, naddo wir, mae byd yn y byd yma,' a ffwrdd â hi allan i hel yr iâr a'i chywion i'w libert 'i hun ac i dantro wrth Pero. Clywn hi'n gweiddi, 'Tyd ti yma y gwalch, mi golcha i di.' Ond 'roedd Pero yn ddigon call i beidio ufuddhau i'r gwahoddiad taer.

Ond ar ôl cinio, wedi i mam gymyd 'i gwaith ac ista ar y setl, a finna wrthi hi'n golchi'r llestri cinio, dyma fi'n deud allan yn syth. ''Dw i wedi torri un o gwpana'r llestri gora, mam.'

'Wedi be?' medda hithau'r un fath â Bob. Mi ddeudais wrthi hi wedyn, a dyma hi'n dechra arna i.

'Welis i rotsiwn beth, fedra i ddim mynd lled 'y nhroed nad oes rhywbath yn mynd o'i le. Fasa well gin i tasat ti wedi torri pob peth am wn i na thorri un o lestri nain. 'Doedd 'na ddim darn ohonyn nhw wedi cracio hyd nod. Wedi bod gini hi am ddeugain mlynedd, ac wedyn gin 'y mam am 'dwn i ddim faint, a phob peth yno, yr *egg-cups* a phopeth, heb gymint â chrac mewn clust cwpan, a rwan dyma chdi wedi torri cwpan gyfa! Beth oeddat ti'n geisio yn y cwpwrdd, a lle cest ti'r 'goriad? Ffei honot ti am fod mor fusnesgar. Ffei honot.'

'Roedd mam erbyn hyn wedi agor y cwpwrdd ac wedi dod o hyd i'r darna tu nôl i'r jwg, a dyna lle 'roedd hi'n sefyll â nhw yn 'i llaw, ac yn deud dan ysgwyd 'i phen yn ddifrifol, 'O nghwpan fach i,' a finna'n edrach yn sobor ar y llawr. 'Roedd 'y nhad allan yn y cowrt, ac wrth glywad mam yn dwrdio mor ofnatsan, dyma fo'n dwad at ddrws y gegin ac yn gofyn, ''Neno'r dyn, be ydi'r matar?' A dyma mam yn dechra arni hi wedyn ac yn rhoi arna i,

'Wel hidia befo, Margiad, 'dydi hi ddim ond cwpan de wedi'r cwbl. Ddo i â hannar dwsin i chi o'r dre ddy' Sadwrn yn 'i lle hi.'

'Dyna fel rydach chi, William, yn cymyd 'i phart hi bob amsar. Mae'r hogan wedi'i difetha rhwng Bob a chitha. Welis i ddim hogan tebyg iddi hi, 'dach chi'n meddwl y meiddia Maggie Tanrallt fynd i chwilota'r cypyrdda pan fydd 'i mam hi allan? Choelia i fawr.'

Mi ddoth Bob i mewn ar y funud yma, ac wrth weld mam â darna'r gwpan yn 'i llaw deallodd mewn munud beth oedd. Aeth allan yn 'i ôl a phen rhyw ddau funud dyma fo'n gweiddi, 'Sioned, tyd â dipyn o linyn i mi.' Ac felly mi ges ddengid o sŵn y gwpan de am dipyn. Ond mae mam wedi sôn am y gwpan de honno ddigon i 'neud llyfr ohono fo. Ond yr un peth fydd hi'n ddeud o hyd. 'Dw i'n credu fod pawb yn y pentra yn gwybod amdani hi, ac y mae hi wedi llwyr anghofio anlwc y llefrith hwnnw rois i i'r moch ystalwm wrth sôn am y gwpan de. Bydd yn gorffan bob tro trwy ddeud, 'Y tro dwaetha i mi adael y tŷ 'ma am fwy na hannar awr hefo'i gilydd, peth siŵr iawn 'di o, neu raid iti altro'n arw iawn, Sioned. 'Neno'r taid annwyl, 'dwn i ddim be sy haru genod yr oes yma. Mi oeddwn i mor abl i edrach ar ôl tŷ ffarm pan oeddwn i'n bymtheg oed ag ydw i'r funud 'ma. Be 'nei di, dywad, pan fydd gin ti dŷ dy hun, 'sgwn i.'

Fydda i ddim yn deud dim pan fydd hi'n trin fel 'na, achos mi oeddwn i'n becsio fy hun mod i wedi torri'r gwpan.

Mi ath Bob i'r dre y Sadwrn ar ôl y ffair, ac mi ddoth â'r *bangles* rheini imi; ond pan welodd mam nhw am 'y mreichia i ddy' Sul, mi sbïodd arna i fel bydd hi cyn dechra'i rhoid hi i mi, a dyma hi'n deud,

'Sioned, ble cest ti'r 'nialwch yna?'

'Gin Bob,' meddwn i, ac yn teimlo mod i'n gwisgo'r *bangles* am y tro cynta a'r diwethaf hefyd, ac mi 'roeddan nhw'n glws hefyd, ac yn symud nôl ac ymlaen wrth i mi symud 'y nwylo.

''Dwn i ddim beth i feddwl ohonat ti, Bob, hefo'r hogan 'ma. Mi wyt ti'n 'i gneud hi gyn falchad â 'dwn i ddim be. 'Dw i'n synnu atat ti'n dwad â rhyw dacla fel hyn iddi hi. Tyn nhw y funud 'ma,' gan droi ata i.

'Mae gin Maggie Tanrallt rai,' meddwn i heb 'neud dim osgo i dynnu'r *bangles*.

'Os ydi mam Maggie yn fodlon iddi hi wisgo rhyw gêr fel 'na, 'dydw i ddim yn fodlon i ti 'neud hynny. Tyn nhw a dyro mi nhw.'

'Chwara teg i Sioned, mam,' medda Bob, 'maen nhw'n betha digon diniwad.'

Ond 'doedd ddim iws, 'roedd mam yn sefyll uwch 'y mhen i'n ddidrugaradd â'i cheg yn llinell syth. A thynnu'r petha clws fu raid i mi, a 'dydw i byth wedi'u gweld nhw wedyn.

Ystalwm

BYDD rhai pobl yn deud mai ystalwm ydi'r amsar gora, ond 'dw i'n meddwl mai rhyw bobol rwgnachlyd iawn ydyn nhw. Maen nhw o hyd yn trin ar gownt rhywbath neu'i gilydd, ac yn deud mor braf oedd hi ystalwm. Yr oedd hi reit braf ystalwm gin inna. Ond mae hi reit braf rwan hefyd.

Fydd mam ddim yn coelio mod i'n cofio cymint am yr amsar pan oeddwn i'n hogan bach. Bydd yn deud, 'Twt lol, 'does dim posib bod ti'n cofio, 'doeddat ti ddim ond tair oed,' neu ddwy flwydd oed 'wyrach fydd hi'n ddeud weithia. Ond mi 'dw i'n cofio llawar iawn o betha am yr amsar honno. Ystalwm, fel rwan, Bob oedd y gora gin i o bawb yn y byd. Bydd mam yn deud, pan oeddwn i'n fabi bach, os byddwn i'n crïo, ac mi fedrwn grïo hefyd 'ddyliwn i wrth be fydda i'n glywad, nad oedd rhaid iddi 'neud dim ond fy rhoi i ym mreichiau Bob, ac mi beidiwn mewn munud. Peth cas iawn oedd gin i fod rhaid i Bob fynd i'r ysgol bob dydd, a fy ngadal i ar ôl. Bydda hiraeth arna i drwy'r dydd amdano. A byddwn yn deud llawar wrth fy noli a Tobi'r ci y bydda Bob adra'n union. Tua amsar te mi ddengwn allan at y llidiart i sbïo amdano fo, a llawar i godwm ges i ar y llwybr, mae o'n o syth orwth y drws i'r llidiart; a llawar i ddwrdio ges i gin mam os digwyddwn fynd pan fydda hi'n bwrw. Ond 'doedd o fawr o bwys; wrth y llidiart y byddwn i'r rhan amla, a chynta gwelwn i Bob a John brawd Elin, byddwn yn gweiddi, 'Bob, Bob, mam, Bob yn dwad.' A bydda Bob yn fy nghodi i yn 'i freichia ac yn 'y nghario i i'r tŷ. 'Dydw i ddim yn cofio dim ffasiwn hogyn oedd John y Rhiw. 'Roedd Bob a fynta'n ffrindia mawr ystalwm cyn i John fynd i ffwrdd. Ond mae o i ffwrdd ers blynyddoedd rwan. Mi fyddwn i'n 'i licio fo'r amsar honno nesa at Bob o neb. Mae o am ddwad i briodas Bob ac mi ga i weld fydda i'n 'i licio fo gymint rwan.

Dydd Sadwrn oedd y diwrnod fydda arna i isio fwya'i weld ystalwm, achos bydda Bob adra drwy y dydd. Bydda adra ddydd Sul hefyd, wrth gwrs, ond chawn ni ddim chwara gin mam ar ddydd Sul. Mi fyddwn yn disgwyl ar hyd yr wythnos am ddydd Sadwrn, a'r diwrnod hwnnw byddwn yn canlyn Bob drwy'r dydd i bob man yr elai. Bydda John y Rhiw hefo ni bron bob amsar. Os bydda hi'n bwrw mi fyddan yn mynd i'r 'sgubor fawr i chwara. 'Roedd Bob wedi gneud siglan yno, a fu jest iddo fo dorri'i wddw wrth 'i gneud hi, pan ddaru o ddringo i fyny i glymu'r rhaff yn yr hen ddistin. Ond mi 'roedd y siglan yno, ac mi fydda Bob a John yn fy siglo i am oria. Pan fydda hi'n braf mi fyddan yn mynd i 'sgota

i'r afon bach sy yng Nghoed-y-Nant. 'Dwn i ddim oes 'na bysgod yno. 'Dydw i
ddim yn cofio i Bob na John ddal yr un yno erioed. Fydda rhaid i mi ddim
cerddad llawar ar y daith yma, achos bydda naill ai Bob neu John yn fy ngharin i o
hyd, f'ella mai am mai felly yr aent yn 'u blaena gynta y byddant yn gneud hynny.
Pan fyddan ni wrth yr afon, bydda Bob yn fy rhoi fi i sefyll mewn lle saff, ac yn
peri i mi gymyd gofal na 'nawn i ddim symud o'r fan, ond weithia mi fyddwn yn
mynd yn anesmwyth isio gweld be fyddan nhw wedi ddal wrth glywad John yn
deud yn ddistaw, 'Ust, dyna fo, mae o'n plygio yn ofnatsan; dusw bach, mae hwn
yn un mawr.' A byddwn yn symud cyn gyntad â fedrwn i atyn nhw, ond rhyw
dusw o wellt neu rywbath fydda'r bach wedi ddwad i'r lan. Un tro mi es ar ormod
o frys i weld y pysgodyn mawr, ac i lawr â fi i ganol y dŵr. A dyna lle 'roedd y
ddau yn fy nhynnu allan. 'Dw i'n cofio rwan mor wyn oedd gwynab Bob. Ond
'doeddwn i ddim gwaeth, dim ond bod fy ffrog goton las a gwyn i, fy 'sgidia a fy
socs, a fy *hood* gwyn i'n 'lyb doman, a sut oedd posib 'u sychu nhw heb i mam
wybod? Achos tasa mam yn cael gwybod mod i wedi syrthio i'r afon, hwnnw oedd
y tro dwaetha y cawn i fynd hefo'r hogia i 'sgota. Roeddan ni'n tri yn methu
gwybod beth i 'neud, ac er bod hi'n ddiwrnod poeth yng nghanol yr ha'
'doeddwn i ddim yn teimlo rhyw gyfforddus iawn yn fy ffrog 'lyb, ac 'roedd y dŵr
yn rhedag o fy *hood* i lawr 'y ngwynab i. 'Rhaid i ni fynd â chdi adra, Janet, at
mam; a bobol bach mi cawn ni hi i gyd. Rhaid i ti ddwad hefo ni, John,' medda
Bob ac yn edrach reit ddigalon, achos fel 'roedd o'n deud, mi fasa mam yn trin am
iddo fy ngadal i syrthio i'r dŵr. 'Wyddost ti be 'nawn i,' medda John yn sydyn —
un iawn am ddyfeisio rhywbath oedd o — 'Tynna'i ffrog hi, Bob, a'i sana, a'i
'sgidia, mi 'nan sychu mewn dau funud os 'nawn ni 'u taenu nhw ar y gwelltglas.'
Ac felly daru nhw. Mi dynnodd Bob fy ffrog a fy *hood* i a 'sgidia bach haff shiws a
fy socs gwynion. Ac mi dynnodd John 'i jecad, a dyna fo'n fy lapio i yni hi, a Bob
yn rhoi'i gap am 'y mhen i, a dyna lle buon ni'n tri yn ista ar y gwelltglas am ddwy
awr, yn disgwyl i nillad sychu. Mi 'roedd yr haul yn boeth ofnatsan, ac mi
dynnodd John gadach pocad mawr coch a gwyn fel un o'r rheiny ddoth mam i
Bob o'r ffair, o'i bocad, ac mi 'nath gap i Bob drwy roi cwlwm ar bob cornal iddo
fo. Mi ddaru mi dalu sylw manwl i'r gwaith o 'neud y cap hwnnw, ac mi ddaru mi
'neud un 'run fath â fo mewn lle pur wahanol, fel y cewch glywad yn union. Mi
oedd hi'n mhell wedi amsar te erbyn i'r petha fod yn barod i roi amdana i. Mi
rowliodd John 'y ffrog goton i fyny'n dyn, 'gael iddi hi edrach fel tasa hi wedi cael
'i smwddio,' medda fo. Rhyngddon ni'n tri mi ddaru ni lwyddo i'w rhoi hi
amdana i, ond 'roedd cael fy 'sgidia am 'y nhraed yn waith go anodd. Pan oedd y
ddau wedi meddwl bod nhw'n iawn, mi roth Bob fi i gerddad, ond fedrwn i
symud cam, a chafodd John allan fod Bob wedi rhoi esgid y troed chwith am 'y
nhroed dde i, ac esgid hwnnw am 'y nhroed chwith. Ond o'r diwadd mi gafwyd
petha i'w lle, ac adra yr aethom ni reit lechwraidd, a mam yn holi, 'Lle yn y byd

buoch chi, blant? Dyma hi'n mynd yn chwech, Bob, a chditha heb fod â'r llaeth i wraig Tŷ Isa. Hwda, cychwyn hi mewn dau funud, 'wyrach well i ti gymyd dy de yn gynta. Tyd, John, 'stedda ditha i gael cwpanad.' A dyna lle 'roedd hi'n 'u tendio nhw, ac yn sylwi fawr arna i, ond wrth iddi hi dynnu amdana i fynd i ngwely, mi 'roedd hi'n methu gwybod sut bu iddi roi 'y ffrog amdana i tu nôl ymlaen wrth wisgo amdana i yn y bora, a bu raid iddi dorri'r llinyn oedd drwy grychiad y gwddw hefo siswrn, 'roedd Bob wedi rhoi cymint o glyma arno fo. Wedi iddi hi dynnu fy ffrog i medda hi, 'Fasa neb yn meddwl mai bora echdoe y rhois i'r ffrog 'ma'n lân amdanat ti. Potshio hefo'r ddau hogyn 'na fuost ti'n rhywla, 'ntê?' Ddaru mi ddim deud dim byd, achos 'roeddwn i'r amsar honno fel rwan yn medru cadw secrad yn iawn os bydda lles Bob yn y cwestiwn, a gwyddwn mai Bob fasa'n 'i chael hi. Chafodd mam byth wybod mod i wedi syrthio i'r afon, ac mi 'roedd hynny'n beth rhyfadd iawn, achos mae hi'n agos siŵr o gael gwybod popeth drwg fyddan ni'n 'neud.

Mi fyddwn i'n licio dydd Sul hefyd, ond mynd i'r capal; achos bydda Bob yn ista ar y sêt sydd oddi fewn i ffenast y gegin, ac yn 'y nghymyd i ar 'i lin, ac mi fydda yn dangos llunia o *Taith y Pererin,* ac yn deud 'u hanas nhw wrtha i gyd, ac O! mi fydda arna i ofn y bwganod rheiny oedd yn y llun lle 'roedd Cristion yn mynd drwy'r glyn, ac mi fydda arna i isio i Bob beidio dangos hwnnw i mi, na llun y ddau lew, ond fedrwn i ddim peidio edrach arnyn nhw chwaith. Y llun fydda ora gin i oedd hwnnw lle 'roedd Cristion yn colli'i faich. Bob oedd pia'r *Taith y Pererin.* Pan oeddwn i wedi dysgu darllan yn ddigon da i fedru darllan heb atal dim y geiria oedd o dan y llunia, mi ddaru Bob 'i roi o i mi, a hwnnw sydd ar y dresar ydi o. Pan fydda i'n troi'i ddalenni o, ac yn edrach ar yr hen lunia coch a melyn a glas, fydda i'n cofio fel byddwn i'n ista yn y ffenast gyda'r nos ar nos Sul pan fydda'r haul yn sgleinio i mewn arnyn nhw, ac y byddwn i'n meddwl ffrogia mor grand oedd gin Christiana a'i phlant a Trugaredd, ac yn meddwl mor neis y baswn i'n edrach yn un ohonyn nhw, yn lle y ffrog frown neu lwyd fydda mam yn brynu i mi. Trugaredd oedd y gora gin i o bawb yn yr holl lyfr. Y *Taith y Pererin* a'r Beibl mawr â llunia lliwiedig 'run fath oedd yr unig ddau lyfr fydda mam yn gadal i ni edrach y llunia ar ddydd Sul. Bydda'n cloi holl lyfra Bob i fyny ar nos Sadwrn — llyfra y tylwyth teg a'r rheiny. 'Roedd Bob yn gwybod hanas pob llun yn y ddau, ac mi fydda'n 'u deud nhw wrtha i i gyd. Fi fydda i ddewis y llun 'roedd o i ddeud 'i hanas o. A bydda Bob yn gofyn, 'Hanas be heno, Janet?' Weithia hanas Joseph fydda'r gora gin i. Bydda rhaid i mi guddio 'y ngwynab ar ysgwydd Bob pan fydda fo'n dwad at lle mae Joseph yn deud pwy ydi o wrth 'i frodyr, rhag iddo fo'n ngweld i'n crïo. Tro arall hanas Esther fydda'r un y gofynnwn amdano, ac mi fydda dda gini fod yr hen Haman hwnnw wedi cael 'i grogi, ac mi 'roedd Bob yn teimlo'r un fath hefyd, achos mi fydda'n deud, 'Itha gwaith, 'ntê Janet.' Hanas y rhyfeloedd fydda gora gin Bob ddeud, ac mi fydda'n cael hwyl. 'A fel hyn 'roedd hi, wst ti, Janet,' medda fo o hyd, a'i lygaid o'n fflachio, ac mi fydda arna i ofn. Ond yr hanas oeddwn i'n meddwl mod i'n deall fwya ohono fo oedd hanas Daniel yn y ffau llewod, achos mi 'roeddwn i wedi'i weld o a'r llewod hefyd, a'u clywad nhw'n rhuo. 'Roedd 'na *show* wedi dwad i'r pentra un tro, ar y comin wrth y capal 'roedd hi wedi aros, ac mi aeth Bob â fi yno, a dyna lle 'roedd Daniel yn ista mewn rhyw gatsh mawr a lot o lewod o'i gwmpas o, a'u dannadd hyll nhw yn y golwg, ac mi welis i'r brenin hwnnw'n sbïo drwy ffenast bach yn pen draw'r catsh. 'Roeddwn i'n meddwl 'u bod nhw'n fyw i gyd, ac mi afaelis yn dyn yn Bob drwy'r amsar, ac mi oedd reit dda gin i pan ddaethon ni allan. Noson y *Band of Hope* oedd y noson honno, ac mi gafodd y plant rheini oedd wedi bod yn y *show* yn lle dwad i'r cyfarfod plant 'u dwrdio'n iawn gin Owen William. 'Roedd mam yn meddwl yn siŵr yn bod ni yn y capal, ond mi gafodd allan rywsut fel bydd hi'n cael allan popeth, ac mi cafodd Bob hi'n iawn. Fedrwn i ddim diodda clywad neb yn dwrdio Bob, a dyma fi'n deud, ''Roedd Daniel yno, mam, Daniel y Beibl, a 'doedd dim drwg mynd yno'. Ac 'roeddwn i'n methu gwybod pam 'roedd 'y nhad yn chwerthin cymint, a mam yn brathu'i gwefus rhag iddi hitha wenu. Mi fyddwn i'n arw iawn am hanas Job hefyd, ac mi fyddwn yn gwybod y dechra yn iawn, 'Yr oedd gŵr yng ngwlad Us a'i enw Job.' Mi fyddwn yn cofio hynna bob amsar, ac os byddwn wedi anghofio f'adnod yn seiat nos Sul, fel bydda hi'n digwydd yn aml, byddwn yn deud, 'Yr oedd gŵr yng ngwlad Us.' Bydda Bob a fi yn flin iawn wrth wraig Job. 'Hen globan oedd hi, Janet,' medda Bob, a byddwn inna'n deud ar 'i ôl o, 'hen globan', er na wyddwn i ar ddaear beth oedd 'hen globan'.

Yr haf fyddwn i'n licio ora o'r un adag, achos bydda Bob yn cael pum wythnos o *holidays*. Ac O! mi fydda'n braf cael Bob adra bob dydd. Mi fyddan allan yn dau drwy y dydd nes bydda'n gwyneba ni a'n dwylo wedi'u llosgi gin yr haul, a mam yn deud bod ni fel y sipsiwns fydda'n dwad i'r Nant Isa. Bydda gin mam lid ofnatsan yn erbyn y sipsiwns. Bydda'n deud 'u bod nhw wedi dwyn iâr fwy nag unwaith oddacw. Weithia, pan fydda mam yn edrach yn o blesant, mi fydda Bob yn begio cael mynd â'n cinio hefo ni, — ac mi fydda mam yn rhoi petha mewn basgiad, ac mi fyddan ni'n mynd ymhell iawn, byddwn i'n meddwl, at yr hen gastell ffordd 'no, ac yn ista yng nghysgod yr hen walia i fyta'r brechdana, ac i yfad y llefrith fydda yn y fasgiad. 'Dw i'n meddwl y byddan ni'n gneud hynny'n mhell cyn amsar cinio. Bydda John hefo ni'n aml iawn, ac O! mi fydda'n braf. Ambell dro 'doedd mam ddim i gael gwybod lle 'roeddan ni'n mynd, achos y basa hi'n rhwystro ni tasa hi'n gwybod yn ddigon buan. 'Dw i'n cofio un tro, fod Bob a John wedi penderfynu codi pedwar o'r gloch y bora i fynd i hel masharŵns, ac mi grefis i gael mynd hefo nhw. 'Doedd Bob ddim rhyw fodlon iawn. 'Fedri di ddim gwisgo amdanat, Janet,' medda fo, 'a 'dydi wiw i ni ofyn i mam, achos châi'r un ohonon ni fynd tasa hi'n gwybod.' Mi ddaru mi sicrhau Bob y medrwn i wisgo amdana f'hun yn iawn, a dyma John yn deud, 'Chwara teg iddi, Bob, waeth iddi gael dwad hefo ni.' Ac felly mi ddaru Bob ddeud y cawn i. 'Ond cofia di,' medda fo, 'mi fydd mam yn dwrdio'n ddychrynllyd pan ddown ni yn yn hola.' Ond 'doeddwn i'n hidio fawr os cawn i unwaith gychwyn, ac mi es i ngwely i freuddwydio am fynd i'r Cae Hir i hel masharŵns. Mi ddaru mi ddeffro'n fora, ac mi godis i edrach drwy y ffenast, i weld oedd hi'n braf; ac mi 'roedd hi'n edrach reit glir, ac mi welwn y Cae Hir odana i, ac yn coelio'n siŵr mod i'n gweld y masharŵns hyd-ddo fo, ac mi es ati hi i wisgo amdana, ond nid oeddwn i erioed o'r blaen wedi bod yn gwneud hynny f'hun, ac mi 'roedd 'y mysadd i'n anhwylus hefo'r llinynna a'r tylla bytyma; ond o'r diwadd 'roedd popeth amdana i rhyw lun ond fy ffrog, a fedrwn i yn 'y myw gael hyd i honno yn unman. Pan oeddwn i wrthi hi'n chwilio amdani, dyma Bob yn gofyn yn ddistaw bach tu allan i'r drws,

'Wyt ti'n barod, Janet?'

'Fedra i ddim cael hyd i fy ffrog, Bob,' meddwn innau mewn llais cyn ddistawad â fynta, ac yn agor y drws. 'Roedd Bob yn sefyll yn nhraed 'i sana a'i 'sgidia yn 'i law. 'Ond dyma hi,' medda fo, ac yn tynnu ffrog odd'ar yr hoelan tu nôl i'r drws, ac wedi i mi'i rhoi hi amdana i dyma Bob yn 'y nghario i i lawr y grisia rhag ofn i mi 'neud twrw i ddeffro mam, achos tasa hi'n codi cheuthan ni byth gychwyn. Pan oeddan ni jest yng ngwaelod y grisia dyma'r hen gloc yn taro dros bob man. Bobol bach, chlywis i 'rioed mono fo'n taro debyg cynt na chwedyn, ac mi ddaru ni ddychryn cymint fel y gollyngodd Bob un o'i 'sgidia, a bu jest iddo fo'n ngollwng i hefyd. 'Roeddan ni'n meddwl yn siŵr bod hi ar ben am y masharŵns. Mi ddaru ni wrando am dipyn, ond 'roedd popeth yn ddistaw; a dyma ni'n sleifio allan drwy ddrws y cefn, a Bob yn cydio yng ngheg y ci — nid Pero, ond Tobi oedd hwn — rhag iddo fo gyfarth, ac wedi mynd dipyn bach oddi wrth y tŷ yn rhoi'i 'sgidia am 'i draed, a dyma ni'n cychwyn am ras i lawr y Cae Hir, a phan oeddan ni yng nghanol y gwlith ddaru mi ffendio mai fy ffrog newydd ora oedd Bob wedi'i rhoi amdana i, ac wrth iddo fo nghodi i dros glawdd y cae, mi 'roedd y drain wedi'i rhwygo hi o'r top i'r gwaelod. Wyddwn i ddim be i 'neud, ac mi 'roedd golwg sobor iawn arnom ni'n dau pan ddoth John atom ni, ac mi aeth ynta i edrach reit sobor wrth weld y rhwyg mawr yn fy ffrog; ond fel arfar, fuo fo ddim yn hir heb ddyfeisio rhywbath. 'Wyddost ti be 'nei di, Janet,' medda fo mewn munud neu ddau. 'Dos i fyny i'r llofft pan ei di adra, a thynna'r ffrog 'na, a rho dy ffrog bob dydd amdanat, a chadw honna'n rhywla tan heno, ac mi 'fynna i i Elin am fenthyg eda a nodwydd, ac mi 'neith Bob a finna 'i gwnïo hi heb i dy fam wybod. Rwan am y masharŵns.' Wedi i ni hel llond y basgedi mi aethon adra. Wrth lwc, 'roedd mam wrthi hi'n trin y llaeth, ac mi redis i fyny'r grisia heb iddi hi ngweld i. Tynnais fy ffrog, ac wedi chwilio tipyn ces hyd i fy ffrog bob dydd wedi syrthio tu nôl i'r gwely. Pan oeddan ni'n cael brecwast mi ddaru mam ddwrdio dipyn ar Bob am fynd â fi i wlychu'n nhraed i'r gwlith, ac 'roedd rhaid i

mi newid fy socs a fy 'sgidia. Ond 'roeddwn i'n crynu rhag ofn iddi hi gael hyd i'r
ffrog oeddwn i wedi stwffio o'r golwg — 'roedd mam yn trin cymint bob dydd am
fod Bob yn mynd â fi i faeddu fy nillad. Mi ddoth Bob adra o'r ysgol a John hefo
fo, ac wedi i ni gael te ac i mam fynd i'r tŷ llaeth, dyma John yn mynd i'w bocad ac
yn tynnu papur allan, ac yn y papur 'roedd nodwydd fawr dew, a chryn ddwylath
o eda wen yni hi. 'Dyma hi, un iawn,' medda fo, 'mi ddaru mi ofyn i Elin am y
dewa oedd gini hi a lot o eda, er mwyn cael digon o afael; mae'r nodwydda bach
'na'n slipio drwy'ch dwylo chi, rywsut. Rhed i nôl dy ffrog rwan, Janet.' Mi es i
i'r llofft, ac mi ddois â'r ffrog o'r lle 'roeddwn i wedi'i chuddio hi. Un ddu oedd
hi. A dyma Bob yn cymyd y nodwydd gin John ac yn cychwyn hel y rhwyg at 'i
gilydd; ond, rywfodd, 'roedd yr eda hir yn drysu, neu yn rhedag o'r nodwydd, ac
'roedd John yn sefyll wrth 'i ben o, a finna ar 'y nglinia ar gadar a fy nau benelin ar
y bwrdd a ngên yn 'y nwylo yn gwylio Bob. 'Nid fel'na mae gafael yni, Bob,'
medda John. 'Tyd imi weld, mi gwna i hi'n eda ddwbwl.' A dyma fo'n rhoi
cwlwm ar ddau ben yr eda nes oedd hi reit sownd yn y nodwydd. 'Fel hyn bydd
Elin wrthi hi,' — ac yn rhoi y lle oedd isio'i wnïo dros fysadd 'i law chwith, ac yn
cydiad yn y nodwydd yn ysgafn hefo bys a bawd y llaw arall. 'Roedd Bob yn
edrach arno fo ac yn crychu'i dalcan fel bydd o o hyd pan fydd rhywbath yn 'i
byslio fo. Fesul tipyn mi roth John res o bwytha gwynion bras ar hyd fy ffrog ora
i, ac mi 'roedd y rhwyg wedi hasio; ond mi 'roedd o wedi'i bwytho fo ar yr ochor
allan i'r ffrog, ac mi 'roedd ymyl fylchiog i'r gwniad. 'Roedd o a Bob yn meddwl
fod o wedi gneud job daclus iawn. 'Dyma fo iti, Janet,' medda fo, ac yn 'i batio
hefo'i law ar y bwrdd, 'ŵyr neb ddim fod o wedi torri 'rioed.' Ond mi oeddwn i'n
teimlo reit anghyfforddus wrth feddwl am ddydd Sul, achos 'roeddwn i'n
gwybod os medra fy llygaid i weld y pwytha mawr, y bydda llygaid mam yn sicr
o'u gweld nhw. Ond mi aeth Bob â'r ffrog i'w lle tu ôl i'r drws, achos yr oeddwn
i'n rhy fechan i gyrraedd mor uchal.

   Fel 'roeddwn i'n meddwl, gynta ddaru mam afal yn 'y ffrog i bora Sul, mi
welodd y pwytha mawr gwynion, ac wrth gwrs bu raid i Bob ddeud yr holl helynt
wrthi hi, ac mi 'roedd hi'n trin yn ofnadwy. 'Roedd rhaid i mi aros adra o'r capal y
diwrnod hwnnw. 'Doedd mam ddim yn gwybod fod hynny y peth gora gin i'r
amsar honno.

   Byddwn i'n crefu bob dydd gawn i fynd i'r ysgol hefo Bob, a ryw fora dyma
mam yn deud, 'Mae hi'n reit braf heddiw, Bob, waeth i ti fynd â hi am dro.' Ac
'roeddwn i'n dawnsio o gwmpas tan oedd hi'n amsar cychwyn, yn rhy aflonydd i
adal i mam roi fy *hood* am 'y mhen a fy nghlog amdana i.

   Pan aethon ni i'r ysgol, dyma'r mistar, 'y sgŵl' fydda Bob yn 'i alw fo — yn
mynd â fi i'r ysgol bach at y plant lleia, ac yn cau y drws arna i yno. Ond wedi
dwad i'r ysgol i fod hefo Bob 'roeddwn i, ac hefo Bob 'roeddwn i am fod. A dyma
fi'n mynd at Miss Jones ac yn cydiad yn 'i ffrog hi a thrïo'i thynnu hi at y drws.

'Agwch drws,' meddwn i wrthi hi reit awdurdodol. Ond dyma hi'n gafal yna i ac yn 'y nghario i yn ôl ac yn fy rhoi i i ista ar y fainc. 'Rhaid i chi aros yn fanna,' medda hi. Ond 'roedd arna i isio Bob, a phan oedd hi wedi mynd i'r pen arall i'r ysgol dyma fi'n codi ac yn mynd at y drws wedyn ac yn rhoi fy ngheg wrtho fo ac yn gweiddi hynny fedrwn i, 'Bob, Bob, agor drws i Janet bach.' Mi 'gorodd rhywun y drws, 'dwn i ddim pwy, a dyma fi'n edrach i fyny ac i lawr yr ysgol fawr tan 'nes i weld Bob, a dyma fi'n mynd ato fo drwy'r plant i gyd, a'r peth cynta ddeudis i wrtho fo oedd, 'Be oeddat ti'n ngadael i yn fanna, Bob?' Ac mi ddringis ar 'i lin o. 'Rhaid i ti fynd yn d'ôl, Janet,' medda fo ac yn codi i fynd â fi, ond mi ddechreuis i grïo dros bob man, a dyma'r sgŵl yn dwad ac yn gofyn beth oedd y matar. 'Isio aros hefo Bob sana i. 'Dydi Janet ddim yn licio fancw,' ac yn dangos yr ysgol bach ag un llaw, ac yn cydio yn dyn am wddw Bob hefo'r llall. 'Wel, wel, peidiwch â chrïo rwan, cewch aros hefo Bob heddiw,' medda'r sgŵl, ac yn chwerthin arna i. Mi fyddwn i'n licio llygada'r sgŵl pan fydda fo'n edrach arna i a'r plant lleia, ond ddim pan fydda fo'n edrach ar yr hogia mawr wedi iddyn nhw 'neud rhywbath allan o le. Faswn i ddim yn licio bod yn lle yr hogia rheini. Llygada glas oedd gino fo, a phan fydda fo'n ffeind mi fyddan yn dywyll a thynar, ond pan fydda fo'n ddig wrth y plant, mi fyddan yn mynd fel fflamia gwynion. 'Roeddwn i'n licio'n iawn yn yr ysgol fawr yn ista rhwng Bob a John y Rhiw, ac 'roedd John wedi dysgu i mi sgwennu f'enw ar 'i lechan o cyn mynd adra. Pan oedd y *class* yn mynd i'r llawr i ddarllan, ac yn sefyll o gylch y sgŵl, mi es i hefo nhw, ac mi sefis wrth ymyl Bob. 'Roeddwn i'n meddwl mai deud adnodau 'roeddan nhw fel byddan nhw yn y capal nos Sul, ac wedi i Bob ddarllan dyma fi'n tynnu fy llaw o'i law o, ac yn rhoi fy nwylo ym mhleth, ac yn deud, 'Fi rwan.' Dechreuodd y plant chwerthin, ond dyma'r sgŵl yn codi'i olwg arnyn nhw ac yn deud, 'Ust,' ac yna'n troi ata i, ac yn deud, 'Wel, Janet?' A dyma fi'n deud, 'Gwyn eu byd y pur o galon,' wrtho fo. *'That's a good little girl,'* medda fo, ac mi fyddwn yn dysgu adnod newydd erbyn bob dydd, a bydda'r sgŵl yn deud pan fydda fo'n dwad ata i, *'Now, Janet'*; achos mi ges i aros hefo Bob tan ddaru o a John adal 'r ysgol. Mi fyddwn i'n meddwl mai'r dyn gwiriona welis i oedd y sgŵl hwnnw. Bydda'n gofyn i mi bob dydd beth oedd f'enw i. 'Janet, chwaer Bob,' meddwn i wrtho fo; ac mi fyddwn yn synnu 'i fod o'n dwrdio cymint ar Twm Tŷ Mawr am beidio cofio'i wers, a fynta ddim yn cofio f'enw i am ddiwrnod. Mi fydda gino fo betha da bron bob amsar, ac mi fydda yn 'u tynnu nhw allan ac yn 'u gosod nhw'n rhes ar y ddesg, ac yn deud wrtha i, 'Cewch chi reina os 'newch chi roi cusan i mi, Janet.' Mi oedd arna i isio'r petha da'n arw iawn, achos mi oeddan nhw'n rhai neis, fel bydda'n nhad yn dwad i mi weithia o'r dre, ond 'doeddwn i ddim wedi rhoi cusan i neb erioed ond Bob, ac 'roedd gin y sgŵl locsus cochion pigog yn edrach, a fedrwn i ddim meddwl am roi cusan iddo fo. Mi ddaru droi'i wynab i ffwrdd un tro i edrach i lawr yr ysgol, a dyma fi'n cipio'r petha da ac yn cuddio 'y

ngwynab o dan jecad Bob, ond y tro wedyn ddaru mi drïo gneud hyn mi ddaliodd
y sgŵl fy llaw i cyn i mi fedru'i thynnu hi i ffwrdd, a bu orfod i mi ollwng y cwbl,
achos rois i'r un gusan iddo fo nag i neb arall chwaith. Ond pan fyddwn i'n mynd
adra, wrth roi fy *hood* am fy mhen mi fydda'r petha da yn hwnnw, y sgŵl wedi
rhoi nhw, ac wrth i mi'i basio fo wrth fynd allan mi fyddwn yn rhoi *pat* bach i'w
law fo yn lle rhoi cusan iddo fo. Wrth fynd a dwad drwy'r pentra i'r ysgol pan
oeddwn i'n fychan, 'nawn ni ddim gadal i Bob afal yn fy llaw i. Byddwn yn
gollwng 'i law o pan ddown i at dŷ Elin Jones; hwnnw oedd y tŷ cynta, ac wrth
ddwad adra mi fyddwn yn cerddad reit independant drwy'r tai i gyd nes pasio
fanno. Un tro 'roedd hi'n rhew garw, a'r ffordd reit lithrig, ac wrth i mi ddwad o'r
ysgol 'roeddwn i'n cerddad fel arfar ar ben fy hun, ac mi rois fy nhroed ar sglerf,
ac mi syrthiais ar f'hyd, a beth 'nath Bob ond fy nghodi yn 'i freichia a fy ngharrio
drwy'r pentra i gyd yng ngolwg plant yr ysgol. 'Nawn i ddim siarad hefo fo tan
amsar mynd i ngwely, 'roeddwn i mor flin wrtho fo. Jest meddyliwch, fy ngharrio
i fel babi yng ngŵydd y plant i gyd!

Pan ddaru Bob adal 'r ysgol roedd rhaid i mi fynd i'r ysgol bach, ac mi oedd
arna i hiraeth ar 'i ôl o a John y Rhiw. Fyddwn i ddim yn licio genod, a fydda i
ddim yn hidio ryw lawar amdanyn nhw rwan, ddim ond am Elin a Maggie
Tanrallt. Ond yr amsar honno 'roedd Elin yn yr ysgol fawr a finna ddim ond yn
standar wan. A 'doeddwn i ddim yn licio'r un o'r genod oedd yno. 'Roedd arnyn
nhw ofn popeth, ac yn crïo am ddim byd. 'Doedd arna i ddim ofn neb ond Bob, ac
nid ofn y basa fo'n 'y nghuro i oedd arna i, dim ond ofn iddo fo ddigio wrtha i.
Doth Maggie i fyw i Tanrallt jest yr amsar pan oedd Bob yn gadal 'r ysgol, ac mi
ddoth i'r un *class* â fi. 'Roeddwn i'n meddwl yn dechra mai un 'run fath â'r lleill
oedd Maggie, 'roedd hi'n edrach mor fechan a distaw — gwynab bach llwyd oedd
gini hi, 'dydi o fawr fwy rwan, a llygada du, du, a gwallt du yn syrthio'n syth heb
ddim tro yno fo ar 'i 'sgwydda hi. Pan fydda i'n cyfarfod Maggie yn sydyn rwan
yn y llwyd dwllwch bydd rhyw arswyd yn mynd drwydda i. Bydd 'i gwynab hi'n
disgleirio mor wyn yn erbyn y gwallt du ar 'i thalcan hi, a'i llygada hi fel sêr; mi
fydd yn gneud i mi feddwl am ryw ysbryd fydda Bob yn deud 'i hanas o wrtha i
pan oeddwn i'n fychan. 'Doedd hi ddim ond at f'ysgwydd, er 'i bod hi llawn gyn
hynad â fi. A dyma fel ces i wybod nad oedd hi ddim fel y genod erill. Rhyw
ddiwrnod 'roedd y titsiar wedi mynd orwth y *class* am funud, a dyma fi'n deud
wrth Maggie, 'Camp i ti daro'r blac bord 'na â dy gopi bwc.' 'Wel medra wir,'
medda hi. Ond yn lle y blac bord pen y titsiar gafodd y copi bwc, ac 'roedd cefn
calad iddo fo hefyd. 'Roedd y titsiar newydd ddwad trwy'r drws o'r ysgol fawr, a
'doedd hi ddim wedi gweld pwy oedd wedi taflu'r copi. Dyna hi'n peri'r un oedd
wedi'i daflu o fynd i'r ysgol fawr i gael slap gin y sgŵl. 'Doeddwn i ddim yn
meddwl y basa Maggie yn mynd, achos 'doedd 'run ohonon ni wedi cael slap
erioed o'r blaen; ond cyn i mi droi rownd dyna Maggie yn sefyll i fyny ac yn

taflu'i phen yn ôl ac yn martsio yn syth i'r ysgol fawr. Mi wyddwn fod cymint o fai arna i yn 'i derio hi i daflu copi, ac mi es inna ar 'i hôl hi. 'Dydw i ddim yn meddwl y baswn i wedi cyfadda bod bai arna i pe basa Maggie heb fynd gynta. 'Roeddwn i'n meddwl mwy o lawar ohoni hi ar ôl hynny; ac mi ydan ni'n ffrindia byth. Mi fydd Bob yn 'i licio hi hefyd, a phan fydd mam yn dwrdio am y bydd hi'n gwisgo 'rhyw gêr', chwadl hitha, mi fydd yn deud, 'Chwara teg i Maggie, hen hogan iawn ydi hi.'

Wedi i Bob a John y Rhiw adal 'r ysgol, mi fyddwn i'n mynd â Tobi'r ci yn gypeini i mi ar y ffordd i'r ysgol; achos yr ochr arall i'r ysgol mae Tanrallt; ac mi fydda Bob yn 'i ddanfon o i f'nôl i bob dydd. Ond dyn a helpo Tobi druan, mi ddoth John Williams y Tyddyn acw ryw fora i ddeud wrth 'y nhad y bydda rhaid iddo fo saethu'r hen gi os na fedra fo'i gadw fo rhag mynd ar ôl y defaid, fod o wedi lladd un y noson cynt. Mi ddeudodd 'y nhad y basa fo'n trïo'i rwystro fo; ond bora Sadwrn dyma Bob i'r tŷ yn edrach yn drist iawn, ac yn deud, 'Mae John Williams wedi saethu Tobi.' Mi ddechreuis i grïo yn iawn, a chrïo ddaru mi drwy'r dydd. Mi aeth Bob a John y Rhiw i ofyn am focs sebon gwag at fam Mary'r Siop, ac wedyn mi aethon i Gae y Tyddyn i nôl corff Tobi dlawd, ac mi ddaru ni'i gladdu o gyda'r nos o dan yr hen goeden onnen yng ngwaelod y Cae Hir. 'Roedd Maggie a fi wedi hel lot o floda ac wedi'u rhoi nhw yng ngwaelod y twll, ac wrth i Bob roi'r bocs i lawr a rhoi'r pridd yn 'i ôl mi oeddan ni'n dwy yn crïo yn ofnatsan. 'Roedd Bob a John yn edrach fel tasan nhw isio gneud 'run peth hefyd, ond fod arnyn nhw gwilydd. Mi oedd arna i hiraeth ofnatsan ar ôl yr hen gi. Fydda fo byth yn dwad rwan ac yn stwffio'i drwyn du i fy llaw i, nac yn neidio i lyfu ngwynab i pan fydda fo'n dwad i nghyfarfod i o'r ysgol.

Rhyw bnawn Sadwrn, ychydig ar ôl hyn, mi ddoth John acw â rhywbath dan 'i jecad. 'Camp i ti ddeud beth sydd gin i yn fan 'ma, Sioned,' medda fo. (Erbyn hyn 'roedd modryb Pen Rhos wedi newid f'enw i.) ''Dwn i ddim; tyd mi weld. Iâr bach? O, 'dwn i ddim. Be sgin ti?' A dyma fo'n agor 'i jecad, a dyna lle 'roedd gino fo gi bach mwya annwyl. 'O!' meddwn i, 'O, beth bach, tyd mi ddal o John, chdi pia fo?' 'I chdi mae o, Sioned, yn lle Tobi, a 'nawn ni'i alw fo'n Tobi, os lici di.'

Pan 'nes i gofio am Tobi, 'doeddwn i ddim yn licio'r ci bach cymint, ond 'doeddwn i ddim yn licio deud hynny wrth John; ac mi rois o ar lawr. Ond mi ddois i licio fo'n iawn yn union. Ond chafodd o mo'i alw yn Tobi, ond Pero, a fo ydi'r Pero sy 'ma rwan. Mi aeth John y Rhiw i ffwrdd dipyn ar ôl hyn; a 'dydw i ddim wedi'i weld o wedyn. Ond er mai fi pia fo, Bob ydi'r gora gin Pero.

Y lle mwya annifyr gin i pan oeddwn i'n fychan oedd y capal. 'Doedd yr Ysgol Sul ddim gyn waethad, ond wyddwn i ar ddaear bob Sul cyn cychwyn i'r odfa sut 'roeddwn i am ista'n llonydd am ddwy awr. Bydda'n nhraed i'n gwingo am na chawn i 'u curo nhw yn y llawr. 'Doeddwn i ddim yn deall 'run gair oedd y pregethwr yn ddeud, ac O, mi fydda'n hir cyn cau y Beibl. 'Roedd hwn yn sein gin y rhan fwya ohonyn nhw fod y bregath jest ar ben; ond 'roedd 'na un hen bregethwr fydda'n 'i gau o newydd ddechra ar 'i bregath, a byddwn yn meddwl bod ni am gael mynd adra, ond mi fyddwn yn cael fy siomi, achos mi fydda'n 'i agor wedyn, ac yn 'i gau o drachefn, ac felly 'nôl ac ymlaen, ac mi fyddwn i wedi mynd yn ddiobaith am 'i weld o'n 'i gau fo o ddifri. 'Y dyn cau y Beibl' fyddwn i'n 'i alw fo bob amsar. Byddwn yn meddwl na fasa waeth i mam adal i mi ddwad â'r *Taith y Pererin* hefo fi i'r capal, gael i mi gael edrach y llunia, neu fy mabi dol. Ond mi fydda mam yn cloi honno i fyny yn y cwpwrdd derw bob nos Sadwrn hefo llyfra Bob. Un tro mi ddaru mi'i chuddio hi, ac mi es â hi o dan fy nghlog i'r capal bora Sul, ond mi es i gysgu 'ddyliwn, ac mi syrthiodd fy noli ar lawr y sêt â thwrw dychrynllyd, nes gneud i mam a fi neidio, ac 'roedd golwg drycin i ddod wedi mynd adra ar wynab mam wrth godi'r babi dol. Ond am honno, 'roedd 'i gwynab hi wedi'i malurio gin y codwm. Bydd mam yn deud na welodd hi 'rioed un debyg i mi am fod yn ddrwg yn y capal; ac yn wir, mi 'roedd hi yn 'i lle hefyd, mi fyddwn yn teimlo y baswn yn licio gneud popeth nad oeddwn ddim i'w 'neud yn fanno. Y Sul ar ôl i mi syrthio i'r dŵr, yn y capal yn y bora, mi feddylis y baswn i'n trïo gneud cap o fy nghadach pocad, 'run fath â hwnnw 'nath John y Rhiw i Bob. A dyma fi'n rhoi cwlwm ar bob cornal i nghadach pocad, ac mi 'roedd o'n edrach reit neis, ac mi dynnis fy het a rhois o am 'y mhen, a dyma fi'n estyn y mraich tu nôl i nhad i roi pwn i Bob ('doedd mam ddim yn y capal y bora hwnnw) gael iddo fo weld sut 'roeddwn i'n edrach yn 'y nghap. Ond mi ddechreuodd Bob chwerthin, ac mi droth 'y nhad rownd, a dyma fynta'n gwenu hefyd, ond yn cydiad yn 'y nghap i ac yn 'i roi o yn 'i bocad, ac yn rhoi fy het am 'y mhen i tu nôl ymlaen, ac yn deud, 'Bydd yn hogan dda rwan, mi gawn ni fynd allan yn union.' Wrth gwrs mi gafodd mam wybod y cwbl wrth bod fy het i tu nôl ymlaen yn mynd adra, ac mi gefis y driniaeth arferol wrth fyta nghinio.

Mi 'roeddwn i mewn *class* o blant bach yn yr Ysgol Sul. Ond pan fydda'r plant yn mynd i'r llawr i gael 'u holi, byddwn i bob amsar yn mynd i ochor yr hogia at Bob. Mi fydda arna i braidd ofn Owen William pan fydda fo'n holi'r plant, mi fydda'n gweiddi'n ddychrynllyd. Y cwestiwn cynta fydda fo'n ofyn fydda,

'Oes mwy nag un math o blant?'

'Oes.'

'Faint?'

'Dau.'

'Faint, ddaru chi ddeud?'

'Dau,' fyddan ni'n weiddi gyn uchad â fedran ni.

'Pa rai ydyn nhw?'

'Plant da a phlant drwg.'

'Fydd plant da'n deud anwiredd?'

'Na fyddan.'

'Na fyddan? Ydach chi'n siŵr? Fydd plant da'n deud anwiredd?'

'Na fyddan.'

'Fydd plant da'n deud "na 'na i" wrth 'u tad a'u mam?'

'Na fyddan.'

'Dydi'r hogyn bach acw ddim yn gwybod yn iawn. Rwan, fydd plant da yn deud "na 'na i" wrth 'u tad a'u mam?'

'Na fyddan.'

'I ble ca'r plant da fynd?'

'I'r nefoedd.'

'Sut le 'di fanno?'

'Lle paradwysaidd.'

'Sut?'

'Lle paradwysaidd.'

'Ie, lle paradwysaidd sydd yn fanno, cofiwch fod yn blant da i gyd 'nta.'

'Ond i ble geith plant drwg fynd?'

'I uffern.'

'I ble?'

'I uffern.'

'Sut le 'di fanno?'

'Llyn yn llosgi o dân a brwmstan.'

'Sut le? Deudwch eto, yn uchel rwan, gael i'r bobl yn y seti acw glywad sut le 'di uffern.'

'Llyn yn llosgi o dân a brwmstan.'

'Ie dyna chi le ofnadwy, blant annwyl; gobeithio nad eith 'run ohonoch chi i'r lle hwnnw; ac os byddwch chi'n blant da ewch chi ddim. Cerwch i'ch llefydd rwan.'

'Roedd yr atebiad dwaetha wedi cymyd gafal ofnatsan yna i. 'Roeddwn yn methu gwybod beth oedd y gwahaniaeth rhwng tân 'i hun a thân a brwmstan. Un tro mi fuo mi mor ddrwg yn ôl yr hyn 'roedd mam yn ddeud, fel 'roeddwn i wedi meddwl yn siŵr y cawn i fy nhaflu i'r llyn ofnadwy hwnnw. Amsar plannu tatws oedd hi, ac 'roedd 'y nhad wedi gosod llond basgiad o datws cynnar ar glawdd yr ardd. Yr oedd egin ofnatsan hyd y tatws, ac mi oeddwn i'n meddwl y basan nhw'n edrach yn dwtiach o lawar heb yr hen egin mawr yn tyfu ohonyn nhw, ac mi dynnis bob un oedd arnyn nhw nes oeddan nhw gyn lanad â tasan nhw newydd 'u codi. Jest pan oeddwn i wedi darfod dyma mam allan, a phan welodd hi be oeddwn i wedi 'neud, mi aeth ar 'i hunion i nôl y wialen fedw, a dyna'r unig dro i mi deimlo'i blas hi. Ond gwaeth na chochni'r wialen ar fy mreichiau a'n nwylo oedd y teimlad fod rhaid mod i wedi gneud rhyw ddrwg mawr iawn, digon i haeddu cael fy nhaflu i'r llyn ofnadwy hwnnw y soniai Owen William amdano. Fedrwn i yn fy myw gael y tân a'r brwmstan o fy meddwl. Tybad fod o'n llosgi'n arw iawn, gymint â'r tân yn y grât? Dalis fy llaw gyn agosad ag y medrwn i at y tân nes oedd y dagra yn neidio i fy llygaid. Oedd o'n llosgi'n waeth na hynna tybad? Cyn i mi fynd i ngwely mi gymodd Bob fi ar 'i lin. 'Be sy arnat ti, Janet bach?' medda fo, ''rwyt ti wedi bod yn edrach yn ddifrifol ofnatsan i ganol y tân ers meitin iawn.' 'Roedd Bob wedi clywad hanas yr egin tatws, ac 'roedd o'n gwybod pam 'roedd mam mor sych wrtha i, a pham 'roedd 'y nhad yn ffeindiach nag arfar. A dyma fi'n deud fy ofna wrtho fo i gyd. 'Nid tân go iawn maen nhw'n feddwl, Janet,' medda fo, 'ond yn pechoda ni'n llosgi yn yn calonna ni am byth, felly 'roedd John Owen yn deud wrthon ni ddydd Sul; a 'blaw hynny, os ydi 'difar gin ti fod ti wedi tynnu'r egin, chei di ddim mynd yno o gwbl.' 'Doeddwn i ddim yn dallt yn iawn beth oedd Bob yn 'i feddwl, ond mi oeddwn yn dallt un peth yn iawn, — na fydda 'na ddim tân go iawn yn llosgi fel y tân yn y grât pe baswn i'n mynd yno. Ac am fod 'difar gini am dynnu'r egin, 'doedd ddim isio gofyn hynny. Mi ddaru Bob ddwad â mam a fi yn ffrindia cyn i mi fynd i ngwely. Mi ddeudodd wrthi hi nad oeddwn i ddim yn gwybod fod drwg am dynnu'r egin; a wir, 'doeddwn i ddim yn gwybod chwaith, ac mi ddaru mam fadda i mi.

Fedar mam byth fod yn stowt yn hir wrth Bob, a'i naca fo o ddim. Un tro erioed ydw i'n cofio iddi hi a Bob fod yn anghytun am fwy na diwrnod. Pan oedd Bob wedi pasio dwy ar bymtheg, mi ddoth mam i'r penderfyniad fod yn amsar iddo fo gymyd rhan wrth gadw dyletswydd, bod o ddigon hen i weddïo bob yn ail hefo nhad. 'Roedd 'y nhad hefyd o'r un farn; a ryw nos Sul, dyma mam yn gofyn, ''Nei di ddarllan heno, Bob?' Ond gwrthododd Bob, ac felly bob nos ddaru hi ofyn, a mam yn mynd i'w gwely heb ddeud, 'nos dawch' wrtho fo, a'i llygaid yn llawn o ddagrau, achos 'roedd hi'n meddwl fod Bob yn pechu'n fawr, a gwefusa Bob yn un llinyn syth yn dal 'i ben yn uwch o lawar nag arfar. 'Roedd hi reit annifyr, achos 'roedd 'y nhad hefyd reit ddig wrtho fo am 'i fod o mor anufudd. Ond y nos Sul wedyn mi 'roedd acw ryw bregethwr diarth nad oedd o 'rioed wedi bod acw o'r blaen. Y nos Sul hwnnw oedd y tro cynta i mi ddeall a licio pregath. Ac mi ydw i'n cofio rwan am beth oedd o'n pregethu, 'Tristwch Iesu Grist wrth weld pobl yn gwrthod gneud 'i waith o yn y byd'. Cyn diwadd y bregath 'roedd Bob wedi cuddio'i wynab ar ymyl y sêt, ac 'roeddwn i'n meddwl mai'r fannodd oedd arno fo, achos mi fyddai'n cael y fannodd yn ofnatsan ystalwm. Pan aethon ni adra, mi oedd Bob yn ddistaw iawn a'i lygaid yn gochion, fel tasa fo wedi bod yn crïo; ac mi oeddwn i'n ei bitïo fo'n arw iawn. Ond fasa wiw i mi ofyn oedd y fannodd yn ddrwg iawn, achos fedar Bob ddim diodda i chi gymyd arnoch bod chi'n gweld fod dim byd arno fo. Mi 'roedd o'n ista yn y cysgod gymint â gallo fo. Ar ôl swper mi estynnodd Bob y Beibl mawr ei hun, ac medda fo, mewn llais rhyfadd iawn, llais y gwyddwn i fod Bob *wedi* bod yn crïo, 'Mi 'na i ddarllan heno mam.' Ac mi ddaru ddarllan a gweddïo. Wrth i ni fynd i'n gwelyau mi welis i mam yn tynnu'i llaw dros wallt Bob ac yn deud yn ddistaw, 'Da machgen i'.

Wyddwn i ddim yr amsar honno beth oedd wedi gneud i Bob grïo. ond mi 'dw i'n gwybod rwan. 'Dydi Bob ddim 'run fath rywsut byth er y nos Sul hwnnw; mi oedd o yn reit ffeind wrtha i cynt, ond mae o'n ffeindiach byth, er yr amsar honno. Fydd o byth yn gneud sbort am ben neb ar ôl hynny, ac mi fydd yn 'y nwrdio i'n ofnatsan os 'na i chwerthin am ben rhywun. 'Dw i'n meddwl mod i'n caru Bob yn fwy, os ydi hynny'n bosib, ar ôl y nos Sul hwnnw.

Mi fydda'r plant yn 'r ysgol yn gneud sbort am 'y mhen i am mod i'n meddwl cymint am Bob. Os bydda arnom ni isio gwybod rhywbath mi fyddwn i'n deud,

'O mi 'fynna i i Bob wedi mynd adra.'

'Twt,' fydda un ohonyn nhw'n ddeud, 'wyt ti'n meddwl fod dy Bob di yn gwybod popeth?'

Ac mi fydda'n mynd yn ffrae rhyngddon ni ar gownt gwybodaeth Bob, a'r diwadd fydda i un ohonyn nhw weiddi,

''Dydi o ddim yn gwybod cymint â'r sgŵl.'

'Wel ydi mae o,' medda Maggie a fi, ac mi 'roeddan ni'n credu'n siŵr 'i fod o'n gwybod gymint â'r sgŵl beth bynnag, os nad mwy. Y bora wedyn mi fyddwn i'n dwad i'r ysgol yn gwybod y cwestiwn oedd wedi'n meistrioli diwrnod cynt, a fydda'r un o'r lleill yn 'i wybod o, ac felly byddwn yn ymffrostio mwy nag erioed fod Bob mor glyfar. Os bydda rhywun wedi fy nigio mi fyddwn yn bygwth y deudwn i wrth 'Bob 'y mrawd'. 'Dywad wrth dy Bob 'ta, be waeth gini befo dy Bob di.' Ond ni fyddwn yn cymyd sylw ohonyn nhw; ond fydda biti gini drostyn nhw, am nad oedd ginon nhw'r un brawd fel Bob. 'Doeddwn i ddim yn nabod 'run hogyn fel fo a John, wrth gwrs. Dyna frawd Maggie Tanrallt. Fydd o'n gneud dim ond yn profocio ni o hyd. 'Dw i'n cofio un tro, dydd Sadwrn oedd hi, ac mi oeddwn i wedi mynd i chwara at Maggie i Tanrallt, ac wedi mynd â fy mabi dol hefo fi, honno oedd Bob wedi trwsio'i gwynab hi ar ôl y codwm gafodd hi yn y capal ystalwm. 'Roedd well gin i hi na'r ddoli newydd oedd 'y nhad wedi ddwad i mi o'r dre. Mi aethon ni i'r 'sgubor i chwara, ac mi ddoth Dic aton ni, a dyma fo'n deud,

'Wyddoch chi be gawn ni chwara, treial bach, fel y byddan nhw'n trïo pobl ystalwm ac yn 'u llosgi nhw am beidio deud na 'nan nhw ddim eto. Pwy gawn ni drïo? O mi wn i, yr hen fabi dol 'na.'

A dyma fo yn dwyn 'y noli fi ac yn mynd ac yn sefyll ar ryw blocyn o bren, ac yn deud rhyw lot o betha wrth fy noli, ond yn y diwadd 'i bod hi i gael ei llosgi am na 'na hi ddim deud na 'na hi byth eto. Wrth nad oedd 'na ddim tân wrth law, penderfynodd Dic mai torri'i phen hi fydda rhaid. 'Roedd Maggie a fi yn meddwl mai cogio 'roedd o; ond pan welis i o'n estyn wyall fawr loyw o ryw gongl, fedrwn i ddim symud gyn gymint oedd arna i ofn. A dyna lle 'roeddan ni'n dwy yn cydiad yn nwylo'n gilydd ac yn crynu o'n pen i'n traed, ac yn sbïo ar Dic â'i fwyall, a'n llygaid ni jest â neidio o'n penna ni. Ond pan welis i o'n codi'r wyall fawr fel tasa fo am 'i tharo hi, dyma fi yn rhoi un jymp ac yn cipio fy noli oddi ar y blocyn ac yn gweiddi, 'Chei di ddim lladd fy mabi dol annwyl i.' Disgynnodd y wyall i ganol y blocyn nes yr holltodd yn ddau. 'Yr hen beth bach wirion, beth oeddat ti'n gneud peth fel 'na?' A dyma fo'n cychwyn ata i, ond mi wasgis i fy noli'n dyn, ac mi redodd Maggie a fi i'r tŷ am yn bywyd. Fedra i ddim diodda Dic ar ôl hynny.

A dyma fi wedi deud hynny 'dw i'n gofio rwan am ystalwm iawn, pan oeddwn i'n hogan bach.

Hiraeth

WYDDOCH chi be, mi 'dw i wedi bod yn Llundan, a 'does arna i ddim isio mynd yno eto. A dyma sut bu i mi fynd.

Bob ha', wyddoch, mi fydd mam yn gneud i Bob sgwennu llythyr at wraig f'ewyrth Twm, hwnnw sy'n byw yn Llundan, i ofyn iddyn nhw ddwad acw am bythefnos ne dair wthnos i newid aer. Fel deudis i wrthoch chi o'r blaen, mae mam yn un bur siarp. F'ewyrth Twm fydd arni hi isio'i weld fwya, wrth gwrs, ond mae hi'n gwybod o'r gora na thala hi ddim byd sgwennu ato fo hyd nod tasa hi'n gofyn i modryb yn yr un llythyr ddwad hefyd; ond mai ati hi, chwadl hitha, ydi'r gora sgwennu er mwyn plesio pawb. Mi fydd rhaid i mam grefu am wthnosa ar Bob sgwennu cyn gneith o, a ryw ddiwrnod yn nechra mis Mai dyma hi'n deud wrth Bob amsar cinio,

'Mae arna i isio i ti sgwennu at wraig d'ewyrth Twm, Bob, i ofyn iddyn nhw ddwad yma am ryw bythefnos.'

'O, 'na i fory mam,' medda Bob, ac yn edrach yn ôl ar ryw bapur oedd gino fo wrth ochr i blât.

Dyma oedd yr atab oedd mam yn 'i ddisgwyl; achos tasa Bob yn mynd ati i sgwennu rhag blaen fasa hynny'n rhy fuan gini hi. 'Doedd hi ddim yn meddwl iddyn nhw ddwad tan ddiwadd Gorffennaf beth bynnag, ond 'roedd hi'n gwybod fel bydda Bob yn oedi.

Mi oedd hi'n gofyn bron bob dydd iddo fo sgwennu, a fynta'n deud, ' 'Na i fory, wir.'

Ond o'r diwadd 'roedd mam yn meddwl bod rhaid tanio dipyn, a dyma hi'n dechra un dy' Merchar, 'Bob,' medda hi, ac yn edrach arno fo, 'wyt ti am sgwennu i Lundan ne wyt ti ddim? Dyma hi'n ganol yr ha', bydd y tywydd braf wedi mynd i gyd yn union deg, ac mi eith y dydd i ddechra cwtio gyda hyn.'

'Mi 'na i fory, wir, mam,' medda Bob.

'Rhaid iti 'neud rwan, estyn y papur sgwennu Sioned,' medda hi, gan droi ata i. 'Mae 'na beth yn drôr y dresar, mi ddois i â peni pacet o'r siop ddoe.'

Mi es i chwilio am y papur oedd mam wedi'i nôl o bwrpas, ac mi ath hitha i estyn y botal inc oddi ar silff y dresar.

'Lle ma'r pinhowldar hwnnw, Sioned?' medda hi wedyn. 'Fedra i yn 'y myw gael hyd iddo fo. Welis i rotsiwn beth yrioed lle bydd petha'n mynd yn y tŷ 'ma; chadwith 'run ohonoch chi ddim byd ar ych hola. Chdi ddaru symud o, 'dw i'n

siŵr, Sioned, achos mi rhois i o yn fanma wedi i Bob fod yn rhoi resêt i John Jones
y Cibin am arian y tatws. Fu 'rioed o'i fath o am gael resêt am bob peth, tasa fo
ddim ond pwys o hadyd.'

'Roedd Bob yn darllan rhyw lyfr ac yn crychu'i dalcan yn ofnatsan las, a 'doedd
o ddim yn clywad beth oedd mam yn ddeud; ond wrth iddi droi a throsi o'i
gwmpas o dyma fo'n codi'i lygad ac yn gofyn,

'Am be 'dach chi'n chwilio, mam?'

'Am y reitinpin,' medda hi.

A dyma fo'n sbïo ar y bwrdd ac yn gweld y papur a'r botal inc, ac yn cofio am y
sgwennu.

'O dyn annwyl, 'hoswch nes i mi olchi'n nylo'. 'Doedd Bob ddim wedi 'molchi
ar ôl te. 'Hidiwch befo,' medda fo wedyn, 'mae gin i reitinpin yn y llofft.'

Wedi i Bob 'molchi dyma fo'n gosod 'i hun wrth y bwrdd, a mam yn ista wrth y
ffenast i ddeud wrtho fo beth i sgwennu. Wedi gweitiad tipyn dyma Bob yn deud,
'Wel, be dduda i, mam?'

'Roedd mam yn troi a throi'i modrwy am 'i bys fel bydd hi wrth gysidro
rhywbath.

'Wel, gofyn iddyn nhw ddwad yma am dipyn i newid aer, cofia sgwennu ati hi
beth bynnag 'nei di. A Bob, dywad fod ni i gyd yn cofio atyn nhw, a chofia ofyn
sut mae dy gefndar Harrol, chlywis i 'rioed enw gwirionach.' Bydd mam yn deud
fod cryn lawar o siarad wedi bod ynghylch enw 'y nghefndar. 'Roedd f'ewyrth
isio'i alw fo'n Tomos 'run fath â fo'i hun, 'ddyliwn i fod yr enw Tomos yn nheulu
mam. Tomos oedd 'i thad hi a'i thaid hi a'i daid ynta am wn i, ond 'roedd modryb
yn meddwl mai enw reit gomon oedd Tomos, ac 'roedd arni hi isio rhoi enw
Susnag crand arno fo, a'r diwadd oedd iddo fo gael 'i alw yn Harold Thomas, ond
yr enw cynta fyddan nhw yn 'i alw fo. Harrol fydd mam yn ddeud, a fydd hi byth
yn 'i ddeud o 'i hun nac yn clywad neb arall yn 'i ddeud o na fydd hi'n deud,
'Chlywis i 'rioed hen enw gwirionach.'

Wedi i Bob orffan y llythyr a'i gau o, dyma mam yn gofyn,

'Wyt ti wedi'i ddrectio fo'n iawn dwad? 'Daw mi weld,' a dyma hi'n mynd â fo
at y ffenast.

'Wyt ti'n meddwl fod y "thri" ddigon plaen, dwad?'

'O ydi, mi eith yn iawn, mam.'

Aeth Bob â'r llythyr i'r post wrth fynd i'r seiat, a phan ddoth o adra dyma mam
yn gofyn iddo fo, 'Ddaru ti gofio postio'r llythyr hwnnw?'

Wedi gyrru llythyr i Lundan i ofyn iddyn nhw ddwad acw, mi fydd mam yn
bur anesmwyth tan ddaw'r atab i ddeud fyddan nhw am ddwad ai peidio, ac
'roedd hi'r un fath ar ôl y llythyr dwaetha yrrodd Bob. Yn aml iawn yr atab fydda
na fedran nhw ddim dwad ' 'leni'. Unwaith oeddwn i'n cofio iddyn nhw ddwad.

Wedi gyrru'r llythyr yma, fel deudis i, 'roedd mam mor anesmwyth ag arfar ac yn sôn amdanyn nhw o hyd.

'Rhaid i ti fynd â d'ewyrth i weld fel maen nhw wedi altro hen Allt y Comin ers pan fuo fo yma o'r blaen, Bob, os down nhw. Diar mi, fydd chwith gino fo feddwl fel byddan ni'n rhedag i lawr yno pan oeddan ni'n blant. Dyn annwyl, fel mae'r amsar yn mynd! Fasa Twm na finna fawr fedru rhedag i lawr hi rwan tasan nhw heb 'i haltro hi gymint nes maen nhw wedi'i difetha hi'n lân.'

Neu mi fydda'n deud, 'Rhaid i ni gael peth a'r peth os down nhw'; neu, 'Fydd dim posib mynd i'r fan a'r fan os down nhw,' a basach yn meddwl fod 'nhw' am newid pob peth. 'Doeddwn i ddim yn meddwl y basan nhw'n dwad y tro yma mwy na rhyw dro o'r blaen. A 'dw i'n gwybod nad oedd Bob yn hidio fawr iddyn nhw ddwad, achos fasa rhaid iddo fo symud 'i wely, am mai fo sy'n cysgu yn y llofft fwya.

Bydda mam yn deud bob nos, 'Tybad daw 'na lythyr bora fory,' ac mi fydda'n holi yn y bora 'Ath y postman, Sioned? Dos i edrach weli di o'n dwad i lawr y lôn 'na yn rhywla.'

Pan oedd jest i wythnos wedi pasio a dim atab wedi dwad, mi oedd mam wedi mynd i gredu'n siŵr nad oedd Bob ddim wedi drectio'r llythyr yn ddigon plaen.

'Oeddwn i'n deud wrthat ti Bob nad oedd y "thri" hwnnw ddim yn iawn. A 'doedd Llundan ddim wedi'i sgwennu'n blaen yn tôl chwaith. Os na ddaw 'na lythyr bora fory rhaid i ti sgwennu eto.'

'Roedd dda gin i ar gownt Bob fod 'na lythyr bora wedyn. Fi cafodd o, a dyma fi'n rhedag â fo i'r tŷ, a mam wrth y drws yn 'y nisgwyl i.

'Lle mae Bob?' medda hi, achos 'i enw fo oedd ar y llythyr. Digwyddodd Bob a nhad ddwad i'r tŷ i nôl 'u brecwast ar y funud honno, a dyma Bob yn 'i agor o, a ninna i gyd yn edrach arno fo.

'Wel?' medda mam, cyn bod o wedi cael 'i edrach o bron, a Bob yn crychu'i dalcan.

'Ydyn, maen nhw'n dwad,' medda fo.

'Pryd?' medda mam, a dyma fynta'n edrach wedyn ar y llythyr ac yn deud, ''Dydi o ddim yn deud dim ond y cawn ni wybod eto pa ddiwrnod.'

'Wel, rwan, yn dydi pobol yn rhyfadd hefyd? Yn lle deud yn blaen gael i ni gael gneud petha'n barod. Ond y *hi,* reit siŵr, sy'n gneud rhyw ffaldiral fel 'na. 'Dydi Twm ddim mor wirion.'

'Doedd Bob ddim yn edrach rhyw bethma iawn chwaith, ond ddeudodd o ddim byd. 'Neith o byth ddeud dim yn erbyn rhywbath fydd gin mam, ddim ond rhyw betha dibwys jest i phrofocio hi, a phen rhyw funud neu ddau 'roedd o'n edrach reit glên, fel bydd o bob amsar, a fasach yn meddwl mai fo oedd y balcha o neb am bod nhw'n dwad tasach chi'n 'i weld o'n helpu mam symud y dodran pan aeth hi ati i lanhau ar ôl brecwast. Bobol bach, tasach chi'n gweld fel 'roedd hi'n troi popeth bendramwnwgl. Yr oedd y lle reit lân hefyd, achos jest newydd orffan

llynhau i lawr oeddan ni. Ond pan glywodd mam bod *nhw'n* dwad, 'roedd rhaid
gneud hyn a gneud y llall, a thynnu'r peth yma, a thynnu'r peth arall. 'Doeddwn i
ddim yn gweld y diban o sgwrio llawr llofft oedd gyn lanad yn barod ag oedd
bosib i ddŵr cynnas a sebon meddal 'i neud o, ond pan ddeudis i wrthi hi dipyn
yn rwgnachlyd, dyma hi'n sbïo arna i, fel bydd hi pan fydd hi'n meddwl mod i
wedi troseddu, neu wedi deud rhywbath na 'ddyla hogan bach fel chdi ddim 'i
ddeud o', a dyma hi'n deud, 'Sioned!' Mi faswn i'n licio tasach chi'n medru
clywad mam yn deud 'Sioned', pan fydd hi'n mynd i rhoid hi i mi, mi fydd yn
rhoi rhyw bwyslais ofnatsan arno fo. Mi fydda i'n meddwl y bydd Pero hyd nod
yn sylwi arno fo, achos mi fydd yn codi'i glustia yn syth ac yn agor 'i lygada ac yn
sbïo ar mam fel tasa fo'n meddwl os oeddwn i odani hi nad oedd dim llawar o
dryst na châi ynta hi; ac yn amal iawn mi fydd mam yn diweddu rhyw arath go
danllyd trwy ddeud, 'Welis i rotsiwn beth â chdi yrioed, ac 'rwyt ti'n difetha'r
hen gi 'na hefyd nes mae o wedi mynd i ddwad i bob man yn y tŷ, a Bob hefyd ran
hynny. Dos allan â chdi.' Wrth Pero bydd hi'n deud, 'dos allan', ac mi fydd yr
hen Bero yn slincio allan, a finnau'n rhoi pat iddo fo wrth iddo fo fynd, fel i
ddeud, 'Hidia befo, hen gi.'

Lle 'roeddwn i deudwch? O ia, 'dw i'n cofio rwan. 'Sioned,' medda hi, a
gwyddwn o'r gora mod i wedi tynnu dilyw ar 'y mhen, 'Rydw i'n synnu atat ti!
Gadal y lle yn fudur er mwyn i wraig d'ewyrth Twn fynd yn ôl i Lundan a deud
yn bod ni'n fudron. Na cheith byth. Os na welodd hi dŷ glân o'r blaen, mi geith
weld un rwan, ffeiai hi. Hwda, dyma'r brws sgwrio cleta, rho ddigon o sebon
meddal hyd-ddo fo. Ydi'r dŵr ddigon cynnas?' A rhoth benna'i bysadd yn y
bwcad o ddŵr oedd gini yn fy llaw. 'Welis i ddim hogan tebyg i ti, mae o gyn
oerad â rhew, sut wyt ti'n meddwl y daw dim yn lân hefo rhyw ddŵr llugoer
fel'na? Cyma'r sosbenad 'na sy ar y tân, am 'i ben o. Yn neno'r taid annwyl, mae
byd yn y byd 'ma hefyd.' A tasach chi'n clywad mam yn ochneidio, fasach yn
meddwl bod hi wedi colli stad. Sgwrio'r llofft fu raid i mi beth bynnag. 'Roedd
mam fel tasa hi'n meddwl mai'r peth cynta 'na modryb wedi dwad i'r llofft fasa
codi ymyl y carpad i edrach oedd y llawr yn lân, neu mynd ar 'i hyd ar lawr i
edrach oedd 'na lwch o dan y gwely, neu'r cestar drôrs; ond 'doedd dim iws,
'roedd mam wedi bron anghofio'r tŷ llaeth hyd nod yn y troi a'r trosi 'roedd hi'n
roi i'r tŷ. A wyddoch chi be 'nath hi? Gneud i Bob, i Bob! weitwashio pen y gegin.
'Roedd hi'n deud nad oedd y ddynas fydda'n dwad acw o'r pentra i 'neud ddim
gwerth, y basa Bob yn medru gneud yn well o'r hannar, a dyna lle 'roedd o wrthi
hi'n chwys dyferyd, â sbotia mawr o weitwash hyd ' i wynab o, ac yn 'i wallt o, a
mam â'i chadach pocad coch am 'i phen yn deud wrtho fo sut i 'neud rhwng y
distia. Taswn i Bob faswn i ddim yn gneud, ac wedyn 'roedd rhaid iddo fo fynd i
nôl calch i'r odyn er mwyn weitwashio'r cowrt yn y cefn a'r stabal a'r beudy sy
wrth ymyl y tŷ. Mi 'nes i rwbio'i ddwylo fo hefo saim i gyd rhag ofn i'r calch 'u

llosgi nhw. Mi *'roedd* o wedi blino hefyd, y creadur gwirion, er nad oedd o ddim yn deud dim fel arfar; fydd Bob byth yn cwyno. Ac mi 'nes i deisan badall iddo fo i de, heb i mam wybod, tra'r oedd hi'n gneud rhywbath yn y llofft; ac mi ddaru ni 'i byta hi hefo'n gilydd pan oedd mam yn y tŷ llaeth. Teisan wedi'i gneud hefo blawd a thipyn o bowdwr ydi hi, ac un neu ddwy o gyrans yni hi, a'i byta hi'n boeth oddi ar y badall ffrïo. Fi ddaru ddyfeisio sut i gneud hi. Ŵyr mam ddim byd amdani hi, 'wyrach na fasa hi ddim yn 'i galw hi'n deisan o gwbl, ond bydd Bob yn 'i licio hi'n ofnatsan. Y drwg ydi bod isio cymint o fenyn arni hi. Y diwrnod bydda i wedi gneud un, mi fydd mam yn deud ar ôl te, 'Mi ddarut iwsio rhywbath ofnatsan o fenyn heddiw, Sioned, lle'n y byd cest ti le i roi o, dywad?' Fydda i ddim yn deud dim wrthi hi, achos taswn i'n deud am y deisan, mi fasa'n rhoi siars arna i nad oeddwn i ddim i 'stompio', chwadl hitha. Ond bobol bach, welsoch chi rotsiwn stŵr oedd acw y dyrnodia rheini cyn iddyn *nhw* ddwad. 'Roedd 'y nhad yn edrach yn sobor dros ben, fel tasa fo'n methu gwybod beth oedd diban yr holl droi a throsi. Tasa'r Prins o Wêls a'i wraig yn dwad acw fedra mam ddim gneud mwy o gynnwr 'dw i'n siŵr. 'Roeddwn i'n methu'n glir â pheidio chwerthin am ben Pero, 'roedd o'n dwad ata i bob rwan ac yn y man, ac yn sbïo yn 'y ngwynab i fel tasa fo'n gofyn beth yn y byd oedd yr holl fwstro.

'Mhen rhyw ddeuddydd mi ddoth 'na lythyr wedyn i Bob oddi wrth modryb, yn deud bod nhw'n dwad dydd Sadwrn, a dyma mam yn ail ddechra yn wylltach fyth. Ei phrif waith hi tan y Sadwrn oedd eirio dillad gwelyau, a cha neb fynd yn agos i'r tân rhag ofn maeddu'r cyfasa llian fydda hi'n gadw yn rhywla dan glo, a'r plancedi cartra, a'r cwilt mawr gwyn oedd hi wedi gael yn bresant priodas gin rywun, medda hi. Mi ddoth Gwen Jones acw pan oeddan ni ar ganol yr holl lanhau 'ma, a dyma hi'n deud,

''Dach chi wrthi hi'n arw, Margiad Huws?'

''Dan ni'n disgwyl 'y mrawd a'n chwaer yng nghyfraith yma am 'chydig wythnosa — hwnnw sy'n Llundan, wyddoch.' Mae mam yn meddwl gryn dipyn o f'ewyrth Twm, wyddoch.

'O ia,' medda Gwen Jones, 'hwnnw sy'n cadw siop drygist yntê, 'dw i'n 'i gofio fo yma unwaith o'r blaen.'

Ac felly 'roedd mam yn deud wrth hwn a'r llall bod ni'n disgwyl nhw yma, nes oedd pawb yn y pentra yn gwybod bron. Dydd Gwener 'roedd rhaid i nhad 'neud siwrna o bwrpas i'r dre i nôl petha, 'na mam mo'i drystio fo i gofio am y petha wrth fynd i'r farchnad ddydd Sadwrn, heblaw bod arni hi'u hisio nhw cyn i f'ewyrth ddwad. Mi 'nath i Bob sgwennu ar bapur bopeth oedd arni hi isio fo ddwad.

Cododd Bob 'i ben ar ganol sgwennu, ac medda fo'n sobor, 'Tasan nhw yma tan 'Dolig, 'na nhw ddim byta'r holl betha 'ma, mam.'

Ond 'doedd dim o'r iws, mi roth mam y papur i nhad, ac yn siarsio arno fo beidio anghofio dim byd.

'Roeddwn i'n pasio gyda'r nos heibio clawdd yr ardd Tŷ Isa, ac mi glywn Elin Parri'r wraig yn siarad hefo Martha Tŷ Pobty, a dyma be glywis i. Medda Elin Parri,

'Welist ti William Huws Tŷ Gwyn yn pasio hefo'r car heddiw, fel tasa fo'n mynd i'r dre? Beth oedd o'n 'neud yno heddiw 'sgwn i, a hitha'n ddydd Sadwrn fory?'

'O mae'r ewyrth hwnnw o Lundan a'i wraig yn dwad yno fory; mynd i nôl petha'n barod 'roedd o reit siŵr. Mae rhyw hen dacla a Saeson fel'na isio pob math o betha.'

Mi rois i mhen dros y giat ar y funud honno, ac meddwn i, 'Nos dawch, Martha.'

Tasach chi'n gweld sbïo'n wirion 'nath hi. 'Roeddan ni yn disgwyl f'ewyrth a'i wraig hefo'r trên chwech, 'roedd rhaid i nhad aros yn y dre er mwyn 'u dreifio nhw adra. Mi 'nath mam i Bob fynd hefyd, a tasach chi'n 'i gweld hi'n edrach 'y nhad a fynta cyn iddyn nhw gychwyn. Mi soniodd rywbath am golar i nhad, ond mi ddaru o ddengid i 'neud rhywbath i'r car cyn gyntad â fedra fo. Dipyn cyn yr amsar oeddan ni 'u disgwyl nhw, mi ddechreuodd arna i. 'Doeddwn i ddim wedi gosod 'y marclod yn iawn amdana, medda hi, a dyna lle 'roedd hi yn 'i glwmo fo tu nôl i mi yn fô mawr. 'Roedd hi wedi tynnu'r llestri gora allan hefyd, ond chawn i ddim twtsiad 'run ohonyn nhw. Wrth edrach arnyn nhw mi ddaru ddechra ar yr hen hanas am y gwpan honno dorris i,

'Welis i rotsiwn resyn erioed i ti'i thorri hi, Sioned,' medda hi, ond cyn iddi ddeud ryw lawar 'chwanag dyma ni'n clywad sŵn yr wylion, a dyma mam yn deud, 'Dyma nhw wedi dwad,' ac yn rhedag i'r drws.

Mi fasach yn meddwl wedi i mam 'neud ffasiwn stŵr ar gownt fod f'ewyrth yn dwad y basa hi'n dangos bod hi'n falch o'i weld o. Ond yr unig beth ddaru hi oedd ysgwyd llaw hefo fo a deud, 'Wel, Twm, sut yr wyt ti?' a deud, 'How di doo,' wrth 'y modryb. Fasach yn meddwl wrth y car bod nhw wedi dwad o'r 'Merica. 'Roedd ginyn nhw bedwar o focsus mawr, a 'doedd 'na ddim lle iddyn nhw yn unlla ond ar dop y grisia. 'Roedd Pero'n ffaelio'n glir â gwybod beth i 'neud ohonyn nhw na'r bocsus. Mi 'roedd o'n 'u snwyro nhw'n ysgafn. Y peth oedd o fwya' busnesgar yn 'i gylch oedd y bocs lledar lle 'roedd f'ewyrth yn cadw 'i het silc. Pan oeddan nhw'n cael te, y peth cynta ddeudodd modryb, ac yn dal 'i chwpan i fyny,

'*Well these* are *funny little cups,*' a dyma mam yn dechra deud wrthi hi gora galla hi fel 'roeddwn i wedi torri un o'r '*funny little cups*', a dangosodd y darna iddi. 'Dydw i ddim yn meddwl bod modryb yn meddwl fod o gymint o bechod ag oedd mam. Ond bora Sul, tasach chi'n 'u gweld nhw'n troi allan i'r capal. Mi ddoth modryb i lawr at 'i brecwast a rhyw heiyrns bach yn ffrynt 'i gwallt, i 'neud iddo

fo gyrlio wedi'u tynnu nhw, wyddoch. Ond 'doedd 'y nhad ddim yn gwybod beth
oeddan nhw da, ac mi 'roedd o'n sbïo arnyn nhw bob dau funud fel tasa fo'n
disgwyl iddyn nhw syrthio allan neu rywbath felly, ond mi ath modryb i'r llofft i
wisgo amdani i fynd i'r capal, ac mi ddoth i lawr â'i gwallt yn un rwsh i gyd. Mi
'roedd gini hi y bonat rhyfedda welis i 'rioed, yn blu ac yn adar, ac yn rubana.
'Roeddan ni i gyd yn edrach arno fo, 'y nhad a Bob fel tasan nhw'n methu
gwybod beth oedd o, ond 'dw i'n credu bod mam yn meddwl 'i fod o'n neis
ofnatsan. 'Roedd modryb yn deud wrthan ni mai yn Regent Street oedd hi wedi'i
brynu o, fel tasa hynny yn 'i 'neud o'n neisiach. 'Roeddwn i'n gweld Bob yn
edrach arni hi a mam bob yn ail, a 'dw i'n meddwl fod o'n teimlo'r un fath â fi —
fod mam hefo'i gwallt wedi'i frwsio'n loyw o bob tu 'i gwynab hi, o dan y bonat
a'r blodau gwynion 'nath Miss Jones y Millinar iddi hi ddechra ha', a'r siôl bersli,
achos 'roedd honno gini hi ar gownt fod modryb acw, wedi'i phinio o dan 'i gên hi
hefo'r pin *brooch* aur honno ddaru Bob brynu iddi hi ystalwm pan gafodd o breis
am sgwennu rhywbath mewn cwarfod llenyddol, yn edrach yn glysach o'r hannar
na modryb hefo'i chyrls a'i thacla.
    'Doeddwn i ddim yn mynd i'r capal y bora hwnnw. 'Roeddwn i'n aros adra i
'neud cinio. 'Roedd mam braidd yn anesmwyth ar gownt y cinio 'dw i'n meddwl,
ond 'roedd well gini hi i'r cinio fod ar ôl na cholli mynd hefo f'ewyrth i'r capal.
    Mi sefis i ar ben drws i'w gwatsiad nhw'n mynd. Aeth 'y nhad a modryb a Bob
yn gynta, Bob ar un ochor iddi hi yn edrach mor ddifatar o'i holl dyrnowt â tasa
fo'n ddyn pren, a nhad yr ochor arall iddi hi, yn edrach fel arfar fel tasa'i golar o
jest â'i dagu o. Ar 'u hola nhw 'roedd 'y mam a f'ewyrth. 'Roedd gin f'ewyrth het
silc uchal am 'i ben, a menyg *kid* melyn am 'i ddylo. 'Dw i ddim yn meddwl 'i fod
o'n hidio llawar am y menyg 'ma, ac y basa fo'n cychwyn hebddyn nhw ond i
modryb ddeud reit awdurdodol wrtho fo,
    'Thomas, put your gloves on.'
    Fydda modryb byth yn 'i alw fo'n Twm, a rhaid i mi ddeud fod Thomas yn 'i
siwtio fo'n well hefyd, achos mae o'n ddyn go dal, syth fel 'dwn i ddim be, ac yn
edrach yn debyg iawn i berson neu bregethwr. Mi drôdd mam yn 'i hôl cyn bod
nhw wedi mynd yn bell iawn i ddeud wrtha i'n ddistaw,
    'Cofia di beidio gadael i'r cig losgi, Sioned, a chymer ofal na ferwi di mo'r tatws
cyn i ni ddwad o'r capal, neu mi fyddan wedi difetha'n lân.'

    Wrth i mi fynd i'r llofft i 'neud y gwelyau mi oeddwn i'n edrach ar y bocsus
rheini ar dop y grisia, ac mi faswn yn licio cael gweld beth oedd ynyn nhw. Faswn
i'n meddwl fod modryb wedi dwad â'i holl ddillad i gyd hefo hi.
    Mi ath petha mlaen yn o lew acw ar y cyfan tra'r oeddan nhw acw. 'Roedd Pero
wedi gneud 'i feddwl i fyny mai f'ewyrth oedd y gora gino fo, ac 'roedd hynny'n
ddigon naturiol hefyd o ran hynny; achos tasa fo'n dwad yn agos at 'y modryb, mi

fydda yn 'i hel o i ffwrdd, rhag ofn iddo fo faeddu'i dillad hi. *'That old dog,'* fydda hi'n 'i alw fo. *'Take that old dog away, Janet,'* fydda hi'n ddeud reit aml. Mi fyddwn i'n cymyd arna weithia na fyddwn i ddim yn 'i chlywad hi, achos 'roedd Pero gyn gystal ci â'r un yn y wlad, ac yn llawer callach na rhai pobol 'dw i'n nabod.

'Doedd mam a modryb ddim yn cytuno'n rhyw dda iawn, wyddoch, er na fyddan nhw'n deud dim yn gas wrth 'i gilydd; ond 'roedd gin modryb ryw ffordd ryfadd o 'neud petha, ac 'roedd hi'n meddwl mai 'i ffordd hi oedd y gora, ac 'roedd arni hi isio i mam 'neud 'run fath â hi. Ond, wrth gwrs, 'roedd mam yn meddwl mai 'i ffordd hi oedd y gora, ac mi wyddoch y medar mam ddal 'i thir yn erbyn pawb, bod nhw pwy y byddan nhw.

Am f'ewyrth 'roedd o ddigon diniwad, ac 'roedd Bob a fynta'n ffrindia ofnatsan; ond 'roeddwn i'n credu bod rhyw chwilan yn 'i ben o, ac mi 'roedd mam yn credu'r un fath hefyd, ac yn methu gwybod o ble cafodd o hi. Wyddoch chi be' fydda fo'n 'neud? Mi oedd gino fo ryw forthwyl mawr, ac mi fydda'n mynd ac yn codi cerrig ar hyd y ffordd, ac yn torri darnau o'r hen graig sy tu ôl i'r tŷ, ac yn 'u hollti nhw. Mi fydda'n tawlu rhai i ffwrdd, ond mi fydda'n cadw amball un, ac yn dwad â nhw i'r tŷ, ac 'roedd 'na bentwr tu nôl i ddrws y ffrynt wedi iddo fo'u cario nhw, tan ddaru mam 'u symud nhw i'r gegin bach. 'Roedd arni hi isio'u tawlu nhw, ond cha hi ddim gin f'ewyrth. 'Roedd Bob fel tasa fo'n 'i ddeall o'n iawn, ac yn edrach pob carrag fydda fo'n hel. Pan 'fynnis i i modryb be oedd arno fo, mi ddeudodd rywbath yn Susnag, ond 'doeddwn i ddim yn gwybod beth oedd hi'n feddwl; ac 'roedd mam a fi yn teimlo reit dda ginon ni fod y chwilan yn un mor ddiniwad. Ond wyddoch chi be? Mae Bob wedi catshio'r clefyd, ac mae o'n mynd o gwmpas y gelltydd 'ma a'r hen forthwyl glo yn 'i law o, ac mae 'na docyn o gerrig yn 'i lofft o. 'Roedd o wedi gosod rhes ohonyn nhw ar y simdda pîs yn y parlwr, ond mi ddaru mam 'u sgubo nhw i ffwrdd gynta gwelodd hi nhw, ac yn trin yn ofnatsan 'roedd hi hefyd am ddwad â 'rhyw hen gerrig llwydion felly i'r parlwr gora, heb gymint â'u golchi nhw, bod yn byd pwy hen faw sy hyd-ddyn nhw. 'Dwn i ddim be 'di dy feddwl di, Bob.' Ac mi lluchiodd nhw allan i'r ardd bach yn y ffrynt, a dyna lle bu Bob a finna'n 'u hel nhw. 'Doeddwn i ddim yn gweld dim byd ynyn nhw fwy na mam; ond gin bod Bob isio nhw, fedrwn i ddim peidio'i helpu o. Ond pan fydd rhyw bregethwr go ddysgedig yn edrach yn dwad acw, mi fydd Bob yn mynd i nôl yr hen gerrig i'r llofft, a dyna lle bydd y ddau wrth 'u penna nhw, ac mi fydd y pregethwr yn edrach fel tasa fo wenwyn fod yr hen gerrig gin Bob. Mae gino fo ryw enw arnyn nhw, ac mi fuo'n dechra sbonio arnyn nhw wrtha i ac Elin ryw noson, ond bobol bach, wyddwn i ar ddaear beth oedd o'n ddeud. Mi fydda i'n reit stowt wrtho fo hefyd ar 'u cownt nhw weithia, achos mi fydd yn cario lympia o gerrig yn 'i bocedi, nes byddan nhw'n torri, a fi fydd rhaid 'u trwsio nhw.

Mi ddaru modryb osod y ffasiwn yn y pentra, achos y Sul ar ôl iddi fod yn y capal gynta mi oedd y genod 'ma i gyd wedi trïo gneud 'u gwalltia 'run fath â hi, ac mi oedd gin Mary'r Siop ffrog newydd wedi'i gneud rhywbath yn debyg i'r un oedd gin modryb amdani y Sul o'r blaen.

Tra 'roedd hi acw, 'roedd modryb wedi cymyd yn 'i phen i ddysgu manars i mi, a phetha anghyffordus iawn ydyn nhw hefyd. Jest meddyliwch, pan oedd 'y nhe i'n boeth, chawn i ddim 'i dywallt o i'r sosar gini hi, iddo fo oeri, a rhyw lot o fân gybôl felna. Ac mi oedd arni hi isio i Bob 'neud rhyw gant a mil o betha gwiriona. Ond fydda Bob yn gneud dim ond chwerthin am 'i phen hi, a chymyd arno 'neud pob peth oedd hi'n ddeud wrtho fo fel hogyn bach, a phan fydda fo'n gneud y peth lleia, tasa fo ddim ond cerddad o'r drws at y bwrdd neu symud cadar, mi fydda'n troi ati hi a golwg mwya diniwad ar 'i wynab o i ofyn oedd o wedi'i 'neud o'n iawn. Mi ddaru flino cymint arni hi fel hyn fel 'roedd dda gini hi adal llonydd iddo fo, ac mi fyddai'n ysgwyd 'i phen ac yn deud, *'Don't be silly, you know what I mean,'* reit siarp felly.

Ond y peth ddaru mi chwerthin fwya am ben Bob pan oeddan nhw acw oedd hefo het silc f'ewyrth. Ar ôl cinio ddy' Sul, bydda f'ewyrth yn mynd i orfadd ar y soffa i'r parlwr gora, a modryb yn mynd i'r llofft, i gadw *watch* ar y bonat hwnnw brynodd hi yn Regent Street, medda Bob y bydda hi, ac mi fydda Bob yn rhoi ffroc côt f'ewyrth amdano a'i het silc o am 'i ben a'r menyg *kid* melyn, ac mi fydda'n dwad i ddangos 'i hun i mam a fi i'r gegin bach, lle 'roeddan ni'n golchi'r llestri. Bydda mam yn trïo edrach yn stowt, ond 'roedd rhaid iddi hi chwerthin. Ond cyn i Bob fedru mynd yn 'i ôl hefo'r gôt a'r het, dyma ni'n clywad modryb yn dwad i lawr y grisiau, ac 'roedd rhaid iddo fo'u tynnu nhw gynta gallo fo; a tasach chi'n gweld modryb yn sbïo arnyn nhw, fel tasa hi'n methu gwybod beth oedd y gôt a'r menyg a'r het silc yn 'neud ar y bwrdd yng nghanol y llestri budron. Beth bynnag, ddaru hi ddim meddwl mai Bob oedd wedi dwad â nhw, achos dyma hi'n deud, *'Dear me, I never saw such a careless man as your uncle, leaving his best coat and hat here,'* a ffwrdd â hi â nhw ar yr hoelan wrth ddrws y ffrynt, a finnau jest â gollwng y platia gin isio chwerthin. Sôn am chwerthin, mi oeddwn i'n meddwl mai fi oedd y waetha yn y pentra am hynny, ond mi ddaru modryb 'y nghuro i un dy' Sul pan oeddan nhw acw, a hynny yn y capal. Mi oeddan ni i gyd ond 'y nhad wedi mynd i'r capal, ac yn ista yn yn llefydd cyn iddo fo ddwad. 'Roedd gino fo isio gneud rhywbath neu'i gilydd i'r ferlan cyn cychwyn, ac mi oedd hi dipyn yn hwyr pan ddoth o. Mi oeddan ni wedi canu a'r pregethwr yn dechra darllan. Odfa ddau o'r gloch oedd hi. Mi oedd drws y capal wedi'i adal yn llydan yn ygorad, am bod hi'n o boeth. Toc i chi dyma nhad i mewn, yn edrach reit ddiniwad fel bydd o, wyddoch, ac ar 'i ôl o un o'r moch. 'Roedd o wedi bod acw sbel, 'roedd rhywbath wedi dwad ato fo pan oedd o ar hannar 'i besgi, ac 'roedd rhaid i ni'i gadw fo nes oedd o wedi mendio, ac 'roedd o wedi mynd reit

arw am 'y nhad ac yn 'i ganlyn o i bob man câi o gyfla. Wel i chi, mi ddechreuodd
pawb chwerthin, wrth gwrs; achos 'roedd pawb yn medru'i weld o wrth fod y sêti
yn wynebu'r drws; ond beth oedd yn gneud i un chwerthin fwya oedd 'y nhad yn
edrach mor ddifatar, achos 'doedd o ddim yn gwybod fod y mochyn yn 'i ganlyn
o. A dyna lle 'roedd y ddau yn dwad reit hamddenol at yn sêt ni, a'r hen fochyn yn
rhoi amball i wich rwan ac yn y man; ond mae nhad mor ddifeddwl, wyddoch,
ddaru o ddim sylwi ar hynny hyd nod. 'Roedd mam yn edrach fel 'dwn i ddim be,
a phan ddoth 'y nhad at ddrws y sêt, dyma hi'n deud reit sur felly,
      'Sbïwch William, be sy tu nôl i chi.' A dyma 'y nhad yn troi, ac mi ddaru sbïo
wedi synnu hefyd. Wrth gwrs, âi pigw ddim yn 'i ôl heb iddo fo'i ddanfon o bob
cam, a chafodd 'y nhad ddim o'r odfa honno. Mi oeddan ni i gyd yn chwerthin
ond mam, Bob hefyd; ond am modryb, mi oeddwn i'n meddwl y basa hi'n mynd i
ffit gin fel 'roedd hi'n chwerthin, a dyna lle 'roedd hi drwy'r odfa yn rhoi rhyw
bwff rwan ac yn y man, nes oedd mam wedi mynd i edrach yn flin ofnatsan, ac
wedi i ni fynd adra dyna lle 'roedd hi'n tantro wrtha i yn y gegin bach ar 'i chownt
hi, ac yn deud, 'Y ddynas 'i hun yn cadw ffasiwn dwrw yn y capal. Chlywis i
rotsiwn beth, dynas yn 'i hoed hi! 'Neno'r taid annwyl, welodd hi 'rioed fochyn
o'r blaen tybad? A tasa hi heb weld 'run, 'doedd yna ddim byd mor ddigri yno fo â
hynny.'
      Mae'n debyg fod modryb wedi gweld mochyn lawar tro, ond nad oedd hithau
mwy na ninnau wedi gweld 'run mewn capal, ac 'roedd tipyn o esgus iddi hi
hefyd, 'dw i'n meddwl, am nad oedd hi'n deall dim o'r bregath. Ond 'roedd mam
reit flin wrthi hi, a ddaru hi ddim trïo sgwrsio hefo hi amsar te fel bydda hi. Wedi
nhw fod acw bythefnos 'roedd modryb wedi dwad i benderfyniad pwysig yn 'y
nghylch i. A dyma oedd o, — nad oeddwn i ddim wedi cael digon o ysgol. Wel,
'doeddwn i ddim yn deud dim yn erbyn hynny; ond pan aeth hi i ddeud fod rhaid
i mi gael blwyddyn mewn *finishing school*, chwadl hitha, beth bynnag oedd hi'n
feddwl, mi ddaru mi feddwl nad oedd hi ddim reit gall. Glywsoch chi 'rioed am
hogan yn mynd yn ddeunaw yn mynd i'r ysgol. Ond 'na hi ddim gadal llonydd i'r
peth, ac mi fedrodd 'neud i mam ddeall beth oedd hi'n feddwl; ac mi 'roedd mam
o'r un farn â hi'n union. Rhaid i chi beidio meddwl mai am fod modryb yn deud
felly yr oedd mam yn 'i weld o'n beth iawn. Ond 'dw i'n meddwl fod mam yn
teimlo am fod Bob a finna ddim wedi cael cymint o fanteision â'r plant o gwmpas
acw, y bydda arni hi dipyn o wenwyn fod John brawd Elin wedi medru dwad
ymlaen i fod yn dwrna, a Bob, dyn a'i helpo, yn gorfod aros adra i drin y tipyn tir
acw hefo 'y nhad, a fynta llawn gyn glyfrad â neb ohonyn nhw. Ac mi fydda'n
poeni hefyd, fyddwn i'n meddwl, fod genod Tŷ Mawr, chwiorydd Twm, wedi
bod yn 'rysgol yn Lerpwl, ac yn medru canu'r piano, a gneud rhyw dacla i roi ar
gefna cadeiria, a gneud llun adar a bloda ar ryw blatia cochion fel deunydd potia
fflowars. Fedra i ddim diodda merchad Tŷ Mawr. Wyddoch chi be? 'Na nhw

ddim sbïo ar Twm druan ar y stryd yn y dre, am 'i fod o'n edrach mor wladaidd. 'Roedd Bob yn deud wrtha i hefyd mai nhw sy wedi gneud iddo fo wisgo'r hen gôt â chynffon honno sy gino fo. Mi fyddan yn 'y ngwâdd i yno i de yn aml iawn ystalwm, ac yn fy holi ar gownt Bob, ac un tro mi ddaru mi ddigwydd sôn am Elin, a dyma nhw'n gofyn pwy oedd hi, a finnau'n deud mai Elin bach y Rhiw oeddwn i'n feddwl, achos maen nhw'n 'i nabod hi gyn gystal â finnau ac mi ddeudis hefyd bod hi a Bob yn mynd i briodi yn o fuan. Ddaru nhw ddim gofyn i mi ddwad i Tŷ Mawr i de ar ôl hynny, ac mi 'roeddwn i'n methu gwybod pam ar y pryd. 'Roeddwn i'n meddwl mod i wedi gneud rhywbath i'w digio nhw, ond rwan, wedi cysidro y peth dipyn, mi 'dw i'n deall pam yn iawn.

Ond i ddwad yn ôl at modryb a'r 'finishing school', mi ddaru mam gytuno hefo hi yn beth oedd hi'n ddeud beth bynnag, a dyma modryb yn gofyn iddi hi gawn i fynd hefo hi i Lundan, ac y basa hi yn 'y ngyrru i i'r ysgol am flwyddyn, 'roedd hi'n gwybod am ysgol iawn, medda hi. Mi ddaru mam ddeud y cawn i fynd mewn munud. Amdana i, mi oeddwn i'n 'i weld o yn beth gwirion iawn, ac mi benderfynis na faswn i ddim yn mynd. Mi ddeudodd Bob hefyd, 'Gadwch i Sioned, mam, mae hi'n iawn fel mae hi'. Ac 'roedd 'y nhad hefyd yn codi'i lais yn erbyn y peth; ond fynna mam ddim, ac mi ath ati hi yn 'i ffordd 'i hun i gael gin 'y nhad weld 'run fath â hi; a chyn pen deuddydd 'roedd o'n deud ma'r peth gora 'llasa ddigwydd i mi fasa fo. 'Doeddwn i ddim yn gweld y peth yn tôl, ac i 'neud petha'n waeth mi drôdd Bob yn f'erbyn i. A dyma oedd o'n ddeud, 'Waeth i ti beidio siomi mam, Sioned, wyddost bod hi wedi meddwl llawar am i mi fod rhywbath 'blaw yr hyn ydw i. Gad iddi gael 'i ffordd hefo chdi.'

Gin fod Bob yn deud fel hyn 'roedd rhaid i mi 'neud fel 'roedd o'n ddeud, achos mae o'n iawn bob amsar, wyddoch. Ac mi ddaru mi adal llonydd i mam baratoi 'y nillad i. 'Roedd 'na un pwnc ar ba un 'roedd modryb a mam yn methu cytuno yn lân, a hwnnw oedd pa mor llaes oedd fy ffrogia newydd i i fod, achos mi 'roedd Jane Jones yr Hafod yn gneud tair o ffrogia i mi i fynd i Lundan. 'Roedd modryb yn deud bod rhaid i mi gael 'y ffrogia yn llaesach na'r rhai oedd gini. *'Why child,'* meddai hi, *'you can't walk through the streets with a short skirt like than on.'* Ond 'doedd waeth iddi hi dewi un tamad 'rioed, 'na mam ddim lwfio modfadd. A beth 'nath modryb ond picio reit ddistaw heb ddeud dim wrth neb i'r Hafod i ddeud wrth Jane Jones am 'neud bob ffrog at 'y meilwng i. Ond er mor ddistaw a slei 'roedd modryb wedi mynd, mi gafodd mam wybod achos 'roedd Gwen Jones yn digwydd pasio'r Hafod jest pan oedd modryb yn mynd i mewn, ac mi alwodd ar 'i ffordd gartra, a dyma hi'n deud wrth mam bod hi wedi gweld modryb yn mynd i'r Hafod. Mi ddaru mam ama mai rhywbath ar gownt llaesdwr y ffrogia oedd 'i negas hi yno, a phan ddoth modryb yn 'i hôl dyma hi'n trawo'i siôl a'i bonat amdani ac yn picio i'r Hafod, ac yn deud wrth Jane Jones am gofio cymyd gofal gneud y ffrogia'r un llaesdwr yn union â'r ffrog oedd gini hi'n batrwm, a tasach

chi'n gweld fel daru modryb sbïo pan ddaethon nhw adra y noson cyn i ni fynd i
ffwrdd, a phan ddaru mi drïo un amdana i yn 'i gŵydd hi, ac y daru hi ffendio nad
oedd hi bron yn cyrraedd top fy 'sgidia uchal i. Ond os oedd hi a mam yn
anghytuno ar gownt llaesdwr 'y ffrog i, mi oedd y ddwy yn cydweld ar gownt y
ffordd oeddwn i i 'neud 'y ngwallt. 'Roedd modryb yn deud mai 'i adal o i lawr,
oedd y ffasiwn, ac felly 'doedd dim gobaith i mi gael 'i godi o.

    'Doedd dim amsar i 'neud dim i'r ffrogia; ond mi 'roedd modryb yn cau'i
gwefusa'n dyn, ac yn deud y gwna hi ollwng bob un ohonyn nhw i lawr bedar
modfadd beth bynnag, pan â hi adra.

    Tad, mi 'roedd acw stŵr pan oeddan ni'n cychwyn. 'Roedd f'ewyrth yn
dwndro am y bocs lle 'roedd o wedi rhoi'r cerrig rheiny, a mam yn gweiddi am
gofio rhoi'r hampar hefo'r wya a'r menyn, a 'dwn i ddim be, mewn lle saff, a hyd
nod 'y nhad yn edrach reit brysur. Bob a fi oedd yn edrach fwya sobor. Bob oedd
i'n danfon ni i'r dre. Ond y mwya'i fusnas o neb oedd Pero. Mi 'roedd o'n campio
ac yn cyfarth, ac yn rhedag at y naill a'r llall, ac yn trïo codi gwrychyn Bet y ferlan
drwy neidio at 'i thrwyn hi. Dyn a helpo Pero! 'Roedd o'n meddwl bod o am gael
dwad hefo fi, 'doedd o fawr feddwl mod i'n mynd i ffwrdd, ond mi ddaru bihafio
reit ddrwg hefyd. Tra'r oeddan ni wrthi hi'n pacio y petha yn y car a modryb yn
brysur yn ordro lle i roid y bocs yma a'r bocs arall, heb 'i jecad na'i bonat, rhag ofn
iddi hi'u maeddu nhw, mi ddaru ni golli Pero am ryw funud; ond cyn pen 'chydig
dyma fo allan yn cyfarth yn ddychrynllyd ac yn llusgo rhywbath wrth 'i draed, a
be 'ddyliech oedd o? Bonat modryb! Y bonat hwnnw brynodd hi yn Regent
Street!! 'Roedd traed Pero wedi drysu yn y *strings*, ac mi 'roeddan ni'n methu'n
glir â chael arno fo i gael o'n rhydd, a dyna lle 'roedd o'n rhedag rhwng coesa Bet,
a ninnau'n methu'i ddal o, a modryb yn gweiddi â'i dwylo i fyny, '*O my best
bonnet, that old dog ought to be shot.*' A Bob yn methu symud gin fel yr oedd o'n
chwerthin, a f'ewyrth a nhad yn trïo dal Pero, ac wrth 'neud hynny mi drawodd
f'ewyrth 'i ben yn y siafft nes oedd 'i het silc o'n fflïo oddi am 'i ben o, o dan y car,
a Bet yn bacio, ac yn codi 'i throed ac yn 'i ollwng o i lawr ar ganol 'i choryn hi.
Tad, fasach yn meddwl yn bod ni i gyd o'n coua, ond mi geuthon betha i drefn yn
union: ac mi ddarun ddreifio i ffwrdd, a modryb yn trin ar gownt Pero ac yn
cyfri'r gost fasa ar y bonat pan aetha hi adra. 'Roedd Bob yn trïo cadw chwara teg i
Pero trwy ddeud mai ofn iddi hi fynd heb 'i bonat 'roedd o, a fod o wedi mynd i
nôl o iddi hi, ond choelia modryb mo hyn. Pan oeddwn i'n ista yn y trên ac yn
edrach ar Bob yn sefyll ar y platform ar 'i ben 'i hun mi godis ar 'y nhraed i neidio
allan gael i mi gael dreifio yn ôl hefo fo adra, ond mi roth y trên bwff, ac mi oedd
Bob o'r golwg mewn dau funud.

    'Roeddwn i i aros am flwyddyn yn Llundan, felly 'roeddan nhw'n deud pan
oeddwn i'n cychwyn; ond ryw dipyn dros ddeufis fuo mi yno. A dyna'r ddau fis
mwya annifyr aeth dros 'y mhen i 'rioed. Wyddoch chi be? Hiraeth ydi'r peth

mwya tost yn y byd. Mi ddaru nghalon i jest dorri yn y ddau fis fuo mi yn nhŷ
f'ewyrth Twm. Wrth i mi feddwl am yr amser honno mae rhyw ias yn mynd
drwydda i.

Pan ddaru ni gyrraedd pen yn siwrna y diwrnod hwnnw, wrth i ni ddreifio
drwy y strydoedd i dŷ f'ewyrth, 'roeddwn i'n meddwl na fasan ni byth yn
cyrraedd yno'n fyw gin fel 'roedd y ceir yn gweu yn ôl ac ymlaen.

Hen dŷ tywyll uchal oedd tŷ f'ewyrth. 'Roeddwn i'n meddwl, wrth fynd i'r
llofft i dynnu mhetha, mai mynd i fyny'r grisia am byth y basan ni, ond mi ddoth
ddiwadd iddyn nhw. 'Doedd fy nghefndar ddim gartra. 'Roedd o i ffwrdd yn
rhyw ysgol.

Y peth cynta 'nath modryb ar ôl te oedd gyrru'r forwyn i chwilio am ryw
dressmaker i laesu un o fy ffrogia i erbyn y Sul. 'Roedd hwyr gin i i amsar gwely
ddwad, achos mi oedd arna i ofn dechra crïo o hyd; ond mi fedris gogio bod reit
galonnog, achos faswn i ddim yn gadal i modryb 'y ngweld i'n crïo am y byd.

Fedris i ddim cysgu fawr y noson gynta gin y sŵn yn y stryd; a'r nosweithia
wedyn mi fyddwn yn breuddwydio drwy'r nos amdanyn nhw gartra. Weithia mi
'roeddwn i yn yr hen gapal, a Bob wrth f'ochor i; tro arall mi fyddwn yn rhedag i
lawr gallt y Rhiw a'n ngwallt i'n fflïo yn y gwynt, a Pero yn cydiad yn 'y ffrog i tu
nôl, ac yna byddwn yn clywad mam yn 'y nwrdio i am adal iddo fo rwygo 'y nillad
i. Ond deffro byddwn i, nid yn fy llofft bach yn yr hen Dŷ Gwyn, lle medrwn i
weld i waelod y Cae Hir dim ond codi ar f'ista yn 'y ngwely, a byddwn yn meddwl
fel yr oedd o'n edrach, a chysgod yr hen dŷ yn gorfadd arno fo, a'r haul yn sgleinio
ar 'i gwr pella fo, ac fel 'roedd yr hen goedan onnen yn crafu'i dail yn erbyn un
ochr o'r ffenast; ac mi *oedd* gas gin i yr hen dai llwydion hyll, bob un 'run fath â'i
gilydd, oedd 'u gweld o ffenast y llofft lle 'roedd modryb wedi fy rhoi i i gysgu. Mi
fydda hiraeth ofnatsan yn dwad arna i yn y capal ar ddy' Sul. I'r capal Susnag
fyddan ni'n mynd; 'church' fydda modryb yn 'i alw fo; ond capal Sentars Susnag
oedd o, ac mi *oedd* ginyn nhw ffordd ddigri o gario petha'n mlaen. 'Doedd y bobl i
gyd ddim yn cael canu bob tro; dim ond y côr. 'Roeddan nhw'n arfar canu rhyw
dôn 'roeddwn i'n arfar ganu gartra, a phan ddaru mi ddechra canu'n ddigon
diniwad hefo nhw, dyma modryb yn rhoi pwn i mi i beidio. Jest meddyliwch, lot
o bobol yn sefyll fel mudanod. Gwydr llwyd oedd ar y ffenestri yno, a welach chi
ddim drwyddyn nhw, ac mi oeddwn i'n meddwl am yr hen gapal lle byddan ni'n
medru gweld y coed yn ysgwyd ar Allt-y-Rhiw drwy un ffenast, a darn o'r llwybr
drwy un arall, ac yn medru gweld yr awyr las drwy bob un. Mi ddigwyddis
edrach ar y cloc hefyd pan ddaethon ni fewn, ac mi 'roedd hi yn hannar awr wedi
deg, ac mi wyddwn y basa Rhys Williams wrthi hi yn rhoi yr emyn allan ar ôl i'r
pregethwr weddïo. Y pen cantwr fydd yn rhoi yr emyn allan yn yn capal ni bob
amsar. Yn y penillion byr yn nechra'r llyfr bydd o yn y bora, ac 'wyrach mai
'Gwaith hyfryd yw clodfori Ion', neu 'Agorwyd ffynnon i'n glanhau', neu 'Tyrd

ysbryd sanctaidd ledia'r ffordd', oedd o'n 'i roi allan. Mi fydd yn siŵr o roi un o'r rheina allan yn y bora; ac mi oeddwn i'n gwybod fod Jones y Sgŵl yn mynd at yr harmonium, a Bob yn chwilio am yr emyn i mam yn y llyfr llythrennod breision ac ymyla aur â'r clasp, oedd o wedi brynu iddi hi, 'Dolig. Ac wrth i mi feddwl am Bob mi ddoth rhyw lwmp i ngwddw i, ac mi rois 'y mhen ar ymyl y sêt er nad oeddan nhw ddim yn gweddïo, rhag i'r bobol weld y dagra yn rhedag i lawr 'y ngwynab. Fedrwn i ddim peidio er bod modryb wrth f'ochr i yn gneud llygada ofnadwy arna i. Mi ddaru hi nwrdio i'n iawn wedi mynd adra am 'neud 'exhibition' ohono f'hun medda hi, beth bynnag ydi hynny. Susnag fydda pawb yn 'i siarad yn nhŷ f'ewyrth. Os gwna f'ewyrth ddeud rhywbath wrtha i weithia yng Nghymraeg, mi fydda modryb yn deud yn awdurdodol, 'Now Thomas, you must not speak Welsh with Janet. I want her to learn English properly.' Fydda modryb byth yn 'y ngalw i'n Sioned, 'Such an outlandish name' medda hi; ac wyddoch chi be, mi oedd arna i hiraeth na fedra i ddim deud wrthach chi am glywad yr hen enw, tasa fo ddim ond fel bydda mam yn 'i ddeud o pan fydda hi'n dechra'i rhoi hi i mi am rywbath.

Mi oedd 'na ddau o brentisiaid yno, a gwas arall. 'Mr Jones the assistant' fydda modryb yn 'i alw fo. Mi oeddwn i'n meddwl y basan ni'n cael sgwrs weithia hefo fo yng Nghymraeg, ond Susnag oedd o i gyd ond 'i enw fo. Am y prentisiad rheini, mi oeddan nhw'r cnafon gwaetha welis 'i 'rioed. Os deudwn i rywbath, mi ro un bwn i'r llall; a dyna lle bydda'r ddau yn chwerthin o hyd. Ond nid am hynny 'roeddwn i'n ddig wrthyn nhw. 'Roedd croeso iddyn nhw chwerthin hynny lician nhw am 'y mhen i, 'doedd o'n gneud niwad yn y byd i mi, ond am fel byddan nhw'n bihafio at Mr Jones byddwn i'n stowt wrthyn nhw. Rhyw greadur llwyd oedd o, a'i lygada fo mhell yn 'i ben o; mi oedd gino fo olwg byr hefyd. Bydda'n darllan bob amser bron, 'roedd o'n waeth na Bob. Bydda gino fo lyfr mawr llychlyd wrth 'i benelin bob pryd. 'Chydig iawn fydda gino fo i ddeud, 'na fo byth siarad ohono'i hun; ac os gofynnach chi rywbath iddo fo, mi sbïa arnoch chi fel tasa fo heb ddeffro'n iawn, a bydda rhaid i chi ofyn iddo fo ddwywaith neu dair cyn caech chi atab gino fo. Ond, O! — y tricia fydda'r ddau hogyn rheini yn 'u chwara hefo fo? Rhoi halan yn 'i de fo, a wedyn fynta'n cymyd llymad ohono fo ac yn deud, 'M—m—may I trouble you for a little sugar, Mrs Williams, please.' A bydda modryb yn deud na welodd hi neb yn cymyd cymint o siwgwr yn 'i de â fo, 'dwn i ddim sut na fasa hi'n gweld yr hen hogia rheini, ond 'roeddan nhw mor slei. Wedyn mi fyddan yn rhoi finigar am ben 'i jam o os bydda digwydd iddo bod gino fo beth, ac yn dwyn 'i frechdan o cyn iddo fo hannar 'i byta hi. Fydda fo ddim yn cael hannar digon o fwyd, y creadur tlawd. Mi fyddwn i'n filan wrthyn nhw; ac un diwrnod mi ddaru mi'u tafodi nhw'n iawn, — lot o Gymraeg wedi'i gymysgu hefo'r Susnag, achos mi fydda i'n anghofio fy Susnag i gyd pan fydda i wedi gwylltio. Ond ddaru nhw ddim byd ond chwerthin am 'y mhen i, ac mi 'roeddan nhw'n waeth byth amsar swpar. Mi ddaru mi feddwl am blan arall i chi. Mi 'nes i Mr Jones ffeirio lle hefo fi ac ista wrth ymyl f'ewyrth, ac mi 'steddis inna rhyngddo fo a'r ddau hogyn drwg.

Er bod hi mor galad arna i ar gownt yr hiraeth oedd arna i amdanyn nhw gartra, 'nes i ddim deud dim yn fy llythyra at Bob, achos mi oeddwn i'n gwybod y basa fo'n becsio; ond weithia mi fyddwn i'n meddwl mai marw y baswn i gin gymint oedd arna i isio mynd adra. Fel byddwn i'n meddwl gyda'r nos, taswn i ddim ond yn mynd am dro drwy yr hen Goed-y-Nant neu i'r Rhiw, ddaru mi 'rioed feddwl lle mor glws oedd o gwmpas yn tŷ ni o'r blaen.

Mi ath modryb ati hi rhag blaen, wrth gwrs i nanfon i i'r ysgol, a 'mhen ryw ddeuddydd neu dri 'roedd rhaid i mi fynd hefo hi am y tro cynta. 'Doedd yr ysgol ddim ymhell iawn o dŷ f'ewyrth, ond 'roedd rhaid croesi rhyw *square* fawr i fynd ati hi. 'Roedd modryb yn mynd ar 'i thraws hi fel tasa hi ofn dim byd, ac yn 'y nhynnu fi ar 'i hôl, ond mi 'roeddwn i'n meddwl yn fy hun sut yn y byd y medrwn i ddwad yn f'ôl fy hun drwy'r holl geir. 'Roedd 'na blât pres mawr ar ddrws y tŷ lle 'roedd yr ysgol ac arno fo, *'Establishment for young ladies'*, neu rywbath fel'na. Os oedd hi'n annifyr yn nhŷ f'ewyrth, mi oedd hi'n fwy annifyr fyth yn yr *'establishment'*. Bydda'r genod yn sbïo arna i fel taswn i rhyw greadur gwyllt o'r coed; ac os deudwn i rywbath na fydda fo ddim wrth 'u bodd nhw mi fyddan yn deud, *'O, she's Welsh'*; ac mi fyddan yn troi'u trwyna mwya misi. Mi ddeudis i wrthyn nhw unwaith fod yn dda iawn gin i y mod i'n *'Welsh'* os rhai fel y nhw oedd y Saeson. 'Roeddan nhw'n meddwl, decin i, mai ffyliaid ydi pawb os na fedran nhw siarad Susnag. Ond mi fyddwn i'n cael tipyn o hwyl yno hefyd. Dwy hen ferch oedd yn cadw'r ysgol. Miss Pinch oeddan nhw'n galw un, a Miss Jemima oedd y llall. Gwaith Miss Jemima fydda dysgu i ni sut i adrodd barddoniaeth. O bobol bach, tasach chi'n gweld y stumia fydda hi'n 'neud ar 'i gwynab. Yr oedd o ddigon digri tasa hi'n gadal llonydd iddo fo. 'Roedd o'n hir ac yn rincla i gyd, ac 'roedd gini hi *fringe* o wallt du ar 'i thalcan, a hwnnw mor dena fel 'roedd hôl pob dant o'r grib i weld yno fo. Mi oedd hi'n bur dal, ac yn dena ofnatsan; ac mi fydda'n gwisgo breslet arian ar arddwn 'i llaw dde. Pan fydda hi'n dangos i ni sut i ddeud yn *'poetry'*, chwadl hitha, mi fydda'n agor 'i cheg a'i llygada ac yn ysgwyd y llaw a'r freslet nes bydda honno'n tincian. 'Dw i'n cofio un darn fydda hi'n ddangos i ni yn dechra, *'Romans, countrymen, and lovers'*; ac mi fydda'n trawo'i throed yn y llawr â thwrw dychrynllyd ar ôl pob gair, ac yn gneud rhyw lais mawr, fel tasa hi'n pregethu. Ac 'roedd ginon ni un darn arall fyddwn i'n cael hwyl wrth iddi hi ddeud wrthan ni sut i ddeud o. Rhywbath, 'dw i ddim yn cofio'n iawn chwaith, am *'Behold my dagger and here my naked breast'*; ac mi fydda yn cydiad yn y rwlar du oedd ar y ddesg, ac yn'i ddal o yn 'i llaw ac yn 'i ddeud o ac yn rhoi *full stop* ar *'here'*, ac wedyn trawo'i brest hefo'r rwlar nes bydda'r freslet yn rhoi rhyw glec. Mi fydda'n gwisgo rhyw gap rhyfadd, ac

weithia, pan fydda hi ar ganol 'i hwyl hefo'r rwlar, mi fydda'r cap yn syrthio
odd'am 'i phen hi, ac mi fydda un o'r genod yn 'i godi o ac yn 'i roi o iddi hi, ac mi
fydda hitha'n deud reit sobor ar ganol y cwbl, *'Thank you, I must really get some
new elastic.'* Ond 'dw i ddim yn meddwl bod hi wedi cael *'new elastic'* eto. 'Dwn i
ddim sut daru mi fedru dwad yn ôl i dŷ f'ewyrth y diwrnod cynta hwnnw.
'Roeddwn i'n meddwl fod pob car yn dwad ar 'y nhraws i, ond rywsut mi ddois
yn olreit. Bob bora mi fyddwn yn cychwyn allan a byddwn yn meddwl yn sobor
'wyrach na ddown i ddim yn f'ôl ag esgyrn cyfa gini. Un pnawn fu jest i mi gael 'y
nhawlu i lawr, oni bai i rywun afal yn 'y mraich i a nhynnu i'n ôl. A wyddoch chi
pwy oedd o, — Mr Jones yr *assistant*. 'Doedd o ddim yn edrach mor synfyfyriol
ag arfar. *'Come this way'*, medda fo, ac mi ath â fi trwy lot o strydoedd go ddistaw,
ac 'roeddwn i'n methu gwybod ple 'roedd o'n mynd â fi, ac 'roeddwn i'n mynd i
ddeud wrtho fo fod o wedi colli'i ffordd, pan ddaru ni droi heibio cornal rhyw
stryd i'r stryd lle 'roedd f'ewyrth yn byw. 'Doedd o ddim wedi siarad 'run gair ar
hyd y ffordd, ond wrth y drws dyma fo'n deud, *'You had better come this way every
day.'* A ffwrdd â fo i'r siop. Mi ffendiodd yr hen hogia mod i'n mynd jest i filltir
fwy o ffordd er mwyn peidio croesi'r *square* honno wrth fynd i'r ysgol, a
chlywsoch chi 'rioed fel 'roeddwn i'n cael fy sbeitio ginon nhw. Ddaru mi 'rioed
feddwl nes i mi nabod y ddau brentis 'ma bod hogia mor anghynnas â nhw yn
bod.
    'Chydig o Gymraeg fyddwn i'n glywad, fel deudis i wrthach chi, ac mi *fydda*
arna i hiraeth weithia am glywad rhywun yn deud rhywbath yng Nghymraeg. Mi
fyddwn yn darllan 'y mhennod bob nos allan yn uchal er mwyn i mi gael clywad
sŵn y geiria, ac yn siarad Cymraeg wrthaf fy hun wrth wisgo amdana yn y bora.
Unwaith daru mi glywad yr hen iaith allan o dŷ f'ewyrth. 'Roeddwn i'n mynd i'r
ysgol un bora; a dyma ryw hen ddyn, hen dramp oedd o, yn dwad i lawr grisia o
flaen rhyw dŷ, ac mi 'roedd o'n siarad wrtho ei hun. 'Doedd o ddim yn deud dim
byd neis iawn, dwrdio'r bobol 'roedd o, am nad oeddan nhw ddim wedi rhoi dim
byd iddo ac yn 'u galw nhw'n bopeth cas. Ond 'roedd o'n gneud hynny yng
Nghymraeg, ac mi oedd mor dda gini glywad 'i sŵn o nes daru mi sefyll i wrando
arno fo, ac mi dynnis 'y mhwrs allan ac mi drois o wynab yn isa i ddwylo fo. Fasa
well i mi fod mwy gofalus, achos mi ddaru mi ffendio mod i wedi rhoi'r hannar
sofran oedd Bob wedi gyrru i mi y diwrnod cynt, ymysg yr arian mân oeddwn i'n
gadw yno fo.
    Mi oedd f'ewyrth reit ffeind wrtha i pan gâi o gyfla. Amball i noson bydda
modryb yn mynd allan i swpar; *'to a party'*, fydda hi'n ddeud. A dyn annwyl, mi
fydda gini hi waith gwisgo amdani cyn cychwyn. Wedi iddi fynd, bydda f'ewyrth
yn mynd i ryw lofft bach yn nop y tŷ, ac yn mynd â fi hefo fo. 'Roeddwn i wedi
clywad am y llofft 'ma cyn i mi 'rioed 'i gweld hi. 'Roedd modryb yn sôn amdani
fel bydda mam am golar 'y nhad. Châi neb fynd iddi hi ond f'ewyrth. Unwaith,

medda'r forwyn, 'roedd modryb wedi rhoi *spring cleaning* iddi hi, ac wedi llosgi peth wmbrath o betha ohoni hi, a thaflu pob math o betha i'r doman, a phan ddaru f'ewyrth ffendio mi fuo 'no helynt *ddychrynllyd* faswn i'n meddwl. Chafodd neb byth fynd i mewn yno wedyn. Y fo fydda'n cynna tân yno a phopeth. Mi fydda'n cadw'r 'goriad yn 'i bocad bob amsar, ac yn 'i guddiad o yn rhywla cyn mynd i'w wely. Fydda dim diwrnod yn pasio na bydda modryb yn gofyn iddo am agor y drws iddi hi ac yn deud y drefn, *'The house will be full of moths and fleas, and things soon. I never heard of such a thing! Locking a room up full of dirt! Why, it's enough to breed a fever.'* Ac felly ymlaen. Byddwn i'n dotio ar f'ewyrth, mor ddigyffro y bydda fo'n cymyd yr holl siarad am y *moths* a'r *fleas*. Mi oeddwn i wedi mynd reit bethma isio cael gweld y llofft 'ma hefyd; a phan aeth modryb allan ryw noson, mi oeddwn i'n ista ar ben f'hun yn y parlwr, ac mi *oeddwn* i'n teimlo'n ddigalon pan ddoth f'ewyrth i fewn o'r siop, a dyma fo'n dechra siarad Cymraeg, ac wrth ei glywad o'n deud 'Sioned' mi ddoth cymint o isio crïo arna i nes fedrwn i mo'i atab o, ond mi ddaru ofyn i mi ddwad i fyny hefo fo i'r llofft honno os liciwn i; ac erbyn i ni gyrraedd top yr holl risia, mi oedd y lwmp wedi toddi tipyn, a 'doedd dim byd glyb ar 'y ngwynab i. 'Dwn i ddim be oeddwn i'n ddisgwyl weld wedi i f'ewyrth agor y drws; ond yn wir, 'dw i'n deud yn sobor na welis i 'rioed yn 'y mywyd, a 'dydw i ddim yn meddwl y gwela i byth eto chwaith, lanast mor ofnadwy yn unman. Ac 'roeddwn i'n meddwl tasa mam yn byw yno y basa hi wedi mynd i mewn tasa rhaid iddi dorri twll yn seilin y llofft odanodd; a tasa modryb yn gwybod fel 'roedd hi y basa hi'n fwy anesmwyth byth, ac yn cadw mwy o sŵn nag oedd hi'n 'neud. Cymorth annwyl, y pethau odd 'no! Pob peth wedi'i gymysgu hefo'i gilydd, y cerrig llwydion rheini ynghanol lot o lyfra a phapura ar y bwrdd; papura hyd y llawr ymhob man fel carpad, shîtia mawr o bapura a hen floda wedi marw wedi pastio hyd-ddyn nhw, ac enwa cyn hirad â'ch braich chi wedi'u sgwennu o dan ryw floda bach mwyaf cyffredin, fel bydda'n tyfu yn y cloddia o gwmpas Tŷ Gwyn; poteli inc gweigion, un fawr wedi'i throi ar 'i hochor a'r inc wedi rhedag yn un llyn mawr du dros lot o lyfra â chefna clwys arnyn nhw; lot o *dools* saer, morthwyl yn un man, lli bach mewn lle arall; ar y bwrdd a hyd rhyw silffodd 'roedd 'no ryw bowlia mawr gwydr â physgod a rhyw hen nadrodd yn troi ac yn trosi ynyn nhw. Mi ges i nychryn nes fu jest i mi weiddi dros bob man. Mi oedd 'na rywbath du ar lawr wrth yr aelwyd fel stôl, 'laswn i. A wyddoch chwi, dyma'r stôl 'ma yn dechra symud i ffwrdd o dan 'y nhraed i. A beth oedd 'no ond *tortoise*. Mi 'nes i enjoio f'hun yno'n o lew. 'Roedd f'ewyrth yn dangos 'i betha i mi; ond 'roeddwn i'n methu gwybod pam 'roedd o'n meddwl cymint o'r hen nadrodd rheini. Ond y peth rhyfedda oedd gino fo oedd math o ryw focs gwydr a phob math o bryfaid cop yno fo. O! eu hen draed hyll nhw, a'u llygada nhw'n sbïo i bob man; achos 'roedd rhaid iddo fo estyn un allan ar bric, a gneud i mi sbïo arno fo drwy ryw wydr; mi oedd hwyr gini 'i weld o'n 'i roi yn 'i ôl.

Y tro nesa i mi gael mynd yno mi es i â dystar a brwsh llawr a brwsh blac led yn ddistaw bach hefo fi; a thra 'roedd f'ewyrth wrthi hi'n brysur hefo rhyw dacla oedd gino fo mewn rhyw gornal, ac wedi anghofio popeth arall, mi ddaru mi dwtio a glanhau tipyn a rhoi popeth hefo'i gilydd, a gneud i'r aelwyd edrach reit gyfforddus ac i'r tân losgi'n loyw, yn lle fel 'roedd o wedi'i dagu â lludw. A phan glywsom ni'r gloch yn deud bod modryb wedi dwad yn 'i hôl, mi ddaru f'ewyrth edrach yn syn ar bob man. 'Diar annwyl, Sioned,' medda fo, 'mi wyt ti wedi gneud yr hen lofft yn gyfforddus, ofnatsan. Ddaru ti ddim llosgi dim byd gobeithio,' medda fo wedyn, ac yn edrach o gwmpas rhag ofn fod rhai o'i drysorau fo wedi mynd, ond mi gafodd hyd iddyn nhw i gyd mewn dau funud, ac wrth fynd allan mi roth oriad i mi, ac medda fo, 'Os bydd arnat ti isio mynd yno i gael tipyn o lonydd, dyma oriad, i ti fynd pan lici di, ond cymar ofal beidio'i ddangos o i dy fodryb.' Ar ôl hynny mi fyddwn yn mynd yno bob dydd ar ôl dwad o'r ysgol yn y pnawn, i aros i'r te fod yn barod. Fyddan ni ddim yn cael te tan chwech o'r gloch yno, ac mi fyddwn i'n twtio bob man ac yn gosod y llyfra'n daclus a'r papura hefo'i gilydd. Mi fydda arna i braidd ofn yr hen betha rheini yn y powlia gwydr, ac yn enwedig y pryfaid cop.

Un amsar te, 'chydig ar ôl hyn, mi oedd f'ewyrth wedi gneud rhywbath i flino modryb, ac fel arfar, wedi darfod ar y trosadd hwnnw mi ddechreuodd ar y 'llofft'. Wedi iddi hi orffan, dyma f'ewyrth yn deud 'i bod hi reit lân rwan, nad oedd rhaid iddi hi ddim bod yn anesmwyth ar 'i gownt o.

'*Clean!*' medda hi, ac yn chwerthin mwya sbeitlyd. '*Come and see then,*' medda fo, a dyma modryb yn codi'i ffrog am 'i chanol, rhag ofn iddi hi gluro yn y llwch a'r baw hyd y llawr. Mi es i hefo nhw, a 'dw i'n meddwl bod hi wedi synnu dipyn pan welodd hi nad oedd 'na ddim mwy o faw nag oedd 'na mewn rhyw *room* arall yn y tŷ. Ond waeth i chi prun, er bod hi'n gwybod bod y llofft yn eitha glân, bob tro fydda f'ewyrth yn gneud rhywbath na fydda fo ddim yn 'i phlesio hi, mi fydda'n dechra ar y '*moths and fleas and all manner of nasty creepy crawly things*', beth bynnag oedd hi'n feddwl wrth hynny, 'dwn i ddim. Mi oedd gin inna fy llofft yno hefyd, nid lle 'roeddwn i'n cysgu 'dw i'n feddwl, ond mi 'roeddwn i wedi cael hyd i ryw hen giarat yn nhop ucha'r tŷ, a phan fydda hiraeth ofnatsan yn dwad arna i, mi fyddwn yn dengid i fanno. 'Roedd 'na ffenast yn y to, a dyma'r unig fan yn y tŷ lle medrach chi gael golwg iawn ar yr awyr. Mi fyddwn i'n teimlo yn nes adra rywsut pan yn sbïo ar y llecyn hwnnw o'r awyr. Wrth gwrs, 'doedd o ddim fel yr awyr wrth ben Tŷ Gwyn. Mi fydda'r adar y to hefyd yn gneud rhyw hen sŵn bach fel tasan nhw'n cogio canu yno, ac mi fyddwn i'n mynd â briwsion teisan hefo fi, ac yn agor y ffenast ac yn 'u gosod nhw allan, a phen tipyn mi fydda'r hen betha bach a'u llygada bach gloyw yn edrach mor gall yn dwad i bigo nhw i fyny. Mi oeddan ni wedi mynd yn ffrindia ofnatsan.

Welis i 'rioed ffasiwn dŷ â thŷ f'ewyrth. 'Doedd 'na na chath na chi na dim byd

byw yno, a fedra i ddim diodda heb rywbath i roi moetha iddo fo. 'Doedd 'na
ddim ond y *tortoise*, ond fedrwch chi ddim rhoi moetha i beth hannar marw felly.
'Doedd modryb ddim yn gwybod am hwnnw chwaith, achos mi 'roedd o wedi
cuddio'i hun yn rhywla pan fuo hi yn llofft f'ewyrth y diwrnod hwnnw. Mi ddalis
i un o'r adar y to unwaith, 'roeddan nhw wedi dwad mor ddof; ond 'roedd o'n
edrach mor anghysurus fel 'roedd biti gini drosto fo, ac mi 'nes 'i ollwng o wedyn.

Ond sôn am y giarat 'roeddwn i. Wel mi 'roedd 'na bob math o hen gelfi wedi'u
stwffio yno; ac mi fyddwn i'n cael tipyn bach o blesar wrth edrach beth oedd
ynghanol y tacla. Mi ges hyd i hen lyfr canu yno ac enw f'ewyrth arno fo, un yr un
fath â hwnnw sy gin Bob. Mi fedra i'r caneuon i gyd jest, ac mi fyddwn i'n troi y
dalenna ac yn canu'r hen gana. Weithia mi fyddwn i'n cael hwyl ofnatsan ac yn
canu'n iawn dros bob man, ond yn aml iawn crïo fydda diwadd y canu, achos mi
fyddwn i'n cofio fel byddwn i'n 'u canu nhw gartra wrth 'neud 'y ngwaith, ac
wrth fynd i nôl y gwarthag weithia, gael i mi gael sbort wrth weld yr hen warthag
yn troi i edrach beth oedd 'no. Ond fasa well i mi taswn i heb gael hyd i'r hen lyfr
hwnnw. Un diwrnod mi oeddwn i wedi mynd i'r giarat i fwrw f'hiraeth, ac wedi
rhoi'r briwsion tu allan i'r ffenast, a chael golwg go lew ar yr awyr, ac wedi i mi
sychu'm llygada a phenderfynu na 'nawn i ddim crïo 'chwanag neu mi fydda
golwg ar 'y ngwynab, ac mi fydda'r prentisiad yn fy sbeitio i, mi es at yr hen lyfr,
ac mi ddechreuis ganu'r gân honno, wyddoch, yr 'Eneth ddall', honno fydda i'n
licio ora o'r un, a phan oeddwn i wedi darfod mi 'gorodd y drws yn sydyn a phwy
ddoth i mewn ond modryb. Mi fydda'n rhoi rhyw dyrn drwy y tŷ i gyd amball i
ddiwrnod. '*Dear me, Janet,*' meddai hi, '*I didn't know that you could sing like that.
You must have proper singing lessons.*' 'Doeddwn inna ddim yn gwybod y medrwn
i ganu chwaith. Bydd Bob yn deud na fedra i ddim, ac mae'n siŵr fod o'n iawn.
Mi ddechreuodd amsar calad i mi ar ôl hynny. 'Doedd dim iws i mi ddeud wrth
modryb nad oeddwn i ddim yn medru canu. 'Doeddwn i ddim yn hidio yn y
lessons gymint, achos mi fyddwn i'n cael mwy o hwyl am ben yr hen ddyn fydda
yn yn dysgu ni nag am ben dim. Mi fydda yn dwad i'r ysgol ddwywaith yn yr
wythnos i roi *lessons* i ryw ddwy neu dair ohonon ni. *Professor* rywbath fyddan
nhw yn 'i alw fo, fedris i 'rioed ddeud 'i enw fo'n iawn. Fedra fynta ddim deud
f'un inna. Felly 'doedd o fawr o bwys. '*Miss*' fydda fo'n ngalw i; a '*professor*'
fyddwn inna'n alw fynta. Hen ddyn bychan oedd o, a gwallt du tew gino fo. Pan
fyddan ni ddim yn agor yn cega fel bydda fo'n deud mi fydda yn gwylltio'n
ddychrynllyd, ac yn rhwbio'i ddwylo drwy'i wallt nes bydda fo'n sticio allan
olrownd 'i ben o fel lot o *wires*, ac yn gweiddi, '*No, no, no, no, no, NO,*' pob *no*
uwch na'r llall, nes bydda fo'n sgrechian fel cath, ac o'r diwadd 'i lais o'n torri. Mi
fydda'n edrach mor smala fel y bydda rhaid i mi ista i lawr i chwerthin. Os
byddan ni'n swnio rhyw nodyn o chwith, mi fasach yn meddwl bod rhywun
wedi'i daro fo neu fod y fannodd mwya ofnatsan arno fo wrth weld y golwg ar 'i

wynab o. Mi fydda i'n meddwl am yr hen ddyn bach rwan wedi dwad adra, yn y capal weithia, ac mi fydda i jest â mynd yn sâl wrth drïo peidio chwerthin wrth gofio sut bydda fo wrthi hi.

Ond y peth oeddwn i flina ar gownt y canu 'ma oedd, y bydda modryb yn mynd â fi hefo hi pan fydda hi'n mynd allan 'for the evening', chwadl hitha. 'Roedd 'na ffrae wedi bod ar gownt y mynd allan 'ma 'dw i'n meddwl rhwng f'ewyrth a hitha, am nad âi o hefo hi. Ond 'doedd f'ewyrth ddim yn meddwl bod unman mor braf â'r hen lofft bach wedi iddo fo ddwad o'r siop, ac felly nid âi o byth hefo hi. Mi oeddwn i'n stowt ofnatsan bod rhaid i mi fynd, achos 'roedd well gin i hefo f'ewyrth yn y llofft o'r hannar. Chawn i ddim mynd yno hefo fo ar ôl te pan fydda modryb yn tŷ. Ond y peth casa oedd gin i oedd bod rhaid i mi ganu wedi mynd hefo hi. Jest meddyliwch, gneud i mi sefyll o flaen rhyw lot o bobol ddiarth wrth ochor piano i ganu'r hen gana annwyl rheini, ac mi wyddwn y byddan nhw'n deud petha amdana i hefyd. O! fedrwn i mo'u diodda nhw, a fyddwn i byth yn siarad â'r un ohonyn nhw, dim ond ista ar ben fy hun mewn rhyw gornal tan fydda isio i mi ganu, ac 'roedd pawb wedi mynd i feddwl na fedrwn i ddim siarad gair o Susnag. Mi fedra i dipyn bach, ond ddim yn 'properly', chwadl modryb. 'Roedd 'na un hen hogyn yn dwad i'r llefydd fyddan ni'n mynd y byddwn i'n teimlo y baswn i'n licio taflu fy llyfr at 'i ben o wedi darfod canu. 'Roedd gino fo wydra yn hongian wrth linyn rownd 'i wddw fo, ac wedi i mi orffan mi fydda yn 'u codi nhw ac yn 'u rhoi nhw ar 'i drwyn ac yn sbïo arna i drwyddyn nhw ac yn deud, mewn rhyw lais fel tasa fo jest â ffeintio, 'Very pretty I'm sure, thanks so much'. Mi faswn yn licio deud wrtho na nid i blesio fo oeddwn i'n canu. 'Dw i'n cofio, un noson, mi oedd modryb yn mynd i rywla crand ofnatsan medda hi, ac mi 'roedd hi wrthi hi'n gwisgo amdana i a hitha nes oeddwn i jest wedi colli fy mynadd i gyd. 'Doedd gin i ddim isio mynd i'r lle 'ma'n tôl; mi oeddwn i wedi bod i fyny yn y giarat drwy'r pnawn. 'Doedd dim ysgol yn digwydd bod, ac mi oeddwn i wedi bod yn meddwl am adra, am Bob, ac am Pero, nes oeddwn i'n meddwl y basa rhaid i mi fynd adra tasa rhaid i mi gerddad bob cam, ac 'roedd modryb yn gofyn beth oedd haru 'y ngwynab i ac yn meddwl mod i wedi cael gwynt i fy llygada. Mi oeddwn i'n gwybod na fedrwn i byth ganu yno, a be 'nes i ond anghofio fy llyfr, o bwrpas, wyddoch. 'Roeddwn i'n gwybod na fasa 'na ddim llyfr felly yn y lle 'roeddan ni'n mynd. Fel arfar, mi eisteddis i ar ben fy hun mewn cornal yng nghysgod rhyw gyrtan coch, gynta ddaru modryb 'y ngadal i i fynd i siarad hefo pobol. Mi oeddwn i'n methu'n glir â pheidio meddwl am Tŷ Gwyn. Nos Ferchar oedd hi, ac mi oeddwn i'n gweld Bob yn y seiat yn ista wrth ochor Twm Tŷ Mawr fel bydd o, ac mi oedd ffasiwn lwmp yn 'y ngwddw i fel 'roeddwn i'n meddwl mai tagu y baswn i. Mi oedd 'na gryn dipyn o bobol yn y room lle 'roeddan ni. Wrth f'ymyl i 'roedd na ryw ddynas yn ista, 'dydw i ddim yn meddwl bod hi'n 'y ngweld i. Faswn i'n meddwl mai hen ferch oedd hi, 'roedd hi'n gwisgo'n bur od. 'Doedd neb fawr yn cymyd sylw ohoni hi, ac mi oedd hi'n edrach yn bur unig fel finna. Ymhellach draw dipyn mi oedd 'na ryw ddyn ifanc yn sefyll wrth ymyl bwrdd bach ac yn edrach llyfr llunia; mi oedd o'n sbïo o gwmpas hefyd rwan ac yn y man, a dyma fo'n sbecio'r hen ferch 'ma o'r diwadd, ac yn dwad ati hi ac yn ista ar gadar wrth 'i hochor hi, a dyna lle buo fo'n siarad hefo hi am yn hir iawn, ac mi 'roedd hi wedi dwad i edrach reit hapus yn lle yn ddigalon fel 'roedd hi. Mi oeddwn i'n sbïo arno fo o tu nôl i'r cyrtan 'ma, ond 'doedd o ddim yn 'y ngweld i, a rywsut mi oedd o'n gneud i mi feddwl fwy byth am Bob, ac yn enwedig am ystalwm, pan oeddwn i'n hogan bach. 'Doedd o ddim yn debyg i Bob yn 'i wynab na dim, chwaith, ond mi oedd rhywbath yno fo 'run fath hefyd. 'Doedd o ddim gyn dalad â Bob o lawar, a llygada glas oedd gino fo yn lle rhai tywyll. 'Doedd 'i wallt o ddim yn ddu chwaith, ond rhyw rhwng tywyll a gola. Mwya oeddwn i'n edrach arno fo, tebyca oeddwn i'n 'i weld o i Bob. 'Roedd yr un edrychiad yn 'i lygaid o, rhyw edrach yn dynar, wyddoch, a fasach chi byth yn meddwl y basa fo'n deud dim byd brwnt wrth neb, ac y basa fo'n ffeind ofnatsan wrth 'i chwaer tasa gino fo un. 'Dw i'n siŵr y basa Pero'n ffrindia hefo fo; a wyddoch chi, pobol go lew ydi rheini fydd yr hen gi yn 'u licio. Fedrwn i ddim peidio edrach arno fo o hyd. Toc dyma wraig y tŷ yn dwad i chwilio amdana i, a dyma fi'n deud wrthi hi na fedrwn i ddim canu, mod i wedi anghofio fy llyfr. 'O hidiwch befo,' meddai hi, 'mae gin Mrs Perkins ddyn ifanc yn aros hefo hi, Cymro ydi o, ac mae o'n medru chwara'n iawn, 'dw i'n siŵr y medar o chwara'ch caneuon Cymraeg chi. Dowch, mi awn ni i ofyn iddi hi.' A dyma hi'n gafal yn 'y mraich i ac yn mynd â fi at y Mrs Perkins 'ma, heb edrach at y gadar lle 'roedd y dyn ifanc hwnnw â'r llygada glas yn ista. Wedi ni gael hyd iddi hi, dyma hi'n gofyn fasa *'the Welsh gentleman'* oedd hefo hi'n chwara i mi, mod i wedi anghofio fy *'book of Welsh songs'*. *'Certainly,'* meddai hi ac yn codi, ac yn mynd at y dyn hwnnw oeddwn i wedi bod yn sbïo cymint arno fo, ac yn dwad â fo at y piano. Wedi iddo fo ddeall be oedd isio fo 'neud, dyma fo'n deud y basa fo'n gneud 'i ora, a dyma fo'n troi ata i ac yn gofyn, 'Be 'dach chi am ganu Miss Huws?' 'Roeddan nhw wedi fy enwi i, ond heb ddeud 'i enw fo. Fedrwn i ddim penderfynu mewn munud beth faswn i'n fedru ganu ora, a finna mewn hwyl mor sâl, ac wedi meddwl yn siŵr na fasa rhaid i mi ddim canu o gwbl. Tra 'roeddwn i'n trïo meddwl, dyma fo'n dechra chwara rhyw hen gân fydda Bob yn arw iawn am ganu. 'Doedd hi ddim yn fy llyfr i, ond mi oeddwn i'n 'i medru hi'n iawn. Wyddwn i ddim oedd geiria Susnag iddi hi ai peidio fel oedd i'r caneuon yn fy llyfr, ond faswn i ddim yn 'u canu nhw taswn i'n gwybod. 'Hiraeth' ydi enw'r gân 'dw i'n meddwl; a'r peth dwaetha oeddwn i'n gofio amdani hi oedd Bob yn 'i chwibianu hi a finna'n 'i chanu tra 'roeddan ni'n dau yn godro ryw fora 'chydig cyn i modryb a f'ewyrth ddwad acw. Ac mi oeddwn i fel taswn i'n colli golwg ar y *room* ola a'r bobol, ac yn teimlo ochr gynnas Miwni'r fuwch fydda i'n odro bob

amsar pan fydda i'n cael gneud gin mam, o dan 'y nhalcan i, ac yn clywad swŵn y
llaeth yn disgyn i'r pisar. 'Chydig own i'n feddwl amsar honno ble y baswn i'n 'i
chlywad hi wedyn. 'Mi gana i honna, 'dach chi'n chwara,' meddwn i. Rhyw ddyn
debyg gini ddaru 'neud y gân honno; ond pwy bynnag oedd o, 'dw i'n credu 'i fod
o'n teimlo'r un fath yn union ag oeddwn i y noson honno, a'i fod o 'wyrach yng
nghanol rhyw hen dre fawr annifyr, ac yn meddwl am hen dŷ bach annwyl fel y
Tŷ Gwyn, ac mai yn rhyw gae fel y Cae Hir 'roedd 'i ddefaid o'n pori, ac mai ci fel
Pero oedd y ci hwnnw. Beth bynnag, ddaru mi 'rioed ganu yr hen gân honno fel
daru mi 'i chanu hi y noson honno; ac wedi i mi ddarfod mi es yn f'ôl i gysgod y
cyrtan coch heb siarad gair â neb. Taswn i'n deud rhywbath mi faswn yn siŵr o
'neud *'exhibition'* ohono fy hun, chwadl modryb. Mi ddaru mi grefu gini hi
beidio gneud i mi ganu dim 'chwanag, pan ddoth hi ata i, ac mi ddaru adal
llonydd i mi.

Wrth i mi fynd allan, dyma'r dyn ifanc hwnnw yn dwad ata i ac yn dal 'i law
allan ac yn deud,

'Sut ydach chi ers talwm Sioned? Rwan ddaru mi'ch nabod chi, ydach chi'n
cofio' — ond cyn iddo fo ddeud 'chwanag dyma modryb yn cydiad yn 'y mraich i
ac yn deud, *'Come Janet'*, ac yn fy hyrio i allan. Mi oeddwn i'n filan wrthi hi, ond
'dw i ddim yn meddwl bod hi wedi sylwi mod i'n siarad hefo fo. Mi oeddwn i'n
methu gwybod pwy oedd o. Sut oedd o'n gwybod yr hen enw fyddan nhw'n 'y
ngalw i gartra? A dyna lle buo mi yn trïo gesio wedi i mi fynd i ngwely, ac am
ddyrnodia wedyn; ond 'doeddwn i ddim haws. Mi faswn i'n licio 'i weld o wedyn,
achos mi ddaru mi'i licio fo'n arw iawn, ac mi fydda i'n meddwl amdano fo reit
aml.

Mi fuo mi mewn un helynt ofnatsan cyn dwad adra o Lundan. Rhyw ddiwrnod
wrth ddwad o'r ysgol mi ddaru mi weld ci bach yn gorfadd ar garrag drws rhyw
dŷ gwag. 'Roedd 'i droed o'n hongian dros y garrag a gwaed yn diferu ohono fo.
Mi 'roedd o'n gruddfan mwya torcalonnus, ac wrth i mi wyro i lawr i'w batio fo
mi ddaru sbïo yn 'y ngwynab i, ac mi 'roedd o'n edrach fel tasa fo jest â thorri'i
galon. Fedrwn i ddim diodda meddwl am 'i adal o, beth bach, i farw ar y garrag
drws; a dyma fi'n rhwymo 'y nghadach pocad am 'i droed o, ac yn 'i godi o o dan
'y nghesal ac yn gollwng fy *nghape* drosto fo. 'Doeddwn i ddim yn gwybod yn
iawn wrth fynd yn 'y mlaen i ble'r awn i â fo, achos fasa wiw i mi feddwl am 'i
ddangos o i modryb. Beth bynnag i chi, mi es â fo'n syth i fyny i lofft f'ewyrth, mi
oedd y goriad gini. Mi sleifis i lawr wedyn i'r gegin yn ddistaw bach, a thra 'roedd
y forwyn yn y pantri mi gymis un o'r soseri oedd ar y *tray* yn barod i fynd i fyny,
ac mi ddwgis dipyn o'r llefrith hefyd, ac mi es â fo i'r ci bach lle 'roeddwn i wedi'i
roi o ar y soffa. Mi *oedd* o'n beth bach annwyl, hefyd. 'Roedd modryb yn digwydd
bod gini hi gur yn 'i phen y diwrnod hwnnw, ac mi ath i'w gwely yn gynnar ar ôl
te, ac mi es i ar ôl f'ewyrth pan ath o i fyny'r grisia, a dyma fi'n deud wrtho fo am y

ci bach. 'Roedd biti gino fynta hefyd yn ofnatsan dros y peth bach, ac mi ath i lawr
i'r siop ac mi ddoth â lot o betha i rwymo fo'n iawn. Mi oedd o'n deud fod o wedi
torri'i goes, ac mae'n debyg bod rhyw gar wedi mynd drosto fo, dros 'i goes o 'dw
i'n feddwl, ac mi gosododd f'ewyrth hi ac mi ddaru roi bandia arni hi. Choeliach
chi 'rioed mor falch oeddwn i o'r ci bach hwnnw. Mi fyddwn yn mynd i edrach
sut oedd o'n edrach bob bora cyn mynd i'r ysgol, ac yn mynd â'r darn brechdan
fyddwn i wedi'i roi yn 'y mhocad iddo fo; ac amsar cinio mi fyddwn i cadw peth
iddo fo yn 'y nghadach pocad. Ond mi oedd reit anodd gneud hyn heb i modryb
weld hefyd, a 'dw i'n meddwl bod y ddau brentis rheini yn reit amheus ohona i.
Mi ddaru 'i goes o fendio 'mhen tipyn, ac mi oedd o wedi dwad yn ffrindia
ofnatsan hefo fi, ac mi fydda'n sefyll wrth y drws pan glywa fo sŵn 'y nhroed i'n
dwad i fyny'r grisia, ac *mi* fydda'n licio cael gorfadd ar 'y nglin i, a finna roi
moetha iddo fo. Ond ryw fora cyn i mi fynd i'r ysgol, mi ddoth 'na blismon at y
drws, ac yn deud fod o wedi cael gwybodaeth fod ginon ni gi yn perthyn i ryw
bobol erill, a bod arno fo 'i isio fo. Mi ddechreuodd modryb 'i dafodi o'n iawn am
feiddio deud ffasiwn beth â'i bod hi'n cadw ci neb. Fasa hi ddim yn cadw ci yn
perthyn iddi'i hun heb sôn am un yn perthyn i rywun arall. Ond 'na'r hen
blismon ddim mynd i ffwrdd. 'Roedd o'n sefyll yn y drws ac yn deud bod rhaid
iddo fo gael chwilio'r tŷ. Chwilio'r tŷ, câi yn neno'r tad. Medda hi wrtho fo,
'Come along', a dyma hi'n martsio o'i flaen o i bob *room*. Wyddwn i ddim be i
'neud, achos 'roeddwn i'n gweld y baswn i'n colli Pinco, — dyna oeddwn i wedi'i
alw fo, — heblaw y stŵr fydda hefo modryb, ac 'wyrach y bydda rhaid i mi fynd i'r
jail hefyd os oeddan nhw'n meddwl mod i wedi'i ddwyn o. Ond jest meddyliwch
am y peth bach, fedrwn i ddim gadal iddo fo farw, achos 'dw i'n siŵr mai marw
basa fo. Pan ddaethon ni at ddrws y llofft oedd â chlo arni hi, dyma modryb yn
trïo egluro i'r plismon na fydda neb byth yn mynd iddi hi, a bod y goriad gin
f'ewyrth. '*Very sorry, mum,*' medda fo, ond 'roedd rhaid iddo gael gweld beth
oedd 'na, a dyma modryb yn troi ata i, achos mi 'roeddwn i wedi'u canlyn nhw'n
ara deg, ac yn peri i mi fynd i alw ar f'ewyrth. Mi ddaru mi ddeud wrth hwnnw
beth oedd yr helynt wrth fynd i fyny'r grisia. ''Does dim help, Sioned,' medda fo,
'rhaid i Pinco fynd,' ac mi oedd o'n edrach reit ddigalon hefyd. Pan ddaethon ni i
dop y *landing*, dyma modryb yn deud, '*Open the door, Thomas. I can't make this
man believe but that we have a dog hidden here somewhere.*' Agorodd f'ewyrth y
drws, a tasach chi'n gweld gwynab modryb pan welodd hi Pinco yn neidio oddi ar
y soffa ac yn rhedag ata i ac at f'ewyrth bob yn ail fel tasa fo'n methu gwybod prun
oedd o falcha 'i weld. Mi ddaru f'ewyrth ddeud yr hanas wrth y plismon, a 'doedd
dim isio fi fynd i'r *jail*. Fedrwn i yn 'y myw beidio crïo wrth weld yr hen Binco
bach yn mynd o dan gesal y plismon mawr; ac mi oedd o'n edrach arna i fel tasa
fo'n gofyn beth oeddwn i'n adal iddo fo fynd â fo. 'Roedd modryb yn meddwl mai
crïo am bod hi'n dwrdio 'roeddwn i. '*You ought to cry,*' medda hi. '*I never saw such
a girl. We'll have all the stray cats and dogs in London here next, I suppose.*'

Wedi i Pinco fynd, mi oeddwn i'n fwy digalon nag erioed, ac yn trïo meddwl
sut oeddwn i'n mynd i fyw am jest i ddeng mis 'chwanag yno heb fynd adra.

Un nos Sadwrn mi oeddwn i'n mynd i fyny'r grisia i fynd i ngwely, ac yn sefyll
ar y *landing* cynta cyn cychwyn i watsiad y bobol yn pasio yng ngola'r lampia yn y
stryd, pan ddaru cloch drws y ffrynt ganu. 'Roedd y forwyn ar ganol golchi'r
grisia cerrig oedd yn mynd i lawr i'r *passage* lle 'roedd y siop, a dyma hi'n mynd i
agor y drws, ac mi safis i lle 'roeddwn i yn methu gwybod pwy alla fod 'na mor
hwyr, ac mi glywis rywun yn gofyn amdana i. Mi neidiodd 'y nghalon i i ngwddw
i, a dyma fi'n rhoid dwy naid i lawr y grisia rheini ac yn tynnu bwcad dŵr y
forwyn ar f'ôl nes oedd 'y ffrog i yn 'lyb doman a'r dŵr yn rhedag fel afon i lawr ar
hyd y *passage*. Ond beth oedd waeth gin i am y cawn i gyrraedd Bob, achos Bob
oedd 'no, a dyna lle 'roeddwn i â nwylo am 'i wddw fo yn crïo ac yn chwerthin ar
unwaith, a'r forwyn yn sbïo arna i a'i cheg yn ygorad fel tasa hi'n meddwl mod i
wedi drysu'n lân. A modryb a f'ewyrth a Mr Jones a'r ddau brentis yn dwad i ben
y grisia i edrach beth oedd y stŵr, a dyna lle 'roeddan nhw'n sefyll yn chwerthin
am 'y mhen i, ond be oedd waeth gin i, mi oedd Bob wedi dwad. 'Roeddwn i'n
methu coelio bron fod o'n ista wrth y bwrdd yn byta 'i swpar, ac mi oeddwn i'n 'i
dwtsiad o o hyd i edrach oedd o yno mewn gwirionedd. Ac mi oedd arna i ofn
tynnu 'y llygad odd arno fo rhag ofn iddo fo ddiflannu i rywla. Mi 'steddis wrth 'i
ochor o o'r diwadd. 'Roedd modryb yn chwerthin am 'y mhen i, ac yn deud,
'Dear me, Janet, he might be your sweetheart the way you carry on.' 'Sweetheart'
iddi hi wir! Oedd hi'n meddwl tybad y medrwn i garu rhywun fel oeddwn i'n
caru Bob 'y mrawd, a tasa gin i gariad y baswn i mor wirion â dangos iddo fo mod
i'n caru dim arno fo.

Bora Sul, wedi i mi ddeffro, mi 'chrynis i rhag ofn mai wedi breuddwydio
'roeddwn i fod Bob wedi dwad, ac mi godis mewn munud, ac mi oeddwn i lawr o
flaen neb, a 'mhen rhyw ddau funud mi ddoth Bob i lawr, ac mi geuthon ni sgwrs
iawn cyn i'r lleill ddwad, achos codi'n hwyr ofnatsan fyddan nhw yn nhŷ f'ewyrth
ar ddy' Sul.

Y peth cynta 'nath Bob oedd cydiad yn 'y nwy fraich i a mynd â fi at y ffenast ac
edrach arna i'n ddifrifol, ac wedyn gwthio 'y ngwallt i odd'ar 'y nhalcan i fel bydd
o'n gneud weithia, a dyma fo'n deud wedyn, 'Oeddwn i'n meddwl wrth dy lythyr
di' ('doeddwn i ddim wedi deud dim 'dw i'n siŵr), 'nad oeddat ti ddim rhyw
sbrydol iawn, Sioned, ac mi benderfynis y baswn i'n dwad i dy nôl di adra. 'Dydi
mam ddim yn gwybod i be 'dw i wedi dwad, achos 'doedd waeth peidio gneud
stŵr cyn cychwyn; ond 'dw i'n credu na 'neith hi ddim dwrdio llawar iawn.' Pan
glywis i be oedd Bob yn ddeud wyddwn i ddim be 'nawn i, mi oeddwn i mor
falch. Mi faswn i'n medru dawnsio rownd y parlwr neu osod y cadeiria'n rhes a
neidio trostyn nhw fel byddwn i'n neidio dros tocia pan oeddwn i'n fychan. Mi
ddeudodd Bob yr hanas i gyd wrtha i hefyd, am Pero, ac am 'y nhad ac am Twm

Tŷ Mawr a Maggie Tanrallt, ac am bawb a phopeth. 'Ddyliwn i fod mam wedi cael rhyw hogan bach o forwyn wedi i mi fynd, ond 'i bod hi wedi'i gyrru hi i ffwrdd ymhen yr wythnos. 'Doedd hi ddim yn medru glanhau ddigon glân i blesio mam; 'ac mae hwyr i ti ddwad adra, Sioned,' medda fo, ''dw i'n credu y bydd reit dda gin mam dy gael di'n ôl.' Tasach chi'n gweld yr holl betha 'roedd mam wedi'i yrru hefo Bob, 'roedd hi wedi cofio am dorth tan badall hyd nod, ac wedi peri Bob ddeud 'i bod hi'n ffres ddy' Gwenar, a'r menyn wedi 'neud bora Sadwrn cyn iddo fo ddwad. Mi *oeddan* nhw'n dda hefyd, ac mi oedd 'na wy wedi fy iâr wen 'i ddodwy.

Pan ddeudodd Bob wrth modryb mod i i fynd hefo fo adra, mi oedd hi'n flin ofnatsan, ac yn deud y basa Miss Pinch yn dwrdio'n fawr am fynd â fi o'r ysgol ar ganol y *term*. Ond be oedd waeth gin Bob befo nhw. Y dy' Llun mi ath Bob â fi allan, ac mi welis i fwy o ryfeddodau Llundan yn y diwrnod hwnnw nag oeddwn i wedi weld drwy'r amsar buo mi yno. Mi oeddan ni'n pasio rhyw siop yn llawn o bob math o ryw hen gelfi hen ffasiwn, a dyma fi'n gweld cwpan 'run fath yn union â honno dorris i i mam ystalwm, a dyma fi'n deud wrth Bob, ac mi ath i mewn ac mi ddoth â hi i mi wedi'i lapio mewn papur.

'Faint oedd hi, Bob?' meddwn i.

'Pymtheg swllt,' medda fo. Glywsoch chi rotsiwn beth? Yn dydi dynion yn betha disynnwyr? Jest meddyliwch, rhoi pymtheg swllt am gwpan de. Mi siarsis i o'n bendant na fasa fo ddim yn deud wrth mam faint oedd o wedi roi amdani hi, neu ni fasan ni byth yn clywad y diwadd; achos, er bod hi'n dwrdio cymint am dorri y gwpan, 'dw i'n meddwl mai am bod hi'n un o gwpana'i nain hi oedd hi'n trin cymint, ac nid am werth y gwpan, ac felly fasa hi ddim yn gweld o'n beth call iawn rhoi cymint am gwpan o'r siop, er bod hi'r un batrwm â'r lleill.

Fedra i ddim deud wrthach chi mor dda oedd gin i gychwyn gartra hefo Bob. Mi redis i fyny i'r hen giarat bach ac i'r llofft i ddeud *goodbye* wrthyn nhw cyn mynd. Mi fydda i'n meddwl am y giarat honno reit amal, ac yn meddwl tybad fod yr hen adar bach yn synnu bod nhw ddim yn cael briwsion rwan. O dan y ffenast honno yn y to ddaru mi grïo mwya yn fy oes 'dw i'n meddwl. Mi 'roedd braidd biti gini ddeud *goodbye* wrth f'ewyrth, a Mr Jones, druan, mi oedd o'n edrach mwy truenus fyth. 'Doeddwn i ddim yn hidio ryw lawar ffarwelio â modryb. 'Doedd hi ddim yn meddwl bod yn frwnt wrtha i, ond mi oedd hi'n trïo ngneud i'n wahanol i beth oeddwn i, a fedrwch chi ddim newid natur neb, tasach chi'n trïo am byth.

Mi *oedd* mam wedi synnu pan welodd hi fi. 'Doedd 'y nhad dim. 'Wel, ddoist ti adra, Sioned?' medda fo, reit bethma, pan welodd o fi. 'Dw i'n meddwl 'i fod o'n deall negas Bob yn Llundan. Mi oedd mam yn trin dipyn ac yn deud, 'Bydd pobol yn meddwl nad ydan ni ddim yn gall yn d'yrru di i'r ysgol am flwyddyn, a chditha yn dwad adra 'mhen deufis. Welis i rotsiwn hogan â chdi 'rioed. 'Doedd dim achos i chdi wrando arni hi, Bob, a dwad â hi gartra. Taswn i'n gwybod mai dyna fasat ti'n 'neud cheuthat ti fawr fynd, ffeiai chdi.'

A dyma Bob yn mynd ati hi ac yn deud, 'Peidiwch â dwrdio, mam bach.' Bydd mam yn toddi mewn munud pan fydd Bob yn siarad yn dynar fel oedd o rwan. 'Fasa wiw meddwl am adael Sioned dorri'i chalon gan hiraeth yn fan honno, yn na fasa rwan?' A ryw ffordd neu'i gilydd, mi ddoth â hi ati'i hun, a 'dw i'n meddwl bod reit dda gini hi hefyd mod i gartra. Tad, tasach chi'n chlywad hi'n trin ar yr hogan forwyn honno fuo gini hi! A tasach chi'n chlywad hi'n f'holi i ar gownt f'ewyrth, ffasiwn le oedd 'na, a be fyddan nhw'n 'neud yno. A dyna lle byddwn i'n deud yr hanas i gyd. Y peth fydda Bob yn licio ora oedd gneud i mi ddangos iddo fo sut bydda Miss Jemima wrthi hi hefo'r *'poetry'*. Mi fydda'n gneud i mi sefyll ar ben cadar, ac wrth 'y mod i'n o dal eisus, a distia'r gegin yn o isal, mi fyddwn yn trawo 'y mhen yn y darna becyn oedd yn hongian yno, ac un diwrnod mi ddisgynnodd un ar y bwrdd crwn i ganol y llestri te, nes oeddan nhw'n neidio o un pen i'r gegin i'r llall. 'Doedd 'na'r un wedi'i gadal yn gyfa. Raid i mi ddim deud wrthach chi be fuo wedyn, ond chefis i ddim actio Miss Jemima byth wedyn. Mi roth mam dyc ym mhob un o fy ffrogia i, i'w cwtïo nhw, ac mi oedd hi'n deud y drefn yn ofnatsan fod modryb mor fusnesgar â'u llaesu nhw.

Fy Nghefndar o Lundan

MAE Harold nghefndar wedi bod acw'n aros, a 'dydw i ddim yn 'i licio fo'n tôl. A dyma fel buo iddo fo ddwad. Dipyn ar ôl i mi fod yn Llundan mi ddoth acw lythyr i Bob orwth modryb. Mi 'roedd mam yn nabod y 'sgrifan; a dyma hi'n deud, ''Sgwn i be sani hi isio rwan.' Achos mi fydd mam yn deud na fyddan ni byth yn clywad orwth modryb os na fydd arni hi isio rhywbath; ond chwara teg iddi hi hefyd, mi fydd yn gyrru Crismas ciard bob un i ni 'Dolig. Llun Castall Llundan oedd ar yr un ges i orwthi hi 'Dolig dwaetha. Mae Bob yn deud mai Tŵr Llundan sy isio ddeud, ac nid Castall; ond fydda i byth yn cofio, achos mae o'r un fath â chastall yn y llun. Mi ddaru Bob agor y llythyr, a mam yn gweitiad i glywad be oedd wedi gneud i modryb sgwennu, ac mi oedd 'y nhad yn codi'i lygaid hefyd fel tasa fynta'n disgwyl rhywbath allan o'r cyffredin.

'Wel?' medda mam wrth Bob, pan welodd hi 'i fod o wedi gorffan 'i ddarllan o.

'Mae Harold wedi bod yn sâl, ac mae'r doctor wedi ordro fo ddwad i'r wlad am newid aer, ac mae modryb yn gofyn geith o ddwad yma.'

'Wedi bod yn sâl! O dyn a'i helpo, y creadur gwirion! Siŵr na moedro'i ben gormod hefo llyfra mae o wedi 'neud; ac os na chymi *di* ofal, Bob, mi ei ditha'n wael, yn dwndro wrth ben yr hen lyfra Susnag 'na dan berfeddion yn llosgi tân a gola. Mae llyfr yn 'i bryd yn iawn. 'Does neb wedi cael cimin o blesar â fi yn *Adgofion Ambrose*, ond faswn i byth yn meddwl am beidio mynd i ngwely tan oria mân y bora er mwyn 'i ddarllan o. Wn i ddim be ddaw ohonot ti os na pheidi di, mae dy lygaid di wedi sincio o'r golwg bron.'

Mae Bob wedi mynd i aros i fyny yn hwyrach na fydda fo, ys tipyn rwan, ac mae mam yn flin ofnatsan wrtho fo, ac yn trin ar bob cyfla geith hi.

'Ffeia i,' medda hi wedyn, 'cheith Harol' ddim cydiad mewn llyfr tra bydd o yma, os medra i 'i rwystro fo, achos mae'n siŵr na dyna be mae o wedi'i 'neud. 'Dw i'n gweld gwraig Twm yn gall iawn 'i yrru o yma, lle ceith o ddigon o lefrith da, a wya ffres. Pryd mae o'n dwad ddaru ti ddeud?'

''Dydi hi ddim yn deud, ddim ond gofyn geith o ddwad,' medda Bob.

'O wel, sgwenna rhag blaen, i beri iddo fo ddwad gynta medar o.'

Mi oedd arna i ofn garw y basa mam yn gneud stŵr 'run fath â 'nath hi cyn i f'ewyrth a modryb ddwad acw yn yr ha', ac yn tynnu'r tŷ am 'i phen. Ond mi ddaru fodloni ar ddim ond troi y llofft lle 'roedd Harold i gysgu yni hi allan, a gneud i mi'i sgwrio hi hefo sebon meddal. Mae gin mam feddwl ofnatsan o sebon meddal. Fydda i ddim yn 'i licio fo, achos mi fydd 'y nylo fi'n un icia, ac yn llosgi am ddyrnodia ar ôl 'i iwsio fo; ond waeth i mi heb â chwyno wrth mam, 'neith hi ddim ond deud,

'Paid â chyboli, da chdi wir, sebon meddal yn torri dy ddylo di? Choelia i fawr, meddwl 'rwyt ti.'

Rhaid i mi ddeud ar y dechra na ddaru Harold ddim cychwyn yn iawn hefo mam, ac mi ddaru ddarfod yn waeth. Peth cynta 'nath o oedd gyrru llythyr i ddeud wrth Bob y bydda fo acw nos Ferchar. Mi 'dach chi'n gwybod mai nos Ferchar ydi noson seiat acw, a fedar mam ddim diodda colli'r seiat. Mi fydda i'n meddwl weithia y baswn i'n licio tasa mam yn aros gartra mwy, achos mi fydda i'n 'i chael hi gini hi'n amal iawn. Dyma fel bydd hi'n deud bora ar ôl y seiat, 'Fel oedd Owen William,' neu pwy bynnag fydda wedi bod yn siarad, 'yn deud nithiwr, wyt ti'n cofio, Sioned?' Ac mi fydd rhaid i mi ddeud na fydda i ddim yn cofio be fydd Owen William wedi ddeud, ac mi fydd mam yn dechra trin fel bydd hi, wyddoch. 'Welis i 'rioed hogan 'run fath â chdi. 'Dwn i ddim be ddaw ohonot ti, dyma chdi yn mynd yn ddeunaw oed,' — piti na fasa mam, gin bod hi'n 'y ngweld i mor hen, yn gadal i mi godi ngwallt, — 'chofi di ddim gair o be fydd yn cael 'i ddeud yn y seiat yr un nos Ferchar, ac ar y Sul, waeth i mi ofyn i'r ci 'na — Dos i lawr! (Pero, druan, wedi codi'i draed ar 'i glin hi wrth 'i gweld hi'n edrach arno fo) — na gofyn i chditha be oedd adnod y testun. Chofi di ddim cimin â pwy fydd i bregethu Sul nesa. 'Dwn i ddim sut mae hi ar dy enaid di, na wn i wir.' Ac mi fydd mam yn ysgwyd 'i phen, ac yn edrach yn sobor, ac yn deud y geiriau dwaetha mewn llais digalon iawn; a wir, mae arna i ofn 'y mod i'n ddrwg iawn, ond 'does gin i ddim o'r help. Mi fydda i'n mynd i'r capal amball i fora Sul wedi gneud y meddwl i fyny y gna i wrando ar bob gair 'neith y pregethwr ddeud, ond cyn bydda i wedi ista dau funud mi 'naf 'wyrach ddigwydd edrach ar Elin, a fedra i ddim peidio meddwl mor glws ydi hi, ac nad oes dim rhyfadd fod Bob mor arw amdani hi. Tasach chi'n 'i gweld hi yn ista yn 'i sêt ryw ddy' Sul yn y capal! Mae gini hi un o'r hetia mawr gwyn ffasiwn newydd 'ma, a'r ymyl yn miga moga, wyddoch, a rhosus pinc arni hi, rhyw rosus bach, jest yn dangos 'i blaena fel sy'n gweld yng nghlawdd y ffordd sy'n mynd i'r hen Goed-y-Nant. Mae'r rhan fwya o'r genod 'na'n edrach yn wirion ofnatsan mewn hetia fel'na; ond mae hi jest yn siwtio Elin, ac mae 'i bocha hi jest 'run lliw â'r rhosus bach, — ddim yn goch, wyddoch, — ac mae gini hi un o'r coleri 'ma wedi'i gneud o ryw fyslyn meddal wedi'i rwshio, 'dw i ddim yn cofio be maen nhw'n 'i alw fo, ond mae o'n edrach fel mân blu'r cywion gwydda, ond fod o'n wyn yn lle melyn. A dyna lle bydd hi'n ista, a'r haul yn twynnu o'r ffenast tu nôl iddi hi ar 'i gwallt hi o dan 'i het, nes bydd o'n sgleinio fel aur, ac mi fydd yn sbïo ar y pregethwr a'i llygada hi'n edrach — fedra i ddim deud wrthach chi sut. Ac weithia mi 'neith edrach ar Bob, ac mi fydd 'i gwynab hi'n cochi i gyd drosto i lawr at ymyl y rwsh gwyn am 'i gwddw hi.

O *mae* Elin yn glws.

Ne os na 'na i ddigwydd edrach ar Elin, mi fydda i'n siŵr o edrach drwy'r ffenast sy wrth yn sêt ni, ac mi fydd llunia pob math o betha rhyfedda ynyn nhw, ac mi fydd y pregethwr wedi deud 'i destun ys meitin iawn, a fydd gin i ddim i ddeud wrth mam wedi mynd adra, a fydd rhaid i mi wrando arni hi'n trin. Ac wedyn ar nos Ferchar, pan fydda i'n meddwl y gna i wrando'n iawn, mi fydd gŵr Gwen Jones yn siŵr o siarad, ac mae gino fo ryw ffordd o ddeud 'hy' ar ôl pob gair bron, 'does gino fo ddim help y creadur, ond *mae* o'n swnio'n smala na fedra i ddim deud wrthach chi, ac mi fydd rhaid i mi feddwl am rywbath arall er mwyn i mi beidio chwerthin, a'i chael hi'n waeth byth gin mam.

Ond sôn am Harold 'roeddwn i. Pan glywodd mam fod o'n dwad nos Ferchar, dyma hi'n deud,

''Neno'r taid annwyl, pam na fasa fo'n dwad ddy' Mawrth ne Ddifia? Dyna! fydd rhaid i ddau ohonon ni aros yn tŷ. Mi fydd rhaid i Bob fynd i nôl o hefo'r car i'r dre at y trên saith, a finna aros i fewn. Fasa waeth iddo fo ddwad ddy' Mawrth ne Ddifia 'run tamad erioed.' Ac mi oeddwn i'n disgwyl 'i chlywad hi'n deud wrth Bob am sgwennu ato fo i ddeud wrtho fo am ddwad ar un o'r ddau ddiwrnod rheini. Mi 'nes i gynnig aros adra er mwyn i mam fynd i'r capal, ond mi ddaru sbïo arna i fel tasa hi'n meddwl nad oeddwn i ddim reit gall; a dyma hi'n dechra arni hi fel bydd hi pan fydd hi'n meddwl y bydda i wedi dangos diffyg synnwyr cyffredin, chwadl hitha. 'Welis i'r un tebyg i ti am ddeud y petha gwiriona. Pryd 'nei di ddysgu iwsio dy synnwyr cyffredin, dwad? Mi *fasa* yn beth neis, yn fasa fo rwan?' Ac mi roth mam blwc i gongl y llian bwrdd i 'neud o'n wastad, ond 'i neud o'n gamach ddaru hi. 'Mi fasa'n beth neis i Harol' ddanfon adra a deud wrthi *hi* yn bod ni wedi'i wadd o yma; ac wedyn pan ddoth o, neb yn y tŷ i dderbyn o.' 'Dwn i ddim be oedd mam yn feddwl oeddwn i, ond mae'n blaen 'i bod hi'n meddwl nad oeddwn i neb i dderbyn Harold. 'Doedd arna i ddim isio mynd i'r capal y noson oedd o i ddwad. Mi faswn yn licio mynd hefo Bob i'r dre i'w gwarfod o. Y peth gora o ddim gin i ydi mynd hefo Bob yn y car i rywla. Mae o'n un mor ddifyr, ac mi fydd yn deud hanas petha wrtha i wrth fynd, ac yn dangos pob math o betha na faswn i byth yn meddwl am edrach arnyn nhw. A'r noson yma mi oedd Bob wedi meddwl y basa fo'n licio i mi ddwad hefo fo hefyd, a dyma fo'n deud wrtha i pan oedd o'n mynd i roi'r ferlan yn y car, 'Rhed i nôl dy gôt, Sioned, gael i ti gael dwad hefo fi. Mae hi'n braf ofnatsan, ac mi gawn weld yr haul yn mynd i lawr yn *splendid* tu nôl i'r Foel.'

Mi oeddwn i'n meddwl y baswn i'n medru cychwyn heb i mam 'y ngweld i, achos mi oeddwn i'n gwybod y basa hi'n gneud stŵr, er nad oeddwn i ddim yn meddwl y basa hi'n fy rhwystro i wrth fod Bob isio fi fynd, a dyma fi'n rhedag i'r llofft ac yn rhoi'n jecad amdana, ac wrth i mi roi f'het noson waith am 'y mhen ac edrach yn y glás, mi ddaru mi feddwl bod hi'n edrach yn o flêr i fynd i'r dre, a

dyma fi'n estyn fy het ora, a ffwrdd â fi i lawr y grisia. Mi oedd y car wrth y drws a
Bob yn ista yno fo, a'r *reins* yn 'i law, a mam yn sefyll yn y ffordd wrth 'i ochor o,
ac yn siarsio ar Bob beidio anghofio dwad â rhywbath o'r dre. 'Dyna'r cwbl,'
medda hi, 'cofia di beidio anghofio coffi o dŷ Evan Owen, mae o'n cadw coffi
gwell na neb. Dos rwan, ne mi fyddi ar ôl.' A dyna hi'n symud orwth ochor y car
ac yn 'y ngweld i'n dwad trwy'r giat. 'Be wyt ti wedi gwisgo amdanat mor fuan,
Sioned?' medda hi. ''Dydi hi ddim yn amsar capal am hannar awr.' A dyma hi'n
gweld fy het ora i, a *dyma* hi'n sbïo, 'Be ma'r het yna'n dda am dy ben di? Dos 'i
thynnu hi mewn munud. Mi wyt ti'n mynd yn falchach bob dydd, mae'r het fach
ddu honno'n ddi-fai i ti fynd i'r capal noson waith.'

'Tyd, Sioned,' meddai Bob.

'Mi ydw i'n mynd hefo Bob i'r dre.'

'Be 'di dy feddwl di, dywad, a chditha'n gwybod nad oes 'ma neb ond dy dad i
fynd i'r seiat? Yn wir Bob,' meddai hi, dan droi at y car, 'mi wyt ar fai hefo'r
hogan 'ma. Mae hi wedi'i difetha, dyma hi, rhwng dy dad a chditha. A dyma
chdi'n ymdroi yn y fanma, mi fydd y trên i mewn a'r hogyn Harol' 'na'n methu
gwybod lle i fynd. Cychwyn wir.'

'Gadewch iddi hi ddwad am dro, mam,' a dyma Bob yn edrach arni hi fel bydd
o pan fydd arno fo isio mam 'neud rhywbath fydd arno fo isio, ac mi fydd mam yn
siŵr o 'neud hefyd. Ond mi ddaru droi'i phen draw y tro yma.

'Gadael iddi hi ddwad, wir! Dos yn dy flaen fel 'dw i'n deud wrthat ti.
A Sioned, dos ditha i dynnu'r het 'na a dy gôt hefyd. Mae gin i isio iti dynnu clwt
hyd y llwya te gora 'na cyn mynd i'r capal, ma digon o amsar.' 'Doedd gin Bob
ddim byd i 'neud ond deud 'Tyd, y mechan i,' wrth Bet, a gweddi wrth iddo fo
gychwyn arna i, 'Hidia befo, Sioned, mi â i â chdi at yr hen gastall ryw noson
'rwsnos nesa.'

Er bod mam yn gweiddi arna i i ddwad i'r tŷ, mi sefis yn edrach ar ôl yr hen gar
tan aeth o o'r golwg; ac mi 'roeddwn i'n teimlo y baswn i'n licio cael crei iawn
wrth feddwl mor braf y basa hi wrth ochor Bob, ac fel y basan ni'n gwatsiad yr
haul yn mynd fesul tipyn tu nôl i'r Foel, nes y basa fo o'r golwg, a'r awyr fel tasa fo
ar dân, a'r hen Foel fel rhyw lwmp mawr du ar barad coch. *Mae mam yn gas
weithia hefyd.* Mi fuo raid i mi dynnu f'het ora. Fasa hi ddim llawar gwaeth, achos
mi oedd hi gin i ers yr ha' cynt. 'Doedd hi ddim 'run fath â tasa hi'n newydd, ac
mi fuo raid imi rwbio'r llwya hefo'r lledar bwff fydd mam yn gadw yn drôr y
dresar, ond 'doeddan nhw ddim mymryn gloywach ar ôl imi ddarfod, achos mi
oeddan nhw gyn loywad ag oedd posib iddyn nhw fod cynt. Chlywis i ddim byd
oeddan nhw'n ddeud yn y seiat y noson honno, achos mi oeddwn i'n trïo meddwl
sut un fydda Harold. Tybad fydda fo'n debyg i Bob?

Y peth cynta welis i wedi dwad adra oedd bocs lledar melyn, hir, fel hwnnw
fydd gin frawd gwraig Tŷ Ucha pan fydd o'n dwad yno ar 'i holides. Mi fydda i'n

'i weld o'n pasio yma, wyddoch, yn y car, a'r bocs lledar tu nôl iddo fo. Dyna lle 'roedd y bocs 'ma yn sefyll wrth ddrws y ffrynt, a bocs llai, 'run fath â hwnnw oedd gin f'ewyrth yn dal 'i het silc, ond ddaru mi ddim meddwl pan welis i'r ddau focs gynta mai het silc oedd yn y llia. Mi ddaru mi ddeall mewn munud mai petha Harold oeddan nhw, a dyma fi'n agor drws y gegin fawr ac yn mynd i fewn. Ac O! bobol bach, mi oeddwn i jest â chrio yr ail dro y diwrnod hwnnw. Mi *oeddwn* i wedi f' siomi, 'doedd Harold ddim byd tebyg i be oeddwn i wedi feddwl. Mi oedd o'n ista wrth y bwrdd newydd ddarfod byta, a phan ddois i i fewn, dyma fo'n codi ac yn deud wrtha i, '*So, this is Janet. How are you?*' mewn rhyw lais tebyg iawn i'r hen hogyn hwnnw fedrwn i mo'i ddiodda pan fyddwn i'n mynd hefo modryb allan i swpar, yn Llundan ystalwm, rhyw hen lais llipa felly, ac mi oedd golwg llipa arno fo i gyd, nid golwg gwael cofiwch, ac mi oedd o'n ysgwyd llaw hefo chi fel tasa fo'n hannar cysgu. Mi oedd o'n edrach 'run fath yn union â tasa fo'n meddwl 'i bod hi'n ormod o draffarth gino fo fyw. 'Doedd o ddim gyn dalad â fi; ac er mod i'n bur dal o hogan, mi oedd o'n edrach yn fychan iawn. Mi oedd o'n llwyd iawn yn 'i wynab. Llygada glas oedd gino fo, a rheini'n edrach fel tasan nhw'n gneud sbort am ben pob peth, — nid sbort diniwad 'dw i'n feddwl, fel fydd Bob yn 'neud, ond fel tasa fo'n sbeitio felly. Mi oedd o wedi gwisgo amdano'n swel iawn; a tasach chi'n gweld 'i sgidia fo, mi 'roeddan nhw'n loyw, loyw, a gwadna tena iddyn nhw, ac mi oeddwn i'n meddwl yna fy hun y bydda golwg braf arnyn nhw tasa fo'n mynd i waelod y Cae Hir ar ôl cafod o law.

Mi fuo Harold acw am fis, ac mi oeddwn i wedi mynd i gasáu o'n fwy bob dydd. Fedra i ddim deud i chi hen hogyn mor anghynnas oedd o. Mi fydda'n smocio rhyw getyn papur bydda fo'n alw'n sigaret, yn ddibaid; ac mae rhyw hen ogla mwya ffiadd arnyn nhw. Fydda i ddim yn meindio piball cimint. Mi fydd Bob yn smocio, wyddoch, a nhad hefyd, ond ddim yn ddibaid byth a hefyd, fel bydd rhai. Dyna Dic, brawd Maggie Tanrallt, welwch chi byth mono fo heb getyn yn 'i geg. 'Dach chi'n 'i gwarfod o ar ganol y pentra, dyna lle bydd o'n mygu fel simdda ar dân, a'r peth cynta 'neith o ar ôl dwad allan o'r capal ddy' Sul fydd gola'i biball. Fydda i ddim yn cytuno â phob peth fydd mam yn ddeud, fel y gwyddoch chi'n eitha da, ond mi fydda i'n meddwl 'i bod hi'n deud y gwir pan fydd hi'n deud nad oes dim byd hyllach a mwy isal. Fydd Bob byth yn gneud ffasiwn beth. Mi oedd mam reit stowt wrth Harold am 'i fod o'n smocio cimint, achos mi fydda'n ista yn y parlwr gora a'i ddau droed un ar bob post y simdda pîs, yn smocio'r hen sigarets 'na o hyd. Fydd mam ddim yn hidio am i neb smocio yn y parlwr gora, achos mae'r mwg yn difetha'r cyrtans, a fydd Bob byth yn gneud.

Mi oedd mam yn meddwl fod Harold yn sâl iawn wrth 'i weld o'n edrach mor llwyd; ac mi fydda yn 'i gwaith yn pwnio llefrith iddo fo bob cyfla ga hi. Ond 'doedd hi ddim yn cael 'i ffordd 'i hun hefo fo fel bydd hi hefo pobol erill, achos os na fydda Harold isio llefrith, mi ddeuda reit ddigyffro, '*I really can't drink it, aunt,*' a fydda dim iws i mam sefyll wrth 'i ben o hefo'r glás 'run fath â ddaru hi hefo Jacob Jones, ystalwm, hefo'r powliad posal. Mi oedd mynadd Harold yn fwy na mynadd mam, ac mi fydda rhaid iddi hi fynd â'r glás yn 'i ôl yn llawn; ac amsar brecwast, os na fydda Harold yn teimlo'n barod i fyta fwy nag un wy, mi fydda'n gadal y ddau arall oedd mam wedi rhoi ar 'i blât o ar 'i ôl, a 'doedd waeth i mam beidio â deud 'u bod nhw 'newydd 'u dodwy' y bore hwnnw, a bod hi'i hun wedi bod i nôl nhw yn y nyth. Ac mi 'roedd hi reit flin wrtho fo; ond 'dydw i ddim yn meddwl bod rhyw lawar o helynt arno fo, ac mi gafodd mam sbario trin ar gownt llyfra, achos welis i mono fo'n cydiad mewn un tra fuo fo acw.

Peth arall oedd mam yn stowt ofnatsan wrth Harold oedd 'i fod o wedi 'cáu â malu iddi ryw noson, pan oedd Bob a nhad ddim ar gael, a hitha isio swpera'r ferlan. Mi oedd o wedi mendio'n iawn erbyn hyn; mi oedd mam hyd nod yn deud hynny, ne fase hi byth yn meddwl am ofyn iddo fo. Mi ddaru mam 'i gneud hi'n ofnatsan hefo'r malu 'ma un tro. 'Dydw i ddim yn meddwl mod i wedi deud amdani hi. Rhyw nos Sul oedd hi. Mi oedd 'y nhad wedi cael annwyd, a mam yn deud bod rhaid iddo fo aros yn y tŷ y noson honno. Jest ar ôl i Bob fynd i'r cwarfod canu, dyma forwyn Tŷ Ucha acw i ofyn i mam fedra hi ddim gadal i'r pregethwr gysgu yn tŷ ni y noson honno, — yr oedd y mis yn digwydd bod yn Tŷ Ucha, — bod un o'r plant yn sâl iawn hefo dolur gwddw, a dyma mam yn deud y ceutha fo mewn munud.

'A,' medda'r forwyn, 'nid Tomos Huws Tocia sy i fod heno; ond, O! 'r tad, 'dydw i ddim yn cofio pwy ddudodd mistras. 'Neno'r dyn pa enw roth hi ar y dyn? Ond 'dydi o fawr o ots.'

Mi oedd mam wedi bod yn glanhau y tŷ i gyd yr wythnos cynt, ac felly wrth fod pob man fel pin mewn papur, 'doedd hi ddim mor flin â fasach chi'n meddwl wrth gael gyn lliad o rybudd fod y pregethwr i gysgu acw. Wel, mi aethon ni i'r capal i chi, a faswn i'n meddwl fod y pregethwr yn pregethu yn dda iawn wrth fel oedd Bob yn gwrando arno fo, ac mi oeddwn i yn 'i licio fo hefyd.

Mi ath mam allan cyn y seiat, am fod y pregethwr i fod acw, a bod 'y nhad ddim yn teimlo'n dda. Wedi i mi fynd i'r tŷ, dyma hi'n gofyn i mi,

'Ddaru ti notisio be oeddan nhw'n galw'r dyn 'na yn y seiat, Sioned?'

'Naddo wir,' medda fi.

'Naddo, wrth gwrs,' medda hi. ''Dw i'n methu gwybod pwy oedd o, 'dydw i ddim yn cofio'i weld o o'r blaen, fuo fo 'rioed yn aros yma i mi wybod. Oes gin ti ryw go amdano fo?' Ond 'nes i ddim ond ysgwyd 'y mhen. Fasa waeth i mam ofyn i bost y llidiart na gofyn i mi pwy oedd yr un pregethwr fydd yn pregethu yn yn capal ni, achos fydda i byth yn nabod 'run ohonyn nhw wrth 'u henwa, 'eblaw na fasan nhw wedi bod yn aros acw'n o amal, ne rywun fydda i ddim yn 'i licio, fel Jacob Jones, ne rywun felly, — mi fydda i'n cofio enwa rheini'n iawn. Rhywsut, mi fydda i'n gweld y pregethwrs 'ma'n edrach reit wahanol pan fyddan nhw ddim yn y pulpud. Ond deud am mam 'roeddwn i.

Pan ddoth y pregethwr diarth i'r tŷ, dyma fo'n ista gyferbyn â nhad wrth ochor y tân, a dyma nhad yn estyn piball iddo fo; a dyna lle 'roedd y ddau yn smocio ac yn sgwrsio reit glên felly. Chlywis i 'rioed mo nhad mor rhydd hefo neb o'r blaen, achos un shei ofnatsan ydi o, wyddoch. 'Chydig iawn fydd o'n 'i siarad hefo ni yn tŷ hyd nod; ac mi oedd mam a fi yn synnu'i glywad o wrthi hi gimint. Mi faswn i'n meddwl wrth sgwrs y dyn diarth 'i fod o'n gwybod gryn dipyn am ffarmio; a wir, 'doedd o ddim yn annhebyg i ffarmwr, achos 'doedd o ddim yn gwisgo fel pregethwr yn tôl, ac mi oeddwn i'n meddwl, 'wyrach, mai rhyw bregethwr cynorthwyol felly oedd o, a fod o'n byw mewn tipyn o ffarm. 'Doedd dim posib peidio gwrando arno fo'n siarad rywsut, mi oedd o wrthi hi mor ddifyr yn deud hanas beth fydda fo'n 'neud pan oedd o'n hogyn, ystalwm, ac mi oedd o'n deud mai mewn ffarm oedd o wedi cael 'i fagu hefyd. Mi enwodd o'r lle hefyd, ond 'dydw i ddim yn cofio rwan, ta fatar am hynny. Mi oedd Bob heb ddwad i'r tŷ achos fod 'na gwarfod canu ar ôl y seiat, a thra oeddwn i'n gosod y bwrdd erbyn swpar mi ath mam allan i swpera, wrth fod 'y nhad wedi cael annwyd. Pen rhyw ddau funud dyma hi yn 'i hôl. Yn y gegin bach oeddwn i, a dyma hi'n deud,

'Welis i rotsiwn beth yrioed, Sioned, mae Bob' (mi fydd mam pan fydda i wedi gneud rhywbath o le yn siŵr o ngalw i'r hogan Sioned 'na, ond 'dydw i 'rioed yn cofio iddi hi ddeud yr hogyn Bob 'na, faint bynnag fydda fo wedi pechu) 'wedi anghofio malu neithiwr, a 'does 'na ddim briwsionyn. Be 'nawn ni, dywad? 'Dydi ddim iws i mi drïo 'neud o f'hun.'

'Dowch i mi'ch helpu,' medda fi, er mod i'n gwybod be fydda'r atab.

'Paid â chyboli petha gwirion, mi fydda dy law di yn yr injan ne rwbath cyn pen dau funud.' Mae mam yn meddwl 'y mod i fel plentyn dwy flwydd, ddim i'n nhrystio yn unman. Diar bach, tasa hi ddim ond gwybod y bydda i'n helpu Bob falu reit amal, 'dwn i ddim be fasa hi'n ddeud.

'Wel, hidiwch befo,' meddaf fi wedyn, 'mi ddaw Bob yma'n union.'

'Mae hi'n chwartar i naw rwan, bod yn byd pryd daw o; os ceith hogia Bryn Pistyll afal arno fo, mae'n debyg y bydd hi'n byrfeddion, achos unwaith y dechreuith y pedwar 'na ar 'u canu 'does dim diwadd arnyn nhw; 'dwn i ddim pwy blesar fyddan nhw'n gael, yn neno'r tad annwyl, y naill yn gweiddi ar draws y llall.'

Mae hogia Bryn Pistyll yn gantwrs ofnatsan, ac mi fyddan yn gneud i Bob fynd hefo nhw gartra ambell i nos Sul.

'O,' meddaf fi wedyn, 'mae Bob yn siŵr o gofio fod o heb falu nithiwr, ac mi fydd yma'n union.' Ond 'doedd mam ddim yn fodlon, mae hi'n meddwl os na fydd swpera drosodd erbyn naw nos Sul bod y byd ar ben, a dyma hi'n sefyll am funud yn edrach i'r tân, ac yn troi'i modrwy rownd 'i bys ac yn crychu'i thalcan fel bydd hi a Bob hefyd pan fydd rhywbath yn pwyso ar 'u meddwl nhw. Mae

Bob reit debyg i mam, wyddoch, ond fod o ddim yn edrach mor rhyw siarp, wyddoch, mae'i lygada fo'n fwy tynar, rywsut. Wedi iddi hi droi'i modrwy lawar gwaith dyma hi'n deud dan edrach arna' i,

'Hidiwn i ddim gofyn i'r dyn diarth 'ma ddwad hefo fi, Sioned, mae o'n edrach ac yn siarad fel tasa fo ddigon cynefin â gneud rhyw waith felly. Ond wedyn mae hi'n nos Sul. Mi 'neith feddwl yn bod ni'n flêr dros ben yn anghofio malu nos Sadwrn, ac na wyddon ni ddim sut i gadw'r Saboth. Ond mae'n debyg 'i fod o wedi gweld llawar i anlwc 'i hun o ran hynny. Mi 'fynna i iddo fo.'

Mi drïis i 'i rhwystro hi, achos mi wyddwn i y basa Bob yn dwad yn union; ond 'doedd dim iws i mi, a dyma hi'n agor y drws ac yn mynd i'r gegin fawr, ac mi clywn hi'n gofyn i'r pregethwr,

'Fydda rhwbath ginoch chi helpu fi falu dipyn? Mi anghofiodd y mab 'ma 'neud nithiwr, ac mae o heb ddwad i'r tŷ eto. Mae ginyn nhw gwarfod canu yn y capal, a welsoch chi 'rioed 'i fath o am ganu. 'Dydw i ddim yn licio i mistar 'ma fynd allan hefo ffasiwn annwyd, mi 'nes iddo fo yfad llond powlan o bosal dŵr nithiwr ac echnos, a 'dydi o ddim gwell heddiw, ac mae posal dŵr y peth gora wn i amdano fo. Welis i 'rioed mono fo'n peidio gneud llês, ond 'dw i'n credu bod o wedi bod allan heb i mi wbod ac wedi ail 'i gael o.'

Mi gododd y pregethwr odd'ar y gadar mewn munud, ac mi roth 'i biball ar y pentan; ac mi oedd o'n estyn 'i het, a phan gafodd o gyfla dyma fo'n deud,

'Gna'n neno diar annwyl.'

'Mae'n reit ddrwg gini hefyd,' medda mam wedyn, ac yn ail ola'r lantar oedd gini hi yn 'i llaw, — mi oedd hi wedi'i diffodd hi pan ddoth hi i'r tŷ rhag llosgi'r gannwyll. 'Ond mae'r hen ferlan bach 'na'n hen sopan bach mor fisi, phrofith hi'r un blewyn os na fydd o wedi'i falu, a bod yn y byd bryd daw Bob. Tasa Sioned 'ma fel byddwn i pan oeddwn i'n hogan, mi fasan yn medru gneud yn dwy yn iawn, ond 'dydi plant ddim 'run fath rwan â byddan nhw ystalwm, fel 'dach chi'n gwybod, ac mi fydd arna i ofn iddi hi fynd yn agos at ddim byd fel'na rhag ofn rhyw anlwc, wyddoch. Mae'n reit ddrwg gini hefyd i chi 'neud.'

'O tewch â son, tewch â son,' medda fo reit glên felly, â rhyw chwerthin yn 'i lygaid fel bydd gin Bob weithia. Mi roth 'y nhad 'i big i fewn yn fanma.

'Yn wir, Margiad,' medda fo, ac yn codi ar 'i draed, ''does fawr o helynt arna i. A fydd yr annwyd 'ma ddim gwaeth 'tawn ni'n dwad hefo chi, 'dydw i ddim yn licio peth fel hyn yn tôl.'

'William, ydach chi o'ch co, dudwch? Be 'di'ch meddwl chi, dudwch — mynd allan wir, a hitha'n wynt y dwyran a phopeth, mi fyddach mewn helynt braf fory, ac mi fydda rhaid cael y doctor yma ben bora.'

'Doctor wir,' medda nhad, ac yn ista.

''Dydi o ddim byd,' medda'r pregethwr, a dyma fo'n cychwyn at y drws.

''Rhoswch, fydda well i chi dynnu'ch côt ne mi fydd yn wair i gyd,' medda mam, 'a dyma fenthyg cap Bob i chi yn lle maeddu'r het 'na.'

Welsoch chi 'rioed mor smala 'roedd y pregethwr yn edrach yn llewys 'i grys main a chap brethyn Bob am 'i ben o. Mi oedd y cap dipyn bach yn rhy fychan iddo fo hefyd. A mam wedi codi'i ffrog ora o gwmpas 'i chanol ac yn mynd o'i flaen o â'r lantar yn 'i llaw. Mi oedd Pero'n methu gwybod be oedd y matar, ac mi ath at y pregethwr ac mi hoglodd o i gyd drosto, ac 'roedd o'n methu gwybod prun ai cyfarth arno fo ta bod yn foethus 'na fo, ond dyma'r dyn diarth yn gafal yn 'i glustia fo ac yn deud, 'Wel, hen gi, wyt ti am ddwad hefo ni?' A dyma Pero'n dechra ysgwyd 'i gynffon a rhoi rhyw naid bach at 'i wynab o fel bydd o pan fydd arno fo isio bod yn ffrindia hefo rhywun, ac mi ath hefo nhw allan. Mi oedd 'y nhad yn edrach reit annifyr wrth weld mam yn gneud i'r pregethwr dynnu'i gôt, ond mi oedd o'n gwybod nad oedd wiw iddo fo ddeud gair yn 'chwanag. Ond pan aethon nhw allan dyma fo'n deud,

'Fasa'r annwyd 'ma ddim gwaeth taswn i wedi mynd hefo dy fam yn lle gneud i ddyn diarth fel'na fynd.'

Fuo mam a'r pregethwr ddim gwerth wrthi hi'n malu ac yn swpera; ac mi glywn y ddau yn dwad ar draws y buarth, a mam wrthi hi 'i gora'n deud hanas yr anlwc hefo Mwyni'r fuwch. Yr hen Fwyni, druan, fedrwn i ddim diodda mynd i odro am wythnosa ar ôl iddyn nhw 'i saethu hi, y fi fydda'n 'i godro hi, ac mi fydda'n gwybod o'r gora, ac mi oedd rhaid i *mam* gyfadda 'i bod hi'n rhoi'i llaeth yn well o lawar pan fyddwn i'n 'i godro hi. Wrth ddwad dros y ffordd o'r cae ryw ddiwrnod, mi ddoth car ar ffwl spîd i lawr y lôn, ac mi wylltiodd y ceffyl, a rywsut mi gafodd yr hen fuwch 'i gwasgu yn erbyn y clawdd a'i brifo hefo'r siafft nes oedd rhaid 'i saethu hi, peth dlawd. Fedrwn i ddim peidio crïo wrth weld 'i lle hi'n wag amsar godro. Ond tasach chi'n clywad mam yn mynd dros yr holl hanas wrth y pregethwr, a ddaru hi ddim darfod tan ddoth hi i'r tŷ.

Mi oedd swpar yn barod pan ddaethon nhw i fewn, ac mi oedd 'y nhad a'r dyn diarth wedi ista wrth y bwrdd, a mam yn tywallt te, a finna wedi mynd i'r gegin bach i nôl y bara menyn oeddwn i wedi dorri, a dyma Bob i mewn trwy ddrws y cefn, a'r peth cynta ddeudodd o wedi cau y drws oedd,

'Yn doedd y doctor wrthi hi'n fendigedig heno, Sioned?'

'Y doctor,' medda fi, 'pwy ddoctor?'

'Ond Doctor Williams y Coleg. 'Doeddat ti ddim yn 'i nabod o? O na, 'dw i'n cofio rwan, 'doeddat ti ddim yn y capal pan oedd o'n pregethu o'r blaen. Ond mi 'llasat 'i gofio fo yn y cwarfod bedar blynadd yn ôl. Be wyt ti'n cau'r drws?' Achos pan 'nes i ddeall mai am y pregethwr oedd Bob yn siarad mi gaeis i'r drws rhag iddyn nhw glywad yn y gegin fawr, a dyma fi'n deud wrth Bob fod y pregethwr i gysgu yn yn tŷ ni. Pan ddeudis i wrtho fo fod mam wedi mynd â mistar y coleg i falu gwair i'r ferlan, mi roth Bob chwibaniad, ac wedyn mi ddechreuodd chwerthin. Ond cyn iddo fo gael deud dim, dyma mam yn agor y drws ac yn gweiddi, 'Beth yn y byd wyt ti'n ymdroi cimint hefo'r bara menyn 'na, Sioned? Tyd yn dy flaen, wyddost ti faint ydi hi o'r gloch? Mi fydd yn fora Llun cyn cawn ni fynd i'n gwlâu.' A dyma hi'n gweld Bob, ac yn dechra trin am fod o wedi anghofio malu nos Sadwrn, ac wedyn am na fasa fo wedi dwad i'r tŷ yn gynt, yn lle 'trafferthu'r dyn diarth'.

Wedi i mi fynd â'r bara menyn i'r gegin, mi redis i yn f'ôl i'r gegin bach at Bob, a dyma fi'n deud wrtho fo,

'Paid â deud pwy ydi o wrth mam nac wrth 'y nhad, mae 'y nhad wedi bod yn sgwrsio hefo fo fel tasa fo'n 'i nabod o ers cannodd, fel bydd o hefo f'ewyrth John, wyddost, ac mi eith i'w grogan yn lwmp os ceith o wybod mai mistar y coleg ydi o, a fynta'n meddwl mai rhyw dipyn o ffarmwr tebyg iddo fo'i hun ydi o.'

'O'r gora,' medda fo. Welis i 'rioed mo Bob mor ddistaw ag oedd o hefo mistar y coleg 'na. Mi fydd o a'r pregethwrs 'na fydd yn dwad yma yn sgwrsio am lyfra a phetha felly nes fydd mam jest â gwylltio wrthyn nhw, ac y bydd rhaid iddi hi sefyll â'r tebot yn 'i llaw am gryn ddeng munud cyn ceith hi gyfla i ofyn iddyn nhw fydd arnyn nhw isio 'chwanag o de. Ond y noson yma fasach chi ddim yn gwybod fod Bob wedi darllan llyfr yrioed; er, wyddoch, fydd o'r un amsar yn dangos 'i hun felly. 'Dw i'n credu y basa nhad yn licio aros ar 'i draed i gael smôc hefo'r pregethwr ar ôl swpar, ond y peth cynta 'nath mam wedi i mi glirio'r bwrdd oedd taro'r teciall ar y tân a mynd i'r tŷ llaeth i nôl jygiad o laeth enwyn, a gneud llond powlan fawr o bosal dŵr, a gneud i nhad 'i yfad o bob diferyn. Ac wedi iddo fo ddarfod 'roedd rhaid iddo fo fynd i'w wely rhag blaen. 'Roedd mam isio'r pregethwr gymyd peth hefyd. ''Neith o ddim drwg i chi,' medda hi. 'Mi gysgwch siort ora ar 'i ôl o, ga i 'neud powliad i chi? Fydda i ddim dau funud. Dyro'r teciall ar tân, Sioned.' Ond chyma fo ddim.

'Na wir thenciw,' medda fo, 'mi ydw i reit dda orwth yr annwyd.'

Wedi i mi olchi'r llestri dyma mam yn deud wrth Bob,

'Cofia di beidio aros i fyny'n hir heno, mi fydd rhaid codi'n o fora fory, wrth bod John Evans yn dwad i nôl y defad 'na. 'Does dim posib 'i gael o i'w wely orwth y llyfra 'na. Welsoch chi 'rioed o'i fath o am fod â'i drwyn mewn llyfr o hyd,' medda hi wrth y pregethwr.

'Felly wir,' medda hwnnw, ac mi ath mam a fi i'r llofft, a gadal Bob a fynta hefo'i gilydd, achos mi oedd o'n deud fod arno fo isio mygyn bach cyn dwad i'w wely. Mi ddeffrois i ryw dro ganol nos wrth glywad Bob yn dwad i fyny'r grisia, ac mi oedd y pregethwr hefo fo, achos mi clywis i o'n deud rhywbath wrth Bob. Mi drawodd y cloc dri pen ryw 'chydig, ac mi oeddwn i'n methu gwybod be oedd y ddau wedi bod yn 'neud ar 'u traed mor hwyr.

Mi aeth mistar y coleg i ffwrdd bora Llun; a nos Lun mi ddoth Gwen Jones acw, a dyma hi'n gofyn i mam,

'Sut oeddach chi'n licio'r Doctor wrthi hi neithiwr, Margiad Huws?'

'Y Doctor! Pwy Ddoctor, dudwch?'

'Ond Doctor Williams y Coleg.' Wel, tasach chi'n gweld gwynab mam, mi oedd o ddigon o sioe, a Gwen Jones yn mynd yn 'i blaen ac yn deud,

'Diar, peth od na fasach chi'n gwybod pwy oedd o, a fynta yma'n cysgu. Sut un ydi o yn tŷ? Ydi o'n un go glên? Mi oedd 'nitha gin i nad oedd y mis ddim yn digwydd bod acw, fydda i ddim yn hidio ryw lawar iawn i'r dynion dysgedig 'ma ddwad acw.' Mi ddaru mam ddeud wrthi hi sut buo hi, nad oeddan ni ddim yn gwybod pwy oedd y pregethwr oedd wedi bod yn cysgu acw, ond ddaru hi ddim sôn 'run gair fod hi wedi gneud iddo falu iddi hi. Mi oedd 'y nhad wedi dychryn fwy na mam pan ddeudodd hi wrtho fo, 'A finna'n meddwl mai rhyw dipyn o ffarmwr bychan oedd o, tebyg i ni yma. Tad, taswn i'n gwybod, faswn i ddim wedi siarad cimin, ond ta waeth am hynny.' Medda fo wedyn, 'mi oedd o'n un o'r dynion clenia, mwya dirodras fûm i yn 'run fan â fo 'rioed.' 'Ond jest ffansiwch, William,' medda mam, 'gofyn i fistar y coleg falu gwair i'r ferlan ar nos Sul. Be tasa pobl y capal yn gwybod? Ond tasa'r hogan Sioned 'na fel rhyw hogan arall, mi fasa wedi deall yn y seiat cyn dwad adra pwy oedd o. Mi faswn i wedi gneud, 'dw i'n siŵr.' Jest meddyliwch rwan, rhoi'r bai arna i! Ddaru nhad ddim deud wrthi hi, fel oedd arna i flys, bod ni wedi crefu gini hi beidio gofyn iddo fo. 'Hidiwch befo, Margiad, 'doedd o ddim gwaeth ar ôl gneud,' ac mi ddoth 'y nhad ato'i hun yn o fuan, ond mi oedd mam yn methu'n glir ag anghofio'r malu hwnnw. Pan fydd rhyw sôn am Ddoctor Williams, mi fydd 'y nhad yn siŵr o ddeud, 'Dyna'r dyn clenia fuo mi'n 'run fan â fo 'rioed.'

Ond yn ble 'roeddwn i deudwch? O ia, 'dw i'n cofio rwan, sôn am mam yn gofyn i Harold falu iddi hi, yntê? Mi oedd hyn ar ôl iddo fod acw dipyn, ac mi oedd o wedi mendio reit dda fel oeddwn i'n deud, a rhyw noson mi oedd Bob a nhad wedi cael 'u dal yn hir iawn yn y dre, a mam yn meddwl y basa Bob wedi blino'n arw, a dyma hi'n gofyn i Harold mewn rhyw Susnag go ryfadd, wyddoch, fwy o lawar o eiria Cymraeg yno fo, fasa fo'n dwad hefo hi. 'Doedd Harold ddim yn gwybod be oedd hi'n feddwl, a dyma fo'n gofyn i mi, a finna'n deud wrtho fo. Mi oedd o'n sefyll wrth y giat a'i ddylo ym mhocedi'i drwsus, ac un o'r hen gydyna papur 'na yn 'i geg; a dyma fo'n edrach arno'i hun, ar 'i ddillad ac i lawr at flaena main 'i 'sgidia gloyw, ac wedyn yn troi'i lygada cysglyd digyffro ar mam, ac yn deud heb ddynnu'r sigaret o'i geg, — mi oeddwn i wedi meddwl gofyn iddo fo lle buo fo'n dysgu mannars, chwadl modryb, na wydda fo ddim cimint â bod isio tynnu'i getyn o'i geg pan fydd o'n siarad hefo rhywun. Mi fydd hyd nod Dic brawd Maggie yn gneud hynny. Fasa well i modryb edrach gartra cyn mynd i ddeud wrth Bob sut oedd o i bihafio'n boleit, — ia, dyma fo'n deud wrth mam,

'Really, aunt, you must excuse me.'

'Be mae o'n ddeud?' medda mam wrtha i.

'Deud na 'neith o ddim,' medda fi, a tasach chi'n 'i chlywad hi'n deud yr hanas wrth 'y nhad a Bob wedyn, ac yn deud mor barod oedd mistar y coleg i 'neud iddi hi, 'a rhyw hen gorgi bach fel'na yn meddwl 'i hun yn ormod o ŵr bonheddig! Dyn a helpo Twm, druan, 'dwn i ddim be ddaw ohono fo, hefo *hi* a'r hogyn 'na.' 'Does gin mam fawr o feddwl o modryb, fel 'dach chi'n gwybod, fydda i'n meddwl bod hi'n stowt bod f'ewyrth Twm wedi priodi Saesnas. 'Chydig iawn o wynt sy gin mam i'r un Sais. Pan fydd Bob yn sôn am rywun, ac os digwyddith o ddeud, 'Sais ydi o,' mi fydd mam yn deud, 'O', mewn rhyw dôn mwya 'dwn i ddim be. Ac os bydd rhywun wedi gneud drwg, ac iddo fo ddigwydd bod yn Sais, mi ddeudith, 'O 'does ryfadd.'

Mi fydda Harold yn gneud llawar o betha erill fydda'n gneud i mi'i gasáu o'n ofnatsan. Os deudwn i rywbath, mi fydda'n deud, *'A little girl like you'*, — a finna gyn dalad â fynta. Ac am feddwl llawar ohono'i hun, — sôn am Jacob Jones, mi oedd Jacob, druan, a'i wydra, yn frenin wrtho fo.

Mi fasach yn chwerthin am 'i ben o hefo Pero. 'Roedd arno fo ofn yr hen gi yn 'i galon, a fedra fo ddim diodda bod yn 'run fan â fo. *'That dog ought to be muzzled,'* medda fo lawar gwaith 'n dydd. *'No dog should be allowed to go unmuzzled.'* Er mwyn cael tipyn o sbort, mi fyddwn i'n hysio Pero ato fo, ac yn gneud iddo fo gyfarth arno fo, nes bydda Harold jest â marw gin ofn, ac yn gweiddi, *'Janet, call him off, he is going mad.'* Mi oedd arno fo ofn y gwarthag hefyd, a phan fyddan nhw'n dwad i'r buarth mi fydda'n rhedag i'r tŷ. Welsoch chi 'rioed ffasiwn swel oedd o ar ddy' Sul — trwsus llwyd gola gino fo a chôt ddu a chynffon iddi hi, fel honno sy gin Twm Tŷ Mawr, a menyg *kid* melyn gola, gola, a *het silc!* Fydd neb ffor'ma'n gwisgo het silc, bron, ddim ond y pregethwrs. Welis i 'rioed 'run hogyn hefo un yma. Mae gin 'y nhad un, ond fydd o byth yn 'i rhoi hi am 'i ben ond pan fydd o'n mynd i gnebrwn rhywun, ac mae band o frethyn du arni hi. A tasach chi'n gweld fel oedd pobol yn sbïo ar het silc Harold. Mi oedd genod y pentra 'na'n meddwl fod o'n edrach yn neis iawn, ac yn f'holi fi pwy oedd y 'shap swel' oedd yn aros yn tŷ ni. 'Dwn i ddim be oeddan nhw'n weld yno fo f'hun, mi oeddwn i'n gweld Twm Tŷ Mawr yn edrach yn neisiach o lawar na fo, tasa'r hen genod 'na 'i chwiorydd o'n gadal iddo fo wisgo jecad fel Bob.

Mi oeddwn i'n deud bod gin Harold ryw lygada fydda'n edrach fel tasan nhw'n gneud sbort o bopeth, ac fel tasa fo'n ama popeth ddeudach chi; ac felly 'roedd o hefyd. Mi fydda'n gneud sbort o nhad yn 'i wynab o, ond mae nhad mor ddiniwad, wyddoch, fel nad oedd o ddim yn gwybod; ond pan fydda fo'n gneud 'run peth hefo mam mi fydda hi'n gwybod o'r gora ac yn cochi ac yn edrach reit annifyr felly, ac mi fyddwn i jest â'i drawo fo. Mi fydda'n gneud sbort am ben y capal hefyd, ac yn gwatar gŵr Gwen Jones yn gweddïo; *mae* o'n gneud rhyw sŵn rhyfadd hefyd, ond 'does gino fo ddim o'r help, wyddoch, a faswn i byth yn meddwl am 'neud sbort am 'i ben o; a phan 'nes i 'i rhoid hi'n iawn iddo fo am fod mor annuwiol, fel oedd mam yn deud, dyma fo'n deud dan roi rhyw olwg o'i lygada marwaidd i mi, *'My dear girl, it's all humbug, you don't expect me to believe all that snivelling cant,'* — ac yn dechra gwatar wedyn. Mi fydda mam yn edrach arno fo'n sobor, achos mi oedd hi'n gwybod be oedd o'n 'neud o'r gora, ac mi oedd hi'n deud wrtha i fod arni hi ofn gweld rhyw farn yn disgyn arno fo am 'i annuwioldeb. Wrth weld mam yn edrach mor ddifrifol, mi ddechreuodd Harold chwerthin hynny fedra fo, a phan gafodd o wynt dyma fo'n deud rhwng pwffian chwerthin, *'O aunt, don't look like that, or I shall die.'* Fydda Bob ddim yn cymyd arno'i glywad o pan fydda fo wrthi hi, ond mi oedd o'n deall y cwbl ac yn gweld mor boenus oedd mam yn edrach, a 'dw i'n credu 'i fod o wedi deud rhywbath wrth Harold, achos mi ddaru stopio gneud pan oedd hi'n y golwg.

Mi oedd o wedi dychryn Twm Tŷ Mawr oddi acw'n lân hefo'i sbeitio. Ddoi o ddim yn agos i'r tŷ os gwydda fo fod Harold i fewn, ac os gwnawn i ofyn iddo fo fynd i'r gegin pan fydda fo'n f'holi i am Bob, mi fydda'n gofyn, 'Ydi dy gefndar yna?' ac os bydda fo, mi fydda'n deud, 'Na, ddo i ddim i fewn heno, dywad wrth Bob am ddwad at Goed-y-Nant, bod gin i isio'i weld o.' Ac mi fydda Twm, druan, yn 'i choedio hi'r golwg cynta galla'i draed o, rhag ofn i Harold ddwad allan.

Mi gnath fi'n flin ofnatsan hefyd drwy ddeud yn 'i ffordd lipa, fel bydd o, fel tasa fo'n fraint i ni gael clywad 'i farn o, fod Elin *'a pretty little thing!'* Jest ffansïwch, rwan! *Mae* Elin yn glws, 'dw i'n gwybod hynny gyn gystal â neb, ond 'doedd gino fo ddim hawl i gymyd ffasiwn hyfdra. Mi oedd o'n meddwl y basa fo'n fflyrtio tipyn hefo hi, a dyma fi'n deud wrtho fo nad oedd waeth iddo fo heb, fod Elin yn mynd i briodi Bob Pasg nesa. *'O good gracious, that doesn't matter, all the more fun, by Jove,'* ac yn chwythu'r hen fwg gwyn drewllyd o'r sigarets 'na i ngwynab i nes oeddwn i'n tagu jest. Bobol bach, mi fydd biti gin i dros yr hogan fydd mor wirion â phriodi Harold. Wrth gwrs, fynna Elin ddim byd i 'neud â fo. Ond 'ddylis i 'rioed bod hi'n un mor ddyfn, mae hi'n edrach mor ddiniwad, wyddoch, ond 'dydi hi ddim mor ddiniwad â mae hi'n edrach. Mi ddeuda'r hanas fel y daru hi 'neud Harold wrthach chi'n union.

Mi ddigis i wrth Harold am un peth yn fwy na dim. Mi ddaru insyltio Maggie Tanrallt. Rhyw noson mi oedd Elin wedi dwad acw ar 'i ffordd i'r pentra, ac mi oeddwn inna'n digwydd bod yn mynd yno hefyd. Pan welodd Harold fod Elin yn mynd, dyma fo'n deud fod o am ddwad hefo ni; nid gofyn ga fo ddwad, ond deud fod o'n dwad, cofiwch. Mi ddeudis i wrtho fo am aros nes basan ni'n gofyn iddo fo, achos mi oeddwn i'n gwybod na fasa dim peryg iddo fo ddwad hefo *fi* i'r pentra tasa Elin heb fod yn mynd. A wyddoch chwi be ddeudodd o wrtha i, tan drawo matsian reit ddigyffro, *'Little girls should be seen and not heard!'* Wrtha i! Ac mi ydw i gyn dalad â fynta, ac mi faswn i'n medru rhoi tro iddo fo rownd y gegin taswn i'n licio trïo. Mi oedd Elin yn flin wrtho fo am ddwad, hefyd, achos mi fydd Elin a fi yn licio cael sgwrs, dim ond ni'n dwy, wyddoch. A pheth arall, cha Pero ddim dwad os bydda Harold hefo ni, ac o ran hynny fasa Pero ddim yn dwad tasa Harold heb 'neud i mi 'i gau o yn y beudy, achos fedar yr hen gi mo'i ddiodda fo. A ddaw o byth ar yn hola ni os bydd Harold hefo ni.

Ar y ffordd i'r pentra mi ddarun gwarfod dwy ferch Tŷ Mawr, yn swels ofnatsan, a dyma nhw'n stopio i siarad, fel oedd yn beth rhyfadd, achos jest pasio hefo 'Sut 'dach chi heddiw' fyddan nhw, fel bydda modryb yn gneud, a dyma fo'n tynnu'i het reit boleit felly, ac yn deud, *'I am very pleased to make your acquaintance, I'm sure,'* ne rywbath fel'na, ac o bob rhyfeddod yn tynnu'i getyn o'i geg. Mi oedd Maggie Tanrallt yn dwad ar 'u hola nhw, ac yn gweld ni'n siarad hefo nhw, ac wedi i ni adal genod Tŷ Mawr dyma ni'n stopio i siarad hefo Maggie, a dyma fi'n introdiwsio Harold iddi hitha hefyd, a wyddoch chi be 'nath o? Sefyll o'i blaen hi a'i ddylo yn mhocedi'i drwsus, a heb dynnu'r hen getyn papur o'i geg, dyma fo'n deud rhwng 'i ddannadd, *'How di do,'* a phrin yn edrach arni hi. Mi gochodd Maggie at 'i chlustia, ac mi oeddwn i'n gwybod bod hi wedi teimlo, mae hi'n un gymith rywbath mewn munud, wyddoch. 'Dydi hi ddim 'run fath â fi, tasa rhywun wedi gneud fel'na hefo fi, mi faswn i'n 'i edrach o o'i ben i'w draed, ac yn troi i ffwrdd heb 'i atab o.

Gynta aeth Maggie o'r golwg dyma fi'n gofyn iddo fo be oedd o'n gneud gimint o wahaniaeth wrth siarad hefo genod Tŷ Mawr ag wrth siarad hefo Maggie. *'Oh, one must draw the line somewhere,'* medda fo. Mi tyfodis i o'n iawn, ac mi ddeudis wrtho fo os oedd o'n mynd i 'drouio'r lein', chwadl ynta, hefo Maggie, y ceutha fo 'neud 'run peth hefo finna, bod Maggie gyn gystal â'r un ohonon ni, a fod o'n fwy o anrhydadd o lawar iddo fo i Maggie ysgwyd llaw hefo fo, nag oedd o i Maggie iddo fo na'r un o'i ffasiwn o dynnu'i het iddi hi, a'i bod hi'n llawar amgenach na merchad Tŷ Mawr a'u siort, ond fod Maggie ddim wedi wastio awr ne ddwy o flaen y glás cyn dwad allan fel genod Tŷ Mawr, ond wedi picio â siôl fach dros 'i 'sgwydda i ddanfon tipyn o lefrith mewn pisar bach i'r hen Fetsan Owan, oedd yn rhy dlawd 'i brynu o, a tasa hi'n medru'i brynu o, yn rhy gloff hefo'r cric cymala i fynd i nunlla i nôl o. A phan 'nes i stopio i gael 'y ngwynt dyma fo'n deud, *'Keep your hair on, pray don't excite yourself, cousin Janet,'* a siaradis i'r un gair hefo fo am ddeuddydd, yr hen beth mên iddo fo. Ond mi rois hi iddo fo'n iawn, y gwaetha oedd na fedra i ddim dal i siarad Susnag pan fydda i wedi gwylltio, mi fydd yn troi'n Gymraeg ngwaetha fi yn 'y nannadd, a 'dydw i ddim yn meddwl bod o wedi nallt i i gyd. Ond mi ddalltodd ddigon i fynd i achwyn at Bob mod i wedi'i dafodi o ar hyd y ffordd i'r pentra, ac mi oedd Bob yn 'y nwrdio i ac yn deud y dylwn i gofio mai aros yn tŷ ni 'roedd Harold. Mi ddeudis i wrtho fo nad oedd waeth gin i aros ne beidio, ac y baswn i'n gneud yr un peth y funud honno, ac mi ddeudis yr holl hanas wrtho fo, ac mi glywis i Bob yn deud yn Susnag fel heb wybod iddo fo'i hun, *'What a snob'.* 'Dwn i ddim be di 'snob' yn iawn, ond beth bynnag ydi o, 'dydi o ddim rhy ddrwg i Harold, ac mi oeddwn i'n gwybod

fod Bob yn meddwl 'run fath, ne fasa fo ddim yn deud hynny, achos fydd o byth
yn deud dim am neb os na fyddan nhw wedi gneud rhyw dro sâl iawn. Mi fydd
bob amsar yn trïo cymyd *part* rhywun fydd yn cael rhedag arno, ond ddaru o
ddim trïo deud dim i gadw *part* Harold.

Tasach chi'n glywad o'n sgwrsio hefo Bob hefyd mi fasach yn meddwl fod
pawb yn deud clwydda, *'I don't believe'* y peth yma, ne *'I don't believe'* y peth arall,
fydda hi. *'All humbug, my dear fellow,'* ac *'all put on, you know,'* — dyna'i eiriau fo
o hyd. 'Roedd o fel tasa fo'n meddwl nad oedd neb yn gneud dim o ddifri, ond fod
pawb 'run fath â fo. Mi aethon i sgwrsio ryw ddiwrnod ar gownt pobol yn caru; ac
fel arfar, 'doedd Harold ddim yn coelio hyn a dim yn coelio'r llall, ac yn deud nad
oedd dim mymryn o dryst mewn cariad merch. 'Doeddan nhw ddim yn gwybod
mod i'n gwrando, wyddoch, a dyma fo'n dechra deud mai'r achos fod Elin yn
driw i Bob oedd nad oedd hi ddim wedi cael cynnig ar neb arall; a tasa rhywun
newydd yn dwad ymlaen, y basa hi'n rhoi ffling iddo fo mewn munud, mai felly
'roedd genod i gyd, — mi *oedd* o'n gwybod llawar. A dyma fo'n deud reit
ddigwilydd wrth Bob y bydda well iddo fo adal iddo fo drïo hefo Elin, ac y câi o
weld mai'r un fath oedd hitha. Mi ddaru Bob chwerthin yn iawn, a deud bod
groeso iddo fo drïo hynny licia fo.

'Done,' medda Harold, *'and I'll bet you anything I can twist her round my little
finger in less than a week.'*

Mi fuo jest i mi ddeud fod o wedi bod yn trïo dipyn yn barod, ac mai pur
oeraidd oedd Elin yn bihafio ato fo; ond mi ddaru mi dewi, achos 'doedd arna i
ddim isio fo wybod mod i wedi bod yn gwrando arnyn nhw. Y noson honno mi es
i i'r Rhiw ac mi ddeudis bopeth wrth Elin. 'Tasach chi'n gweld 'i llygada hi'n
tanio, ac fel 'roedd hi'n codi'i phen. Fasach chi byth yn meddwl y basa hi'n
medru edrach mor ffyrnig, ond mi ddaru newid mewn munud, a dechra
chwerthin hynny fedra hi; ac mi ddoth 'na ryw olwg mwya slei i'w llygad hi, ac mi
wyddwn i bod hi i fyny â rhyw ddrwg, ac y bydda Harold yn siŵr o'i chael hi
rywsut neu'i gilydd.

Noson wedyn mi ath Harold i'r llofft, a phen dipyn dyma fo i lawr wedi gwisgo
amdano yn swel ddychrynllyd — trwsus llwyd gola a chôt ddu, y 'sgidia gloyw
trwyna meinion rheini, a'i het silc! Jest ar y funud honno dyma Elin i fewn, yn
edrach fel bydd hi, wyddoch, nes bydd arna i isio'i chusanu hi. Mi oedd Bob yn
tŷ, a tasach chi'n 'i weld o'n sbïo arni hi; ond ddaru hi ddim ond nodio arno fo reit
ddifatar fel bydd hi. Mi fydda i dipyn bach yn flin wrth Elin am fod mor rhyw oer
hefo Bob; gin bod hi'n 'i garu o, waeth iddi hi adal fo weld hynny weithia. 'Dydw
i ddim yn meddwl fod neb ond y fi — nad ydi Bob 'i hun hyd nod, — yn gwybod
cimint mae Elin yn 'i garu o.

Ond sôn am Harold oeddwn i. Gynta gwelodd o hi, dyma fo'n sbïo arni hi, — i
edrach oedd hi ddigon neis 'i dillad decin i, — a dyma fo'n gofyn iddi hi ddo hi am

dro hefo fo. Ac er yn syndod ni i gyd, dyma Elin yn deud y basa hi'n mynd. Mi welis i Harold yn edrach ar Bob fel tasa fo'n deud, 'Mi oeddwn i'n deud wrthat ti sut basa hi.' Wrth i Elin fynd allan mi ddaru sbïo arna i, ac mi wyddwn wrth 'i llygaid hi, 'i bod hi am roid gwers iddo fo, ac y basa fo'n 'difaru'i galon fynd hefo hi, — mi oedd golwg mor gastiog arni hi. Tasach chi'n clywad mam yn trin wedi nhw fynd.

''Dw i'n synnu at Elin,' medda hi, 'yn mynd i grwydro hefo un fel Harold. Nid fel'na fydda genod yn gneud yn f'amsar i. Fyddan nhw fawr feddwl, amsar honno, am fynd i jolihoitian hefo pob rhyw hogyn 'fynna iddyn nhw, pan ar fin priodi hefo un arall. Ac yn mynd cwerbyn â Bob hefyd mor wynab galad.'

Mi oedd Bob wedi mynd allan i'r buarth ar ôl i Elin fynd hefo Harold, ac felly ddaru o ddim clywad mam; ac mi oedd 'nitha gin i, achos fedra i ddim diodda clywad neb yn deud dim am Elin, heb sôn am Bob. 'O mi oedd Elin yn mynd ddigon diniwad,' medda fi. 'Dydw i ddim yn meddwl fod Bob wedi rhoi ail feddwl i'r peth, achos mae o'n meddwl, wyddoch, na fedar Elin ddim gneud dim allan o le.

Mi ddoth Harold i'r tŷ tua naw, a tad, tasach chi'n gweld golwg oedd arno fo! Mi oedd 'i sgidia fo wedi'u cyfro hefo mwd, a'i drwsus o at ben 'i lin o yn ddu o faw a llaid, ac mi oedd hôl 'i draed o'n un rhes o'r drws i'r aelwyd, fel tasach chi'n meddwl fod rhyw nafi mawr wedi bod yn trampio hyd y llawr hefo 'sgidia holion mawr. A tasach chi'n gweld 'i het silc o! Brensiach! Mi oedd golwg arni hefyd, — wedi'i hicio a'i maeddu, ac mi oedd 'na gripiad mawr ar draws 'i foch o, ac mi oeddwn i'n methu gwybod lle'n y byd 'roedd Elin wedi mynd â fo, na beth oedd hi wedi 'neud hefo fo. Mi ddisgynnodd ar gadar, yn edrach yn fwy llipa na gwelis i o 'rioed; a dyma fi'n gofyn iddo fo oedd o wedi blino.

'*Tired*,' medda fo, fel tasa fo'n meddwl nad oedd dim isio gofyn y fath beth, '*I believe I have walked twenty miles along the most break-neck places.*' Ac medda fo, wedyn, mewn llais torcalonnus, '*It's a wonder I'm alive.*' A dyma Bob yn gofyn iddo fo sut daru o enjoio cypeini Elin. '*Oh, don't mention Miss Jones to me again. She's an awful girl, awful.*' Mi oeddan ni isio gwybod be oedd Elin wedi'i 'neud, ond ddeuda fo ddim byd, ddim ond, '*She's an awful girl, awful.*'

Mi oedd arna i isio clywad yn ofnatsan sut oedd Elin wedi'i drin o, ac mi es i i'r Rhiw y pnawn wedyn. A dyma fi'n gofyn iddi hi gynta ges i afal arni hi ar ben 'i hun, 'I ble est ti â Harold neithiwr, Elin? Mi ddoth i'r tŷ â golwg mwya truenus arno fo, mae o wedi difetha'i drwsus gora a'i 'sgidia.' Mi ddechreuodd Elin chwerthin, a 'ddylis i na fasa hi byth yn stopio; ac mi oeddwn i wedi gwylltio hefo hi am fod hi mor hir yn deud yr hanas wrtha i, a finna isio gwybod cimint. O'r diwadd, mi ddaru sobri dipyn bach, a dyma hi'n dechra.

'Pan oeddwn i'n cychwyn allan hefo Harold neithiwr, mi oeddwn i wedi penderfynu y gnawn i 'i dynnu o i lawr dipyn, wyddost. Ond 'doeddwn i ddim

wedi gneud i fyny sut i 'neud hynny. Beth bynnag i ti; pan oeddan ni'n pasio pen
y lôn, dyma Dic' (mae gin Elin gi, Dic 'di enw fo; fydd o byth yn dwad i tŷ ni,
achos 'dydi o ddim yn ffrindia hefo Pero) 'yn neidio dros y clawdd, ac wrth gwrs
'roedd rhaid iddo fo gael dwad hefo ni, ac mi oedd o'n gneud Harold o'i go drwy
neidio at 'i ffon o hyd' (ddaru mi ddim cofio deud fod gin Harold ffon â bagal
arian yn sgleinio fel 'dwn i ddim be), 'ac o'r diwadd, mi oedd rhaid iddo fo gario'r
hen ffon yn 'i freichia fel tasat ti'n cario babi wyddost, fel hyn.' A dyma Elin yn
cydiad mewn ambarel oedd yn y gongl wrth ymyl y cloc, ac yn dangos i mi. 'Mi es
i â fo drwy gae Pen Bryn, ac mae 'na lot o warthag yno fo, ac mi oedd Harold yn
meddwl mai tarw oedd bob un ohonyn nhw, ac yn 'i choedio hi 'mlaen fel tasa
plisman ar 'i ôl o. Mi ddaethon allan o'r cae hwnnw i un arall, a dyma fo'n peidio
carlamu mor ofnatsan ar ôl iddo fo edrach rownd y cae i edrach oedd 'na rywbath
â chyrn ar 'i ben yn rhywla, ond 'doedd 'na ddim yn y golwg, ac mi ddechreuodd
fynd dipyn yn rhy hy yn 'i sgwrs, yn ôl 'y meddwl i, a dyma fi'n deud wrtho fo reit
sydyn felly, 'Look, there's a bull coming, Mr Williams, make haste.' 'Doedd 'na
ddim byd, wyddost. 'Where? where? oh dear!' medda fo reit wyllt. Mi rois i spring
dros y clawdd. Faswn i'n meddwl na fuo fo 'rioed yn neidio dros glawdd o'r
blaen. Tasat ti'n gweld mor smala 'roedd o wrthi hi, ac mi oedd 'i het o mor uchal,
wyddost, fel 'roedd hi'n cydio yn y drain, ac mi rowliodd i lawr i'r cae yn 'i hôl, ac
mi fasa Harold wedi dwad adra hebddi hi ond 'blaw i mi fynd i nôl hi. Wedyn,
dyma fi'n mynd â fo i fyny Allt y Comin; a tasat ti'n 'i weld o'n llithro bob cam, a
'doedd gino fo ddim gwynt i ddeud gair. Pan ddaethon ni i'r top, dyma fo'n
disgyn i lawr yn glewt ac yn deud, 'Oh, lor.' Ddaru mi ddim gadal iddo fo
ddiogi'n hir, mi elli fod yn siŵr, a dyma ni'n 'i chychwyn hi i lawr yr ochor arall.
Mi wyddost sut byddan ni'n dwad i lawr ochor Lôn Isa i Allt y Comin. Mi
oeddwn i'n y gwaelod cyn pen pum munud, ond am Harold, druan, mi oedd o'n
sglefrio i lawr ac yn trïo cydio ym mhob blewyn o welltglas oedd 'na, ac yn edrach
fel tasa fo'n meddwl mai rowlio i'r gwaelod fydda'r diwadd. Mi ddoth yn o lew o
dipyn i beth i ti, nes doth at yr hen ffos honno sy'n y gwaelod isa, wyddost; ac yn
lle neidio drosti hi, mi neidiodd i'w chanol hi, nes oedd o at benna'i linia yn y dŵr
a'r mwd, ac mi wyddost o'r gora ffasiwn ddŵr sy 'na yn ffos y Lôn Isa, yn un hen
gen gwyrdd drosto i gyd. O, Sioned, tasat ti'n 'i weld o!' ac mi ddechreuodd Elin
chwerthin wedyn. 'Godra 'i gôt o jest yn twtsiad y dŵr, ac mi oedd o wedi torri'i
ffon, ac mi oedd y darn ucha yn hongian yn 'i law o, ac wrth iddo fo ddwad dros y
clawdd hwnnw mi oedd y drain wedi'i gripio fo ar draws 'i wynab, a'i het o wedi
mynd yn ôl ar 'i wegil o wrth iddo ddwad i lawr yr allt, a Dic yn neidio o naill
ochor y ffos i'r llall ac yn cyfarth fel tasa fo'n meddwl mai un o'r defaid oedd o
wedi mynd i ryw helynt. Fedrwn i ddim symud gin chwerthin, ac mi gnath ynta
fi'n waeth drwy ddeud, 'Oh, Miss Jones, what shall I do?' 'Doedd gin i ddim byd i
'neud ond mynd at ochor y ffos a chydiad yn 'i law fo, a thrïo'i dynnu o allan

cystal â medrwn i, achos mi oedd 'i draed o'n glynu yn y mwd yn y gwaelod, wyddost, fel oedd o fel tasa fo'n sownd, a 'dw i'n credu y basa fo'n sefyll yno drwy'r nos taswn i heb 'i styrio fo. Ddaru o ddim deud yr un gair ar hyd y ffordd gartra. 'Does dim peryg iddo fo ofyn i mi ddwad am dro hefo fo eto. Ond mi oedd braidd piti gin i drosto fo hefyd, mi oedd o'n edrach mor druenus.'

Mi ddeudis i'r hanas i gyd wrthyn nhw gartra pan oedd Harold wedi mynd i'r pentra i chwilio am bapur newydd, ac mi oeddan nhw'n chwerthin i gyd, nhad yn rhoi rhyw 'hi, hi' bach fel bydd o ac yn rwbio'i ddylo yn 'i gilydd ac yn deud, 'Wel mae hi'n un arw hefyd, pwy fuasa'n meddwl rwan? Go dda, wir.' A mam yn chwerthin yn erbyn 'i 'wyllys ac yn deud, 'Prun bynnag am hynny, 'doedd o ddim yn beth neis iddi hi fynd i roi tro hefo neb a hitha â'r enw o ganlyn Bob. Nid felly byddan nhw'n gneud yn f'amsar i'. Mi fydd arna i flys gofyn i mam weithia sut fyddan nhw'n gneud yn 'i hamsar hi, achos 'dydyn nhw'n gneud *dim* rwan fel byddan nhw'r amsar honno. 'Hen dro' oedd be ddeudodd Bob, er fod o'n chwerthin, ac medda fo wedyn,

'Wyddost ti, Sioned, nad ydi o ddim yn beth neis i ti wrando tu allan i'r drws be mae pobol yn sgwrsio.'

'Peth neis ne beidio,' medda fi, 'itha gwaith iddo fo, ddysgu fo nad ydi genod ddim yn betha mor wirion â mae o'n feddwl. A 'blaw hynny, 'doeddwn i ddim wrth y drws, yn y gegin bach yr oeddwn i, a chlywad ddaru mi, nid gwrando. Ond mi oedd itha gwaith iddo fo, a fasa fo ddim gwaeth ar yr un driniaeth eto. Hidiwn i'r un blewyn nad awn i â fo dros y gors i lawr i'r Pandy; mi fasa golwg arno fo, enwedig tasa hi'n digwydd dwad i fwrw a chwythu dipyn.'

'Cymar di ofal,' medda mam, ac yn ysgwyd 'i phen. A Bob yn deud a'r fflachiad digri hwnnw yn 'i lygad o,

''Dydi hi ddim yn debyg i fwrw na chwythu, Sioned, 'neith hi fawr o helynt iti yng nghanol yr ha fel hyn, ac mae arna i ofn na 'neith Harold ddim bodloni aros yma tan ddiwadd y flwyddyn er mwyn cael mynd dros y gors.'

'Paid â nychryn i da chdi wrth sôn am iddo fo aros yma cyhyd,' medda fi.

Mi oedd reit dda ginon ni i gyd pan aeth Harold i ffwrdd, hefyd, ac mi waeddis i wynt teg ar 'i ôl o, ac mi oeddwn i'n meddwl na fasa'r tŷ byth yn swîtio ar ôl hogla'r hen sigarets rheini. Ac mi oedd Twm Tŷ Mawr reit falch hefyd fod o wedi mynd, er mwyn iddo fo gael dwad acw at Bob; hen le reit annifyr sy'n Tŷ Mawr i Twm, druan, hefo'r hen genod 'na. Diar bach, mi oeddwn i'n meddwl be tasa Bob wedi licio un ohonyn nhw yn lle Elin, 'dwn i ddim be faswn i'n 'neud.

Mi ddaru modryb yrru llythyr acw wedi Harold gyrraedd adra yn deud 'i fod o'n '*delighted*' hefo popeth yma, a bod o wedi mendio'n ofnatsan ac yn edrach yn '*remarkably well*'.

Mae mam o'i cho y dyrnodia yma wrthan ni. Mi ddoth Bob â jac do bach i mi ers tipyn, ac mae o wedi dwad reit ddof, ac yn gwylltio mam drwy ddwyn 'i phetha hi; a dyna lle mae hi'n trin wrth Bob ac yn deud,

'Mi wyt ti'n difetha'r hogan 'na, 'dwn i ddim be ddaw ohoni hi rhwng dy dad a chditha, yn dwad â rhyw greadur fel'na iddi hi. Mae 'ma ddigon o betha 'ddyliwn i, tasa dim ond yr hen gi 'na yn cael 'i ryddid i fynd i bob man, — O dos odd'na chdi.' Wrth Pero 'roedd 'dos odd'na chdi'.

Priodas Bob

DIAR bach, mae llawar o betha wedi digwydd ys pan oeddwn i'n deud hanas Harold. Mae Bob wedi priodi yn un peth, a ddaru mi mo'i weld o'n cael 'i briodi wedi'r cwbl — hynny ydi, ddim gweld y briodas i gyd, ac ar Pero oedd y bai hefyd, ond mi gewch glywad am hynny eto.

Mi fuo jest i Bob ac Elin beidio priodi yn diwadd, a 'blaw fi fasan nhw ddim wedi gneud chwaith. Mae 'na helynt a hannar wedi bod, a welis i rotsiwn lwc i Bob fod gino fo chwaer a thipyn o synnwyr cyffredin yn 'i phen hi, er bod mam yn deud bod diffyg mawr ohono fo yna i, ond 'dw i'n coelio tasach chi'n gofyn i Bob y deuda fo'n wahanol.

'Dydi Bob ddim yn gweithio hefo nhad ar y ffarm rwan. Mae o wedi cael lle i ddysgu pobol sut i drin tir, medda mam; ond *Lecturer on Agriculture* ydi'r enw iawn, ond fydd hi ddim yn cofio, er 'i bod hi'n meddwl cryn dipyn ohono hefyd. Ond mi fydda i'n meddwl weithia y basa well gin i o lawar weld Bob fel 'roedd o ystalwm, pan oedd o adra, na tasa fo wedi cael y lle gora yn y byd.

Ond rhaid i mi ddechra o'r dechra. Dipyn ar ôl i Harold fynd yn 'i ôl i Lundan mi oeddwn i ryw fora yn digwydd croesi'r buarth, mam wedi ngyrru fi i edrach lle 'roedd un o'r ieir wedi mynd â'i chywion, achos mi oedd hi'n debyg iawn i gafod genllysg.

Bora dy' Merchar oedd hi 'dw i'n cofio reit dda, a mam wrthi hi'n pobi. Wrth i mi basio'r sgubor mi sbïis i fewn i edrach oedd Bob yno, achos mi oeddwn i wedi'i weld o'n mynd i fewn ys rhyw 'chydig fel tasa fo'n mynd i falu, ond 'doedd o ddim yn chwibianu ne yn mwmian canu fel bydd o, wyddoch, a 'doeddwn i'n gweld yr un golwg arno fo'n unlla; ond wrth i mi droi i fynd i ffwrdd, yn meddwl fod o wedi darfod, dyma fo'n gweiddi o ryw gongl dywyll,

'Chdi sy 'na, Sioned?'

Mi ddaru 'i lais o'n nychryn i'n ofnatsan, mi oedd o mor annhebyg i lais Bob. 'Bob,' medda fi, 'be sy?' Ac mi redis i fewn, a dyna lle 'roedd o'n ista ar ryw hen flocyn o bren a'i fraich o'n hongian yn ddigri wrth 'i ochor o, a gwaed yn rhedag hyd y llawr, a'i wynab o cyn wynnad â'r galchan. Mi oeddwn i'n meddwl y basa nghalon i'n stopio fel oeddwn i wedi dychryn.

'Bob, Bob, be sy?' medda fi.

'Bydd yn ddistaw,' medda fo. 'Mae'n llaw i wedi mynd i'r injian. Hwda, tyd yma,' ac mi gydiodd yn fy ffrog i, achos mi oeddwn i'n cychwyn i nôl mam. 'Paid

â galw ar mam, 'wyrach nad ydi o fawr o helynt, a waeth heb 'i dychryn hi. Os gin
ti rwbath i lapio amdani hi, ac mi â i at Jones y drygist ar f'union.' Mi dynnis fy
marclod oddi amdana, ac mi 'nes lapio fo am 'i law a'i fraich o, ond mi oedd 'y
nylo i'n crynu a'r dagra'n 'y nallu i, ac mi oeddwn i'n gwybod mod i'n 'i frifo fo,
wrth fel oedd o'n cau y llaw arall, ac yn gneud i'w wefusa fynd yn un llinyn syth.
Wedi i mi ddarfod dyma fo'n codi, ac yn deud,
    'Dos i edrach weli di mam yn rhwla, rhag ofn iddi hi ngweld i'n croesi'r
buarth.'
    Mi es i'r drws, ond 'doedd 'na ddim golwg arni hi'n unlla, ac mi gychwynnodd
Bob.
    'Rhaid i ti ddim dwad hefo fi,' medda fo, 'mi fedra i fynd yn iawn,' ond mi oedd
'i wynab o'n edrach mor ryw las-wyn, fel na fedrwn i ddim meddwl am 'i adal o.
    'Ddim ond at gamfa'r allt ddo i,' medda fi, ac mi aethon yn yn blaena. Pan
oeddan ni wrth y gamfa dyma fo'n deud, 'Dos yn d'ôl rwan ne mi gei annwyd heb
ddim byd am dy ben, na dim byd drostat, mi fedra i fynd yn iawn.'
    Mi sefis ar y gamfa i edrach ar 'i ôl o, a 'doeddwn i ddim yn licio'r ffordd oedd
o'n cerddad yn tôl, fel tasa fo ddim yn gweld, rywsut, ac mi es ar 'i ôl o'n ara deg,
heb iddo fo wybod felly. Ond pen tipyn dyma fi'n 'i weld o'n rhoi rhyw dro, ac yn
disgyn yn glewt ar ochor y clawdd. Mi redis fel y gwynt, ac mi oeddwn i'n
meddwl 'i fod o *wedi* marw. Mi oedd o wedi cau'i lygada. Wyddwn i ar ddaear be i
'neud. Mi godis 'i ben o ar f'ysgwydd ac mi ddaru agor 'i lygad. 'Mi 'dw i'n well
rwan', medda fo. ''Rhosa gael i mi godi,' ond mi rwstris i o. 'Aros yn fanna,'
medda fi, 'ac mi â i i nôl Doctor Price ar f'union,' a ffwrdd â fi, ac mi redis bob
cam. Mi oedd pobol y pentra'n methu gwybod be oedd arna i, yn rhedag fel peth
o ngho, heb ddim am 'y mhen na dim, ond prin oeddwn i'n gwybod mai trwy'r
pentra oeddwn i'n mynd. Mi oedd Doctor Price ar gychwyn allan, ac mi gydis yn
'i fraich o rhag iddo fynd yn 'i flaen cyn i mi ddeud fy negas, achos fedrwn i ddim
siarad gair, wrth mod i wedi colli ngwynt.
    'Wel, Sioned,' medda fo, 'be sy?'
    'O, Doctor Price,' medda fi, 'mae Bob jest â marw ar y ffordd, 'i law o wedi
mynd i'r injian falu, brysiwch mewn munud hefo fi.' Ac mi ddechreuis i redag yn
f'ôl, ond mi ath y doctor i nôl rhywbath i'r tŷ, ac mi oeddwn i wedi cyrraedd Bob
o'i flaen o'n mhell.
    Mi oedd o'n ista ar ryw garrag â'i ben o'n pwyso ar y clawdd, ac mi sefis i wrth 'i
ochor o, ac mi dynnis 'i ben o ar f'ysgwydd, ac wrth weld 'i wynab o mor wyn a'i
lygada fo'n gaead, fedrwn i yn y' myw beidio crïo, ac mi ddaru'r dagra ddisgyn ar
wynab Bob, a dyma fo'n agor 'i lygada ac yn trïo chwerthin, ac yn deud,
    'Be ti'n crïo, Sioned? Paid â bod yn wirion, 'does fawr o helynt arna i, mi ddo i
ata fy hun yn y munud,' yn y llais fydd o'n siarad hefo fi weithia pan fydd o'n
meddwl na fydda i ddim rhyw glonnog iawn, ne os bydd mam wedi bod yn trin
yn arw arna i am rywbath.

'Mhen tipyn bach mi ddoth y doctor atom ni, ac mi roth rywbath i yfad i Bob o ryw botal bach, ac mi ddoth i edrach yn well o dipyn, ac mi ddaru godi ar 'i draed, ac medda fo,

'Mi fedra i fynd yn iawn rwan, i'r syrjeri 'r awn ni i edrach yn llaw i, yntê Doctor Price, rhag i ni ddychryn mam.' Mi sbïodd y doctor arno fo'n wirion.

'Adra gynta gallwch chi,' medda fo reit gwta felly, ac mi oedd Bob yn siglo cimint wrth ben 'i draed rywsut fel y daru'r doctor gydiad yn 'i fraich o, ond pan ddaethon ni at Tŷ Gwyn, dyma fo'n gneud iddo fo'i ollwng o, ac medda fo,

'Mi fedra i fynd siort ora, mae arna i ofn i mam ddychryn.'

'Ddyliwn i fod mam yn y ffenast, ac wedi'n gweld ni'n dwad, ac mi oedd hi yn y drws cyn i ni gyrraedd, a'i gwynab hi gyn wynnad ag un Bob pan ddaru o syrthio ar y ffordd. Mi oedd o'n trïo llechu tu nôl i'r doctor rhag iddi hi weld 'i fraich o wedi'i chlymu i fyny, ond 'doedd dim iws iddo fo, mi roth mam ryw *spring* atom ni, ac mi oedd hi fel tasa hi'n trïo gofyn beth oedd, ond fedra hi ddim, mi oedd 'i gwefusa hi wedi mynd reit sych a gwyn, ond medda Bob, ac yn trïo gneud 'i lais swnio fel arfar,

'Peidiwch dychryn dim, mam bach, 'does dim byd o helynt arna i, ond bod Sioned wedi mynd i nôl y doctor, dim ond 'y llaw i wedi' — mi oeddan ni wedi cyrraedd y gegin erbyn hyn, a chyn iddo fo orffan deud mi ddisgynnodd yn llech ar yr hen setl, yn gelan fel ar y ffordd.

'O machgen annwyl i,' medda mam; ddaru hi ddim crïo dim, a ddeudodd hi'r un gair wedyn, ond mi oedd 'i gwynab hi'n wyn, a'i gwefusa hi'n un llinyn fel bydd rhai Bob yn mynd, a'i llygada hi'n llosgi rywsut.

Mi roth y doctor dipyn o'r peth hwnnw o'r botal bach honno i Bob fel daru o ar y ffordd, ac mi ddoth ato'i hun dipyn, ac mi ath y doctor ati hi i edrach 'i law o. Mi oedd mam fel tasa hi'n gwybod be oedd arno fo isio cyn iddo fo ofyn, ac mi estynnodd y siswrn iddo fo dorri llawas 'i grys o, ac mi ath i nôl dŵr mewn desgil heb ddeud yr un gair; ond O, mi oedd 'i gwynab hi'n gneud i'r lwmp yn 'y ngwddw i bron â nhagu i, a dyna lle 'roedd hi'n dal pen Bob drwy'r holl amsar buo'r doctor yn trin 'i law a'i fraich o. Mi oeddwn i wedi mynd at y ffenast, ac wedi pwyso nhalcan ar y gwydr. Fedrwn i ddim diodda gweld Bob mewn poen. Ond wedi'r doctor ddarfod, mi ath mam allan ac mi es inna ar 'i hôl hi, ac mi 'roedd hi wedi ista ar y fainc wrth y drws,

'Tyd â llymad o ddŵr i mi, Sioned,' meddai hi, ac mi redis i nôl llond cwpan, ac wrth i mi'i roid o iddi hi, mi ddaru mi weld y gwaed yn rhedag o'i gwefus isa hi gin fel 'roedd hi wedi cau'i dannadd arni hi wrth sefyll wrth ben Bob. Mae mam mor ofnadwy amdano fo, wyddoch. Ond mi ddoth ati'i hun yn union deg, a fu hi ddim o olwg Bob drwy'r dydd. Mi oedd hi wedi anghofio'r godro a phopeth, ac mi ddaru nhad a fi 'neud popeth heb ddeud yr un gair wrthi hi, a phan ddaru mi ofyn iddi hi am oriad y tŷ llaeth ddaru hi ddim cimint â gofyn i be oedd arna i 'i isio fo.

Mi oedd 'y nhad yn teimlo'n ofnatsan dros Bob, mi 'dw i'n gwybod, er nad oedd o'n deud dim. Distaw iawn ydi nhad bob amsar, fel y gwyddoch chi, ond pan fydd rhywbath yn 'i boeni o chewch chi yr un gair o'i ben o. Ond y peth oedd yn dangos mwya fel oedd 'y nhad yn teimlo oedd pan ddaru o fynd i swpera'r ferlan, mi oeddwn i wedi mynd hefo fo. Mae nhad yn meddwl y byd o Bet, a fydd o byth yn mynd ati hi na fydd o'n siarad wrthi hi, a rhoid moetha iddi hi, fel bydda i hefo Pero, ond ddaru o ddim cimint â'i ffratio hi, ac mi oedd yr hen ferlan bach yn troi'i phen ac yn moeli'i chlustia fel tasa hi'n methu gwybod be oedd. A tasach chi'n gweld Pero, yr hen gi druan! Wydda fo ar y ddaear be oedd wedi dwad at Bob. Mi sleifiodd i fewn ato fo, a phan welodd o fo'n gorfadd dyma fo'n 'i synhwyro fo i gyd, ac wedyn yn dechra crïo dros bob man, nes daru mam 'i hel o allan, a dyna lle 'roedd o'n canlyn 'y nhad a fi i bob man, ac yn dwad a rhoid 'i drwyn yn erbyn 'y nylo i, ac yn edrach yn 'y ngwynab i fel tasa fo'n gofyn be oedd y matar ar Bob nad oedd o ddim o gwmpas. Ond, druan o Bob, hefo'i fawr o helynt! Helynt ofnadwy oedd arno fo, fwy nag oedd y doctor 'i hun wedi feddwl yn dechra. Mi ddoth Doctor Price acw deirgwaith y diwrnod hwnnw, a dyma fo acw ben bora drannoeth. Mi oeddwn i'n sefyll wrth ddrws y llofft wedi iddo fo fynd i fewn, achos mi oedd o wedi siarsio ar Bob beidio codi rhag ofn distyrbio'i fraich. Pen tipyn dyma mam allan, y doctor wedi'i gyrru hi i nôl rhywbath, faswn i'n meddwl. Mi oedd y drws dipyn bach yn ygorad, ac mi glywn y doctor a Bob yn siarad, a Bob yn deud, 'Peidiwch â deud wrth mam be 'dach chi'n mynd i 'neud,' ac mi oeddwn i'n methu gwybod be oedd o'n feddwl. Mi ddoth mam yn 'i hôl mewn munud, a chlywis i ddim 'chwanag, ond mi ddeudodd mam wrtha i fod Doctor Price wedi teligraffio am ddoctor arall i ddwad i weld Bob. Ar ôl cinio dyma'r ddau acw ac i fyny i'r llofft. Mi oedd gin y doctor diarth fag brethyn gwyrdd yn 'i law yn llawn o rywbath. Cha mam ddim aros yn y llofft hefo nhw, ac mi oedd hi'n anesmwyth yn cerddad yn ôl ac ymlaen, ac yn gwrando wrth droed y grisia. A wyddoch chi be oeddan nhw'n 'neud? Torri braich Bob i ffwrdd tu ucha'i benelin o, a dyna be oedd o'n feddwl pan glywis i o'n deud wrth y doctor am beidio deud wrth mam be oeddan nhw'n mynd i 'neud. A dyna be oeddwn i'n feddwl wrth ddeud yn y dechra y basa well gin i weld Bob fel 'roedd o adra ystalwm na'i weld yn y lle gora yn y byd, pan fydda i'n edrach arno fo yn mynd o gwmpas a'i lawas yn hongian yn wag wrth 'i ochor o, a chofio sut bydda fo mor handi hefo popeth.

Ond i fynd yn ôl at be oeddwn i'n ddeud. Pan ddaru mam glywad be oeddan nhw wedi 'neud, mi ath rhyw gryndod dros 'i gwynab hi, a rywsut fydda i byth yn gweld gwynab mam yn edrach 'run fath byth ar ôl hynny, ac mi fydda i'n meddwl pan fydd hi'n mynd at y giât i edrych ar ôl Bob pan fydd o'n mynd i ffwrdd ar ôl bod yn edrach amdanom ni, ac y bydd hi'n troi orwth y giât â rhyw swn fel ochenaid, bod hitha'n meddwl am ystalwm hefyd. Ond mi oedd y doctor yn deud y basa Bob wedi marw tasa fo heb ddorri'i fraich o i ffwrdd.

Pan oedd Bob wedi brifo, 'dw i'n meddwl, y daru mam ddwad i licio Elin o
ddifri, achos, wyddoch, mi fyddwn i'n meddwl o'r blaen, er na fydda hi'n deud
dim amdani hi, y bydda hi'n rhyw deimlo, rywsut, fod Elin wedi dwyn Bob
odd'arni hi, ac nad oedd hi ddim yn meddwl hannar digon ohono fo nac yn 'i
dretio fo fel y dyla hi, achos 'doedd hi ddim yn gwybod fel fi, wyddoch, faint oedd
Elin yn caru Bob, ond 'doedd dim posib iddi hi beidio gweld fel 'roedd hi'n
teimlo pan ddaru o gael torri'i fraich. A Twm Tŷ Mawr, y creadur gwirion, mi
fydda acw o hyd, ac mi 'stedda hefo Bob am oria, ac mi fydda'n helpu nhad hefo
popeth, ac yn gneud pob negas fydda isio, ac mi fydd mam yn deud na 'neith hi
byth anghofio mor ffeind oedd o.

Mi oedd mam yn fwy digalon o lawar fel oedd Bob yn mendio, hynny ydi, mi
oedd hi'n dangos yn fwy, decin i, wrth fod dim cimint iddi feddwl amdano fo, ac
mi fydda Bob yn smalio i drïo codi'i chalon hi, a gneud iddi chwerthin. Un
diwrnod mi oedd hi'n bur isal, a dyma fo'n deud wrthi hi,

'Wyddoch chi be 'nawn ni, mam, mi rown ni ordors i Richard Jones y saer i
'neud braich bren i mi, a hinjian yn y lle mae'r penelin, a bach haearn ar 'i blaen
hi, 'run fath â'r hen ddyn hwnnw yn y stori honno, Sioned, wyt ti'n cofio, fyddwn
i'n ddeud wrthat ti ystalwm. Dos i nôl y llyfr gael i mam gael gweld 'i lun o.' Ac
mi es i nôl rhyw lyfr Susnag, 'dw i ddim yn cofio'i enw fo, ta wath am hynny; ond
llyfr a châs coch oedd o, a stori llyfr y câs coch fyddwn i'n galw'r stori pan oeddwn
i'n fychan ystalwm; ac mi oeddwn i'n gwybod am y llun o'r gora, ac wedi
chwerthin nes oeddwn i'n wan lawar gwaith am 'i ben o, a fedra mam ddim peidio
chwerthin dipyn bach chwaith wrth 'i weld o, er 'i bod hi fel tasa hi ar fin crïo
hefyd. A fel'na bydda fo'n smalio ac yn cadw reiat ac yn dangos i ni gimint o betha
fedra fo 'neud hefo'i un llaw pan fydda mam yn y golwg, ond pan fyddwn i'n 'i
ddal o weithiau ar ben 'i hun, a fynta ddim yn gwybod mod i yno mi fydda rhyw
olwg mor ofnadwy o ddigalon ar 'i wynab o, a'i lygada fo'n edrach fel gwelis i
lygada Pero ryw dro pan oedd o wedi cael 'i frifo gin ryw drol yn mynd trosto fo.
Rhyw olwg fel tasa 'i galon o'n torri yn ara deg, ac mi fydda nghalon inna'n llosgi
wrth feddwl na fedrwn i 'neud dim byd iddo fo, ac mi fyddwn yn meddwl yn fy
hun weithia, piti na fasa posib rhoi 'y mraich i yn lle un Bob.

Mi beidiodd Elin â dwad acw yn sydyn hefyd. Mi ddoth acw ryw bnawn Sul, ac
mi oedd hi a Bob yn y parlwr ar benna'u hunan am dipyn, ac mi ddoth allan â'i
gwynab hi fel tân, ac mi ath drwy'r gegin heb ddeud gair wrth yr un ohonon ni.
Ddaru mi ddim meddwl fawr o'r peth amsar honno, ond mi gofis amdano fo pan
ath dyrnodia heibio heb iddi hi ddwad acw i edrach am Bob, ac wrth 'i weld
ynta'n mynd i edrach 'n fwy digalon o hyd, ac mi ddechreuis i feddwl mod i wedi
gneud camgymeriad ofnatsan, ac nad oedd Elin ddim yn caru Bob y mymryn llia,
ne fasa hi byth yn 'i droi o heibio am fod o wedi bod mor anlwcus â cholli'i fraich,
dyn a'i helpo, achos fedrwn i feddwl am ddim arall oedd wedi gneud iddi hi
beidio dwad acw, ac mi gofis am y pnawn Sul hwnnw, ac mi oeddwn i'n siŵr jest

mai dyna oedd hi wedi bod yn ddeud wrth Bob pan ddoth hi allan mor goch yn 'i
gwynab. 'Doedd rhyfadd bod 'i gwynab hi'n goch. Ac mi ddigis i'n ofnadwy
wrthi, ac mi fyddwn i'n 'i phasio hi bob tro y gwelwn i hi heb sbïo arni hi.
A fedrwn i ddim diodda gweld Bob yn poeni ar 'i chownt hi, ac O, diar annwyl,
mi oedd popeth mewn rhyw hen rwdl ofnatsan, Maggie Tanrallt, a Twm Tŷ
Mawr, a phopeth hefo'i gilydd, mi oeddwn i jest â drysu rhwng y cwbl.

Mae'n beth rhyfadd y bydda i yng nghanol helyntion caru pobol erill o hyd
rywsut. Mi fydd yn gneud i mi feddwl am ryw hen rigwm fydd Betsan Tŷ Coch
yn ddeud. Hen ferch ydi hi, ac mae hi'n un arw am siarad hefo genod ifanc am
gariada a phetha felly, a fedar mam ddim 'i diodda hi, a cha i ddim mynd ar 'i
chyfyl hi os bydd mam yn gwybod, a wir fydda inna ddim yn hidio ryw lawar am
ryw lol fel fydd gini hi. Ond dyna oeddwn i'n mynd i ddeud, diwadd pob sgwrs
gin Betsan fydda fel hyn, 'Poen wrth garu, poen wrth beidio, poen wrth droi fy
nghariad heibio,' a 'ddyliwn i 'i fod o'n wir wrth weld y byd sy ar bobol, ac mi
fydda i'n diolch nad ydw i'n hidio dim pen botwm yn neb, a ddim yn debyg o
'neud chwaith, achos 'dydw i ddim wedi gweld neb yn debyg i Bob 'y mrawd eto,
er i mi ddeud wrthach chi mod i wedi cael rhyw dwtsh o'r helynt hefo Johnnie Tŷ
Ucha, ond mae hynny ystalwm stalwm, ac mi ydw i wedi anghofio sut oeddwn i'n
teimlo. Ond sôn am Bob 'roeddwn i, ac nid peth i chwerthin oedd yr amsar
honno, a 'doeddwn i fawr o feddwl smalio fel ydw i rwan, achos mae popeth yn
reit rwan, wyddoch, rhyngddyn nhw i gyd, ond Twm, druan, — ond mi ddeuda i
'i hanas o eto, a hanas Maggie Tanrallt hefyd, ne 'na i byth ddarfod helynt Bob.

Fel oeddwn i'n ddeud wrthach chi, mi oeddwn i'n teimlo'n flin ofnatsan fod
Bob yn poeni ar gownt Elin, a hitha wedi troi yn un mor sâl, achos mi 'roedd o'n
poeni'n ofnadwy, 'doedd dim dwywaith, ac ar 'i chownt hi hefyd mi oeddwn i'n
gwybod o'r gora, yn fwy na bod o wedi colli'i fraich a ddim yn abal i 'neud dim ar
y ffarm, ac yn methu gwybod be gâi o 'i 'neud i gael tamad. Ac O, mi oeddwn i'n
annifyr, ac mi fyddwn yn teimlo weithia y baswn i'n medru mynd ar 'y nglinia o
flaen Elin, a chrefu arni hi ddwad yn ffrindia hefo Bob; ddim ond er mwyn i mi
gael gweld 'i lygada fo'n edrach am unwaith fel byddan nhw ystalwm; a phan
fyddwn i'n 'i gweld hi yn y capal mi fydda gas gin i 'i gweld hi'n edrach mor glws,
a gas gin i weld 'i gwallt hi'n sgleinio yn y gola.

Rhyw noson wedi i Bob fendio yn iawn a dwad at 'i betha fel arfar, mi oeddan ni
wedi mynd i'n gwlâu a gadal Bob i lawr wrth y tân yn darllan. Wedi i mi fynd i'r
llofft, mi ffeindis mod i wedi anghofio 'y mhais lân oedd wrth y tân yn eirio, ac mi
oedd arna i isio'i rhoid hi amdana yn y bora. Mi bicis i lawr yn nhraed fy sana, a
dyna lle 'roedd Bob yn ista a'i freichia ar y bwrdd a'i ben arnyn nhw, ac yn rhyw
ruddfan yno'i hun felly, ac mi oeddwn i'n gwybod mai meddwl am Elin yr oedd
o. Ddaru o ddim 'y nghlywad i'n dwad, ac mi rois fy llaw ar 'i wallt o,

'Bob, Bob,' medda fi, 'paid â meddwl amdani hi, 'dydi hi ddim gwerth.' Mi gododd 'i ben mewn munud, ac medda fo, 'Taw, Sioned, 'does dim bai ar Elin.'

'Dim bai arni hi! Un go ffadin ydi hi, faswn i'n meddwl, pan fasa hi'n troi unrhyw hogyn heibio am 'i fod o wedi colli un o'i freichia, ac yn enwedig pan y medra hi ddwad i ddeud hynny wrtho fo, fel daru hi y dy' Sul hwnnw. Faswn i'n meddwl dy fod ti wedi cael ymwared reit dda.'

'Nid Elin ddaru ddeud,' medda fo. 'Fi ddaru; achos 'doedd o ddim yn deg gadal iddi hi rwymo'i hun wrth ryw greadur di-les diallu fel fi, a 'doedd o ddim ond yn naturiol iddi hi fod yn barod i gymyd 'i rhyddid. Fasat ti dy hun, Sioned, ddim yn hidio ryw lawar am gymyd dim heb fod yn gyfa,' ac mi oedd y creadur yn trïo chwerthin.

'Taswn i'n 'i garu o fasa wath gin i sut un fasa fo, ac mi oeddwn i'n meddwl mai un felly oedd Elin hefyd, ond mi ddaru mi gamgymeryd, 'ddyliwn i, ond paid â becsio cimin, Bob bach,' medda fi, jest â chrïo. Wrth i mi ddeud nos dawch mi ddaru rhywbath fy mricio 'n sydyn, a 'dwn i ddim be 'nath i mi ofyn,

'Bob, sut daru ti ddeud wrth Elin y dy' Sul hwnnw?'

' 'Dydi o fawr o bwys sut daru mi ddeud, ond gin bod ti isio gwybod, ddaru mi ddeud dim ond y bydda well i ni ffarwelio.'

'Ddaru ti ddim deud pam?'

'Wel naddo, achos 'doedd dim isio; mi oedd y rheswm yn ddigon amlwg, 'ddyliwn i.'

Mi sbïis i ar Bob am yn hir nes daru o notisio, a dyma fo'n gofyn,

'Be ti'n sbïo fel'na?'

'Be 'dw i'n sbïo wir! Mi fyddwn i'n arfar meddwl dy fod ti'n gallach na neb oeddwn i'n nabod, Bob; ond yr argian fawr, o'r holl betha gwirion glywis i sôn amdanyn nhw! Nos dawch.'

Ac mi gychwynnis i fyny'r grisia. Mi oeddwn i mor filan hefo fo am 'i ffolineb fel oeddwn i'n meddwl y câi o ddiodda dipyn 'chwanag. Yn dydi dynion yn betha gwirion mewn difri calon rwan? Diolch mai hogan ydw i. Jest meddyliwch, rwan, — deud wrth yr hogan y bydda well iddyn nhw ffarwelio, a rhoi rheswm ar wynab y ddaear am hynny, ac wrth un mor indipendant a swil â Elin, achos mi gymra fy llw na ddaru Elin ddim cimint â gofyn pam iddo fo, pan ddaru o ddeud wrthi hi, a faswn inna ddim chwaith, a beth oedd hi i feddwl ond 'i fod o wedi blino arni hi, achos 'dw i'n siŵr rwan nad oedd rheswm Bob 'rioed wedi dwad i'w phen hi. Ac O, mi oedd biti gin i drosti hi, ac mi oeddwn i'n casáu fy hun am mod i wedi bod mor frwnt wrthi hi, y beth bach, ac O, fedra i ddim deud wrthach chi mor dda oedd gin i nad oedd Elin ddim wedi gneud fel yr oeddwn i'n feddwl, achos mi 'dw i'n arw ofnatsan amdani hi, ac unwaith 'newch chi garu rhywun o ddifri, peth anodd iawn ydi peidio, er iddyn nhw ych digio chi o hyd. A phob tro y byddwn i'n pasio Elin heb sbïo arni hi, mi fydda'r hen lwmp hwnnw yn 'y ngwddw i jest â nhagu i; ond fedra i ddim deud wrthach chi mor ddig oeddwn i wrth Bob.

Gobeithio'r tad, os byth y gna i syrthio mewn cariad â rhywun y bydd gino fo fwy
o synnwyr cyffredin, chwadl mam, ne mi fydd yn helynt dychrynllyd, ond 'dw i'n
credu mai fel'na mae dynion i gyd. 'Dydyn nhw ddim yn deall merchad.

Ond i fynd ymlaen. Fedrwn i ddim diodda meddwl am Bob yn poeni drwy'r
nos heb drïo'i gysuro fo, ac mi weitis nes clywis i o'n dwad i fyny'r grisia, a dyma
fi'n agor drws fy llofft, ac medda fi,

'Paid poeni dim 'chwanag, Bob, mi â i at Elin fory, a gei di weld y bydd popeth
yn iawn.'

'Mae 'na i ofn dy fod ti'n misio, Sioned bach,' medda fo, 'mae popeth fel y dyla
fo fod, fasa petha fel 'roeddan nhw ddim yn deg i Elin.'

'Ydi petha fel maen nhw yn deg i ti, Bob?' medda fi.

'O, mi eith heibio toc,' medda fo, ac yn codi'i ben. ''Nawn ni ddim sôn am y
peth eto, a paid â mynd at Elin, Sioned, cymar ofal.'

'Nos dawch,' medda fi, ac mi gaeis y drws yn glep.

'Dach chi ddim yn meddwl 'y mod i ddigon gwirion i wrando ar Bob ynghylch
mynd i'r Rhiw? Mi es yno ben bora drannoeth. Mi oedd rhaid i mi redag yn
bennoeth wyddoch, ne mi fasa mam yn gofyn lle oeddwn i'n mynd, ac wedyn,
taswn i'n deud mai i'r Rhiw, mi fasa'n deud,

'I'r Rhiw, wir, ar dy godiad fel hyn, paid â lolian. Dos at dy waith mewn dau
funud, mi gei ddigon o amsar ar ôl te i fynd os na fydd Elin yma cyn hynny.'
'Doedd mam, wrth ryw lwc, ddim wedi sylwi nad oedd Elin ddim yn dwad acw
rwan. Decin i 'i bod hi'n meddwl wrth fod Bob yn well nad oedd dim galw am
iddi ddwad mor amal, ac mae'n debyg hefyd 'i bod hi'n meddwl bod hi wedi bod
acw lawar gwaith pan oedd hi yn trin y llaeth ne rywbath fel y bydda hi'n arfar
ystalwm felly. Mi oedd reit dda gin i nad oedd mam ddim wedi notisio, ne mi fasa
acw helynt a hannar tasa hi wedi meddwl am Elin 'run fath ag oeddwn i wedi
gneud. 'Doedd dim posib iddi hi beidio gweld fod Bob yn poeni, ond mi oedd
hi'n meddwl mai ar gownt 'i fraich.

Ac felly mi bicis ar draws y caea ar ôl brecwast, achos fedrwn i ddim byw yn 'y
nghroen tan geuthwn i ddeud wrth Elin bod 'difar gin i mod i wedi'i phasio hi;
fedra i ddim diodda bod allan o ffrindia hefo neb, wyddoch.

Mi oedd Elin tu allan i ddrws y cefn yn sgwrio'r llestri llaeth, a dyma hi'n sbïo
reit oeraidd arna i, a ddaru hi ddim chwerthin na dim pan ddaru mi ofyn sut oedd
hi, dim ond atab reit gwta. Ond 'doedd rhyfadd wedi mi'i thretio hi mor gas. Mi
oedd hi'n edrach reit lwyd, a'i llygada hi'n edrach fel tasa hi wedi bod yn crïo, ac
mi *oedd* biti gin i drosti hi. Ddaru mi ddim cymyd arna mod i'n gweld mor
oeraidd oedd hi'n bihafio, a dyma fi'n deud,

'Cha i ddim dwad i'r tŷ gin ti, Elin?'

Mi ddaru sefyll i mi'i phasio hi i'r gegin, ac mi ddoth ar f'ôl i. 'Doedd 'i mam hi
ddim yno, a dyma fi'n ista ar y setl, ac mi safodd Elin ar yr aelwyd o mlaen i, 'n

edrach reit indipendant felly o hyd, ac fel tasa hi'n methu gwybod beth oedd arna
i isio, a be 'nes i ond neidio i fyny a chydiad am 'i chanol hi, a'i thynnu hi ar 'y
nglin i, mae Elin mor fechan, wyddoch, mi 'dw i gimint ddwywaith â hi.

'Rwan, paid ag edrach fel'na, Nel, mae gin i isio siarad hefo chdi. Ista'n llonydd
am funud,' achos mi 'roedd hi'n trïo mynd orwtha i. 'Am be wyt ti wedi digio
hefo Bob?' medda fi. Mi oeddwn i'n gwybod o'r gora, fel y gwyddoch chi, ond mi
oedd gin i isio clywad be ddeuda hi. Mi gochodd at 'i chlustia, ac mi oedd 'i
gwefusa hi'n crynu; ond dyma hi'n codi'i phen reit ffiaidd felly, ac yn deud,
''Dydw i ddim wedi digio hefo fo.'

'Wel wyt,' medda fi, 'ne mi faset yn dwad acw weithia.'

''Dydw i ddim am ddwad lle 'does dim o f'isio i,' medda hi a'i llygada hi'n
tanio.

'Ddim o dy isio di! Pwy ddaru ddeud hynny wrthat ti?'

'Bob.'

'Bob, wir! Ddeudodd o ddim o'r fath beth.'

'Mi ddeudodd beth oedd yr un peth, y bydda well i ni ffarwelio, a be oedd
hynny ond deud nad oedd arno fo ddim o f'isio i. Ond 'dydi o ddim ots gin i,' ac
yn edrach mwy indipendant byth. Ond mi dynnis i 'i phen hi i lawr ata i ac mi
ddeudis yn ddistaw bach yn 'i chlust hi be oedd wedi gneud i Bob ddeud hynny
wrthi hi. Mi neidiodd i fyny, ac mi safodd o mlaen i a'i llygada mawr glas yn
sbïo'n syn arna i, a'r gwrid dros 'i gwynab hi i gyd.

'Sioned, O Sioned,' medda hi mhen tipyn, 'oedd o'n meddwl nad oeddwn i
ddim mwy triw na hynna.' A wyddoch chi be 'nath yr hen beth bach wirion
wedyn? Pwyso'i phen ar f'ysgwydd i a chrïo hynny fedra'i chalon hi, ac mi
oeddwn i'n wirionach na hitha, achos mi oeddwn inna'n crïo hefyd, a 'doedd gin i
ddim byd i grïo ar 'i gownt o. Pan oeddan ni'n dwy wedi sychu'n llygada dyma
fi'n deud,

'Mi ddoi acw toc yn doi, Elin? Tyd pan fydd mam yn y tŷ llaeth. Mi ofala i y
bydd Bob yn y tŷ a neb hefo fo.'

Ond ches i ddim traffarth i gadw Bob yn y tŷ achos mi ath i'r parlwr ar ôl te, a
dyna lle 'roedd o hefo rhyw lyfra. 'Doedd o ddim yn gwybod, wrth gwrs, bod Elin
yn dwad, achos fasa wiw i mi ddeud mod i wedi bod yn y Rhiw.

Mi oeddwn i'n stowt ddychrynllyd wrth mam, achos mi ngyrrodd i i'r pentra i
negas jest ar yr amsar oeddwn i'n disgwyl Elin. Mi frysis hynny fedrwn i, ac wrth
ddwad yn f'ôl mi wrandis wrth y drws i edrach oedd mam yn y tŷ llaeth, ac mi
clywn hi'n tyrfu hefo'r llestri. 'Doedd 'na neb yn y gegin, ac mi agoris ddrws y
parlwr yn ddistaw bach i edrach oedd Elin wedi dwad, a dyna lle 'roedd Bob yn
ista ar y gadar wrth y ffenast ac Elin ar 'i glinia ar y llawr wrth 'i ochor o, a braich
Bob dros 'i 'sgwydda hi, a faswn i'n meddwl fod yr *hairpins* wedi dwad o'i gwallt
hi, achos mi oedd o'n hongian i lawr 'i chefn hi dros fraich Bob, a'r haul o'r ffenast

yn sgleinio'n felyn fel aur arno fo, ac mi oedd hi'n edrach yng ngwynab Bob a'i llygada hi'n edrach fel byddan nhw pan fyddwn i'n 'i chatsio hi'n edrach arno fo pan oedd hi'n meddwl na fydda neb yn 'i gweld hi, ac mi oedd hi'n deud mewn llais na chlywis i 'rioed moni hi'n siarad yno fo wrtha i,

'Mi oeddat ti'n hen hogyn gwirion, fel taswn i'n hidio prun ai un 'ta dwy fraich oedd gin ti, a wir wedi cysidro dipyn,' ac yn ysgwyd 'i phen arno fo, ''dw i'n meddwl fod ti'n edrach yn well hefo un, a—.' Mi gaeis i'r drws mewn munud. Ond 'dw i'n meddwl mai'r amsar honno ddaru Bob ffendio'n iawn faint oedd Elin yn 'i garu o. 'Dach chi'n gweld rwan mai oni bai fi fasa petha byth wedi dwad -i'w lle, achos fasa Elin byth bythoedd yn gofyn i Bob am be oedd o isio ffarwelio, a fasa Bob byth yn deud gair yn 'chwanag achos fod o'n meddwl mai dyna oedd gora ar les Elin. Pan ddoth o yn 'i ôl wedi bod yn 'i danfon hi adra, mi oedd 'i lygada fo'n edrach jest fel byddan nhw ystalwm, ac mi oedd mam yn methu gwybod be oedd wedi dwad trosto fo, fel oedd o'n smalio ac yn gneud sbort hefo hi.

Pan oeddwn i'n mynd heibio fo wrth fynd i ngwely ac yn sefyll i ddeud nos dawch wrtho fo wedi'r lleill fynd, dyma fo'n cydio yn fy ngwallt (fedar neb gydio yno fo rwan achos mi 'dw i'n cael 'i godi o rwan), ac yn deud yn ddistaw,

'*Well done,* Sioned, 'na i byth dy ddwrdio di am fod yn fusnesgar eto.'

'Nes i ddim deud dim byd, ddim ond rhwbio moch yn 'i law o, achos er 'i fod o'n chwerthin mi oedd 'i wefusa fo'n crynu, ac mi redis i fyny'r grisia, ac mi oeddwn i'n teimlo y baswn i'n licio canu'r hen gân honno fyddan ni'n ganu yn 'rysgol ystalwm, 'Wele goelcerth wen yn fflamio', a chael gweiddi hynny liciwn, wyddoch. Ond mi oedd rhaid i mi ddiodda heb 'neud, ne mi fasa nhad a mam yn meddwl mod i wedi mynd o ngho taswn i'n cychwyn arni hi'r adag honno 'r nos, ond mi fasa Bob yn deall, a synnwn i ddim na fasa fo'n fy helpu i hefo hi, ond tewi ddaru mi rhag ofn.

Amsar oedd Bob yn sâl mi fydda acw lot o bobol yn dwad acw i edrach amdano fo, ac mi ddoth modryb Penrhos acw hefo f'ewyrth John. Brawd i nhad 'di f'ewyrth, wyddoch, ac mae o reit debyg iddo fo hefyd yn 'i ffordd. Mae teulu nhad i gyd 'run fath, — rhyw betha distaw disiarad. Mae Bob yn ddigon tebyg iddyn nhw, ond mae tipyn o mam yno fo hefyd. Ond 'dydw i ddim byd yn debyg i deulu nhad, fel mae'n debyg ych bod chi wedi ffendio.

Rhaid i mi ddeud yr hanas fel buo nhad a fi yn aros yn Penrhos am wythnos, ystalwm, pan oeddwn i rhyw hogan go fechan. Welsoch chi 'rioed yr hwyl ges i. Ond rhaid i mi orffan am Bob. Mae modryb yn fistras corn ar f'ewyrth. Mae mam yn fistras ar 'y nhad, fel ydach chi'n gwybod, ond mae hi'n gallach na modryb Penrhos, ac yn medru trin 'y nhad fel y mynnith hi, heb wybod iddo fo, a heb wybod i neb arall os na fyddan nhw'n deall petha 'run fath â fi. Ond mi fedrwch ddeud mewn munud hefo modryb.

Y diwrnod hwnnw ddaethon nhw i edrach am Bob, mi ddarun ddreifio hefo'r car, a'r peth cynta glywis i wedi iddo fo stopio oedd modryb yn trin wrth f'ewyrth am 'i fod o wedi gyrru gormod ar y 'ferlen', chwadl hitha. Fel 'dach chi'n gwybod, mae arna i dipyn o ofn modryb Penrhos. Y peth cynta fydda i'n wybod pan fydda i'n 'i gweld hi ydi bod 'i llygada hi'n edrach drwydda i a drosta i a tu cefn i mi, ac os bydd 'na rywbath heb fod yn iawn, — botwm wedi colli ar fodi fy ffrog i, ne dwll bach yn y penelin, — mi fydd 'i llygada hi'n siŵr o'i ffendio fo, ac mi ddeudith wrtha i amdano fo fel taswn i ddim yn gwybod, 'Sioned, mae ene dwll ym mhenelin dy fodi di. Fydde ddim gwell i ti'i drwsio fo cyn iddo fynd yn fwy? *A stitch in time, saves nine,* wyddost.' Mi fydda i'n methu gwybod lle cafodd modryb afal ar yr hen *stitch in time* 'na; fasa waeth gin i tasa hi yn 'i anghofio fo, achos 'dw i wedi blino arno fo.

Mi oedd rhaid iddi gael mynd i'r llofft i weld Bob y peth cynta ar ôl dwad i'r tŷ, ac 'roedd rhaid i f'ewyrth fynd hefo hi, a dyna lle 'roedd y ddau, modryb yn martsio i fyny'r grisia gynta fel sowldiwr, a f'ewyrth ar 'i hôl hi yn edrach fel rhyw gi bach, ac mi es inna ar 'u hola nhw er mwyn cael tipyn o hwyl.

Pan ddaru ni gyrraedd y llofft mi ddaru droi rownd, a chyn siarad hefo Bob na dim dyma hi'n deud wrth f'ewyrth, 'Cerwch i iste i'r fan acw, John, wrth ymyl y ffenest,' a f'ewyrth yn mynd yn ddistaw, ond yn rhoi winc ar Bob fel tasa fo'n deall y cwbl ac yn hidio dim, ac wedyn dyma modryb yn tynnu rhywbath o dan 'i siôl, a wyddoch chi be oedd o? Bwnsiad o floda oddar y goedan rownins, chwadl hitha, sy'n tyfu o flaen 'u tŷ nhw. Chwara teg i modryb, mi ddaru mi 'i licio hi'n well o'r amsar honno, mi oedd hi wedi cofio fel bydda Bob yn sefyll i edrach ar yr hen goedan yn 'i bloda pan fydda fo'n mynd i Penrhos, ac fel bydda fo'n dwad â sprigyn yn 'i gôt, ac mi *oedd* Bob yn falch ohonyn nhw hefyd. 'Chydig fydd modryb yn chwerthin, wyddoch, ac mi fydd Bob yn smalio hefo hi er mwyn 'i gweld hi'n chwerthin waetha hi yn 'i dannadd. A dyma fo'n deud wrthi hi, 'Fuoch chi yn ben y goedan i nôl nhw, modryb?' 'Cer odd'ne di a dy lol,' medda modryb, a dyna fydd hi'n ddeud bob amsar jest. Ond mi oedd hi'n cadw 'i golwg ar f'ewyrth o hyd, ac medda hi, pen tipyn, 'Peidiwch â dwyno'r cyrten ffenest ene wir, John,' a'r dyn diniwad ddim yn twtsiad yno fo. A pen tipyn wedyn dyma hi'n troi ato fo ac yn deud, 'Peidiwch rhygnu'ch traed yn y llawr wir, John,' a f'ewyrth gyn llonyddad â babi. A mhen sbel wedyn medda hi, 'Well i chi fynd i lawr, John.' A mam yn deud, 'Yn neno'r taid annwyl, byddwch lonydd i'r dyn, Ffanni' (Ffanni 'di enw modryb). Ond i lawr aeth f'ewyrth wedi deud wrth Bob, 'Gobeithio y byddi di'n iawn yn union deg y machgan i, a brysia i Benrhos.' Ac medda modryb wedi iddo fo fynd drwy'r drws, 'Welsoch chi 'rioed un mor anesmwyth â John, mae o'n troi ac yn trosi o hyd,' a f'ewyrth, dyn a'i helpo, fel dyn pren.

Ar ôl sgwrsio dipyn 'chwanag dyma hi'n codi ac yn deud, 'Rhaid i mi fynd ar ôl

y dyn ene, ne mi fydd wrthi hi'n smocio ne rwbeth,' a dyma hi'n martsio i lawr yn
'i hôl, ac ar ôl te mi ddarun ddreifio i ffwrdd, modryb yn trin wrth f'ewyrth am 'i
fod o wedi cymyd smôc hefo nhad. 'Ddim iws i chi wadu,' medda hi, 'mae hogle'r
hen baco ene hyd ych dillad chi.' Fedar modryb ddim diodda smocio.

Mi ddoth Dr Williams y Coleg yma hefyd i edrach am Bob, a thrwyddo fo
cafodd o'r lle 'na mae o wedi'i gael.

Mi oedd Bob wedi dechra ar 'i waith cyn y Pasg, ac mi oedd y briodas i fod ar y
dy' Merchar ar ôl dy' Llun y Pasg.

Fel ydach chi'n gwybod mi oedd mam wedi gaddo y cawn i ffrog laes at y llawr
pan wnâi Bob briodi, a chael codi ngwallt hefyd. Pnawn cyn y briodas mi es i i'r
pentra i nôl cnegwath o *hairpins* gwallt, ac mi es i lofft 'y mam i 'neud 'y ngwallt er
mwyn i mi gael gweld sut oeddwn i'n edrach. Mae 'na lás gwell yn 'i llofft hi. Pan
oeddwn i ar ganol 'i 'neud o dyma fi'n clywad mam yn dwad i fyny'r grisia; a
wyddwn i ar ddaear be 'nawn i, achos mi fasa yn 'i rhoid hi'n ofnatsan i mi am
wastio f'amsar o flaen y glás, a finna ddim yn gwisgo amdana i fynd i'r capal na
nunlla. A dyma fi'n slipio tu nôl i gyrtan y gwely; yn meddwl 'wyrach y basa hi'n
mynd i ffwrdd yn y munud. Mi oeddwn i wedi cydiad yn y bocs *hairpins* a mynd â
fo hefo fi, ond pan oeddwn i jest wedi cau y cyrtan amdana i dyma fi'n 'i ollwng
o'n glep ar lawr. 'Pws, pws,' medda mam, 'shiw, yr hen sopan, wiw i mi adal drws
yn ygorad yn y tŷ 'ma, dos.' Ond wrth nad oedd hi ddim yn gweld y gath yn
mynd, dyma hi'n mynd i ben y grisia ac yn gweiddi, ' 'Di'r gath i lawr, Sioned?
Sioned, ydi'r gath i lawr?' Ond wrth nad oedd 'na neb yn atab, dyma hi'n dwad
yn 'i hôl ac yn deud, 'Lle yn y byd mae'r hogan 'na wedi mynd rwan, 'sgwn i, â'i
phen yn y gwynt.' 'Ddyliwn i fod y gath wedi rhedag i fyny'r grisia wrth glywad
llais mam. 'O, dyma chdi,' medda hi. 'Dos i lawr,' ac mi ddoth mam i fewn ac mi
gaeodd y drws ar 'i hôl, a dyma hi wedyn yn tynnu bwnsiad o oriada o'i phocad ac
yn agor un o ddrors y gest a'r drors lle mae hi'n cadw'i gown priodas, ac mi
oeddwn i'n methu gwybod be oedd hi'n mynd i 'neud. Beth bynnag, y drôr isa
oedd hi wedi agor, ac mi sefodd am dipyn wrth 'i phen hi, a dyma fi'n clywad sŵn
papur sidan yn cael 'i symud, a dyma hi'n tynnu rhywbath allan, a be 'ddyliach
chi oedd o? 'I ffrog briodas hi'i hun. Mi oeddwn i'n medru gweld popeth oedd
hi'n 'neud trwy ryw hen dwll bach yn y cyrtan. Mi 'chrynnis i'n ofnatsan wrth
weld mam yn tynnu'r ffrog honno allan. Tybad 'i bod hi'n mynd i'w rhoi hi
amdani diwrnod priodas Bob? Mi *fasa'n* edrach yn smala yni hi, achos mae hi
wedi'i gneud mwya hen ffasiwn, wyddoch. Ond fasa rhaid i mi ddim dychryn,
achos wrth iddi hi'i thynnu hi allan mi ddaru mi weld 'i bod hi wedi mynd rhy
fychan iddi hi o lawar, ac mi ddaru mi'i gwatsiad hi, i edrach be 'na hi hefo hi.
Wedi iddi hi'i throi hi tu detha allan mi ddaru'i thaenu hi ar draws y gwely. Mae
cwmpas dychrynllyd yn 'i sgert hi, ac mi oedd hi'n taenu dros y gwely fel cwilt, ac
wedi'i gosod hi felly ddaru hi ddim byd ond sefyll ac edrach arni hi, a thynnu'i

llaw hyd y rubana oedd ar y bodi, a thrïo tynnu'r plygiada ohonyn nhw. 'Mhen tipyn dyma hi'n mynd ac yn estyn rhyw fonat o'r siâp ryfedda welsoch chi 'rioed, ac mi oedd arna i isio chwerthin na wyddwn i ddim be 'nawn i. Un gwyn oedd o, a rhyw floda bach gwynion yno fo, yn ysgwyd fel robin grynwr, ac mi roth o am 'i phen o flaen y glás. Mi oedd hi'n edrach yn smala ofnatsan, ac mi oedd arna i isio chwerthin; ond mi oeddwn i'n teimlo reit annifyr hefyd, rywsut fel taswn i'n gneud rhywbath heb fod yn iawn. Mi dynnodd y fonat yn union, a dyma hi'n 'i gadw fo yn 'i ôl, ac yn troi y ffrog tu chwynab allan ac yn 'i rhoid hi yng ngwaelod y drôr a'r papur sidan arni hi, ac mi oeddwn i'n methu gwybod be oedd hi'n deud, 'Wel, wel,' wrth gau y drôr.

Mi 'dw i wedi bod yn meddwl llawar be 'nath i mam fynd i edrach 'i ffrog briodas y diwrnod cyn priodas Bob. Mi oedd reit dda gin i 'i gweld hi'n mynd i lawr y grisia. Yn un peth, mae o'n gosbedigaeth dychrynllyd arna i sefyll yn llonydd am fwy na phum munud. A pheth arall, mi oedd 'y nau droed i wedi cysgu, ac mi oeddwn i jest â gweiddi, ond wrth lwc mi fedris ddal, achos faswn i'n mynnud ar ddim i mam gael hyd i mi, 'n enwedig wedi i mi weld be oedd hi wedi bod yn 'neud.

Wel i chi, mi fedris 'neud 'y ngwallt i fyny; ond mi fuom yn hir ofnatsan wrthi hi, ac mi oeddwn i'n meddwl y basa rhaid i mi godi cyn dydd drannoeth i fod yn barod erbyn amsar mynd i'r capal, ac mi oeddwn i wedi rhoi bocs cyfa o *hairpins* yno fo, ac mi fuo acw hwyl na fuo rotsiwn beth am ben yr *hairpins* a ngwallt druan i, ond mi ddeuda hynny yn y munud.

Mi es i lawr i'r gegin hefo ngwallt i fyny i ddangos i mam, er mi oeddwn i'n gwybod na chawn i fawr o nghanmol gini hi, achos mae hi wedi bod yn trïo tynnu'n ôl o be oedd hi wedi ddeud y cawn i godi ngwallt pan 'na Bob briodi. Ond 'doedd waeth iddi hi heb, achos mi ddaru Bob gadw chwara teg i mi.

Pan ddois i lawr pwy oedd yn y gegin hefo mam ond Elin; a phwy arall 'ddyliach chi? Ydach chi'n cofio fi'n deud hanas yr hogyn hwnnw fuo'n chwara i mi ryw noson yn un o'r partis rheini fydda modryb yn mynd iddyn nhw, y noson 'nes i ganu 'Hiraeth'? Wel hwnnw, ac mi ath rhywbath drwydda i wrth 'i weld o, ac mi oedd 'y ngwynab i'n llosgi fel tân, ac mi oeddwn i'n gweld o fy mlaen yr hen barlwr hwnnw, a'r cyrtan coch hwnnw oeddwn i'n ista yn 'i gysgod o, a gola'r *gas*, a'r bobol yn gweu . . . 'nôl ac ymlaen, ac mi oeddwn i'n methu gwybod be oedd o'n 'neud yn yn tŷ ni. Ac mi oeddwn i yn synnu gweld mam yn siarad mor gartrefol hefo fo, felly. Pan welodd o fi, dyma fo'n codi ac yn dwad ata i, ac yn ysgwyd llaw hefo fi, ac yn deud, 'Sut rydach chi, Miss Hughes?' Mi oeddwn i'n sbïo'n wirion arno fo fel taswn i'n gofyn, 'Pwy ydach chi?' A dyma fo'n deud wedyn,

''Dach chi'n cofio'r tro dwaetha gwelis i chi? Mi geuthon dipyn o hwyl hefo "Hiraeth" yn do?' 'Do,' medda fi, reit wirion felly o hyd. Mi oedd Elin yn sbïo arnon ni, a dyma hi'n dechra chwerthin ac yn deud,

'Ddaru mi 'rioed feddwl y basat ti mor swil hefo John, Sioned. Fasa neb yn meddwl dy fod ti wedi bod yn chwara cimin hefo fo pan oeddat ti'n fychan.'

'John!' medda fi, ac mi ddaru mi ddeall y cwbl mewn munud. Dyna pam oedd o'n gneud i mi feddwl am adra, yn Llundan y noson honno, a dyna beth arall oedd yn yn pyslo ni wedi dwad i'r golwg. Pan oeddwn i yn Llundan mi gafodd Elin lythyr orwth John yn deud fod o'n digwydd bod yn aros yn Llundan am wythnos, a bod o wedi ngweld i yno. Ond, wrth gwrs, mi oeddwn i'n deud wrthi hi mai drysu oedd o, achos 'doeddwn i ddim wedi'i weld o, achos 'doeddwn i ddim yn gwybod pwy oedd o'r amsar honno. Er mod i'n gwybod mae John, brawd Elin, oedd o rwan, mi oeddwn i'n teimlo llawn mor swil ac annifyr, ac mi oedd dda gin i pan ddoth Bob i'r tŷ. A'r peth cynta 'nath o oedd dechra gneud sbort am ben 'y ngwallt i. Mi sefodd yn y drws yn edrach mwya sobor, a dyma fo'n deud,

'Yn dul! Sioned wedi codi'i gwallt!' Ac er 'y mod i'n flin ofnatsan wrtho fo, 'doedd dim posib peidio chwerthin am 'i ben o, a dyma fo'n gweiddi,

'Nhad, dowch yma i weld Sioned wedi codi'i gwallt o ddifri.' A dyma nhad yn dwad, a dyna lle 'roeddan nhw'n sbïo arna i a ngwynab i'n llosgi. Fasa waeth gin i befo tasa John brawd Elin heb fod yno. Wedyn mi ddoth Bob ata i, ac mi gydiodd yn 'y mraich i hefo'i un llaw, ac medda fo, 'Tyd mi weld,' a dyma fo'n 'y nhroi i rownd ar hyd 'i fraich. 'Faint o *hairpins* sgin ti yno fo, Sioned?' 'Wath i chdi,' medda fi, ac yn trïo mynd o'i afal o. 'Tyd i mi'u cyfri nhw,' a dyma fo yn 'y nhynnu fi ato fo ac yn 'y ngwthio fi i ryw gongl fel y medra fo 'y nghadw i yno heb afal yna i, er mwyn iddo fo gael 'i law yn rhydd, a dyma fo'n dechra'u tynnu nhw fesul un. Mi oeddwn i'n meddwl bod rhaid bod o wedi bod yn gneud yr un peth ryw dro hefo Elin, achos mi oedd o reit handi, a'i fysadd o ddim yn drysu yn 'y ngwallt i, ac medda fo, 'Tyd yma, John, i cyfri nhw a'i rhwystro hi ddengid.' A dyna lle 'roedd John yn sefyll yn derbyn yr *hairpins* bob yn un ac un ac yn cyfri, a phan oeddan nhw'n mynd yn llawar (mi oeddwn i wedi rhoi y bocs i gyd), mi oedd Bob yn deud, 'Yn dul!' a ''Dydyn nhw ddim jest â darfod bellach, 'does dim diwadd arnyn nhw. Faint oedd honna? Dyna'r ddwaetha. Deg ar hugian! Brensiach annwyl, Sioned, sut oeddat ti'n medru cario nhw dwad, 'dw i'n siŵr bod nhw'n pwyso hannar pwys. Mam, gawn ni fynd â nhw i'r tŷ llaeth am funud i pwyso nhw yn y clorian menyn?' Mi oeddwn i jest â chrïo. Jest meddyliwch, gneud i mi edrach mor wirion o flaen brawd Elin. Mi oeddwn i'n gweld fy llun yn nrws y cwpwrdd, ac mi oedd golwg dychrynllyd ar 'y mhen i, ond medda mam,

'Mynd i'r tŷ llaeth wir! Chlywis i rotsiwn beth yrioed! Be 'di dy feddwl di, dywad? Yn meddwl am roi *hairpins* ar y clorian menyn.'

'Mi rown ni bapur amdanyn nhw, dowch mam, â'r 'goriad.' A rywsut neu'i gilydd mi gafodd Bob afal yno fo gini hi, ac mi aethon nhw i gyd i'r tŷ llaeth, mam i edrach na fasan nhw'n gneud dim niwad i ddim byd. Mi oeddwn i rhy stowt i fynd, ac mi 'rhosis yn y gegin.

Dyma nhw yn 'u hola ymhen tipyn, ac mi roth Bob yr *hairpins* i mi wedi'u lapio mewn papur, ac medda fo mewn llais sobor,

'Wyddost ti be, Sioned? O hyn allan mi fyddi'n cario dwy owns o haearn ar dy ben bob dydd. Faswn i ddim yn licio bod yn dy le di.' Mi fuo jest i mi ran revenj â deud hanas yr *hairpin* honno ges i yn 'i bocad o ystalwm; ond ddaru mi ddim.

Mi aethon ni i ddanfon John ac Elin dipyn o'r ffordd i'r Rhiw. Wrth gwrs, mi oedd Bob ac Elin yn cerddad o'n blaena ni, a John a fi hefo'n gilydd, a welsoch chi 'rioed beth rhyfeddach, fedrwn i ddim siarad gair hefo fo. 'Dwn i ddim be oedd haru mi. Mi fydd gin i ddigon i ddeud wrth bawb yn gyffredin, ond mi oedd o'n sgwrsio reit ddifyr, mwy difyr na neb glywis i, jest mor ddifyr â fydd Bob. Mi oedd o wedi plesio mam yn arw iawn, ac mi oedd hi'n deud,

'*Mae* John wedi mynd yn fachgan neis.'

Mi 'nes i drïo fy ffrog newydd cyn mynd i ngwely. Fi oedd i fod yn forwyn briodas, wyddoch, ac mi oedd gin i ffrog newydd, un lwyd fymryn bach yn dwllach nag un Elin. Llwyd yn sgleinio felly, fel y dail arian rheini fyddan ni'n rhoi yn y Beibla yn 'r Ysgol Sul pan oeddan ni'n fychan. Mi 'nes i dynnu'r glás odd'ar y bwrdd ar lawr er mwyn i mi weld sut oeddwn i'n edrach hefo ffrog jest yn twtsiad y llawr. 'Doedd 'na ddim ond jest blaena'n nhraed i'w weld, ac mi oedd hi'n edrach reit neis hefyd, ac mi es i ngwely yn gweld f'hun yn mynd i'r capal yni hi, ac wedi codi ngwallt, ac yn meddwl be' fasa genod y pentra'n feddwl ohona i. Mi oeddwn i'n meddwl cimint am y peth nes oeddwn i wedi synnu yn y bora na nid am hynny ddaru mi freuddwydio, ond am John brawd Elin, a 'dwn i ddim be 'nath i mi freuddwydio amdano fo, a finna ddim wedi meddwl amdano fo'n tôl.

Mi oedd hi'n fora braf ofnatsan bora wedyn, ac mi oedd hogla bloda'r eithin dros bob man, a fydda i byth yn clywad 'u hogla nhw na fydda i'n cofio bora priodas Bob, a ninna'n mynd i'r capal trwy'r caea, a mam wedi gneud i mi godi fy ffrog am fy nghanol rhag ofn i'w godra hi gluro yn y gwlith, ac mi oedd hi wedi startsio fy mhais wen i nes oedd hi'n stiff fel bwrdd, ac mi 'dw i fel faswn i'n clywad y sŵn oedd hi'n 'neud wrth gluro yn erbyn piga'r eithin ne y gwellt wrth ochor y llwybra.

Mi *oedd* mam mewn byd y bora hwnnw, yn yn hwylio ni i gyd, ac mi oedd hi ar ôl 'y nhad ymhob man rhag ofn iddo fo fynd heb golar. Ond mi gychwynnodd o'n saff.

Mi aeth popeth ymlaen yn iawn, ac mi oedd y gweinidog wedi dechra, a ddaru mi ddim meddwl na faswn i'n cael gweld Bob ac Elin yn cael 'u priodi, ond ches i ddim. Cyn i'r gweinidog ddeud mwy na rhyw air neu ddau mi oedd 'na ryw fwstwr ofnatsan i glywad tua'r drws, a dyma Dic, ci Elin, yn rhoi gwib dros y seti ac at 'i hymyl hi, a dyna lle 'roedd o'n neidio o'i chwmpas hi ac yn cyfarth, a 'doedd dim iws iddi hi ddeud wrtho fo am orfadd i lawr. Mi drïodd 'y nhad gael gafal arno fo, a John hefyd, ond mi oedd o'n cadw ddigon pell o'u gafal nhw, yr hen walch, ac mi fuo raid i Elin fynd â fo allan 'i hun, a chau y drws cynta. 'Doedd y pregethwr ddim ond prin wedi cael ail ddechra na dyma ni'n clywad y sgrechiada mwyaf ofnadwy. Mi ddaru mi ddeall mewn munud mai Pero oedd wedi medru dwad yn rhydd 'run fath â Dic, a bod y ddau wrthi hi'n cwffio. A dyma fi'n rhoi ffling i fenyg Elin ac yn deud, 'Mi fydd Dic wedi hannar 'i ladd o', ac mi redis allan ar y funud, a dyna fel 'roedd hi. Mi gydis yng ngholar Dic, ac ar ôl tipyn o draffarth mi 'nes iddo fo ollwng 'i afal yn Pero, ac wedyn mi llusgis o erbyn 'i golar i'r Rhiw, bob cam, a Pero yn hopian ar yn hola ni ar dri throed, yn cyfarth rwan ac yn y man fel i brofocio Dic, ond yn cadw ddigon pell o'i afal o, a hwnnw yn plycio wrth 'i golar nes oedd 'y mraich i jest o'i lle, ac yn chwyrnu fel 'dwn i ddim be. Ac mi waeddis i ar Pero, 'Gweitia di ngwas i, 'dydw i ddim wedi darfod hefo chdi eto.' Mi gaeis i Dic yn y beudy ac wedyn mi es â Pero adra, ac mi es i nôl ffon i'r tŷ, achos mi oeddwn i mor flin wrtho fo am ddifetha popeth, nes oeddwn i wedi penderfynu rhoi cweir reit dda iddo fo; ond pan oeddwn i'n mynd i drawo fo dyma fo'n edrach yn 'y ngwynab i, ac yn dechra crïo dros bob man, ac mi gaeis Pero yn y sgubor, ac mi gychwynnis yn ôl at y capal. Mi oeddwn i'n chwys dyferyd pan ddois i yno, ac mi oedd 'y ngwallt i hannar i lawr 'y nghefn i, a hannar y deg ar hugian *hairpins* hyd y ffordd 'dw i'n credu, ac am 'y ffrog i, mi oedd hi'n llusgo hyd lawr ar un ochor, y ffwlin wedi dwad yn rhydd o'r band, a'r ochor arall mi oedd y ruban oedd yn 'i thrimio hi wedi'i dragio nes oedd o'n un llinyn hir ar f'ôl i; ac am lwch, gwared pawb! Ac erbyn i mi gyrraedd y capal mi oedd y drws wedi'i gau a phawb wedi mynd i ffwrdd. Mi gychwynnis at y Rhiw, achos yno 'roedd y cinio priodas i fod. Brecwast fydd pobol yn ddeud, wyddoch, ond cinio ydi o o ran amsar a phopeth. Mi oeddwn i'n teimlo reit annifyr, ac yn gwybod y cawn i hi'n ddychrynllyd gin mam, a gwaeth na hynny, mi oedd modryb Penrhos yno, ac mi *fydda* 'na stŵr. 'Doeddwn i ddim wedi mynd rhyw bell iawn na ddaru mi weld John yn dwad i nghwarfod i, wedi dwad i chwilio amdana i, medda fo. Mi fasa well gin i tasa fo heb ddwad a finna â ffasiwn olwg arna i. Ac mi oedd arno fo isio i mi ddwad yn 'y mlaen hefo fo. Mi sbïis i ar fy ffrog, ac mi rois fy llaw i fyny i deimlo ngwallt. 'Rhaid i mi drïo gneud tipyn o drefn arna fy hun,' medda fi, ac mi dynnis fy het, ac mi daliodd John hi, ac mi drois 'y ngwallt i fyny rywsut, ond wyddwn i ddim be i 'neud i fy ffrog, achos 'doedd gin i ddim cimint â phin i'w roid yni hi. 'Ga i dorri'r llinyn 'ma hefo nghyllath,' medda John wedi i mi roi fy het am 'y mhen, am y ruban oedd yn llusgo tu nôl. 'Mi fydd mam o'i cho os torra i o; hen dro na fasa gin i un neu ddwy o binna.' 'O mae gin i rai.' A dyma fo'n estyn tair i mi. Mi rois ddwy yn y ruban ac un i ddal y crychiad wrth y band. Tra oeddwn i wrthi hi, dyma John yn deud, 'Wyt ti'n cofio, Sioned, ni'n trwsio dy ffrog ora di, wedi i ti'i rhwygo hi wrth fynd i hel masharŵns, ystalwm.' 'Doedd o ddim wedi siarad fel'na hefo fi o gwbwl ys pan oeddwn i'n hogan bach, ac wedi iddo fo 'neud, 'doeddwn i ddim yn teimlo llawn mor swil hefo fo.

Mi oeddwn i'n clywad f'hun dipyn bach mwy gyfforddus wedi twtio fy hun cymint â fedrwn i, ond oeddwn i'n gwybod y basa modryb Penrhos yn 'y ngweld i, a'r peth cynta ddeudodd hi o flaen pawb pan aeth John â fi i fewn oedd, 'Sioned, mae dy wallt ti'n flêr iawn. Fase rhywun yn meddwl 'i bod hi'n chwythu'n galad, a diar, diar; be fuost ti'n 'neud i dy own, mae'r ruban ene wedi datod i gyd, ac mae'r ochor ene wedi datod yn y wasg,' ac mi oedd 'i llygada hi'n mynd drosta i o mhen i'n nhraed. Wrth gwrs, mi dynnodd sylw mam, a dyna honno'n dechra trin, ac yn deud, 'Bysnesa hefo'r hen gi 'na, fel arfar! Pam na fuasat ti'n gadal llonydd iddo fo? 'Does dim digon o ddillad i gael iddi hi hefo fo. Dyma hi, yn rhedag ac yn rasio hefo fo. Fasa waeth gen i tasa Dic wedi gneud diwadd arno fo yn y sgarmas. Ond dyna, mae Sioned yn meddwl cimin o'r hen gi 'na â tasa fo'n blentyn.'

Mi sbïodd John arna i, yn ddigri felly, a wyddwn i ddim be oedd o'n feddwl, ond 'dw i'n gwybod rwan, ac mi ddeuda i wrthach chi ryw ddiwrnod. Wyddwn i ddim be 'nawn i gin gwilydd, achos fod pawb yn sbïo arna i, a f'ewyrth John yn edrach arna i fel taswn i wedi gneud rhyw ddrwg mawr. Ond mi ddoth mam Elin i ddeud bod y bwyd yn barod, ac felly mi ges lonydd am dipyn, ond mi oeddwn i'n meddwl am fel bydda mam yn trin pan awn i adra, a Bob ddim yno i gadw mhart i.

Mi oedd 'na dipyn ohonon ni yn y cinio priodas, — modryb Penrhos a f'ewyrth, a John brawd Elin, a chnithar Elin o'r Sarn, a Twm Tŷ Mawr, a nhad a mam, wrth gwrs, a Rhys Tomos y crydd. Mae Rhys yn disgwyl cael ei wâdd i bob priodas a chynhebrwng o gwmpas acw, a tasan ni ddim yn gofyn iddo fo ddwad, fasa fo ddim yn siarad hefo'r un ohonan ni acw nac yn y Rhiw byth, a fasa fo ddim yn trwsio esgid i ni, ac mae hi'n o bell i fynd â phopeth i'r dre i 'neud. Mae Rhys yn meddwl 'i hun yn dipyn o fardd, ac mi fydd yn gneud englynion i briodas pawb fydd o wedi cael 'i wâdd iddi hi, a phan fydd rhywun wedi marw, os bydd o wedi bod yn y cynhebrwng. Decin i fod o'n meddwl fod o'n talu felly am be fydd o wedi'i fyta. Peth siŵr 'di o, cheith o ddim dwad i mhriodas i na nghynhebrwng i chwaith. O ia, mi fydd yn gyrru'r englynion i'r papur newydd hefyd. Mi oeddan ni jest yn mynd i ddechra byta, pan ddaru o godi ar 'i draed, ac medda fo, ac yn tynnu papur hir o'i bocad frest,

'Annwyl gyfeillion, 'dw i'n gwelad cyfleustra hapus i ddarllan tipyn o linellau syml ddaeth i meddwl i ar yr achlysur diddorol hwn.' 'Run peth fydd o'n ddeud bob amsar, ac mi ydw i'n medru'r geiria yn iawn, achos mae Bob wedi bod yn 'i actio fo lawar gwaith adra, ac mi oeddwn i'n sâl isio chwerthin, ac mi oedd Twm Tŷ Mawr yn sbïo'n sobor ar y saltar halen, ac mi oeddwn i'n gwybod bod hwnnw 'run fath. Mewn cynhebrwng, mi fydd yn darllan 'i linella syml yn y tŷ wedi dwad yn ôl o'r fynwent pan fyddan nhw'n cael bwyd, ac fel hyn y bydd o'n deud bob amsar, yr un peth ym mhob man, 'Mi ydw i'n gweld yma gyfleustra i ddarllan ychydig linella syml ddaeth i fy meddwl ar yr achlysur pruddaidd hwn.'

Mi wyddoch nad ydw i ddim yn deall englyn mwy na tasa fo Ffrensh, ond mi wn wrth y sŵn bod o'n wahanol i'r penillion sy yn y llyfr *hymns*. Pan ddechreuodd Rhys ddarllan (mi oedd o wedi bod gryn bum munud yn gosod 'i sbectol ar 'i drwyn), mi ddaru mi ddeall mai nid englynion oedd o'n darllan, ond penillion, ac yn niwadd pob un pennill mi oedd o'n deud 'Elin fwyn, Elin fwyn.' Hynna 'dw i'n gofio ohonyn nhw. Wedi iddo fo ddarllan am gryn ugian munud, a phawb isio bwyd, ac un yn pesychu a'r llall yn pesychu, dyna modryb Penrhos yn deud reit siarp felly,

'Mi gewch ddarllan y rest ar ôl i ni fyta, Rhys Tomos. Mae'r ffowls 'ma yn mynd reit oer.' A dyma pawb yn dechra siarad ar unwaith, ac mi fuo raid i Rhys dewi am y tro. Ond mi'u ddarllenodd nhw i gyd fel cewch chi glywad. Ar ôl i ni ddarfod cinio, mi ddaru John brawd Elin ddeud bod rhaid i Twm Tŷ Mawr 'neud spîtsh. 'Doedd dim iws iddo fo ddeud na fedra fo ddim. Tra'r oedd John a fynta'n bwrw trwyddi hi, dyma Rhys yn codi ac yn tynnu'i sbectol allan ac yn deud,

'Tra bydd yn brawd yn hel 'i feddylia at 'i gilydd, mi ddarllenaf y gweddill o'r penillion ar yr achlysur hapus hwn.' Ond dyma John yn deud yn ddistaw wrth Twm,

'Côd mewn dau funud, ta ddim ond i ni gael arbad y gweddill!' Mi gododd Twm i fyny, ac mi oeddan nhw'n gneud gimint o dwrw fel 'roedd rhaid i Rhys Tomos ista i lawr. Mi sefodd Twm am ryw ddau funud yn cosi'i ben ac yn edrach mwya smala, a dyma fo'n deud,

'Wel, dacia unwaith, mi 'dw i wedi anghofio popeth,' ac mi 'steddodd i lawr. Mi oeddwn i'n gweld Rhys Tomos yn mynd i godi, a dyma fi'n gweiddi,

'Mae hi'n chwartar i ddau, mi gollith Bob ac Elin y trên os na feindian nhw,' ac mi gododd pawb orwth y bwrdd. Mi oedd Elin a Bob yn mynd i Lundan. Mi oedd well gin i nhw fynd na fi. Faswn i byth yn mynd yno ar fy wedin jiant, peth siŵr iawn di o, — y lle mwya annifyr fuo mi yno fo 'rioed.

Ar ôl iddyn nhw gael 'u cychwyn yn y car, bobol bach y stŵr oedd rhwng mam a modryb Penrhos a mam Elin a Rhys Tomos; mi oedd clywad y pedwar yn gweiddi y siars yma a'r siars acw ar ôl y car ddigon â byddaru rhywun. Mi oeddan ni i gyd i gael te, ond mi oedd mam yn deud fod rhaid iddi hi fynd i odro, a ffwrdd â hi.

Pan ddaru ni ddarfod yfad te mi gododd Rhys Tomos ar 'i draed, ac medda fo, ''Dw i'n meddwl 'i bod hi'n hwylus i orffan yr hyn oeddwn i'n ddarllan gynna. Gresyn bod y bobl ifanc wedi cael 'u hamddifadu o glywad y gweddill, ond fe fydd yn yr *Wythnos*, ac os bydd William Hughes mor garedig â rhoi y drectsiwn i mi mi ofala i am anfon copi i Robert Hughes. 'Wyrach y bydda well i mi ddechra yn y dechra.' Ac mi'u darllenodd nhw i gyd. Mi gyfris i ugian 'Elin fwyn, Elin fwyn', ac felly mae rhaid fod 'na ugian o benillion. Mi oedd 'y nhad a f'ewyrth John, y ddau wedi hannar cysgu cyn diwadd, a mam Elin yn cerddad yn ôl ac ymlaen rhwng y ddwy gegin yn cadw'r petha, a modryb Penrhos yn ista'n syth fel procar a'i llygada hi'n sbïo'n syth ar y papur yn llaw Rhys Tomos, ac mi oedd yn beth od na fasa fo wedi mynd ar dân, y papur 'dw i'n feddwl.

Ac felly ddaru diwrnod priodas Bob basio. Mi ddoth John i nanfon i adra. Mae o reit debyg i Bob yn 'i ffordd a'i sgwrs.

Mi ddaru Bob roi presant i mam pan oedd o'n priodi. A be 'ddyliach chi oedd o? *Adgofion Ambrose* newydd. Mae hen un mam wedi mynd yn flêr iawn, y dalenna yn rhydd, a'i gâs o wedi'i ddragio, ac mi oedd o'n deud bod rhaid iddi hi iwsio'r un newydd. Ond yn y cwpwrdd mae o mewn papur, a'r hen un fydd mam yn darllan ar nos Sul.

Mae hi'n rhyfadd ofnatsan yma heb Bob. Mi fydda i fel tawn i'n disgwyl 'i glywad o'n dwad dan chwibianu o hyd fel bydda fo, ac mi fydd mam yn deud na wydda hi ddim be fasa hi'n 'neud 'blaw fod John yn dwad acw'n o amal i edrach amdanon ni.

Welsoch chi 'rioed fel mae hogia'r pentra 'na wedi newid 'u ffordd hefo fi ys pan 'dw i wedi codi ngwallt a chael ffrog laes. 'Miss Hughes' fyddan nhw'n 'y ngalw i i gyd rwan, ac nid Sioned Tŷ Gwyn; ond wyddoch chi be? Yn ddistaw bach — mi oedd well gin i ffrog gwta hefyd. 'Does dim dichon mynd am râs hefo Pero i lawr y cae hir. Mae 'i godra hi'n troi am 'y melynga i ac yn 'y maglu i. A wyddoch chi be 'nes i ryw ddiwrnod, heb i mam wybod, wrth gwrs, ond rhoi fy hen ffrog gwta amdana a rhedag i ben gallt y Rhiw jest er mwyn gweld fedrwn i. Ond wiw i mi sôn wrth mam nad ydw i ddim yn licio fy ffrogia'n llaes ne cheuthwn i ddim 'u gwisgo nhw, achos fydda i'n 'u licio nhw'n iawn i fynd i'r pentra ac i'r capal; ond dyna fel mae hi, — mae rhyw rywbath yn perthyn i bob peth.

Mae John brawd Elin wedi mynd yn bartnar hefo Jones y twrna yn y dre, ac mi fydd yn mynd i'r dre bob bora ar 'i gar gwyllt. Mi fydd yn disgyn yma wrth fynd yn 'i ôl bob nos.

Mae 'ma was wedi i Bob fynd i ffwrdd. Wil 'di enw fo. Mi ddeuda i 'i hanas o wrthach chi eto.

Mae 'ma stŵr dychrynllyd wedi bod y dyrnodia dwaetha 'ma, — goriad y tŷ llaeth ar goll. Chwilio mawr, a throi a throsi, a'r hen jac dô wedi'i guddio fo mewn rhyw dwll sy gino fo yn yr ardd. Diar, tasach chi'n clywad mam yn trin! Mi ddeudis i wrthi hi o'r diwadd, 'Wel, os gwnewch chi'i ladd o mi gewch 'neud.' A phan fydd hi'n trin ar 'i gownt o mi fydda i'n deud mewn munud, 'Wel, pam na 'newch chi'i ladd o'n 'ta?' 'Dw i'n gwybod o'r gora na 'neith hi ddim twtsiad pluan arno fo, ac mi gwelis i hi'n estyn pisyn o siwgwr lwmp iddo fo y diwrnod o'r blaen. 'Doedd hi ddim yn gwybod mod i'n 'i gweld hi.

Wil y Gwas

'D W i wedi anghofio'n lân loyw lle rhois i gora iddi hi. 'Rhoswch chi, ia, 'dw i'n meddwl mai'r peth dwaetha oedd am y jac dô, fel 'roedd o'n plagio mam. Ac mi fydda mam yn trin yn ddychrynllyd ar 'i gownt o, am fod o'n mynd â'i phetha hi, ac mi fyddwn inna'n deud wrthi hi am 'i ladd o, a hitha ddim yn gneud. Mi ddaru wylltio'n ofnatsan wrtha i ryw ddiwrnod pan 'nes i ddeud hynny wrthi hi, ac mi ddaru droi ata i, ac meddai hi,

'Taw â chyboli, da chdi wir, hefo dy pam na 'na i 'i ladd o. Mi wyt ti'n gwybod gyn gystal â minna na *fedra* i ddim gneud, ne mi faswn wedi gneud ystalwm.'

Ond nid jac sy'n cael y bai rwan os bydd rhywbath ar goll, fel cewch chi weld yn union.

Mae acw was rwan, fel 'roeddwn i'n deud wrthach chi, ar ôl i Bob yn gadal ni. Welsoch chi 'rioed y fath helynt a stŵr fuo acw cyn i ni gael un i siwtio mam. Thala'r un o'r ddau gynta ddoth acw. Mi fasa'r trydydd yn gneud yn iawn. Arna i oedd y bai i hwnnw fynd i ffwrdd.

Rhyw hogyn o Wern Betws oedd y cynta ddoth acw. Wythnos fuo fo hefo ni, a welodd neb mono fo'n mynd i ffwrdd. Mi oedd o wedi mynd cyn i'r un ohonon ni godi. Fasa fo fawr o gollad tasa fo wedi mynd fel doth o acw, hynny ydi, tasa fo wedi mynd â dim ond y petha ddoth o hefo fo i ffwrdd. Ond mi 'roedd pwrs mam ar goll, a'r frôtsh aur honno roth Bob iddi hi pan ddaru o ennill y preis hwnnw ystalwm. 'Doedd fawr o arian yn y pwrs, wrth lwc. Mi oedd 'y nhad newydd dalu'r rhent, a mam heb dderbyn fawr o arian am ddim. Ond, chwadl mam, mi oedd 'na ormod iddo fo fynd i'w ganlyn. Mae hi'n deud na wyddan ni ddim eto beth ath o hefo fo, a phan fydd hi'n methu dod hyd i ryw declyn mewn munud, bod o beth y bo fo, mi fydd yn deud,

'Waeth i mi heb â chwilio ddim 'chwanag, mae'r hen hogyn hwnnw o Wern Betws wedi mynd â fo i chdi.' Mi fydd yn cael y bai am fynd â'r petha rhyfedda. Mi oedd y siaspin wedi cael 'i dowlyd i rywla o'r golwg ryw ddiwrnod, ac wrth gwrs mi ddeudodd mam mewn munud mai'r hen hogyn o Wern Betws oedd wedi mynd â fo. 'Doedd dim iws i mi ddeud wrthi hi na châ o ddim ffyrlin amdano fo, tasa fo'n mynd â fo i'r ponsiop, achos mae mam yn deud mai i'r ponsiop i'r dre yr ath o â phopeth, a wyddoch chi be 'nath hi pan ffendiodd hi fod y frôtsh aur honno wedi mynd? Mi ath i'r dre 'i hun, ac mi wyddoch mai peth go bwysig ydi i mam fynd i'r dre, ac mi ath i'r siop honno. Ond chafodd hi ddim hanas o'r frôtsh.

Sais ydi'r dyn sy 'no, 'dw i 'n meddwl. 'Dwn i ddim be ddeudodd mam wrtho fo, na sut buo hi rhyngddyn nhw, ond mae hi'n coelio mai yno mae'i brôtsh hi o hyd; a phan fydda i'n digwydd cael mynd i'r dre, mi fydd yn deud wrtha i'r peth dwaetha cyn cychwyn,

'A Sioned, dos i edrach yn ffenast y ponsiop, i weld ydi'r hen Sais hwnnw wedi rhoi'r frôtsh yn y ffenast i gwerthu bellach.' Mi ddaru ofyn i nhad un dy' Sadwrn wneud yr un peth. Mi sbïodd 'y nhad arni hi am funud fel tasa fo ddim yn gwybod yn iawn be oedd hi'n feddwl.

'Pwy frôtsh,' medda fo, a dyma mam yn sbïo arno fo.

'Ond y frôtsh aur honno roth Bob i mi ystalwm, — honno ddaru'r hen hogyn hwnnw o Wern Betws fynd hefo fo.'

'O ia, gna reit siŵr, 'rhoswch chi, sut un oedd hi hefyd?'

''Does bosib gin i nad ydach chi'n 'i chofio hi, William, a finna'n 'i gwisgo hi bob Sul. Un hirgrwn, a nobia bach aur olrownd hi, ac un nobyn mawr yn y canol.'

Pan ddoth 'y nhad o'r dre, mi 'fynnodd mam iddo fo oedd o wedi bod yn edrach.

'Wel do, mi es i at y ffenast,' medda fo ac yn cosi'i ben, 'ond mi oedd 'na gimint o dacla yno ar draws 'i gilydd, ac mi 'dw i'n siŵr mod i wedi gweld gryn hannar dwsin o rai hirgrwn a nobia arnyn nhw, mi ella mai'ch brôtsh chi oedd un ohonyn nhw, Margiad, fedra i ddim deud.'

'Mi 'llaswn feddwl ma dyna geuthwn i. Mae'n dda bod rhywun yn y tŷ 'ma yn gneud iws o'i lygada weithia, ne 'dwn i ddim lle basan ni, os na fasan ni yn y wyrcws.'

Nid y fi sy'n gneud iws o fy llygada, 'dw i gyn waethad â nhad. Ond mi oedd biti gin i fod y frôtsh wedi digwydd catsio llygad yr hen hogyn hwnnw hefyd. Mi oedd mam yn meddwl y byd ohoni hi, am fod Bob wedi'i rhoid hi iddi hi, wyddoch, a fasa well gin i o lawar tasa fo wedi mynd â'r breslet ffasiwn newydd honno, — bangyl oedd o'n 'i galw hi, — ddaru Harold yrru i mi ar 'y myrthde. Mi fuo jest i mi'i gyrru hi yn 'i hôl iddo fo, achos fedra i ddim diodda cymyd petha gin bobol os na fydda i'n 'u licio nhw. Mi oedd o wedi sgwennu ar gaead y bocs oedd yn 'i dal hi, ' To my dear cousin Janet'. Fasa waeth iddo fo heb â sgwennu'r fath anwiredd, achos 'dw i'n gwybod mai rhywbath go debyg ydi teimlad Harold ata i ag ydi 'n nheimlad i ato fo, ond fod o wedi bod yma'n aros, a modryb yn teimlo dan ddylad i mam, a ddim yn licio gyrru am y bil, ac yn gneud i Harold yrru honno i mi. Fasa waeth iddo fo heb â sgwennu dim ne sgwennu'r gwir. Mi oedd o'n gneud i mi feddwl am y rhagrithwyr rheini mae sôn amdanynt yn y Beibl. 'Dear cousin Janet' wir! Mi oeddwn i'n annwyl gino fo, 'dw i'n siŵr. 'Doedd mam ddim tamaid mwy diolchgar na finna, ond nid am yr un rheswm, ac mi ddeudodd nad oeddwn i ddim i wisgo 'rhyw gêr felna'. Mi fasa hyn yn blino gryn dipyn arna i taswn i wedi'i chael rhyw ffordd arall, ond faswn i ddim yn 'i gwisgo hi tasa mam heb ddeud felly. Ond 'blaw am Bob, mi fasa'r bangyl yn 'i hôl hefo troad y post. Pan oeddwn i'n mynd i'w phacio hi, dyma Bob i mewn ac yn gofyn be oeddwn i'n 'neud, a phan ddeudis i, dyma fo'n deud,

'Sioned, ddaru ti ddim meddwl peth mor frwnt wyt ti'n mynd i 'neud? Fel y basa fo'n brifo teimlada Harold!'

' 'Does gino fo ddim teimlada i brifo,' medda fi, 'a 'blaw hynny, fasa fo ddim wedi'i gyrru hi ond bod o wedi bod yn aros yma ac isio dwad allan o ddylad mam.'

'Wyddost ti ddim, ac mae un o'r llyfra 'na sy gin i yn llofft yn deud, os na fydd rhywun yn *gwybod* be fydd amcan un arall yn deud neu yn gneud rhywbath, am gredu fod gino fo amcan da.'

'Wel mi ydw i *yn* gwybod, gyn gystal â tasa Harold wedi deud wrtha i be oedd 'i amcan o.'

Beth bynnag i chi, ddeudodd Bob ddim 'chwanag, ac mi aeth allan yn union deg, a phan ddaru mi fynd ati hi i drïo pacio'r freslet wedyn, fedrwn i ddim clymu'r llinyn yn iawn, ac mi wylltis hefo fo, ac mi es â hi i'r llofft ac mi rois ffling i'r bocs i waelod rhyw ddrôr lle bydda i'n cadw pob math o hen dacla, ac yno mae hi byth, ac mae'n biti garw na fasa'r hen hogyn hwnnw wedi cael hyd iddi hi, yn lle brôtsh mam. Mi oedd hi'n werth mwy o lawar o ran arian.

Mi ddaru Bob brynu brôtsh arall i mam wedi iddo fo glywad fod honno wedi mynd ar goll, achos mi oedd Bob yn trïo'n perswadio ni nad oedd yr hogyn hwnnw o Wern Betws ddim wedi dwyn dim. (Huw 'dw i 'n meddwl oedd 'i enw fo, ond 'yr hen hogyn hwnnw o Wern Betws' fyddan ni yn 'i alw fo yma.) Ond rywsut 'dydw i ddim yn meddwl fod gin mam cimint o afal yn y frôtsh newydd. Mi oedd Bob wedi prynu'r llall pan oedd 'i arian o'n ddigon prin, a phan fydda fo'n hel pob dima fedra fo i brynu llyfra. Rhywbath go debyg i'r *Adgofion* newydd ddaru Bob brynu iddi hi ydi'r frôtsh gini hi, 'dw i'n meddwl. Yr hen betha ydi petha mam i gyd. Ond tasach chi'n clywad hi'n siarad ar ôl i'r hogyn hwnnw fynd i ffwrdd! Y peth cynta ddeudodd hi wrth 'y nhad oedd,

'Mi wyddwn i gynta gwelis i o mai un drwg oedd o. Mi oedd 'na rywbath yng nghil 'i lygad o, ac mi 'roedd o'r un trwyn yn union â Dic Tangrisia, a fu dim lleidar mwy na Dic ar wynab croen daear erioed.'

A phan ffeindiodd hi fod y frôtsh wedi mynd dyma hi yn deud, 'Tasach chi wedi gwrando arna i, Wiliam, fasa fo byth wedi cael dwad dros y drws 'ma, ac mi fasa'r frôtsh gin i'n ddigon saff. Chymswn i ddim welis i 'rioed a'i cholli hi.' Meddwl 'roedd mam, wyddoch, fod hi wedi deud hynny wrth 'y nhad, ond ddeudodd o ddim byd wrthi hi, achos mi oedd o'n teimlo fod mam yn poeni cimint ar gownt y frôtsh.

Mi ddoth 'na hogyn arall acw wedyn. Ifan oedd 'i enw fo. Ydach chi'n gwybod am y gân honno fydda Johnnie bach Becca Williams yn adrodd yn y cwarfod

plant bob blwyddyn, 'Wesul tipyn' 'di henw hi? Mi fyddan ni'n cael hwyl garw
hefo Johnnie. Bob a Twm Tŷ Mawr fydda'n edrach ar ôl y plant ystalwm,
wyddoch, ac mi fyddan yn gneud cwarfod cyhoeddus bob nos Calan, ac mi
fydda'r plant yn adrodd ac yn canu a phetha felly, ac mi fydda Bob yn dysgu darn
newydd i Johnnie erbyn bob cwarfod ond pan fydda fo wedi dechra rhyw lein ne
ddwy ohono fo, mi fydda wedi anghofio'r rest, ac yn ffaelu mynd yn 'i flaen, ac
wedyn mi fydda'n cochi dros 'i wynab, ac yn edrach ar flaena'i sgidia am funud,
ac yn rhoi rhyw winc ar Bob ac yn deud, 'Mi dduda i "Wesul Tipyn"', 'dw i'n
meddwl, mi fedra i honno'n iawn,' — a ffwrdd â fo'n syth drwyddi hi, a 'doedd
dim posib peidio chwerthin, a fedra Bob yn 'i fyw edrach yn ddig arno fo am
anghofio be oedd o wedi'i ddysgu iddo.

Ond mynd i ddeud 'roeddwn i mai un 'run fath â'r hogyn hwnnw yn y gân oedd
Ifan. 'Wesul tipyn' bach iawn oedd o'n gneud pob peth. Mi fedrach ddeud wrth 'i
glywad o'n siarad mai un diog oedd o. Pan ddaru nhad ofyn iddo fo be oedd 'i enw
fo, 'If—ân Jô—âs' medda fo; a phan ddeudach chi rywbath wrtho fo mi fydda'n
deud 'y' ac yn cymyd jest i bum munud i ddeud o.

Wrth gwrs mi wylltiodd mam cyn oedd o wedi bod acw wythnos, fel y gellwch
chi feddwl, achos mi 'dach chi'n 'i nabod hi ddigon da i wybod fod rhaid i bawb
fod yn weddol siarp cyn medran nhw fyw mewn heddwch yn yn tŷ ni. Mi fuo raid
i If—ân fynd beth bynnag. Pan ddeudodd mam wrtho fo dyma fo'n deud 'y'.

'Well i ti hel dy betha, Ifan, achos mae petha'n sefyll yn lân fel hyn,' medda hi
wedyn.

'O'r gor—a,' medda fo, a ffwrdd â fo i'r llofft reit ddigyffro. Mi oedd braidd biti
gin i drosto fo hefyd. Y creadur gwirion, 'doedd gino fo ddim help 'i fod o'n
ddiog, 'dydi pawb ddim wedi 'neud 'run fath wyddoch. Wir, i ddeud y gwir yn
ddistaw bach wrthach chi, 'dw i'n credu mai un wedi'i gneud felly 'dw i, taswn
i'n cael llonydd gin mam.

Mi oedd yr hogyn nesa ddoth acw yn un iawn, yn gweithio fel 'dwn i ddim be,
ac yn hogyn 'hynod o suful', medda mam. Ond hen wlanen o hogyn oedd, fel
cewch chi weld.

Pan glywis i fod acw was yn dwad mi oeddwn i wedi penderfynu cael dipyn o
hwyl hefo fo, fel bydd 'y nghnithar Pegi yn gael pan fydd 'na was newydd yn
Bryn Celli. Hen hogan ofnatsan 'di Pegi. Mi fydd 'y nhad yn deud reit amal pan
fydd rhyw sôn amdani hi, 'Un ddrwg ydi Pegi, 'does dim diwadd ar 'i chastia hi.'
A wyddoch chi be fydd hi'n 'neud bob tro fydd 'na was newydd? Yn rhoi rîls o
dan y gwely ac yn daffod dipyn o'r eda, ddigon i gyrraedd 'i llofft hi, a sbel wedi i
bawb fynd i'w gwlâu, yn tynnu yn yr eda nes bydd y rîls yn rowlio hyd y llawr, a'r
twrw mwyaf ofnadwy. Achos mi fydd hi'n sowndio'r eda yn y rîl yn yr hic bach
honno sydd ymhob rîl, rhag iddi hi ddaffod dim 'chwanag, ac mi fydd yr hogyn
wedi dychryn yn ofnatsan, ac yn deud bod 'na ysbryd yno, a welsoch chi 'rioed y

stŵr fydd 'no. Wel, mi ddaru mi feddwl y baswn inna'n gneud 'run fath. Fuo'r hogyn cynta ddim acw ddigon hir, ac mi welis nad oedd dim diban i mi drïo'r fath beth hefo Ifan, achos mi oeddwn i'n siŵr y basa fo'n cysgu rhy drwm i glywad dim llai na sŵn y tŷ yn dwad i lawr. Ond am yr hogyn yma 'dw i'n sôn amdano fo rwan, mi benderfynis y baswn i'n trïo'i ddychryn o dipyn. 'Dw i'n meddwl mai ryw bythefnos oedd o wedi bod acw pan ddaru mi fynd ati hi. Mi es â dwy rîl ddu o fasged waith mam, pan oedd hi wrthi hi hefo'r llaeth, ac mi es â nhw i'r llofft, ac mi gysodis nhw o dan y gwely yn y llofft lle 'roedd o'n cysgu, ac mi rois benna'r eda yn fy llofft i. 'Does 'na fawr o ola yn y pasaj i fyny 'ma, a fasa neb byth yn sylwi fod 'na eda ddu ar hyd y ffordd o'r llofft honno i fy llofft i. Mi ges 'y nychryn dipyn bach pan oeddwn i wrthi hi, meddwl mod i'n clywad mam yn dwad i fyny'r grisiau. Ond 'doedd 'na neb ond Pero, wedi dwad ar f'ôl i. Mi 'roedd o'n edrach yn 'y ngwynab i fel tasa fo'n gofyn be oeddwn i'n 'neud. Jest pan oeddwn i wedi gorffan dyma fi'n clywad mam yn gweiddi,

'Sioned, be ti'n 'neud yn llofft, a'r llestri te heb 'u golchi; a sawl gwaith ydw i wedi deud wrthat ti am rwystro'r hen gi 'na i fyny'r grisia? Sbïa hôl 'i draed o ar bob gris, a bora 'ma oeddwn i yn 'u rhwbio nhw. Welis i rotsiwn beth â chdi erioed, 'dwn i ddim be ddaw ohonot ti, na wn i wir.'

Mi oedd Pero'n gwybod o'r gora bod drwg yn 'i aros o'n waelod y grisia, ac mi oedd o'n sleifio i lawr wrth fy ochor i rhyngdda i a'r parad, a'i gynffon yn hongian mwya llipa, ond pan oedd o yn y gwaelod dyma fo'n rhoi rhyw wib rownd y polyn, a ffwrdd â fo drwy'r gegin ac yn towlyd stôl ar 'i ffordd, ac allan â fo drwy ddrws y cefn a'r cadach fydd gin mam yn sychu'r llestri llaeth ar 'i ôl o, a phan es i allan i'r buarth, wedi darfod golchi'r llestri a phob peth arall oedd mam isio, dyna lle 'roedd o jest yn rhoi'i ben rownd talcan y beudy i edrach pwy oedd yn dwad. Pan welodd o fi, mi ddaru ddechra campio a neidio, isio fi ddwad am ras hefo fo, ond 'does fawr o blesar rhedag ras rwan er pan 'dw i wedi cael ffrog laes, ac mae Pero'n methu deall pam bydda i'n rhoi gora iddi hi mor fuan, ac mi fydd yn sbïo arna i'n wirion pan fydd 'y nhroed i'n cydio yn 'y ngodra i a finna'n baglu a bron syrthio. Ond 'does dim da heb ryw ddrwg yno fo yn rhywla, a dyna 'di drwg ffrog laes.

Gynta clywodd mam sŵn 'y nhroed i'n dwad i'r tŷ yn f'ôl dyma hi'n gweiddi, 'Sioned, lle mae'r rîl ddu? Mi oedd 'na ddwy yn y fasgiad bora, a 'does golwg ar 'run ohonyn nhw rwan. Welis i 'rioed le tebyg, dyma fi wedi bod yn chwilio bob cyfryw fan er pan est ti allan am nodwyddad o eda ddu i drwsio côt dy dad er mwyn iddo fo'i chael hi i fynd i'r farchnad fory, a dyma fi heb 'i chael hi eto.' Mi gymis i arna chwilio dipyn am y rîl, ond wrth gwrs ches i moni hi, achos 'doeddwn i ddim am fynd i nôl yr un i'r llofft. Y noson honno, mhen 'r hir a'r hwyr wedi ni i gyd fynd i'n gwlâu, dyma fi'n rhoi plwc i'r ddwy eda rydd rheini ac mi plycis nhw yn ôl a blaen am funud neu ddau, ac mi oedd hynny'n llawn digon, achos mi ddechreuodd yr hogyn hwnnw weiddi dros y tŷ. Faswn i'n meddwl bod o wedi dwad allan i'r pasaj, achos mi oeddwn i'n clywad o'n gweiddi,

'O mistras, mistras annwyl, mae 'na rwbath yn y llofft 'ma.' Mi oedd arna i isio chwerthin na wyddwn i ddim be 'nawn i. Pen rhyw funud neu ddau dyma fi'n clywad mam yn agor drws 'i llofft ac mi welwn ola o dan 'y nrws i, fel tasa hi wedi dwad â channwyll i'r pasaj, ac mi clywn hi'n gofyn, 'Be yn y byd 'di'r matar? Be ti'n 'neud yn fan 'ma, Dic?' Mi ddeudodd Dic rywbath, ond fedrwn i mo'i glywad o, a dyma mam yn dechra,

'Ysbryd wir, taw â dy lol, chlywis i'r fath ffolineb yrioed. Dos yn d'ôl i dy wely mewn munud, a chysga.' Mi ddaru o ddeud rhywbath wedyn faswn i'n meddwl, achos mi glywn mam yn deud,

'Ofn! Be sy da ti, dywad, hefo dy ofn; dos yn d'ôl i dy wely. Breuddwydio ddaru ti, reit siŵr.' Chlywis i ddim 'chwanag o sŵn, ac mi feddylis mod i wedi gneud digon hefo'r rîls am un noson, ac mi es i gysgu. Bora wedyn mi oedd Dic yn edrach reit rhyw ryfadd, fel tasa fo ddim wedi cysgu drwy'r nos. Mi oedd o wedi nharo i wrth godi, be tasa fo'n digwydd edrach o dan y gwely a chael hyd i'r rîls a mynd â nhw i mam, ond mi ddaru mi feddwl wedyn y basa fo ormod o ofn hyd yn nod gefn dydd gola, a tasa fo'n gneud, fasa fo byth yn dwad i'w ben o fod y rîls wedi gneud twrw os na fasa fo'n gwybod am y cast cynt. Mi oeddwn wedi cymyd digon o ofal peidio tynnu gormod yn y rîls i ddwad â nhw allan i'r llawr, ond mae'n amlwg nad oedd o ddim wedi edrach o dan y gwely, achos ddeudodd o ddim byd amdanyn nhw. Mi ddechreuodd mam drin wrtho fo amsar brecwast am fod o mor wirion. Ddaru o ddim deud dim am dipyn ond o'r diwadd dyma fo'n codi'i ben, ac medda fo,

'Gwirion ne beidio, tasa chitha wedi clywad be glywis i, mi fasa chitha wedi dychryn hefyd, mistras, twrw fel tasa 'na drol fawr yn rowlio nôl ac ymlaen o dan y gwely.'

'Twt lol, 'doedd o ddim ond y gwynt yn ysgwyd drws y stabal.'

Mi redis i i'r llofft gynta ces i mrecwast i nôl y rîls rheini, ac mi ddaru mi'u cadw nhw yn fy llofft i er mwyn i mi'u cael nhw i gosod wedyn gyda'r nos, ac mi oedd lwc mod i wedi gneud, achos mi ath mam i'r llofft i edrach medda hi 'oedd y gath wedi peidio cael hyd i rwbath i chwara hefo fo, yn rhwla yn llofft'.

Wedi i nhad ddwad o'r farchnad, a phan oedd o a mam wrthi hi yn cyfri pres y menyn, ac yn gneud 'i chownts yn barod i Bob edrach drostyn nhw, dyma fi'n picio i fyny ac yn gosod y rîls wedyn 'run fath. A phan oedd pawb wedi mynd i'w gwlâu, dyma fi'n rhoi plwc i'r eda, a dyma fi'n clywad yr hen hogyn yn gweiddi fel 'dwn i ddim be, ac yn agor 'i ddrws. Mi ddaru mam godi fel y noson cynt, ac mi clywn hi'n trin yn ofnatsan,

' 'Dydi peth fel hyn ddim rheswm, Dic,' medda hi, 'yn distyrbio pobol gefn nos fel hyn. Dos yn d'ôl i dy wely, chlywis i ddim twrw yn y byd, a tasa 'na rwbath mi faswn inna yn 'i glywad o hefyd,' a faswn i'n meddwl fod mam wedi cychwyn yn 'i hôl, achos mi ddaru Dic weiddi,

'O mistras bach, peidiwch â chau drws ych llofft, mae arna i ofn ofnadwy iawn,' ac mi oedd 'i lais o'n crynu fel 'dwn i ddim be, ac mi oeddwn i'n stwffio cornal y gynfas i ngheg rhag ofn i mi chwerthin allan.

'Paid â bod mor wirion,' medda mam wedyn, 'ofn wir; hogyn mawr fel chdi yn mynd yn ugian oed, chlywis i rotsiwn beth yrioed, mae'r byd wedi mynd rwan. Be ti'n sefyll yn fanna i rynnu? Dos i dy wely.' Ac mi glywn mam yn mynd i'w llofft yn 'i hôl, ond chlywis i mo Dic yn cau'i ddrws chwaith.

Bora Sul mi oedd golwg difrifol ar Dic, mi oeddwn i'n digwydd bod yn sefyll wrth ffenast y gegin jest cyn brecwast, a dyma fi'n 'i weld o'n dwad allan o'r beudy â phiserad o lefrith yn 'i law. Nid dwad allan o'r drws fel baswn i a mam yn dwad oedd o, ond mi roth ryw sbonc i'r gola, ac mi redodd at y tŷ tan edrach dros 'i ysgwydd, fel tasa fo'n meddwl fod rhywbath am afal yno fo, 'run fath â fyddwn i'n rhedag i lawr y grisia wedi iddi hi dwyllu pan fydda Bob wedi bod yn deud stori am sbrydion wrtha i, pan oeddwn i'n hogan bach. Amsar brecwast mi 'fynnodd i mam gâi o fynd adra am dro, mi oedd 'i gartra fo tua phedar milltir oddi acw. 'Cei,' medda mam, 'ond cofia di ddwad yn ôl erbyn naw, mae hynny ddigon hwyr i ti ddwad i'r tŷ ar nos Sul.'

Wrth i ni fynd i'r capal yn y pnawn mi oedd mam yn deud y drefn ar gownt Dic am fod o mor ofnus. 'Welis i ddim hogyn tebyg iddo fo. Glywist ti mono fo neithiwr?' Ddaru mi ddim deud dim byd, ond mi feddyliodd mam mod i wedi deud naddo. 'Peth od iawn na fasat ti wedi'i glywad o hefyd, mi clywsoch chi o, 'n do, William?'

'Mi glywis i *chi'n* codi ac yn agor y drws ryw dro yn y nos, ond mi oeddwn i'n meddwl mai Pero oedd yn y tŷ,' medda nhad reit ddiniwad. ('Dydi mam a fi ddim yr un farn ar gownt lle mae Pero i gysgu. Mae hi yn deud mai yn 'i gwt yn y buarth mae o i fod, a finna'n *meddwl*, achos wiw i mi ddeud y fath beth, mai ar y mat wrth ddrws fy llofft i ydi hi gynhesa iddo fo. Weithia wedi i mi smyglo fo i fewn, mi fydd yn gneud rhyw sŵn, ac mi fydd mam yn siŵr o'i glywad o, ac yn codi i'w hel o allan, ac, wrth gwrs, mi fydda inna'n cael tipyn o'r storm.)

Ond sôn am beth oedd hi'n ddeud am Dic oeddwn i, ac medda hi,

'Mae o'n mynd o gwmpas heddiw fel tasa fo ofn 'i gysgod, 'na fo ddim godro Blacan am fod hi ym mhen draw y beudy mewn lle go dywyll. Sut 'dach chi heddiw, Gwen Jones?' (Mi oeddan ni wrth ymyl tŷ Gwen Jones ac mi oedd hi'n dwad allan o'r drws i fynd i'r capal.) 'Sôn am y gwas newydd acw 'roeddwn i, un mor ofnus ydi o, mae arno fo ofn 'i gysgod.' 'Yn neno'r taid,' medda Gwen Jones, ac mi ddeudodd mam yr holl hanas wrthi hi, a hitha'n deud, ''Neno'r taid, peth od iawn, yntê?' bob cyfla gâi hi. 'Welis i rotsiwn beth,' medda mam ar y diwadd, ''does acw ddim lwc i ni hefo gwas o gwbwl. Dyna'r tro ofnatsan hwnnw geuthon ni hefo'r hen hogyn hwnnw o Wern Betws yn dwyn y frôtsh aur honno, a llawar o betha erill hefyd o ran hynny. Bob oedd wedi rhoi y frôtsh i mi pan gafodd o'r preis yn y cwarfod llenyddol hwnnw ystalwm.'

'Felly clywis i chi'n deud wir,' medda Gwen Jones.

'Faswn i ddim yn cymyd y byd amdani hi,' medda mam wedyn, 'ond tasa William 'ma wedi gwrando arna i, fasa hwnnw ddim wedi dwad dros y drws acw. A dyna Ifan wedyn, mi oedd hwnnw'n itha hogyn, ond bod dim gwaith yno fo. Ac mi wyddoch, Gwen Jones bach, bod rhaid cael rhai â thipyn o fynd ynyn nhw ar ffarm, bod hi'r ffarm ora yn y wlad, heb sôn am hen dir sâl fel tir Tŷ Gwyn.'

'Debyg iawn, wir, Margiad Hughes.'

'A wedyn dyma Dic 'ma rwan, mae arna i ofn na fedrwn ni wneud dim ohono *fo,* os na ddaw o'n well.'

'Mae byda hefo rhyw hen hogia hefyd,' medda Gwen Jones. 'Mi fydda i'n deud yn aml, Margiad Hughes, tasa posib gneud hebddyn nhw, ac am y genod morwynion 'ma, maen nhw'n rhemp hefo'u plu a'u rubana, a'u menyg *kid,* maen nhw'n rhemp', ac mi drawodd Gwen Jones 'i hambarel yn y llawr.

Mi oeddwn i'n chwerthin yna fy hun wrth glywad mam, ac yn meddwl be tasa hi'n gwybod beth oedd wedi gneud Dic mor ofnus. Bobol bach, mi faswn yn 'i chael hi hefyd, ac mi gofis y funud honno, — ac mi roth 'y nghalon i jymp, — mod i wedi anghofio tynnu'r rîls rheini o dan y gwely, a be tasa mam yn mynd i'r llofft a'u cael nhw. Mi garlamis adra o flaen neb er mwyn i mi redag i'r llofft cyn i mam ddwad i'r tŷ, ond fasa well i mi fod mwy ara deg, achos dyma be ges i pan ddoth hi i fewn,

'Sioned, 'dw i'n synnu atat ti'n cythru allan o'r capal cyn i'r pregethwr ddeud Amen bron, fel rhyw hogan anwaradd o'r wlad, na fuo hi led 'i throed yrioed. Gneud gwaith i genod Tŷ Mawr 'na godi'u cloch.' 'Dydi mam ddim mwy o ffrind i chwiorydd Twm nag ydw inna.

'Wath gin i befo genod Tŷ Mawr,' medda fi.

'Sioned bach, wel, wel, mae arna i ofn mai nid wath gin i fyddi di'n ddeud ryw ddiwrnod.'

'Chwara teg i Sioned, Margiad, isio brysio adra i 'neud te oedd arni hi, a ddaru genod Tŷ Mawr ddim sylwi arni hi 'dw i'n siŵr, a tasan nhw wedi gneud pwy'r ots fasa fo?'

'Y nhad druan!

'Ia, dyna chi, William, mi 'dach chi a Bob wedi difetha'r hogan rhyngoch chi'ch dau, a 'dwn i ddim be ddaw ohoni hi, na wn i wir, mi fydda i'n meddwl yn sobor. Bydd lonydd' — y jac dô oedd yn pigo'i llaw hi. Mi wyddwn beth oedd o isio, er na wydda mam ddim mod i'n gwybod.

Mi ges i hwyl fawr ryw ddiwrnod hefo mam a'r hen dderyn. Mi 'dach chi'n gwybod fel bydd hi'n trin ar 'i gownt o. Wel, rhyw ddiwrnod mi oeddwn i'n ista ar y setl yn y gegin fawr, a dyma mam i fewn. 'Doedd hi ddim wedi ngweld i, faswn i'n meddwl. Mi oedd Jac yno hefyd, a chynta gwelodd o mam dyma fo'n fflïo ar 'i hysgwydd i, ac wedyn ar 'i llaw hi ac yn dechra'i phigo hi. 'Ta dyn annwyl', medda hi wrtho fo, 'be sant ti isio rwan, yr hen walch ffals? Wel rhaid i ti gael un decin i, tyd.' A ffwrdd â hi i'r gegin bach, mae 'na gwpwrdd yno, ac mae o reit cwerbyn â drws y gegin fawr, a be 'ddyliach chi 'nath mam? Mi ath i'r cwpwrdd 'ma, ac mi dynnodd ddau lwmp o siwgwr allan, ac mi rhoth nhw naill ar ôl y llall i Jac. 'Na, chei di ddim 'chwanag, dos rwan.' Fyddan *ni* byth yn cael siwgwr lwmp, ddim ond pan fydd acw bobol ddiarth.

Mi ddaliodd yr hen Jac i bigo llaw mam yr amsar te 'ma 'dw i'n sôn amdano fo, a dyma hi'n mynd i'r gegin bach o'r diwadd, a fynta ar 'i hôl i. Mi ddaru gau y drws rhwng y ddwy gegin ond mi wyddwn i o'r gora mai mynd i roi lwmp o siwgwr i Jac 'roedd hi. A wyddoch chi pam? Ddim ond mai Bob oedd wedi dwad â'r jac dô acw.

Y noson honno mi 'nath Elin i nhad a mam fynd hefo hi a Bob i'r Rhiw i gael swpar. Mi oedd arni hi isio i mi ddwad hefyd, ond dyma mam yn deud, 'Na, rhaid i un ohonan ni fynd adra, achos mi fydd Dic acw erbyn naw, ac isio'i swpar, ac mi fydd isio swpera a phetha felly. Well i ti fynd, Sioned?' Jest pan oeddwn i'n cychwyn, dyma John brawd Elin yn dwad allan o giat y capal hefo Bob. Medda fo,

'Lle 'dach chi'n mynd, Sioned? 'Dydach chi ddim am ddwad acw hefo ni?'

'Na,' medda mam, 'rhaid iddi hi fynd adra heno. Dos rwan, Sioned, ac mae goriad y tŷ llaeth yn mhocad f'hen ffrog i yn y llofft, a phaid â gadal y drws yn gorad ar dy ôl i Pero fynd i mewn ac yfad y llath i gyd, fel y gwnest ti o'r blaen.'

Mi fydd rhaid i mam gael deud pob hen stori amdana i o flaen pawb, a John yno a phob peth. Mi drois i ffwrdd mewn munud a ngwynab i'n llosgi fel 'dwn i ddim be, a dyna John yn deud,

'Mi ddo i'ch danfon chi, Sioned.' Ond mi ddeudodd mam,

'Na, 'does dim isio, mi fedar fynd yn iawn, thanciw John 'dydi hi ddim mor dywyll.'

'Dwn i ddim be ddeudodd John, achos mi es i cyn gyntad â fedrwn i i lawr y ffordd. Mi oeddwn i jest â chrïo. Fasa fawr i mam adal i mi fynd i'r Rhiw ac aros tan naw, a mynd adra wedyn. Mae hi mor ddifyr yno ar nos Sul. Mae 'no harmonium, ac ar ôl swpar, mi fydd Bob ac Elin a John a finna'n mynd i'r parlwr, a dyna lle byddan ni'n canu. John fydd yn chwara. Mi fydd mam a mam Elin a nhad yn y gegin yn sgwrsio, hynny ydi, mi fydd mam a Mrs Jones yn sgwrsio, a nhad yn ista yn y gongl wrth y tân yn smocio. Pen dipyn mi fydda i'n clywad er gwaetha'r canu i gyd, 'y nhad yn curo'i biball ar y pentan, ac wedyn mi fydd yn dwad i'r parlwr yn ddistaw bach ar flaena'i draed, a dyna lle bydd o'n ista mewn

rhyw gongl wrth ben yr harmonium ac yn hwmian bas i bob tôn go hen ffasiwn.
Mi fydd rhaid i ni ganu'r Hen Ddarbi iddo fo bob amsar. Hen dôn smala 'di
honno hefyd. Ond prif dôn 'y nhad ydi Aberystwyth. Hefo honno fyddan ni'n
diweddu bob amsar. 'Cwartet 'y nhad' fydd Bob yn 'i galw hi, a phan fydd mam
wedi galw arnan ni unwaith neu ddwy, bod hi'n amsar mynd adra, mi fydd Bob
yn deud, 'Rwan am y cwartet.' John fydd yn canu tenor, ac mi fydda i'n licio'i
bart o'n well na'r un, ac weithia mi fydda i'n methu'n glir â pheidio canu hefo fo,
a dyna lle bydd 'y nhad yn gweiddi, 'Sioned, Sioned, lle ti'n mynd rwan?' a John
yn deud, 'Rwan, *prima donna*, thâl hynna ddim.' A phan fyddan ni jest yn y
diwadd mi fydd mam yn dwad at ddrws y parlwr ac yn gweiddi,
  'Da chi, blant, ydach chi ddim wedi cael digon eto? Wyddoch chi faint 'di hi o'r
gloch?'
  Mi *oeddwn* i'n gweld mam yn gas hefyd, ac wedyn yn rhwystro John ddwad i
nanfon i a phopeth, nid am bod arna i ofn, achos mi wyddwn y bydda Pero yn 'y
nghwarfod i cyn pen hannar y ffordd, ond mae John yn un mor ddifyr, wyddoch.
Fo a Bob ydi'r ddau â'r sgwrs mwya difyr y gwn i amdanyn nhw. Am wn i nad ydi
John yn fwy difyr na Bob. Ond beth bynnag i chi, 'doeddwn i ddim wedi mynd
gyn bellad â phen y llwybr sy'n troi at Tŷ Gwyn na chlywi i rywun yn rhedag i
lawr y lôn ar f'ôl i, a phwy oedd 'na ond John. 'Doeddwn i ddim yn licio gofyn
iddo fo beth oedd wedi gneud i mam adal iddo fo ddwad ar f'ôl i, ond mi ges
wybod drannoeth.
  Mi ges i hwyl garw wedi cyrraedd y tŷ am ben John yn trïo f'helpu fi 'neud tân.
Mi oedd y cloc wedi taro naw cyn i mi gael o i gynna'n iawn a gosod y llestri swpar
ar y bwrdd, ond 'doedd na ddim hanas Dic, ac mi oeddwn i'n meddwl, wrth fod o
mor ofnus, na fasa fo ddim yn mentro cychwyn wedi iddi hi dwyllu, 'wyrach.
  Mi feddyliais basa well i mi fynd i drïo swpera, ond fuo raid i mi ddim gneud
dim byd, achos mi ddaru John 'neud y cwbwl. Mi 'roedd Pero hefo ni wrth gwrs
yn busnesa â'i drwyn ym mhopeth.
  Pan oeddan ni jest wedi darfod ac yn mynd yn yn hola i'r tŷ, mi ddoth 'y nhad a
mam, a Bob wedi dwad i'w danfon nhw. Y peth cynta ddeudodd mam oedd,
  'Ydi Dic wedi swpera, Sioned?'
  ''Dydi o ddim wedi dwad yn 'i ôl eto, mam,' medda fi.
  'Ddim wedi dwad yn 'i ôl a hithau'n ugian munud i ddeg.' Mi oeddan ni yn y
gegin erbyn hyn, a mam yn sefyll o flaen y cloc. ''Dydi peth fel hyn ddim
rheswm. William, fydda well i chi fynd at y ferlan. Ond cerwch i dynnu'ch côt
gynta.'
  'Mi 'dan ni wedi bod,' medda fi, 'mi ddaru John ddwad hefo fi.'
  ''Doedd dim achos i ti adael i John faeddu'i ddillad gora, a 'dw i'n siŵr na
ddaru ti ddim cimint â meddwl gofyn iddo fo dynnu'i gôt. A'i gadw fo heb 'i
swpar a phopeth. Dyro'r teciall ar tân mewn munud, gael iddo fo gael panad. Mi

wyt ti'n un ddifeddwl hefyd, Sioned. A 'drycha ar dy ffrog, yn llwch ac yn faw i gyd. Dos i'w thynnu hi mewn munud, rhag cywilydd i ti fynd i'r stabal mewn ffrog dda fel'na.' Ac i'r llofft fu raid i mi fynd ar f'union.

Mi 'rhosodd Bob a John acw tan oedd John a fi wedi cael swpar, ac mi oedd hi'n chwartar i unarddeg pan aethon nhw. Ond 'doedd 'na ddim golwg ar Dic.

'' Wyrach bod o wedi cael 'i ddychryn,' medda nhad, 'mae o'n un mor ofnus, a ella bod y creadur mewn llewyg yn rhwla ar y ffordd.'

'Choelia i fawr,' medda mam, 'mae yn fwy tebyg o lawar mai ofn cychwyn wedi iddi dwyllu oedd arno fo a'i fod o wedi aros tan y bora.'

Beth bynnag mi ddaru nhad a mam aros ar 'u traed tan hannar nos. Mi gyrrodd mam fi i ngwely, wrth gwrs, ond ddoth Dic ddim, a ddoth o ddim ddy' Llun chwaith. Pan oeddwn i wrthi hi'n godro hefo mam yn pnawn mi 'fynnodd i mi,

'Welist ti rwbath o hanas tarw Bryn'r Odyn neithiwr pan oeddat ti'n dwad o'r capal?'

'Na welis i,' medda fi, 'oedd o wedi dwad o'r cae?'

'Bob oedd yn deud pan ddaru mi rwystro John ddwad i dy ddanfon di neithiwr, fod o wedi clywad fod tarw Bryn'r Odyn wedi dengid o'r cae pella, a bydda well i rywun fynd i dy ddanfon di, ac felly'r ath John ar d'ôl di, ond mi oeddat ti ar fai, Sioned, yn cadw'r hogyn c'yd a fynta isio'i swpar 'wyrach.'

'Nes i ddim deud dim byd, ond mi oeddwn i'n synnu braidd na fasa morwyn Bryn'r Odyn wedi sôn rhywbath wrtha i am y tarw, a hitha'n dwad ar unwaith â fi i'r capal yn y nos.

Ddoth Dic ddim yn 'i ôl bora ddy' Mawrth chwaith, ac mi oedd mam yn deud bydda rhaid i nhad fynd hefo'r car i gartra fo ar ôl te, os na fasan ni'n clywad rhywbath o'i hanas o.

Ar ôl cinio pnawn dy' Mawrth mi ath mam i'r Rhiw i rywbath, 'dw i ddim yn cofio i be rwan. A dipyn wedi iddi hi fynd dyma rywun yn cnocio'r drws. A phan ddaru mi'i agor o, dyna lle 'roedd rhyw hogyn yn sefyll, ac wrth ochor y ffordd tu allan i'r giat yr oedd 'na drol a mul. Mi oeddwn i'n meddwl mai rhywun yn hel *rags* oedd o, ac mi oeddwn i'n mynd i ddeud nad oedd ginon ni ddim, pan ddaru o ddeud,

'Mae Dic 'y mrawd wedi ngyrru fi i nôl 'i betha fo.'

'I nôl 'i betha fo?' meddwn i.

'Ia, mae o rhy wael i ddwad yn 'i ôl wedi cael 'i ddychryn gin rwbath oedd yn tryblo'i lofft o pan oedd o yma,' medda fo.

Wyddwn i ddim yn iawn be i 'neud, ond mi es i'r llofft ac mi helis bob peth welwn i'n perthyn i Dic i'w gist o, ac mi es i ben y grisiau i alw ar yr hogyn i ddwad i fyny i nôl hi, ond ddô fo ddim pellach na thop y grisia. 'Mae 'na i ofn wir', medda fo. Ac mi fu raid i mi'i llusgo hi ar hyd y pasaj, ac mi cariodd ynta hi i lawr y grisia ac allan i'r drol bach, a ffwrdd â fo, fel tasa dda gino fo gael mynd. Mi oeddwn i'n meddwl be ddeuda mam pan ddô hi yn 'i hôl. Pan ddoth hi mi ddeudis i'r hanas wrthi hi, ac mi oedd hi o'i cho. 'Welis i rotsiwn biti na faswn i yma,' medda hi, 'mi faswn i wedi deud dipyn o'r drefn wrtho fo. Sâl wir! yn gneud hen dro mor fudur yn yn gadal ni mor ddiswta. 'Does bosib gin i bod o'n disgwyl cael tâl am hynny fuo fo yma, a fynta wedi gneud y fath beth.'

Ond mi ddaru yrru hynny oedd yn dwad iddo fo cyn diwadd yr wythnos, a dyna'r dwaetha glywsom ni am Dic. 'Chydig mae mam yn feddwl mai fi oedd y bai iddo fo fynd i ffwrdd. Ddeudis i ddim wrth neb ond wrth Pegi, ac mi ddaru chwerthin fel 'dwn i ddim be.

Mi fuon ni dipyn heb was ar ôl i Dic fynd i ffwrdd. 'Roedd mam yn deud fod cimint o fyda hefo nhw y trïa hi 'neud heb yr un. Ond mi oedd Bob yn dwrdio ac yn deud nad oedd o ddim ffit, ac y gna fo holi oedd 'na neb o gwmpas isio lle. Mi ddoth acw un o'r diwadd, ac acw mae o byth, ac mae'n bur debyg mai acw bydd o hefyd. Ond nid drwy Bob na neb arall y ceuthon ni 'i hanas o. Y fi ddoth â fo acw i ddechra, ac mi fydda i jest â deud hynny wrth mam weithia, pan fydd hi'n deud mai troeon ffôl fydda i'n 'neud bob amsar, achos mae mam yn meddwl nad oes 'na ddim gwas yn y wlad tebyg i Wil. Mi fydda'n deud wrth Gwen Jones a'r merchad 'ma o gwmpas pan fyddan nhw'n cwyno fod rhywbath ar y gwas yma neu'r forwyn arall, 'Wel, wir, welis i 'rioed mor lwcus ddaru ni drawo, mae hwn sy ginon ni rwan yn haeddu'i ganmol. Mi fuon ninnau'n ddigon trafferthus yn dechra, fel 'dach chi'n gwbod, hefo'r hen hogyn hwnnw o Wern Betws yn mynd â'r frôtsh aur honno — debyg iawn wir, be ti'n gofyn peth mor wirion.' Fi oedd wedi gofyn i mam oedd isio mynd â'r piserad llefrith oeddwn i newydd ddwad o'r beudy i'r tŷ llaeth. Mi oeddwn i'n gwybod bod isio mynd â fo yno, ond mi 'dw i wedi blino clywad mam yn sôn am y frôtsh aur honno, a phan fydd hi'n mynd i ddeud yr hanas wrth rywun, mi fydda i'n gofyn rhywbath iddi ar draws felly. Ac wedyn mi fydd yn anghofio ac yn mynd ymlaen i ddeud am y gweision erill fuo acw. 'A Ifan ar ôl hynny, dyna'r hogyn mwya digychwyn welis i 'rioed â fy llygad, ac am yr hogyn Dic hwnnw, fedra i ddim llai na chredu nad oedd rhyw chwilan ym mhen hwnnw. Fel bydda fo'n codi'r tŷ gefn nos, yntê, Sioned? Ond am Wil, rhaid i mi ddeud y gwir, mae o'n hogyn siort ora. 'Dydw i ddim yn meddwl i mi weld dim yn annymunol yno fo ers pan mae o yma.'

Fel 'na bydda mam yn sôn am Wil am yn hir wedi iddo fo ddwad acw, ond mae o wedi mynd mor gartrefol acw rwan, fel na fasa mam ddim yn meddwl sôn am 'i rinwedda fo wrth neb, mwy na fasa hi'n sôn am rinwedda nhad neu Bob. Fuo jest i mi ddeud hefyd neu fi, ond mae arna i ofn bod mam yn credu nad oes dim byd felly yn perthyn i mi. Ond wyddoch chi pam 'dw i'n meddwl mae mam yn meddwl cimint o Wil? Am 'i fod o fel fi yn credu nad oes na neb yn y byd yn debyg i Bob. A wyddoch chi be fydd hi'n 'neud pan fydd y ddau wrthi hi'n godro? Yn deud storis wrtho fo am y petha fydda Bob yn 'neud pan oedd o'n hogyn bach.

Mi 'dw i'n gwybod, achos mi oeddwn i'n digwydd pasio drws y beudy ryw
bnawn, wedi bod yn hel y dillad, ac mi glywn mam yn siarad, ac mi wrandis
dipyn bach, a dyna be oedd hi'n 'neud, a Wil yn deud, 'Tad, mi oedd o'n un garw
hefyd.'

Ond rhaid i mi ddechra yn y dechra hefo Wil. Rhyw bnawn mi oeddwn i wedi
bod yn y Rhiw, ac yn dwad adra ar hyd llwybr Coed-y-Nant. 'Dw i'n cofio reit
dda mai dy' Gwenar oedd hi, a bod hi'n ddydd Nadolig drannoeth. Mi oedd yn
sbel wedi i'r hogyn gwirion Dic hwnnw fynd oddi acw. Mi oedd Pero hefo fi, ac
mi *oedd* hi'n oer, a golwg du oer ar bopeth. 'Roedd Elin wedi gwneud rhyw
bresanta i ni erbyn 'Dolig, ac mi oedd hi wedi'u lapio nhw mewn parsal, ac wedi
deud wrtha i nad oeddwn i ddim i agor o nes awn i adra, ac mi oeddwn i'n brysio
hynny fedrwn i, achos mi oedd arna i isio gweld be' oedd yno fo. 'Dydi hi ddim
'run fath â fi. Mi fydda i'n licio rhoi rhywbath i rywun fy hun i weld sut byddan
nhw'n edrach. 'Dw i'n cofio mod i wedi dechra rhedag pan ddois i i ben yr allt lle
mae Coed-y-Nant yn darfod, achos mi oedd hi jest â thwyllu, ac mi 'roeddan
nhw'n deud yn y Rhiw bod hi'n bygwth eira. Mi oedd Pero'n rasio fel peth gwyllt
o 'mlaen i, ac wedi ngadal i sbel yn troi ac yn rasio yn 'i ôl.

Mae 'na gamdda yn y clawdd wrth waelod yr allt, a phan ddaethom ni i'w
golwg hi mi welwn Pero yn gneud am y bwlch, a phan ddois i ato fo, dyna lle
'roedd o'n ffalsio ac yn neidio at ryw hogyn oedd yn ista ar step isa'r gamdda. Mi
oedd o'n hollol ddiarth i mi, ac yn edrach fel hogyn yn arfar gweithio ar y tir, ac
welis i olwg mor druenus ar neb yrioed fel tasa fo heb gael golwg ar dân na thamad
o fwyd ers wythnos. Mi oedd gino fo hen jecad bach dena amdano fo, a rhyw hen
'sgidia â'i fodia fo i'w gweld drwyddyn nhw. Mi oedd o'n pratio Pero hefo'i law,
ac yn troi'i chefn hi at 'i groen o fel tasa fo'n trïo'i chynesu hi, ac yn deud, 'O'r hen
gi,' mewn ffordd y gwyddwn i 'i fod o'n arw am betha byw. Ac o ran hynny, fasa
Pero byth yn mynd yn agos ato fo tasa fo heb fod, achos mae'r hen gi cyn gallad,
wyddoch. Pan ddois i at 'i ymyl o, mi ddaru mi sefyll, ac mi gododd ynta'i ben ac
mi sbïodd arna i, a welis i 'rioed olwg yn llygada neb o'r blaen fel oedd yn 'i lygada
fo. Mi oedd gino fo ryw hen het wellt am 'i ben, a'i chantal hi wedi dod orwth y
corun mewn un lle, nes oedd hi'n disgyn dros 'i dalcan o. 'Mae hi'n oer iawn,'
medda fi. 'Ydi mae hi'n oer ofnadwy,' medda fynta. Mi oeddwn i wedi deud 'hapi
crismas' wrth bawb oeddwn i wedi weld y diwrnod hwnnw, ond fedrwn i ddim 'i
ddeud o wrth yr hogyn hwnnw ar y gamdda. Mi fasa fel taswn i'n gneud sbort am
'i ben o. Mi oeddwn i'n gwybod nad oedd gin i'r un ddima yn 'y mhocad i roid
iddo fo, a wir 'dw i'n meddwl rywsut na faswn i byth yn medru cynnig dim byd
iddo fo, a wir 'dw i'n gwybod rwan taswn i wedi gneud na fasa fo ddim yn cymyd
dim. Mi ddeudis 'pnawn da' wrtho fo, ac mi es yn 'y mlaen. Mi ddoth Pero ar fy
ôl i yn ara deg, ac wedyn dyma fo'n stopio i edrach yn 'i ôl fel tasa fo'n disgwyl i'r
hogyn ddwad ar 'i ôl o hefyd, ac felly 'roedd o ar hyd y ffordd adra. Mi oeddwn i'n

teimlo reit annifyr, ac fel tasa gin i ddim hawl i'r jecad frethyn dew oedd gin i amdana, a'r hogyn hwnnw'n ista jest â rhynnu ar y gamdda, a 'doeddwn i ddim yn teimlo hannar mor falch bod hi'n 'Dolig ag oeddwn i gynt. Pan gyrhaeddis i adra mi oedd 'y nhad yn mynd â'r car rownd i'r buarth, newydd ddwad o'r dre o farchnad 'Dolig. 'Roedd hi bron yn dywyll yn y tŷ, ac mi oedd rhaid i mi ola'r lamp y peth cynta, ac wedyn mi ddaru mam agor y parsal oeddwn i wedi ddwad o'r Rhiw. Mi oedd Elin wedi gweu siôl wen i mam, glysa welsoch chi 'rioed. Mi 'nes 'i rhoid hi dros 'i sgwydda hi, a welsoch chi 'rioed mor ddel oedd hi'n edrach. 'Roedd y gwlân gwyn, esmwyth, yn 'i siwtio hi i'r dim. Mi oedd 'y nhad yn deud 'i bod hi'n edrach yn neis hefyd, ond tasach chi'n clywad mam yn siarad, yn cymyd arni bod yn ddig wrth Elin ac yn deud, 'Beth oedd meddwl yr hogan yn gwario'i phres a'i hamsar fel hyn.' Ond mi oedd hi'n 'i thynnu hi am 'i breichiau, ac yn sbïo i lawr arni hi, ac yn rhoi'i boch yn 'i herbyn i glywad mor esmwyth oedd hi, nes oedd ddigon hawdd gweld bod hi'n 'i licio hi'n iawn. Ond mi oeddwn i'n meddwl am yr hogyn hwnnw ar y gamdda a dim amdano jest. 'Roedd Elin wedi sgwennu ar bisin o bapur ar gongl y siôl, 'Oddi wrth Bob a Elin'. Ond hen hogan gall ydi Elin, ac mae hi'n deall mam i'r dim. Wyddoch chi be oedd hi wedi 'neud? Mi oedd hi wedi gyrru pâr o slipars iddi hi hefyd, ac yn un ohonyn nhw mi oedd 'na ddarn o bapur a Bob 'i hunan wedi sgwennu arno fo, 'Mam, oddi wrth Bob'. Ddeudodd hi ddim byd, ond mi ath i'r gegin bach am funud, a 'dwn i ddim be 'nath i mi feddwl bod hi wedi bod yn crïo pan ddoth hi yn 'i hôl. Wyddoch chi, tasa rhywun arall wedi rhoi pâr o slipars gloyw â bycla arnyn nhw iddi hi mi fasa'n deud, 'Be 'na i â nhw? Tasan nhw'n bâr o glocsia rwan fasa rhywbath.' Mi oedd 'na grafat wedi'i weu o ddafadd coch cynnas, a phapur ar hwnnw hefyd yn deud mai i nhad 'roedd o. 'Doedd gin yr hogyn hwnnw ar y gamdda ddim crafat am 'i wddw. 'Dwn i ddim sut oedd Elin yn gwybod mai y peth oedd arna i isio fwya oedd menyg â ffyr olrownd nhw a wadin oddi fewn iddyn nhw, 'run fath ag oedd Maggie Tanrallt wedi gael yn bresant gin rywun. (Ddeuda hi ddim gin bwy, ond mi 'dw i'n gwybod mai gin yr hen Rice Thomas 'na cafodd hi nhw; 'dwn i ddim be mae hi'n weld yno fo.) Ond dyna be oedd Elin wedi yrru i mi, ac mi oeddan nhw'n glws a'r ffyr yn sgleinio yng ngola'r lamp a'r wadin yn teimlo'n gynnas oddi fewn. Ond fedrwn i yn 'y myw beidio meddwl am yr hogyn hwnnw yn trïo cynhesu'i law ym mlew Pero, ac mi es â'r menyg o'r golwg i'r parlwr hefo'r petha erill gynta medrwn i.

Mi oedd mam wedi bod yn gneud bara brith a phetha, ac mi oedd 'na ogla dros y tŷ. 'Roedd 'na dân mwy nag arfar yn y grât wrth bod hi wedi bod yn twymo'r popty, ac mi oedd y gegin yn gynnas fel 'dwn i ddim be, ac mi oedd hi wedi rhoi platiad o deisis yn boeth ar y bwrdd hefo te. 'Dwn i ddim be oedd yn gneud i mi weld yr hen gegin mor gyfforddus y noson honno, — y llestri pinc a gwyn ar y bwrdd, a'r llwya yn sgleinio, wrth mod i wedi bod yn 'u glanhau nhw'r diwrnod

hwnnw erbyn 'Dolig; a nhad yn ista yng nghongl y setl, a mam â barclod gwyn o'i
blaen a'i gwynab yn wrid, a'i gwallt hi fel sidan; pob peth yn braf. Ond mi
oeddwn i'n teimlo reit annifyr, ac mi fasa well gin i na dim welis i 'rioed taswn i
heb fynd trwy lwybr Coed-y-Nant y diwrnod hwnnw. Mi fydda i'n licio teisan yn
iawn, ac yn enwedig os bydd mam wedi'i gneud hi, achos fuo 'rioed o'i bath hi am
'neud teisan. Mi fydd yn toddi yn ych ceg chi, ac yn ysgafn fel 'dwn i ddim be;
ond rywsut, 'doeddwn i ddim yn medru'i byta hi fel arfar, a fedrwn i ddim peidio
meddwl y baswn i'n licio mynd â thamaid o rywbath i'r hogyn hwnnw. Mi ddaru
mi godi a mynd i'r drws unwaith, yn meddwl y baswn i'n rhedag gyn bellad. Ond
mi oedd hi'n dechra bwrw eira, ac meddwn i wrtha fy hun, ''Does wybod yn y
byd lle mae o erbyn hyn. 'Dydi o 'rioed yn ista ar y gamdda o hyd.' Mi oeddwn i
wedi cael digon o de beth bynnag, a dyma mam yn deud,
    'Yn neno'r taid, Sioned, be haru ti, dywad? Wyt ti ddim wedi byta dim, pam na
chymi di ddarn o'r deisan 'na?'
    'O, mam, mi oedd 'na ryw hogyn yn ista ar gamdda gwaelod yr allt pan oeddwn
i'n dwad o'r Rhiw gynna, a golwg fel tasa fo jest â llwgu arno fo, a dim byd
amdano fo jest, a'i draed o drwy 'i 'sgidia fo, a fedra i ddim byta.'
    'Dwn i ddim be 'nath i mi ddeud wrth mam, ac mi 'roeddwn i'n disgwyl 'i
chlywad hi'n deud, 'Twt lot, 'doedd o ddim ond rhyw drampar.' Ond medda hi,
'Piti na fasat ti wedi deud pan ddoist ti i'r tŷ gynta gael i ti fynd â rhyw damad
iddo fo, mae o ddigon pell erbyn rwan mae'n siŵr,' a dyma hi'n sbïo arna i. 'Paid
â chrïo ar 'i gownt o, beth wirion. Os lici di dos gyn bellad hefo Pero.' 'Doeddwn i
ddim yn crïo; newydd gymyd llymad o de oeddwn i a hwnnw wedi mynd yn groes
yn 'y ngwddw i, ac mi wyddoch sut bydd rhywbath felly yn tynnu dŵr o lygada
rhywun. Mi rois siôl dros 'y mhen ac mi 'goris y drws. 'Os bydd o yno, mam, ddo
i â fo i nôl te.' 'Fydd o ddim yno rwan i ti, elli fod yn siŵr, ond tyd â fo os bydd o.'
Mi waeddis ar Pero, ond 'doedd dim golwg ohono fo, ac mi gofis nad oeddwn i
ddim wedi'i weld o ers pan ddois i i'r tŷ.
    'O gad iddo fo,' medda mam, ''dydi o 'rioed yno rwan iti.'
    'Mi reda i gyn bellad fy hun, 'does arna i ddim ofn.'
    'Mi wyt ti'n hogan ryfadd. Fydda well i chi fynd hefo hi, William,' medda hi
wrth 'y nhad. 'Rhowch ych crafat am ych gwddw.' Mi oedd rhywbath yn deud
wrtha i y bydda yr hogyn hwnnw yno. 'Roedd hi bron yn nos, er nad oedd hi
ddim ond newydd daro pedwar, ac mi oedd y gwynt i'n gwyneba ni, a'r eira yn
dechra fflïo reit dew. Pan ddaru ni gyrraedd y troad hwnnw sy jest cyn i chi
ddwad at y gamdda, mi glywn Pero yn cyfarth, a dyma fo'n rhoi naid i'n cwarfod
ni, a phan ddaethom ni at y gamdda dyma'r hogyn hwnnw'n codi, ac medda fo fel
tasa fo ofn cael drwg,
    'Wir, mistar, ddaru mi mo'i hudo fo; dwad yn 'i ôl ddaru o, a 'cáu mynd i
ffwrdd.'

'Mae fanna le oer iawn i ista ar noson fel hyn,' medda nhad. 'Os gin ti lawar o ffordd i fynd, fydda well i ti ddwad hefo ni i gael panad o de.'

Mi oeddwn i'n meddwl y basa fo'n dwad mewn munud, ac mi oedd o'n edrach fel tasa fo jest â llwgu pan ddaru nhad sôn am de, ond 'doedd o ddim mor barod i gychwyn, a dyma fo'n deud o'r diwadd, ac yn sbïo ar lawr, 'Os ginoch chi ddim job rowch chi imi, mistar?'

'Tyd acw gynta ac yna cawn weld,' medda nhad wedyn, a dyna lle 'roeddan ni'n tri yn mynd, a Pero yn campio o'n blaena ni. Yr oedd yr hogyn fel tasa fo'n methu cerddad yn iawn, wedi cyffio reit siŵr wrth ista mewn ffasiwn le oer.

Mi oedd mam wedi gosod cwpan a sosar yn barod erbyn i ni fynd i'r tŷ, fel tasa hi'n disgwyl rhywun, a dyma hi'n tynnu cadar ac yn 'i rhoi hi wrth y bwrdd yn y lle 'gosa at y tân.

Mi oeddwn i a nhad wedi mynd i mewn, ac yn meddwl bod yr hogyn diarth yn dwad ar yn hola ni, ond erbyn i mi droi ac edrach mi oedd o wedi sefyll wrth ddrws y gegin a'i hen het wellt yn 'i law, a 'dydw i ddim yn meddwl i mi weld golwg mwy truenus erioed, ac 'na i byth 'i anghofio fo. Mi oedd 'i lygada fo'n edrach mor fawr a'i wynab mor wyn a thena fel na fedra i ddim deud wrthach chi. Cyn i mi gael deud dim byd, mi ddechreuodd mam, 'Tyd i fewn, tyd i fewn, tyd at y tân i fan 'ma,' ac yn dangos y gadar oedd hi wedi'i hestyn.

'Mi 'roedd y mistar yn deud 'wyrach y basa gino fo ryw job bach i mi, a well gin i 'i gneud hi gynta.' Mi sbïodd mam arno fo am funud, ac mi ddaru o wrido dros 'i wynab, ac mi edrychodd i lawr.

'O, wel,' meddai mam, 'os wyt ti mor independant na chymi di ddim panad o de am ddim, mi gei fynd i falu sbel, ond rhaid i ti gymryd te yn gynta, achos mae arna i isio cadw'r llestri 'ma wel di, a fedra i ddim hwylio bwyd eto tan wyth o'r gloch.'

'Dowch i fan 'ma,' medda fi wrtho fo, a chymis 'i het o o'i law o, ac mi ddoth yn ara deg ar draws y gegin, ac mi 'steddodd ar y gadar oedd mam wedi'i gosod iddo fo. 'Closia at y tân,' medda hi wrtho fo. Wedi hi dywallt te iddo fo, dyma hi'n deud, ''Dw i'n disgwyl 'nei di estyn at y bwyd, a dyma'r tebot ar y pentan. Mae rhaid i mi fynd i drin y llaeth; a Sioned, dos i blicio'r fala rheini i'r gegin bach.' Mi oedd 'y nhad wedi mynd allan, ac mi oeddwn i'n methu gwybod pam oedd mam yn gadal yr hogyn ar ben 'i hun, ond mi oedd o'n edrach reit gyfforddus, a Pero'n gorwedd wrth 'i draed o. Pan oeddwn i jest wedi gorffan plicio'r fala, dyma fi'n clywad yr hogyn diarth yn codi ac yn dwad at ddrws y gegin bach. 'Mi 'dw i'n barod rwan,' medda fo. Mi es i at ddrws y tŷ llaeth i ddeud wrth mam, a dyma hi'n dwad allan ac yn deud, 'Dos â fo at dy dad, Sioned.' Ac mi es i hefo fo ar draws y buarth, a Pero ar yn hola ni, ac wedi cael hyd i nhad mi es i yn fy ôl i'r tŷ, ond ddo yr hen gi ddim hefo fi, mi 'roedd o fel wedi dotio ar yr hogyn diarth 'na.

'Doedd mam ddim yn 'i hwyl yn tôl y noson honno; a phan ddaeth hi o'r tŷ

llaeth mi oeddwn i'n *siŵr* 'i bod hi wedi bod yn crïo. Dyma'r nos Nadolig cynta i
ni fod heb Bob, a 'dw i'n meddwl fod ar mam hiraeth. Mi oedd y lle yn edrach yn
ddigri hefyd, ac mi oeddwn i'n trïo peidio cofio am nosweithia Nadolig ystalwm,
pan fydda Bob a fi a nhad a mam yn ista rownd y tân, y fi nesa at Bob bob amsar.
'Wyrach y bydda Twm Tŷ Mawr a Maggie Tanrallt ac Elin hefo ni ar y cynta,
ond dim ond ni'n pedwar fydda'n ista felly ar y diwadd cyn i ni fynd i'n gwelyau.
Ac mi oeddwn i'n cofio, cofio o hyd er i mi drïo peidio meddwl am fel bydden ni'r
amsar honno, a dyna fel 'roedd mam hefyd 'dw i'n meddwl. Mi oedd teulu'r
Rhiw i ddwad acw drannoeth i ginio, ond mi 'roedd mam yn anesmwyth ofnatsan
yn gwrando pob smic, ac mi oeddwn i'n gwybod mai disgwyl Bob 'roedd hi. Ac
weithia mi â i'r drws, ac wedyn mi ddo yn 'i hôl i'r tŷ ac at y tân, ac yn dal 'i dylo
ato fo, ac yn deud, 'Bobol bach mae hi'n oer.' Ac wedyn mi 'na droi at y cloc ac mi
'na ofyn, 'Faint ydi hi o'r gloch, dwad?' Tybad ddaw Bob gyn bellad heno? Digon
o waith, mae hi mor oer, a fynta wedi cael dipyn o annwyd. Mae Elin yn siŵr o'i
rwystro fo 'dw i'n coelio, ac mi 'neith yn itha hefyd.' A phen rhyw funud neu
ddau mi â i'r drws wedyn. Mi ddoth Bob o'r diwadd, a'r peth cynta ddeudodd
mam wrtho fo oedd,
   'Welis i rotsiwn beth â chdi, Bob, yn dwad allan ar noson fel hyn a'r hen
annwyd 'na arnat ti, 'dw i'n siŵr mai dengid ddaru ti heb i Elin wybod.'
   'O, 'does dim helynt arna i'n tôl, mam, mae o jest wedi mynd.'
   Mi fasa mam wedi'i siomi'n ofnatsan tasa Bob heb ddwad, wyddoch, er bod
hi'n cymyd arni'i ddwrdio fo, ac mi oedd Bob yn gwybod hynny o'r gora. Cyn i
mam gael deud dim 'chwanag, mi 'fynnodd Bob,
   'Pwy sy hefo nhad yn y stabal?'
   'Rhyw hogyn diarth. Sioned ddoth ar 'i draws o wrth gamdda Gwaelod yr Allt
wrth ddwad o'r Rhiw pnawn, a 'doedd dim byw na marw na cha hi fynd i nôl o i
gael te.'
   'O, mam,' medda fi, 'chi'ch hun ddaru ddeud wrtha i am fynd, heb i mi ofyn o
gwbwl.'
   'Wel, be 'nawn i pan oeddat ti'n methu cymyd dy de, am fod ti'n crïo fod
hwnnw heb ddim te.'
   ''Doeddwn i ddim yn crïo, nag oeddwn wir, Bob; te oedd wedi mynd yn groes
yn y ngwddw i.'
   'Wel, be mae o'n 'neud hefo nhad yn y stabal?'
   'O, rhyw hogyn go ryfadd 'di o, chyma fo ddim te heb gael gwneud rhwbath yn
'i le fo, ac mi rhoth dy dad o i falu,' medda mam.
   Pen dipyn mi gododd Bob, ac mi ath allan i'r buarth. Ac yn union wedyn mi
ddoth 'y nhad. A dyma mam yn dechra'i holi o ar gownt yr hogyn diarth 'na, un o
ble oedd o, a lle 'roedd o'n mynd. Ond y cwbwl gafodd hi gin 'y nhad oedd,
   ''Dwn i ddim wir, Margiad, 'chydig iawn o ddim dduda fo, ond mae o'n edrach

yn hogyn reit ufudd, creadur bach, pwy bynnag ydi o.'

'Hy,' medda mam, 'mi wranta i pan fydd o wedi darfod y ca i wybod rhwbath o'i hanas o.'

Mi fuo Bob dipyn cyn dwad i'r tŷ, ac mi oedd mam wedi dechra anesmwytho. 'Dyn annwyl, mae Bob yn ddiofal ohono'i hun hefyd, yn mynd i sefyll i'r stabal oer 'na, dos i beri o ddwad i'r tŷ, Sioned, mae'r hogyn 'na wedi darfod bellach.' Ond cyn i mi agor y drws, dyma Bob i mewn. Mi 'roedd o'n edrach yn o sobor, a rhyw olwg pell yn 'i lygada fo, fel bydd weithia. A dyna fo'n deud cyn i mam gael amsar i ddechra trin am fod o wedi bod yn sefyllian, 'Mam, mae arnoch chi isio gwas yma, yn does? Wel, mae'r hogyn 'na isio lle, a 'dw i'n meddwl na 'newch chi ddim 'difaru 'i gyflogi o.'

'Gwarchod pawb,' medda mam, 'cymyd hogyn na wyddon ni *ddim* amdano fo i'r tŷ. Peth arall 'di rhoi panad o de i ryw greadur tlawd, a rhaid i mi ddeud na fuo 'ma neb erioed o'r blaen yn gwrthod tamad os na cha fo 'neud rhwbath amdano fo. Ond, wir, Bob, mae hyn yn ormod.' Ond 'doedd waeth i mam beidio siarad. Mi ddoth Bob â hi rownd yn ara deg i weld jest fel yr oedd o isio. Mae Bob hefo mam yn o debyg i fel y bydd hi hefo nhad; ond fydd o ddim yn arfar 'i ddylanwad mor amal. 'Dydw i ddim yn credu, rywsut, tasa heb hyn, y basa mam yn medru gadal i'r hogyn hwnnw fynd i ffwrdd ar noson mor oer, a nos 'Dolig hefyd, tasa hi'n gwybod nad oedd gino fo ddim lle i fynd.

Jest pan oedd hi'n deud, 'Wel tasan ni'n 'i drïo fo am dipyn,' mi ddoth yr hogyn at y drws, ac medda fo, 'Mi 'dw i wedi darfod, mistras, a diolch yn fawr i chi. Os nad oes ginoch chi rwbath arall i mi 'neud, mi â i rwan.' Tasach chi'n gweld 'i wynab o pan 'fynnodd Bob iddo fo fasa fo'n licio aros acw'n was, mi oedd o fel tasa fo'n rhy falch i ddeud dim, ond dyma fo'n deud o'r diwadd, 'O, mistar, ga i wir?' Mi ddechreuodd mam besychu, ac mi ddoth rhywbath i ngwddw inna i 'neud i minna besychu, a dyma mam yn troi ata i ac yn deud, ''Neno'r taid, be haru ti'n cecian pesychu fel 'na o hyd? Dos i nôl llwyad o fêl i'r cwpwrdd, ne mi fydd arna ti ddolur gwddw erbyn fory.' Mi oedd mam yn pesychu fwy na fi, ond 'dw i'n meddwl mai'r un peth oedd arnan ni'n dwy, ac mi 'roedd rhywbath ar 'y nhad a Bob hefyd, achos mi oedd 'y nhad wedi troi at y dresar, ac yn edrach arni hi fel tasa fo ar 'i ora yn cyfri faint o blatia oedd arni hi, a Bob wedi gwyro i lawr yn sydyn i bratio Pero hefo'i un llaw.

Ac felly doth Wil acw. Mi holodd mam lot arno fo'r noson honno, ond rywfodd 'doedd o'n deud fawr, a 'dwn i ddim sut daru Bob gael gino fo ddeud 'i hanas wrtho fo yn y stabal. Ond rywsut mi fydd pawb yn mynd yn ffrindia ar unwaith hefo Bob, ac yn deud 'u helyntion wrtho fo, cyn iddyn nhw wybod bron bod nhw wrthi hi. Mi ddeudodd wrtha i wedyn be oedd Wil wedi ddeud wrtho fo yn y stabal, a 'ddyliwn i fod o'n gweithio ar ryw ffarm tua ugian milltir oddi acw, a bod rheini wedi cael 'u gwerthu allan. Mi oedd Bob yn gwybod amdanyn nhw, a bod

gin y tenant newydd 'i bobol 'i hun, a fod o wedi bod yn crwydro o le i le ers
wythnosa yn gneud rhyw job yma ac acw am bryd o fwyd, ac yn cysgu y rhan amla
yng nghysgod rhyw das wair. Tasa fo yn rhywun arall ni fasach yn gofyn pam na
fasa fo'n gneud am ryw wyrcws erbyn y nos, ond tasach chi'n gweld Wil unwaith
mi fasach yn deall pam na fedrach chi ddim deud fel'na amdano fo. Mi ddeudodd
wrth Bob hefyd mai un o Sir Fôn oedd o, a bod 'i dad o wedi marw a'i fam o'n
wael 'i hiechyd, ac nad oedd gini hi ddim byd at 'i byw ond be fedra fo ennill. Mi
oedd arno fo ofn yn 'i galon bod hi wedi gorfod mynd i ofyn am beth o'r plwy tra
'roedd o wedi bod heb le.

Ond wedyn ces i wybod hyn. Sôn 'roeddwn i am y noson doth Wil acw gynta.
Cyn i neb gael deud dim wedi i mam 'y nwrdio i am besychu, pwy ddoth i fewn
ond John, brawd Elin, ar 'i ffordd o'r dre. A dyna mam yn dechra arno fo, 'Wel,
dydach chi ddim jest â fferru, John annwyl, wedi dwad yr holl ffor o'r dre 'na?
'Stynna'r gadar acw, Sioned. A tyd dithau at y tân,' meddai hi wrth yr hogyn
diarth wrth weld hwnnw'n bacio yn ôl tua'r gegin bach. 'Gwas newydd ydi o,
John, ac mae o'n swil eto. Symud Pero. Wyt ti'n meddwl nad oes neb isio'r tân
ond y chdi? Dyro gic iddo fo Bob. A Sioned, dyro'r llestri ar y bwrdd gael i John
gael panad i gynhesu fo, a thyd â pheth o'r dorth frith 'na er mwyn iddyn nhw 'i
phrofi hi.'

Ddaru John a Bob ddim aros fawr wedi iddyn nhw gael panad o de. Mi oedd
arnyn nhw isio i mi fynd hefo nhw i'r Rhiw i 'neud cyflath, Bob yn deud y do nhw
i nanfon i adra, ond chawn i ddim gin mam. 'Mynd i ddim ond i lusgo Bob a John
allan eto ar ffasiwn noson, a Bob wedi cael annwyd!'

'Rhaid i Bob ddim dwad, Mistras Huws' (dyna fydd John yn galw mam pan
fydd o mewn dipyn o hwyl) 'mi ddo i â hi f'hun yn iawn.'

'Taw â chyboli, mi wyt ti wedi blino digon eisus, mi wranta di.'

'Hidia befo, Sioned, mi ddown ni â pheth hefo ni fory, a 'wyrach ryw ddiwrnod
y cawn ninnau'r fraint o 'neud cyflath hefo'n gilydd.' Fedrwn i ddim peidio
chwerthin er mod i'n stowt wrth mam na fasa hi'n gadal i mi fynd. Mi oedd hi
wedi lapio torth frith bach mewn papur, 'er mwyn i Elin a'ch mam gael profi'n
bara brith ni', medda hi wrth John. Mi rhoth hwnnw hi yn 'i fag, ac yn deud mai
dyna'r tro cynta i'r bag hwnnw gario peth mor neis.

Mi ath mam hefo nhw i ben draw'r buarth, ac mi clywn hi'n gweiddi ar 'u hola
nhw, 'Cofiwch chi ddwad reit gynnar fory; a Bob, cod golar dy gôt, a gwyliwch
fynd i'r clawdd ych dau, mae hi'n dywyll fel y fagddu, fydda ddim well i chi gael y
lantar, dudwch?' Ac mi glywn Bob yn atab, ''Dan ni'n iawn, mam, nos dawch.'

Mi 'nath mam i ni fynd i'n gwelyau tua deg, y tro cynta i ni fynd i'n gwelyau
mor gynnar ar nos 'Dolig ers pan 'dw i'n cofio. Ond mi wyddoch beth oedd ar
mam, chwith gini hi heb Bob, a 'dw i'n meddwl tasan ni'n aros ar yn traed, mai
ista rownd y tân i grïo y basan ni. Ond mi oedd mam yn deud wrthan mai mynd
i'n gwelyau yn gynnar 'roeddan ni er mwyn i ni godi'n o fora diwrnod wedyn, ne

fydda cinio ddim yn barod mewn pryd medda hi. 'Ac mae'n itha fod yr hogyn 'na wedi dwad yma hefyd, mi fydd 'ma dipyn llai o waith, 'does dim ond gobeithio na chawn i mo'n siomi yno fo, ac na fydd o ddim yn un tebyg i'r hen hogyn hwnnw o Wern Betws.'

'Dwn i ddim pam bydda i'n cofio cimint am y 'Dolig hwnnw. 'Wyrach am fod o'r 'Dolig cynta i ni heb Bob yn byw yma. 'Wyrach am fod Wil wedi dwad acw fel doth o. Beth bynnag, 'dw i'n cofio popeth am y nos 'Dolig a'r dydd 'Dolig hwnnw fel tasa fo ddoe. Mi oeddwn i'n meddwl wrth fynd i ngwely, mor dda oedd wedi'r cwbwl mod i wedi mynd trwy lwybr Coed-y-Nant y diwrnod hwnnw, neu mi fasa'r hogyn hwnnw wedi marw yn yr oerni, 'wyrach cyn y bora, ac mi 'dw i'n cofio mor falch oeddwn i'n teimlo fod o'n cysgu yn llofft y gwas yn yn tŷ ni.

Er bod Wil mewn cynhesrwydd, ac yn cael hynny oedd arno fo isio o fwyd y diwrnod wedyn, mi oedd golwg reit drist arno fo; a phan ddeudodd Bob 'i hanas o wrtha i wedyn, mi wyddwn mai meddwl am 'i fam 'roedd o, ac nad oedd gini hi, mae'n debyg, ddim cinio 'Dolig, na dim byd. Ond mi 'roedd Pero yn crwydro ar 'i ôl o i bob man, fel tasa fo'n trïo'i gysuro fo. Mi oedd o bron wedi gwadu Bob er mwyn yr hogyn newydd.

'Roedd hwnnw'n 'Dolig reit braf hefyd, ac mi 'nes i enjoio fy hunan yn iawn ond am un peth. A dyma be 'nath i mi deimlo'n annifyr. Mi ddoth y postman acw. Mam ddaru gymyd y llythyra. 'Roedd yno un mawr oddi wrth modryb o Lundan, a crismas ciards i ni orwthyn nhw yno fo. Ac mi oedd 'na un arall â ciardia o'r Rhiw i ni i gyd. Ac mi oedd 'na un llythyr i mi. Mi ddaru mi nabod y sgwennu mewn munud pan welis i o yn llaw mam, achos mi fydda John, brawd Elin, yn arfar sgwennu at Bob pan oedd o i ffwrdd ystalwm, a sgwennu John oedd arno fo. Enw mam oedd ar y ddau lythyr arall, ac mi 'gorodd nhw 'i hun. Mi faswn i'n licio mynd â fy llythyr i i'r llofft i agor, ond 'doedd wiw i mi 'neud y fath beth, a dyma fi'n mynd at y ffenast i agor o. Mi oedd arna i ofn i mam weld 'y ngwynab i, achos mi oeddwn i'n 'i deimlo fo'n llosgi; a tasa hi'n gofyn be oeddwn i'n cochi, faswn i ddim yn medru deud wrthi, achos wyddwn i ddim fy hun, na pham 'roedd fy llaw i'n crynu. 'Doedd 'na ddim byd ar y cerdyn i ddeud mai oddi wrth John 'roedd o, ond mi oeddwn i rhy siŵr o'r sgwennu. 'Roedd o'n gerdyn reit glws. Llun bwnsiad o'r bloda fydda i'n licio ora, — y bloda bach piws rheini sydd i'w cael yn nechra'r gwanwyn, amser brelli gwynion. 'Dwn i ddim be 'di 'u henw nhw. Clycha babis fydd 'y nhad yn 'u galw nhw. Mi fydd Coed-y-Nant yn las hefo nhw, a'r clawdd o flaen yn tŷ ni. Welsoch chi 'rioed mor glws fydd o pan fydd yr haul yn twynnu arno fo peth cynta yn y bora, cyn i'r gwlith godi. Fydda i'n gweld yr un blodyn hannar gyn glysad â fo. Mi oedd 'na bennill bach mewn llythrennod aur odanyn nhw. Wath i mi heb â'i sgwennu hi, er mod i'n cofio'r geiria'n iawn. Mi oeddan nhw'n debyg i'r rhai fydd ar grismas ciards, ac yn rhai reit glws hefyd, ac mi oeddan nhw'n swnio yn 'y nghlustia i ar hyd y dydd 'Dolig hwnnw. Wedi i mi 'i edrach o, mi rhois o yn 'i ôl yn yr *envelope*, a dyma mam yn gofyn,

'O ble doth hwnnw, Sioned?'

''Dydi o ddim yn deud,' medda fi.

'Gad mi weld o.' Mi rois i'r cerdyn iddi hi. Mi oeddwn i'n gwybod na fasa hi ddim yn nabod y sgwennu, achos 'dydi mam ddim rhyw graff iawn hefo petha felly, heblaw bod hi heb weld sgwennu John ystalwm iawn.

'Peth od,' medda hi, 'na fasa 'na rwbath i ddeud orwth bwy mae o. 'Wyrach mai orwth Maggie mae o.' Ac mi 'roedd hi'n 'i droi o o gwmpas. 'Dwn i ddim pam na faswn i'n deud wrthi hi mai orwth John 'roedd o. 'Doedd dim drwg yn y peth, ond fedrwn i ddim deud.

'Mae o'r clysa o'r lot,' medda hi wedyn, 'beth bynnag. Mae'n siŵr jest mai Maggie ddaru'i yrru o. Mae hi'n un reit dda am ddewis rhywbath, ac mae'n debyg bod hi ar ormod o frys i sgwennu dim arno fo. Mae ôl brys ar yr *envelope* hefyd. Rhaid i ti yrru un yn ôl iddi hi New Year.' Mi es i â'r cardia i'r llofft rhag iddyn nhw faeddu, ac mi rois yr un ges i mewn rhyw focs bach ar y *dressing table*.

'Dwn i ddim oedd dda gin i mod i wedi cael y cerdyn hwnnw orwth John ai peidio. Mi oedd fel tasa arna i ofn 'i weld o, ac mi oeddwn i'n teimlo basa well gin i tasa fo heb fod yn dwad acw y bora hwnnw, rywsut, a phan glywis i nhw'n dwad drwy y buarth mi redis i'r llofft, a wyddwn i ar ddaear sut down i lawr wedyn, a dyna lle 'roeddwn i tan ddaru mam ffendio bod arni hi isio rhywbath, ac mi clywn hi'n gweiddi,

'Sioned, tyd i dynnu'r sosbon 'ma. 'Neno'r taid annwyl, lle'r ath yr hogan 'na rwan. 'Roedd hi yma'r munud 'ma. Ŵyr neb ddim lle i'w chael hi.' A phan redis i i lawr y grisia i'r gegin dyma hi'n deud, 'Welis i 'rioed o dy fath di, Sioned, fasa'r petha 'na wedi llosgi 'blaw i mi ddwad yma, a finna'n meddwl bod ti'n edrach ar 'u hola nhw.' Ddeudis i'r un gair wrth neb, ond mynd at y tân a chodi caead y sosbon. ''Does dim isio ti fusnesa, rwan,' medda mam. 'Roedd 'y ngwynab i'n llosgi, ac mi oedd Bob yn meddwl mai am fod mam yn 'y nwrdio i oeddwn i mor ddistaw, a dyma fo ar fy ôl i i'r gegin bach, ac medda fo, ac yn pinshio nghlust i, 'Hidia befo, Sioned, mam ydi hi wsti, 'dydi hi ddim yn meddwl dim mae hi'n ddeud.'

Ond nid dyna be oedd arna i, wyddoch. Wir, 'dwn i ddim f'hun be oedd arna i. 'Doeddwn i ddim yn teimlo 'run fath pan oedd John yma'r noson cynt. Ond mi oedd gin i gimint i 'neud i hwylio cinio a phetha fel y daru i mi anghofio popeth arall, a wyddwn i ddim mai John 'i hun oedd yn dal y ddesgil i mi godi'r pwdin o'r dŵr. Fuoch chi'n codi pwdin 'Dolig o sosbon o ddŵr berwedig erioed? Wel, mi wyddoch os buoch chi na fedrwch chi feddwl am ddim byd arall ar y pryd.

Ond tasa dim 'chwanag o helynt ar gownt y crismas ciard hwnnw na hynna mi fasa popeth yn olreit. Mi oedd 'na fwy o stŵr. Ar ôl te, pan oeddan ni i gyd yn ista hefo'n gilydd, Elin a Bob a phawb, dyma mam yn deud, 'Lle mae'r cardia geuthon ni o Lundan, Sioned? Dos i nôl nhw gael i nhw gael 'u gweld nhw.' Mi es i'r llofft ac mi ddois â'r cardia i lawr, ond fel oeddwn i wiriona ddois i â mo'r un oeddwn *i* wedi gael. Pan ddaru mi 'u dangos nhw i gyd, dyma mam yn dwad at y bwrdd ac yn deud,

'Lle mae hwnnw heb ddim enw arno fo, Sioned? Hwnnw â'r bloda bach piws rheini.'

''Dydi o ddim yna?' medda fi. 'Rhaid mod i wedi'i adal o ar ôl ar y bwrdd yn y llofft.' A dyma Bob yn sbïo arna i, â rhyw olwg profoclyd yn 'i lygad o, ac yn deud,

'Orwth prun o'r hogia 'na 'roedd o, Sioned? Be ti'n cochi?'

'Paid â chyboli, Bob. Orwth Maggie Tanrallt 'roedd o 'dw i'n siŵr,' medda mam, a finnau'n deud ar unwaith â hi. ''Dydw i ddim yn cochi, be san ti, Bob?' Mi â i i chwilio amdano fo, rwan.' Mi oedd John yn edrach y cardia erill fel tasa fo ddim yn clywad gair oeddan ni'n ddeud, ond pan oeddwn i'n 'i basio fo wrth fynd at y grisia, dyma fo'n codi'i ben ac yn sbïo arna i, ac mi oeddwn i'n teimlo ngwynab yn mynd yn boethach byth. Mi dynnis y cerdyn o'r *envelope* ac mi es â fo i lawr. 'Doedd waeth gin i be ddeuda Bob, châi o ddim gweld mai John oedd wedi'i yrru o, yn enwedig pan oedd John yno, a chimint o siarad wedi bod. 'Dwn i ddim be faswn i'n neud, mi oeddwn i'n teimlo digon o gwilydd fel 'roedd pethau.

'Oedd o o dan glo gin ti, Sioned?' medda Bob.

'Wedi cydio yn *fringe* y llian 'roedd o,' medda fi mor ddifatar â medrwn i, er mod i'n gwybod fod 'y ngwynab i gyn gochad â'r crafat hwnnw oedd Elin wedi'i weu i nhad. Y peth cynta ddeudodd mam oedd,

'Pam na fasat ti'n dwad â'r *envelope* hefo chdi, gael i Bob gael gweld y sgwennu.' 'Dwn i ddim pam 'roedd mam mor bethma ar gownt y sgwennu, a hitha'n gwybod mor siŵr, meddai hi, mai orwth Maggie 'roedd o. Mi oedd lwc nad oeddwn i ddim wedi dwad â'r *envelope* am y cardia erill.

'Lle mae'r *envelope*, Sioned? Paid â chochi, hogan.'

'Yn neno'r tad, Bob, be san ti, mae'r *envelope* hefo'r lleill, ac mae rheini yn llofft, ond 'dydw i ddim am fynd eto.'

'Mi â i os dudi lle maen nhw.'

'Hen dro, Bob,' medda Elin, a dyma fo'n deud wedyn, ac yn sbïo ar y cerdyn. 'Rhywun sy'n dy nabod di'n iawn sy wedi'i yrru o, beth bynnag. Mae o'n reit glws hefyd, yn dydi o John?' ac yn 'i estyn o i hwnnw, a fynta'n sbïo arno fo.

'Ydi, blodyn bach clws ydi o, — a welis i 'rotsiwn le amdanyn nhw â Choed-y-Nant,' a dyma fo'n 'i roid o i Elin, ac yn dechra siarad hefo Bob am floda, ac mi oedd y ddau fel tasan nhw wedi anghofio'r cwbwl pen dau funud. Ond mi oeddwn i'n teimlo'n annifyr, ac ofn mod i wedi brifo John wrth ddwad â'r cerdyn i lawr i gael 'i edrach felly, ac mi oedd 'difar gin i na faswn i wedi diodda i Bob ddeud be licia fo; ond fel'na bydda i bob amsar, wyddoch, yn gneud popeth ar y meddwl cynta, ac yn 'difaru wedyn. Ond 'doedd John ddim wedi digio, achos pan oedd o'n deud nos dawch, dyma fo'n deud yn ddistaw, 'Hidio befo'r cerdyn, Sioned bach, mi ro i un i ti fy hun 'Dolig nesa heb 'i yrru o drwy'r post.'

Pan oeddwn i yn 'y ngwely y noson honno, mi gofis am be oedd mam yn ddeud, bod rhaid i mi yrru cerdyn i Maggie, ac mi oeddwn i'n meddwl tybad fydda yn well i mi yrru un i John. Ond mi ddaru mi feddwl na fasa fo rhyw neis iawn i yrru un am fod o wedi gyrru un i mi, fel taswn i'n rhoid peth am mod i wedi cael. Ac mi 'nes feddwl y baswn i'n gyrru un 'Dolig nesa iddo fo.

Ond hanas Wil oeddwn i'n mynd i ddeud wrthach chi, ond bod meddwl am pan ddoth o acw gynta wedi gneud i mi gofio am y 'Dolig hwnnw. Chafodd mam mo'i siomi yno fo fel oedd hi'n ofni; ond mi gafodd 'i synnu lawar gwaith. Mi fydda'n gwylltio wrtho fo weithia hefyd. Y tro cynta oedd mhen rhyw ddiwrnod neu ddau ar ôl iddo fo ddwad acw. Mi oedd mam, fel finna, yn teimlo'n annifyr fod Wil mor llwm 'i gefn, ac yn enwedig fod gino fo betha mor sâl am 'i draed, ac mi gafodd hyd i ryw bâr o 'sgidia Bob. 'Doeddan nhw ddim gwaeth na newydd, ond bod un ohonyn nhw dipyn rhy dyn ar draws blaen 'i droed o, ac mi 'roedd o wedi ffaelio'u gwisgo nhw, a beth 'nath hi ond dwad â nhw i Wil a pheri iddo fo'u rhoid nhw am 'i draed bora wedyn. Ond bora wedyn mi oedd Wil yn cychwyn i odro yn yr hen 'sgidia, a phan welodd mam dyma hi'n dechra tafodi wrtha i am fod o rhy falch i gwisgo nhw am bod nhw ddim yn newydd. 'Ond fel'na gwelwch chi bob amsar,' medda hi, 'y rhai nad oes ginyn nhw ddim 'di'r lartsia,' ac mi oedd hi'n stowt ofnatsan wrtho fo. Ond nid dyna be oedd ar Wil, wyddoch, dim isio cymyd dim byd am ddim oedd arno. Beth bynnag i chi, pan oedd y nhad yn mynd i'r dre dydd Sadwrn, mi welwn mam yn rhedag ar 'i ôl o hefo pric yn 'i llaw, ac mi clywn hi'n deud rhywbath wrtho fo yn ddistawach na fydd hi'n atgofio petha iddo fo'n gyffredin, mor ddistaw yn wir nes oeddwn i'n methu deall 'run gair oedd hi'n ddeud, ac un o'r petha ddoth 'y nhad o'r dre y dy' Sadwrn hwnnw oedd pâr o 'sgidia newydd cryfion fel fydd hogia ffarmwrs o gwmpas 'ma'n wisgo, a dyma hi'n 'u rhoid nhw i Wil pan oedd 'na neb yn y gegin ond y hi a fo. Mi oeddwn i'n digwydd bod yn y gegin bach, ac mi oeddwn i'n clywad be oedd yn mynd ymlaen, ac mi ges gipolwg ar wynab Wil, a 'doedd o ddim yn edrach rhyw ddiolchgar iawn, ac mi clywn o'n gofyn, 'Faint oeddan nhw, mistras?' Mi oeddwn i'n teimlo y baswn i'n licio taswn i yn y gegin i weld gwynab mam, ac mi oeddwn i'n gwrando am 'i hatab hi, ac yn disgwyl y basa hi'n dechra trin, ond y cwbl ddeudodd hi oedd, 'Paid â holi, 'does isio ti 'neud dim ond 'u gwisgo nhw.' Ddeudodd o ddim 'chwanag, ac mi roth y 'sgidia am 'i draed drannoth. 'Dwn i ddim sut cafodd o wybod faint oedd pris y 'sgidia rheini, ond mi fydda'n rhoi swllt yn ôl o'i gyflog bob wythnos i mam nes ddaru o dalu amdanyn nhw. Mi oedd Bob wedi deud y bydda well iddi hi dalu iddo fo wrth yr wythnos, wrth fod o isio gyrru peth i'w fam, a wir mi roth mam wythnos o gyflog ymlaen iddo fo y

diwrnod ar ôl 'Dolig, er mwyn iddo fo 'neud hynny, achos mi oedd Bob wedi
deud wrthi hi fel 'roedd hi arno fo, ond fedra i ddim deud wrthach chi mor flin
oedd hi wrtho fo ar gownt y 'sgidia rheini, a 'dw i'n meddwl bod hi'n stowtiach
am fod Wil yn fistar arni hi yn y peth, ac yn gneud iddi hi gymyd tâl amdanyn
nhw. Thrïodd hi ddim rhoid dim byd iddo fo wedyn, ac mi fydda'n deud wrtha i,
'Dyma'r hogyn rhyfedda welis i 'rioed. Mae hwn gyn waethad y ffordd yma ag
oedd yr hen hogyn Wern Betws hwnnw'r ffordd arall. Chymith hwn ddim wrth i
chi grefu arno fo, fel mae o wiriona. Mae bod dipyn yn independant yn eitha
peth, ond gormod o ddim nid yw dda.' Mi oedd mam isio Wil brynu petha
amdano, ond 'na fo ddim. 'Mi 'na i 'u prynu nhw os lici di, ac mi gei ditha dalu fel
daru ti am y 'sgidia,' medda mam wrtho fo. 'Mae rhain yn iawn, mistras,' medda
fynta. ''Does arna i ddim annwyd. Clywch brethyn mor dew 'di'r jecad 'ma,' ac
yn estyn 'i fraich at mam. 'Mae mam mor wael, wyddoch, ac mewn gwirionadd
mi ddyla gael mwy o betha o lawar na mae hi'n gael at gryfhau.' Ac mi adodd
mam lonydd iddo fo.

Mi oeddwn i'n deud wrthach chi mai un o Shir Fôn oedd o, ac mi 'roedd o'n
meddwl nad oedd 'na ddim lle yn y byd tebyg i fanno. Fydda fo ddim yn deud yr
enw 'run fath â fyddan ni, wyddoch. *Sir* Fôn fydda fo'n ddeud. Felly mae o'n
iawn 'dw i'n gwybod; ond fel arall byddan ni'n 'i ddeud o, ac mi fydda'n sôn
llawar am y lle braf oedd 'Sir Fôn acw'. Os ewch chi i ben rhyw foncyn go uchal tu
cefn i'r Rhiw, mi fedrwch weld rhyw gwr bach o Shir Fôn, a 'dw i'n meddwl y
bydda Wil yn mynd i ben y boncyn hwnnw bob cyfla ga fo.

Y peth fydda'n 'i wylltio fo fwya fydda i rywun ddeud rhywbath yn fychan am
Shir Fôn, a phan ddaru mi ddeall 'i deimlada fo ynghylch y peth, mi fyddwn yn 'i
brofocio fo trwy ddeud mai rhyw ynys bach oedd Shir Fôn, rhyw ddeng milltir o
hyd. Tasach chi'n gweld mor ffiaidd bydda fo'n sbïo arna i, ac yn deud, 'Deng
milltir wir, hy!' mewn rhyw dôn fel tasa fo'n meddwl, 'dyna gimin 'dach chi'n
wybod am y peth'. Ond mi ddeuda i chi pryd byddwn i'n cael yr hwyl mwya am 'i
ben o oedd pan fydda fo'n sgwennu llythyr at 'i fam. Mi fydda'n cymyd gyda'r
nos cyfa i 'neud jest, a dyna lle bydda fo a'i ben ar un ochor, a'i freichia yn cyfro'r
bwrdd, a'r papur gyn gamad â dim, a blaen 'i dafod o allan o'i geg o, ac yn gafal yn
yr holdar fel tasa fo goes rhaw, a bob rwan ac yn y man mi fydda'n gofyn i mi sut
oedd sbelio rhyw air, ac mi fyddwn i'n deud wrtho fo gora gallwn i. Mae Bob yn
deud, wyddoch, na fedra i ddim sbelio. Weithia mi fydda Wil yn ama fyddwn i'n
deud yn iawn ai peidio, ac mi fydda'n codi'i ben ac yn sbïo arna i a dau rychyn
mawr i lawr 'i dalcan o, ac yn deud, 'Fel'na ma 'i sbelio fo, wir?' Dro arall mi
fydda wedi gneud blot ac yn deud, 'Dario'r hen beth 'ma,' ac yn cymyd 'i fawd i
rwbio fo i ffwrdd. Wedyn, 'wyrach y bydda fo ddim yn gwybod be i ddeud nesa,
ac mi fydda'n ista'n synfyfyriol, dan dynnu'r holdar drwy'i wallt yn ôl ac ymlaen,
nes bydda hwnnw'n sefyll i fyny ar dop 'i ben o fel brwsh, ac erbyn iddo fo orffan

mi fydda golwg rhyfadd arno fo, 'i ddylo fo'n inc i gyd, ac 'wyrach stremp ohono fo ar draws 'i wynab, a'i wallt i fyny'n syth. Ond tasach chi'n 'i weld o'n rhoi stamp ar yr *envelope* wedi iddo fo ddarfod, yn 'i ddobio fo hefo'i ddwrn ar y bwrdd, ac wedyn yn edrach arno fo. Mi fedar Wil sgwennu llythyr yn well rwan, achos mae Bob wedi dysgu llawar o betha iddo fo er hynny. Ond 'does ar Wil ddim isio sgwennu llythyr at neb rwan.

'Dach chi'n cofio fel oeddwn i'n deud wrthach chi am y tric ddaru mi 'neud hefo'r hogyn Dic hwnnw? Mi oedd arna i flys ofnatsan cael dipyn o hwyl 'run fath hefo Wil, ond mi oedd arna i ofn iddo fo ddychryn 'run fath â hwnnw nes basa -fo'n mynd i ffwrdd, a 'doedd arna i ddim isio iddo fo golli'i le. O'r diwadd mi benderfynis y baswn i'n mynd ati hi eto hefo'r rîls, a tasa fo'n dychryn cimint na fasa fo ddim yn aros acw y baswn i'n deud be oedd y matar. Ond fasa rhaid i mi ddim petruso. Mi osodis y rîls fel o'r blaen. A toc, wedi i mi fynd i'r llofft i fynd i ngwely, mi rois blwc i'r eda. Mi oedd popeth yn ddistaw, ac mi rois blwc wedyn. Dim siw na miw i'w glywad, ac mi oeddwn i'n dechra meddwl fod Wil yn un oedd yn cysgu'n rhy drwm i gael dim hwyl o'r siort honno hefo fo. Mi oedd yr eda yn teimlo rywsut yn wahanol i'r troeon o'r blaen wedi i mi roi plwc, ac mi tynnis hi ata, ac mi oedd hi'n dwad, ac eto 'doedd 'na ddim twrw i glywad ar hyd y pasaj, fel basa tasa fo wedi agor 'i ddrws, ac mi oedd yr eda'n dwad yn hawdd iawn hefyd. Mi dynnis o hyd, ac o'r diwadd dyma fi'n dwad i ben arall i'r eda, ac mi ddaru mi ddeall wedyn beth oedd — yr eda wedi'i thorri orwth y rîl. Pan welis i Wil bora wedyn, mi oedd o wrth 'i frecwast, a phan ddois i i fewn i'r gegin, dyma fo'n sbïo arna i dros ymyl 'i gwpan de, a dyma finna'n sbïo arno fynta, ac mi oedd rhyw olwg yn 'i lygada fo, fel tasa fo'n deud, 'Dyna chdi, ngenath i'. 'Nes i ddim cymyd arna ddim, ond mi oeddwn i'n meddwl nad oedd Wil ddim yn un mor wirion chwaith, ac erbyn bora wedyn mi oeddwn i'n meddwl fod o'n un call iawn. Mi es i'r llofft y noson honno reit ddifeddwl, ond mi oeddwn i'n methu gwybod pwy oedd wedi bod yn cau drws fy llofft i, achos fyddan ni byth yn cau drysa'r llofftydd yn y dydd, mae o'n gneud pob man mor glos. Mi oeddwn i wedi blino gryn dipyn, achos mi oeddan ni wedi bod yn golchi golchiad reit fawr y diwrnod hwnnw, ac mi es i gysgu cyn gyntad â mod i wedi rhoi 'y mhen ar y gobennydd bron. Mi ddeffris yn sydyn ryw dro yn y nos, yn meddwl mod i'n clywad y twrw mwya dychrynllyd. Ac nid meddwl yn unig ddaru mi chwaith, achos mi oeddwn i'n 'i glywad o o hyd. Mi 'ddylis y basa nghalon i'n stopio curo, a taswn i'n medru gweiddi, mi faswn wedi rhoi sgrech dros y tŷ. Ond mi oeddwn i wedi dychryn gormod i weiddi, ac mi oeddwn i'n clywad y twrw o hyd, y twrw rhyfedda, fel tasa lot o forthwylion bach yn curo'r llawr yma ac acw. *Oilcloth* sy ar lawr y llofft, ac mi oedd o i glywad mor blaen. Mi gofis am y rîls oeddwn i wedi osod yn llofft Wil, ac mi feddylis oedd o wedi peidio chwara'r un tric hefo fi. Mi godis ar fy ista, ac mi olis y gannwyll oedd ar y gadar wrth ochor y gwely. Mi stopiodd y twrw am funud, ac mi 'drychis ar lawr dros ochor y gwely. A be 'ddyliech chi welis i wrth y drws ond yr hen gath? Mi waeddis 'pws pws', a dyma hi'n dechra rhedag ata i, a gynta ddaru hi symud, dyma'r twrw hwnnw'n dechra. Mi oedd golwg gwyllt ar yr hen gath hefyd, ac mi roth *spring* ar y gwely, ac mi ffendis beth oedd yr helynt. Mi oedd 'na grogan gocos yn sownd wrth bob troed iddi hi, wedi'i gosod hefo mymryn o gŵyr crydd. Mi ges gryn dipyn o fyd 'u cael nhw i ffwrdd, achos mi 'roedd yr hen gath yn gwingo yn ddychrynllyd, ond mi ddaru mi fedru pen dipyn. Jest pan oeddwn i wedi gorffan, a pws wedi rhoi *spring* i'r llawr, a finna'n mynd i godi i agor y drws iddi hi, dyma fi'n clywad drws llofft mam yn agor, ac mi ddiffis y gannwyll mewn munud, ac mi guddis y cregyn o dan y gobennydd. Mi ddoth mam ar hyd y pasaj at 'y llofft i, a dyma hi'n gweiddi, 'Sioned, wyt ti'n cysgu?' Ddaru mi ddim deud dim, a dyma hi'n agor y drws, a faswn i'n meddwl fod y gath wedi rhedag heibio hi, achos dyma hi'n deud, 'Sgit, mi oeddwn i'n meddwl mai chdi oedd 'na'n gneud twrw.' Ac mi gaeodd y drws, ac mi clywn hi'n mynd yn 'i hôl. Welis i rotsiwn lwc mod i wedi medru tynnu'r cregyn rheini, ne fasa rhaid i'r holl helynt ddwad allan, — y rîls, a Dic, a phopeth.

Amsar brecwast drannoeth y gwelis i Wil gynta ar ôl hyn. Mi oedd mam yn y tŷ llaeth, a dyma fi'n mynd at y bwrdd, ac yn gosod y pedar crogan gocos wrth 'i ymyl o, ac medda fi, 'Dyma rwbath yn perthyn i chi.' 'Thanciw,' medda fo, ac yn sbïo arna i'r un fath â'r diwrnod cynt. 'Petha reit hwylus 'di cregyn cocos weithia,' a dyna'r cwbwl o sôn fu am y peth. Ond mi welis nad oedd dim iws meddwl am drïo dychryn Wil.

Mam Wil y Gwas

MI ddoth mam Wil acw ryw ddiwrnod i edrach amdano fo. Y fo oedd wedi meddwl mynd i 'sir Fôn acw' am ddiwrnod, ac wedi deud mewn llythyr fod o am fynd, a dyma lythyr yn ôl iddo fo, gyda throad y post, yn peri iddo fo beidio dwad, bod 'i fam o am ddwad drosodd yma, nad oedd hi ddim yn teimlo rhyw dda iawn, a bod hi'n meddwl 'wyrach gna croesi'r dŵr les iddi hi. Mi oedd Wil yn cymyd arno fod o'n itha bodlon ac yn deud, 'Mam, druan; mae hi'n cael cimint o boen yn 'i phen, mae'n siŵr y gneith dwad drosodd ddaioni iddi hi.' Ond 'dw i'n meddwl 'i fod o dipyn bach wedi'i siomi wrth fod o wedi meddwl mynd i shir Fôn, achos 'doedd o ddim wedi bod drosodd ddim unwaith wedi iddo fo adal yno i fynd i weini. 'Doedd mam ddim wedi'i phlesio'n tôl am fod mam Wil wedi gyrru llythyr felly ato fo. Nid stowt am bod hi'n dwad acw 'roedd hi, wyddoch, ond bod hi'n meddwl nad oedd hi ddim yn bihafio'n iawn at Wil, ac medda hi wrtha i, pan oeddan ni yn y gegin bach bora'r diwrnod oedd Wil yn disgwyl 'i fam, fi yn golchi'r llestri brecwast a mam yn pobi,

'Wyddost ti be, Sioned, fedra i yn 'y myw beidio meddwl am y wraig 'na'n gyrru llythyr at Wil i beri o beidio dwad adra. Mae rhaid mai un ryfadd ydi hi. A pheth arall, fydda i'n synnu bod hi'n medru cymyd pob dima o'i gyflog o, na fasa hi'n meddwl bod ar yr hogyn isio rhywbath weithia, bod i dlotad bo hi.'

A wir un ryfadd oedd hi hefyd, a 'doeddan ni ddim yn 'i licio hi'n tôl. Mi 'roedd gini hi sgert reit neis amdani, ond bod ôl plygiada garw arni hi, a'i siôl hi 'run fath. 'Na hi ddim tynnu honno, a 'dw i'n credu mai am fod 'i bodi hi rhy flêr, achos wrth iddi hi godi'i chwpan de, mi welis i 'i llawas hi yn *rags* i gyd, ac yn fudur fel 'dwn i ddim be. Ac mi oedd hi'n cuddio'i thraed o dan 'i ffrog hynny fedra hi; ond mi welis i 'i sgidia hi, a 'doedd dim rhyw olwg taclus iawn arnyn nhw.

Ond am siarad! Mi fedar mam a fi ddeud dipyn o druth 'dw i'n meddwl, ond 'dydan ni'n dwy hefo'n gilydd ddim patsh i beth oedd mam Wil. 'Dydw i ddim yn meddwl y peidiodd hi â chlebran, chwadl mam, tra bu hi acw; a 'doeddan ni ddim mymryn callach ar be ddeuddod hi, achos fedrwn i gael na phen na chynffon ar 'i stori hi. Ond mi oedd Wil wrth 'i fodd. 'Roedd o'r un fath â fydd Bob hefo mam, — ond mae rhyw sens yn hynny hefo Bob, achos mae mam yn ddynas bach reit annwyl, wyddoch. Yr unig beth oeddwn i'n ddeall o'i sgwrs hi oedd, pan oedd hi'n deud bod hi'n wael. 'Doedd dim golwg gwael iawn arni hi, ond mi oedd rhyw olwg rhyfadd arni hi hefyd, rhyw olwg fedra i ddim deud sut rywsut. ''Does dim llawar o helynt arni hi,' medda mam ar ôl iddi hi fynd i ffwrdd. Mi fuo acw unwaith neu ddwy wedyn, a'r un fath oedd hi bob tro; a rywsut mi 'roedd hi'n rhoid rhywbath ar ffordd Wil fynd adra o hyd.

Mi geuthon wybod pam o'r diwadd. Mi ddoth rhyw wraig o shir Fôn acw hefo Elin Pritchard Ty'n Llwyn, ac erbyn ffendio mi oedd hi'n dwad o'r un lle â Wil. 'Doedd o ddim yn digwydd bod o gwmpas y pnawn hwnnw. Mi 'fynnodd mam iddi hi sut oedd 'i fam o. 'Mae hi fel arfar, yr hen sopan, yn llyncu pob dima ddaw i gafal hi.' Mi ddaru mam a fi sbïo arni hi'n syn, mam â'r tebot yn 'i llaw, a finna â phlatiad o fara menyn.

'Yn be?' medda mam.

'Wyddach chi ddim?' medda hitha.

'Na wyddon ni, 'neno'r tad annwyl, Wil druan!'

'Ia, Wil druan, a gwirion hefyd, achos fyn o ddim bod dim allan o le yni hi, a mae hithau mor gyfrwys.'

'Diar annwyl,' medda mam wedyn. ''Dach chi wedi fy synnu fi; ac eto mi oeddwn i'n rhyw ama rhwbath, pan oedd hi yma, mi oedd rhyw olwg rhyfadd arni hi.'

'Mae gresyn meddwl, 'doedd 'na ddim dyn cleniach na William Jones y Pant yn sir Fôn acw i gyd, tasach chi'n chwilio o naill ben i'r llall, a 'does dim dwywaith na chafodd o'i yrru i'w fedd cyn 'i amsar. Mewn ffarm nobyl fel y Pant, fasa ffitiach bod nhw'n werth 'u miloedd, ond be 'newch chi? 'Doedd 'na ddim ond gwastraff a difrod yno ymhob man, a phan mae'r wraig wrthi hi'n difa, ddeil petha ddim wrth 'i gilydd yn hir. Mi fuo raid iddyn nhw fadal o'r Pant, beth bynnag, ac mi dorrodd William Jones 'i galon. Fuo fo ddim byw ond rhyw 'chydig o fisoedd ar ôl iddyn nhw fynd o'r hen le, a dim ond o achos rhyw hen gnawes fel'na.'

Mi ddeudodd mam wrthi hi, fel 'roedd 'i fam o'n rhwystro Wil adra o hyd.

'Hy, 'does ryfadd, wir, mae hi wedi gwerthu bron bob peth sy'n y tŷ. 'Dydw i ddim yn meddwl fod gini hi wely i orfadd arno fo. Hi bia'r twll lle mae hi'n byw, ac mae'n debyg y basa hi wedi gwerthu hwnnw tasa hi'n cael rhywun i brynu o. Ac mae o jest â dwad i lawr am 'i phen hi o isio repârs. Diar, mae gresyn meddwl, dynas wedi'i magu'n dda hefyd. 'Dw i'n 'i chofio hi'n un o'r merchad ifanc hardda droediodd daear. 'Roeddan nhw'n byw yn fan acw, be 'di henw'r tŷ? 'Neno'r taid, o ia, Bryn Rhedyn. Hen gaptan llong fawr wedi reteirio oedd 'i thad hi. Mae gini hi frawd yn ddoctor ar un o'r stemars 'Merica 'na, os 'di o'n fyw. Welodd neb mono fo ffordd acw ar ôl claddu'r hen ŵr.'

Ar ôl clywad hanas Wil gin y ddynas honno o shir Fôn, mi oedd fwy o biti gini drosto fo o lawar. Ond dyna fedrwn i ddim deall, sut na fasa Wil yn gweld sut un oedd 'i fam o yn lle bod yn cwyno iddi hi o hyd bod hi'n wael 'i hiechyd. Ac mi fyddwn i'n stowt wrtho fo pan fydda fo'n sgwennu llythyra mor ffeind ati hi. Ar ôl i mam glywad be glywson ni, mi fydda'n dal peth o gyflog Wil i brynu dillad iddo fo, achos 'roedd hi o'i cho meddwl fod 'i arian o'n cael 'i ddifa, a fynta'n mynd heb ddim am 'i gefn. 'Tasa hi wir angen nhw am bod hi'n wael,' medda hi, 'mi fasa rhwbath; ond i feddwl sut un ydi hi, a gweld Wil yn rhynnu. Ac mae o'n greadur mor falch, chymith o ddim cimin â dimwarth am ddim, a wir pa achos i ni roid iddo fo a hitha'n gwastraffu 'i bres o?' Mi oedd Wil reit stowt wrthi hi, ond mi wyddoch am mam, mae hi'n fistras ar bawb ddaw i gysylltiad â hi. Bob ydi'r unig un fedar 'i thrin hi.

Ond rwan wath gin Wil be 'neith mam hefo'i gyflog o, a tasa hi ddim yn rhoi yr un ddima iddo fo 'dydw i ddim yn meddwl y basa fo'n gofyn iddi hi am ddim. Druan o Wil, fydda i ddim yn meddwl y gneith o byth anghofio diwadd sobor 'i fam, y gryduras.

Mi oedd hi wedi bod acw ryw ddiwrnod, mi oedd hyn tua blwyddyn ar ôl i Wil ddwad acw. Rhyw ddy' Gwenar, wythnos ne ddwy ar ôl y 'Dolig, oedd hi; ac mi oedd hi'n oer ofnatsan, diwrnod reit debyg i hwnnw doth Wil acw gynta. Mi 'roedd Wil yn 'i dwrdio hi am ddwad a hitha mor oer, a hitha'n wael, ac wedi gneud iddi gychwyn adra reit gynnar er mwyn iddi gyrraedd cyn nos.

Er y bydda gas gin mam 'i gweld hi'n dwad acw, fedra hi ddim peidio rhoi croeso iddi hi er mwyn Wil; mae mam wedi mynd reit arw amdano fo. Mi 'nath gypanad o de reit gynnar iddi hi, ac mi ath Wil i danfon hi beth o'r ffordd, a 'dw i'n siŵr fod o wedi rhoi pob dima o'i gyflog iddi hi.

Mi ddoth yn eira mawr at gyda'r nos, ac mi oedd Wil yn deud, 'Lwc fod mam wedi cychwyn mor gynnar. Mae hi adra erbyn hyn, siawns.'

Chlywsom ni ddim byd yn amgenach nad oedd hi wedi cyrraedd adra yn saff. Nos Lun mi oedd yr *Wythnos* newydd ddwad i'r tŷ. Mi oeddwn i wedi edrach drosto fo am funud, fydd gin i ddim llawar o fynadd hefo papur newydd, a 'doeddwn i ddim wedi gweld dim byd neilltuol yno fo. Mi oedd Wil wedi bod yn dre yn nôl rhwbath neu'i gilydd, ac wedi mynd yn nos arno fo cyn iddo fo ddwad yn 'i ôl, ac mi oedd hi'n hwyr arno fo'n cael 'i de, a thowlyd y papur o fy llaw i hwylio fo iddo fo ddaru mi. Ddaru mi ddim sylwi fod o wedi gafal yno fo tan es i at y bwrdd hefo'r tebot i dywallt te iddo fo, a dyma fi'n gweld fod o wedi'i daenu fo ar y bwrdd, a dyma fo'n codi'i wynab orwtho fo, a dyma fi'n gweiddi, 'Be haru ti, Wil? Mam, dowch yma.' Mi oedd 'i wynab o cyn wynnad â'r llian bwrdd, a'r golwg mwya dychrynllyd yn 'i lygada fo, ac mi oeddwn i wedi dychryn na wyddwn i ddim be 'nawn i, ac mi ddoth mam i fewn. 'Be 'di'r matar arnat ti, Sioned?' medda hi. ''Dwn i ddim; rhwbath sy ar Wil,' medda fi, ac yn troi i roi'r tebot yn 'i ôl ar y pentan. 'Be sy, Wil?' medda hi wrth hwnnw, ond fedra fo ddim deud dim byd, ddim ond dal y papur newydd i mi a dangos rhyw ddarn ohono fo hefo'i fys, ac mi oedd 'i law o'n crynu fel deilen. Mi es â'r papur at y gola, ac mi ddarllenis y lle 'roedd o'n ddangos. Mi oedd wrth 'i ben o, 'Digwyddiad alaethus yn sir Fôn,' ne rywbath fel'na, a hanas oedd o am ryw ddynas oeddan nhw wedi cael hyd iddi y bora Sadwrn cynt wedi marw yn yr eira. Ac 'roedd yr hanas yn deud mai gwraig o'r enw Elin Jones o Lanallgo oedd hi, a bod hi ystalwm yn byw mewn ffarm o'r enw'r Pant. Ac mi oedd y papur yn mynd ymlaen i ddeud fod 'na botal o wisgi ar lawr wrth 'i hymyl hi, a bod yn amlwg mai wedi colli'r ffordd pan o dan ddylanwad diod oedd hi, ac wedi ffaelio mynd dim pellach, ac wedi rhewi i farwolaeth. Yn y diwadd mi oedd o'n deud bod gini hi un mab yn gweini yn sir Gaernarfon, ond na wydde neb ym mhle yno, a bod y cwest i fod ddy' Llun. 'Rhaid i mi fynd,' medda Wil wedi i mi orffan darllan y papur, ac mi roth 'i het am 'i ben, ac mi gychwynnodd tua'r drws. 'Fedri di ddim mynd drosodd heno, chei di ddim cwch. Rhaid i ti fynd hefo'r trên a cherddad wedyn. Mi geith dy fistar ddwad i dy ddanfon di hefo'r car i'r dre ac mi fedri gael y trên naw felly.' Ddeudodd Wil ddim gair wrth mam pan ddeudodd hi hynny wrtho fo. Mi oedd o fel peth wedi'i syfrdanu. Mi ath hefo nhad i roid y ferlan yn y car. Wil druan! Mi oedd biti gini drosto fo. Dyma oedd i fynd gartra fo yn y diwadd, a neb i roid croeso iddo fo, ac mi oedd hi'n noson oer, ac yn dywyll fel y fagddu. Mi roth mam bres iddo fo i dalu'i drên a rhywbath dros ben 'dw i'n siŵr, achos mi oedd hi'n gwybod fod o wedi rhoid pob dima i'w fam pan oedd hi acw ddy' Gwenar.

Mi ddoth yn 'i ôl nos drannoth. Cheuthon ni fawr ddim hanas gino fo. Ond mi clywis i o'n siarad hefo mam y diwrnod wedyn. Mi oeddwn i yn y gegin a nhwtha'u dau yn y gegin bach, ac mi glywn Wil yn deud, 'Pobol yn deud anwiradd amdani hi! A mistras annwyl, y plwy ddaru 'i chladdu hi.' Ac mi ddaru stopio siarad, ac mi glywn y swn crïo mwya torcalonnus glywis i 'rioed, ac wedyn mam yn deud, 'Paid torri dy galon, machgan i.' Fedrwn i ddim diodda ddim 'chwanag, mi oedd rhywbath yn 'y ngwddw fi, ac mi faswn yn gweiddi taswn i'n aros ddim fwy yno, ac mi es allan drwy ddrws y ffrynt.

A dyna'r tro dwaetha i mi glywad Wil yn sôn am 'i fam. Mi fuo dipyn cyn bod llun yn y byd arno fo, a rywsut 'dydi o byth 'run fath â bydda fo. Anamal clywch chi o'n sôn am 'sir Fôn acw' rwan. Weithia mi fydd yn mynd i ben y boncan honno tu ôl i'r Rhiw. Ac mi fydda i'n gwybod o'r gora pan fydd o wedi bod yn fanno yn edrach ar shir Fôn ac yn meddwl am 'i fam. Mi fydd 'i lygada fo'n gochion; wedi bod yn crïo, 'dw i'n siŵr. Ond, Wil druan, fynna fo er dim i mi wybod bod arno fo hiraeth.

Twm Tŷ Mawr

Wyddoch chi be? Mi 'dw i wedi bod yn crïo nes fedra i grïo dim rhagor. Mi fyddwn i'n arfar meddwl na faswn i byth yn medru crïo mwy na ddaru mi pan oeddwn i yn nhŷ modryb yn Llundan ystalwm, pan fydda hiraeth am Bob a chartra yn dwad arna i; ond mi 'dw wedi crïo mwy o lawar y dyrnioda dwaetha 'ma. Ac mae mam hefyd yn methu sôn am y peth heb i'w llais hi dorri, — mae ꞏ Twm Tŷ Mawr wedi marw.

Pan glywis i gynta, mi oeddwn i'n methu'n glir â chredu ac yn deud wrtha fy hun o hyd, 'Twm wedi marw! Twm Tŷ Mawr!' Ac mi oeddwn i'n 'i weld o o flaen fy llygaid bob munud; yn cofio amdano fo fel hyn ac fel arall; yr amsar honno gnes i'r grempog ryfadd honno, a fynta'r creadur yn 'i chanmol hi hefo Bob rhag 'y mrifo i, ac yn deud 'i bod hi'n *splendid*', — 'dw i'n cofio'r gair yn iawn. Ac wrth feddwl amdano fo mor ffeind fel'na bob amsar, dyma fi'n dechra crïo, ac mi 'dw i wedi crïo a chrïo nes, fel y deudis i, fedra i grïo dim 'chwanag.

Nid oes neb fel tasan nhw'n gwybod yn iawn be oedd y matar hefo fo. Mi oedd o wedi mynd i ffwrdd oddi acw ers dipyn. 'Roedd pobol yn methu gwybod yr amsar honno pam oedd o'n gadal 'i gartra i fynd yn was ar ffarm llai o lawar na Tŷ Mawr. Ond mi 'dw i'n gwybod pam, ac mi 'dw i'n gwybod hefyd beth oedd ar Twm, druan. Fydda i'n clywad mam amball i dro yn sôn am chwaer iddi hi oedd wedi marw ac yn deud ar ddiwadd pob stori amdani hi, 'Ond mi dorrodd Mary druan 'i chalon ar ôl colli John.' Ei hunig blentyn hi oedd John. Llongwr oedd o, medda mam, ac mi aeth y llong i ffwrdd, a chlywyd byth sôn amdani hi, a fuo modryb Mary ddim byw yn hir wedyn, a fel'na bydd mam yn deud amdani hi bob amsar, ac felly bydda inna'n meddwl am Twm Tŷ Mawr, — torri'i galon ddaru o, ac mi fydd 'y nghalon i'n brifo bob tro y bydda i'n meddwl amdano fo, y creadur.

'Does neb ond y fi yn gwybod, Bob na neb, mai torri'i galon ar gownt Maggie Tanrallt ddaru Twm. Mi 'dw i wedi bod yn darllan lot fawr o lyfra ers dipyn rwan, mi ddeuda i wrthach chi eto pam, ac mae llawar ohonyn nhw sy yn sôn am betha felly yn deud na fydd calon neb yn torri o gariad. Ond wath gin i be maen nhw'n ddeud, dyna be ddaru Twm, druan.

'Dach chi'n cofio fi'n deud pan oeddwn i'n sôn am Bob ac Elin wedi digio ystalwm, cyn iddyn nhw briodi, fod helynt ar bawb ar yr un pryd, — Maggie Tanrallt, Twm Tŷ Mawr, ac na wyddwn i ddim be i 'neud? Wel dyna'r amsar ddaru mi ddod i wybod am Twm. Wydda Maggie ddim byd am hynny, helynt arall oedd arni hi, a ŵyr hi ddim eto, wrth gwrs, am Twm.

Rhaid i mi ddeud dipyn o hanas Maggie wrthach chi, ne 'newch chi ddim deall. Mi 'dw i wedi sôn am Rice Thomas wrthach chi, mae Maggie'n mynd i briodi hefo fo. 'Dydw i ddim yn hidio ryw lawar am Rice. 'Dwn i ddim pam chwaith. 'Nath o ddim byd yrioed i mi, ond rywsut 'does dim byd yn agos atach chi yno fo, chwadl mam. Ac mae o'n meddwl gimint ohono'i hun ag oedd Jacob Jones jest, ac yn cerddad fel tasa fo bia'r pentra (clarc ydi o yng ngwaith Pen Mynydd). 'Dwn i ddim sut mae Maggie yn 'i licio fo, 'neno'r taid annwyl. Mi 'dw i'n teimlo rwan ato fo, fel bydda rhywun yn rhyw hen rigwm fydda gwraig f'ewyrth Twm yn adrodd, yn teimlo at ryw ddoctor Fell. Diwadd pob meddwl fydd gin i am Rice fydd nad ydw i ddim yn 'i licio fo. Ond ystalwm mi fydda wir gas gin i o, ac mi fyddwn yn meddwl na fuo 'rioed greadur mor ddideimlad o dan haul. Y ffordd ryfadd fydda fo'n bihafio at Maggie fydda'n gneud i mi feddwl felly amdano fo. 'Dwn i ddim yn iawn sut dois i i wybod sut 'roedd petha rhyngo fo a hi. 'Dw i'n meddwl mai yn y capal y dois i ddeall gynta sut oeddan nhw'n teimlo at 'i gilydd. Wyddoch chi, mi 'dw i wedi ffendio bod posib dwad i wybod llawar iawn am bobol yn y capal ond sylwi dipyn. Mi 'dw i'n gwybod o'r gora nad oes gin neb ddim busnas i sylwi ar ddim yn fanno ond y pregethwr, ac mi fasa mam yn deud y drefn yn ddychrynllyd tasa hi'n gwybod mor lliad fydda i mewn gwirionadd yn sylwi ar hwnnw. 'Does gin i ddim help. Mi fydda i'n gosod fy hun bob Sul i wrando ar y bregath, ond ar ôl deud y testun mi fydd pob pregethwr jest yn mynd ati hi i drin am ryw betha na fydda i ddim yn deall dim gair, ac wedyn mi eith 'y llygaid i tu nôl i'r pregethwr at yr hen Rhys Williams sy'n codi'r canu acw, ac mi fydda i'n gwybod gyn gystal â tasa fo wedi deud wrtha i mai meddwl pa dôn 'neith o roi allan nesa y bydd o; ac wedyn ymhellach i'r ochor mi fydda i'n gweld Jane Pen Bonc, ac mi fydda i'n siŵr jest mai meddwl ydi 'i *veil* hi'n iawn ne 'i het hi'n wastad fydd hi. Ac felly hefo llawar erill, ac mae yn amlwg mai nid y fi ydi'r unig un sy ddim yn gwrando fel y dylwn i ar y pregethwr.

Ac fel'na y dois i i wybod am Rice Thomas a Maggie i ddechra. Mi fyddwn yn 'i weld o'n edrach arni hi reit wahanol i fel y bydda fo'n sbïo ar y genod erill 'ma, — genod Tŷ Mawr a rheiny. Ac weithia mi 'na Maggie 'i gatsio fo'n edrach, ac mi 'na droi'i llygad i ffwrdd mewn munud, ac mi 'na symud yn y sêt, a phesychu, a rhoi'i llaw ar 'i cheg. Ond rhaid i chi beidio meddwl y bydda Rice yn sbïo ar Maggie yn amsar y bregath. Mae o be fasa gwraig f'ewyrth Twm yn alw *'a very proper young man'*. Newydd i ni ddwad i fewn, ne pan fyddan nhw'n canu, dyna'r amsar y bydda fo'n sbïo arni hi fel oeddwn i'n ddeud. Ac weithia mi 'na beidio canu, a thua diwadd yr emyn mi fydda fel tasa fo'n cofio, ac yn edrach ar 'i lyfr, ac yn bloeddio dros bob man. Ac amball dro mi 'na Maggie ddigwydd 'i weld o'n sbïo, ac wedyn mi fydda hitha'n peidio canu, ac yn sbïo ar 'i llyfr a'i phen i lawr am dipyn. Mi welis i Rice yn sbïo arni hi felly droeon lawar, ac mi fyddwn yn meddwl nad oedd dim posib nad oedd o'n 'i licio hi'n ofnadwy. Ond mi fyddwn dro arall yn meddwl nad oedd dim dichon 'i fod o'n hidio'r un blewyn yni hi, ne fasa fo byth yn medru gneud y troeon fydda fo'n 'u gneud hefo hi, achos 'dw i'n methu'n glir â gwybod sut mae'n bosib i rywun frifo rhywbath mae o yn 'i garu.

Ond mi ddaru mi ffendio drwy betha erill hefyd be oedd meddwl Maggie am Rice. Un noson mi oedd hi wedi dod i fy nôl i i fynd hefo hi i Ben Bonc i rywbath, a dyma ni'n cychwyn. Pan ddaethon ni at ffordd Ty'n Graig dyma Maggie'n deud yn sydyn, ac yn cydiad yn 'y mraich i, 'Tyd i fyny ffor'ma, Sioned.' Mi sbïis i arni hi'n wirion, ac medda fi, ''Ddylis i mai isio mynd i Ben Bonc oedd arnat ti.' 'Ia, ond tyd ffor'ma, mi fedrwn fynd ffor'ma, rownd y Bryn wyddost. Tyd, Sioned,' ac yn tynnu yn 'y mraich i; ac mi oeddwn i'n methu gwybod beth oedd 'i gwynab hi'n edrach mor goch a rhyw sŵn rhyfadd yn 'i llais hi. 'Ma ffor'ma yn well o lawar,' medda fi wedyn, ac yn sefyll yng nghanol y lôn. 'Mae hi'n siŵr o fod yn fudr yn lôn Ty'n Graig, ac mae fy 'sgidia melyn gin i.' ('Dydi mam ddim yn 'u licio nhw, wyddoch, ond mi 'dw i'n cael 'u gwisgo nhw am mai Bob ddoth â nhw yn bresant i mi o Lerpwl. 'Chydig mae hi'n feddwl mai fi ddaru roi ym mhen Bob fod arna i isio rhai'n ofnatsan.) 'Wel, 'dw i am fynd,' medda hi, a ffwrdd â hi heibio congl y clawdd, a 'doedd gin i ddim i 'neud ond mynd ar 'i hôl hi dan synnu, achos Maggie fydda yn dod yr un ffordd â fi yn gyffredin. Fel oeddwn i'n mynd ar draws y ffordd mi ddigwyddis sbïo at y pentra, ac mi ddaru mi ddeall y cwbwl mewn eiliad. Mi oedd Rice Thomas yn martsio i lawr y lôn. Ddeudis i ddim byd wrth Maggie 'r amsar honno, ond o hynny allan rywsut mi oedd hi fel tasa hi'n gwybod mod i'n deall. Ond mi fuo yn o hir cyn y daru hi ddwad i sôn amdano fo yn ffri felly wrtha i; a wir, fi fydda rhaid dechra'r sgwrs bob amsar. Mi fyddwn yn deud wrthi hi os byddwn i wedi'i weld o. Fydda hi ddim yn deud dim byd, ddim ond, 'Do,' ac yn trïo edrach yn ddifatar. Ymhen tipyn, pan fyddwn i'n deud wrthi hi'r un peth, mi 'na ofyn, 'Yn ble?'

Ond welis i greadur mor rhyfadd â Rice yrioed. Ac mi *fyddwn* i'n stowt wrtho fo. Llawar gwaith buo arna i flys deud dipyn o fy meddwl wrtho fo, ond ei bod yn rhy ffiadd gin i iddo fo feddwl fod Maggie yn hidio cimint yno fo, a bod ni'n trafferthu i siarad amdano fo. Fel hyn bydda fo yn cario ymlaen — amball dro mi fydda reit glên hefo hi, ond 'wyrach mai'r tro nesa y gwela hi o y gna fo 'i phasio hi fel baw, a heb gimint â sbïo arni hi, ne hefo rhyw ysgogiad pen mwya coeglyd. Mi fydda Maggie'n siŵr o ddwad acw os bydda fo wedi'i brifo hi, ac mi fyddwn i'n gwybod o'r gora wrth 'i gwynab hi, ac os bydda mam o gwmpas, fel na fedra hi ddim cael cyfla i ddeud, mi fyddwn i'n mynd i danfon hi gartra er mwyn i mi gael yr hanas gini hi. Y peth cynta fyddwn i'n ddeud wrthi hi fydda, 'Wel, be mae o wedi 'neud rwan?' 'Na hi ddim deud am dipyn, ond toc mi fydda'n dwad â fo allan, — wedi'i phasio *hi* heb sbïo arni hi, ac wedi stopio i siarad hefo genod Tŷ Mawr, ac wedi gneud rhywbath arall i brifo hi. Mi fyddwn i'n gneud iddi hi ddeud, achos y byddwn i'n meddwl y bydda hi'n well wedyn. Weithia mi fydda'n crïo, hynny ydi mi fydda'n brathu'i gwefusa, ac yn troi'i phen draw fel tasa hi'n trïo peidio, ond mi fyddwn i'n gwybod fod dagra yn 'i llygada hi, ac mi fyddwn i'n mynd o ngho ac yn deud wrthi hi, 'Yr hen beth wirion, 'dydi o ddim gwerth i ti falio yno fo.' Ond cofiwch chi, chawn i ddeud fawr yn erbyn Rice fy hun gini hi. Mi 'na ddechra 'i esgusodi o'n union pan fyddwn i'n 'i alw fo'r hen hyn a'r hen lall, — ''Wyrach na ddaru o ddim y ngweld i,' ne ''Wyrach fod o ar frys,' ne 'Ddaru o ddim meddwl reit siŵr.' Ond mi *fydda* biti gin i drosti hi hefyd, wyddoch. Welis i 'rioed 'run gymith rywbath gimint â Maggie. 'Dydi hi ddim 'run fath â fi. Tasa rhywun wedi gneud 'run fath hefo fi unwaith â fydda Rice Thomas yn 'neud o hyd hefo hi, fasa fo ddim yn cael gneud hynny ddwy waith. Faswn i byth yn sbïo arno fo, mi fasa'n cael mynd â chroeso i ble fynna fo.

Ond mae Maggie yn wahanol rywsut. Mi 'dw i wedi'i gweld hi acw weithia hefo mam rwan. Wyddoch, mi 'neith mam ddeud rhywbath yn o siarp weithia heb feddwl dim hefyd. Ond mi ddo rhyw olwg i lygada Maggie, ac mi 'na 'i gwefusa hi grynu, ac mi fydda mor ddistaw â llygodan wedyn tra bydda hi acw, ac felly y byddwn i mor stowt wrth Rice.

Ond dyna mi 'dw i wedi dwad i ddeall yn ddiweddar mai'r rhai sy yn teimlo fwya sy yn cael 'u cnocio fwya. Mi 'dw i'n cofio un noson fod Maggie a fi wedi mynd i'r siop i nôl papur sgwennu. Mi oedd 'na dipyn o bobol yn digwydd bod yno. A phwy ddoth i fewn ar yn hola ni ond Rice. Mi 'dw i'n gwybod fod o wedi gweld Maggie o'r gora, ond mi droth 'i ben draw heb gimint â nodio arni hi, ac mi ddaru ddechra siarad a chwerthin hefo rhyw ddau neu dri o hen hogia oedd yn sefyll wrth y cowntar. Mi oeddwn i'n gweld gwynab Maggie yn ymliwio, ac medda fi, 'Mi ddown ni i fewn eto, Mrs Jones,' ac mi gydis yn 'i braich hi, ac mi tynnis hi ar fy ôl allan, achos 'doedd arna i ddim isio i *bobol* weld bod hi'n hidio, beth bynnag.

Mi fyddwn i'n meddwl na faswn i ddim yn licio bod 'run fath â Maggie. Mi fydda fel tasa hi ofn mynd allan rhag ofn iddi hi gyfwr Rice, ac eto mi oedd arni hi isio'i weld o hefyd. Ac mi fydda yn meddwl mai fo fydda pob dyn wela hi'n dwad o bell; a phan fyddan ni'n mynd am dro, ddo hi byth yn agos at lle 'roedd o'n byw, ac ambell dro, os bydda rhaid i ni fynd ar ryw negas heibio'i dŷ o, mi fydda yn pasio heb edrach i'r naill ochr na'r llall, ond yn sbïo'n syth o'i blaen. Os gwela hi o'n siarad hefo rhyw hogan, O, mi fydda'n siŵr o fod yn 'i licio hi; ac os deudwn i wrthi hi mod i wedi'i weld o'n mynd at Pen Bonc mi ddeuda, 'Mynd ar ôl Jane 'roedd o 'dw i'n siŵr.' Ne' os deudwn i mod i wedi'i weld o'n mynd at Llan y Mynydd ar 'i gar gwyllt mi fydda'n deud, 'Reit siŵr mai mynd i edrach am yr hen hogan honno fuo'n aros yn Pen Bonc Isa oedd o, un o Tan y Mynydd oedd hi os wyt ti'n cofio'. Fydda gin i ddim mynadd hefo hi, ac mi fyddwn yn deud wrthi hi, ''Neno'r tad, Maggie, be haru ti dywad? Un o genod Tŷ Mawr oedd 'i gariad o y

diwrnod o'r blaen, Jane Pen Bonc oedd hi neithiwr, a rwan yr hogan o Tan y
Mynydd ydi. Fedar o ddim 'u caru nhw i gyd ar unwaith ne mae o rhyw ddyn
allan o'r cyffredin; a 'blaw hynny wyt ti'n meddwl fod pob hogan 'run fath â chdi
hefo fo, ac y ceith o rywun licith o? Hwyrach fod ti'n meddwl y baswn i'n 'i licio
fo? Hy!' Pan fydda i'n tafodi mi fydd Maggie yn sbïo arna i hefo rhyw lygada
mawr heb ddeud yr un gair.

'Dwn i ddim sut doth petha i drefn rhyngddyn nhw. Ddaru mi ddim holi dim
ar Maggie, achos mi 'roeddwn i'n gweld fod petha'n iawn. Un peth, fydda hi
ddim yn dwad acw mor amal; a pheth arall, fydda'r golwg annifyr hwnnw byth
yn 'i llygada hi, ac mi 'roedd mam hyd nod yn sylwi fod rhyw altrad yni hi, ac
medda hi unwaith wedi iddi hi fynd oddi acw, ''Dwn i ddim be sy wedi dwad i'r
hogan 'na, 'dydi hi ddim yr un un, mae hi fel y gog, ac mor ddistaw fydda hi.' Mi
ddaru mi ofyn un peth i Maggie, hefyd, gofyn oedd hi wedi cael gwybod gin Rice
pam fydda fo'n 'i thretio hi mor rhyfadd ystalwm. 'Na, ddaru mi ddim gofyn iddo
fo' (naddo reit siŵr, yr hen beth bach wirion) 'ond 'dw i'n meddwl mai swil oedd
o, Sioned.'

Yn tydi genod yn betha gwirion hefyd! Swil wir! Fydd gin i ddim mynadd hefo
rhywbath fel'na. Os oedd o'n swil, ac mae'n anodd gin i gredu, — 'does dim
golwg swil arno fo, — fasa ffitiach iddo fo feddwl fod gin Maggie deimlad hefyd.
Mi *faswn* i'n licio cael deud y drefn wrtho fo, ond dyna! mi fasa Maggie'n digio
am byth wrtha i, a rhaid i mi dewi.

Tua'r adag yna y dois i i wybod fel oedd Twm yn teimlo at Maggie. Mi oeddwn
i wedi rhyw ama ystalwm, ond mae reit hawdd i chi gael ych siomi yn y bobol
ddistaw 'ma 'run fath â Twm, wyddoch. Mae'r distawrwydd sy ynyn nhw
drostyn nhw i gyd rywsut, a fedrwch chi ddeud fawr orwth 'u gwyneba nhw.
Dyna chi'r rhai garw am siarad rwan; er i'r rheini beidio *deud* dim, mi wyddoch
bopeth, achos mae o i gyd ar 'u gwyneba nhw. Ond ryw bnawn mi ges wybod, yn
siŵr. Mi oedd Twm Tŷ Mawr wedi bod acw, a phan oedd o'n mynd i ffwrdd mi
feddylis y baswn i yn mynd gyn bellad â'r Rhiw, — mi fedrwch fynd i Dŷ Mawr
ffor'no hefyd ac i Danrallt, — a dyma fi'n cychwyn allan hefo Twm hyd y llwybr
sy jest tu nôl i'n tŷ ni. 'Doeddan ni ddim wedi mynd ddim gwerth na welwn i
Maggie a Rice Thomas yn dwad i'n cwarfod ni. Mi oedd o wedi gafal yn 'i llaw hi,
ac yn sbïo i lawr arni ac yn siarad, a Maggie yn edrach arno fo ac yn gwrando fel
tasa bob gair oedd o'n ddeud yn aur. 'Doedd gini hi ddim byd am ei phen, fel tasa
hi wedi rhedag i ddanfon Rice dipyn o'r ffordd ('does dim llawar o'n tŷ ni i
Danrallt, rhyw ddau gae a phwt o allt). Ac mi oedd y gwynt wedi chwythu'i
gwallt hi rownd 'i thalcan hi, yn un cyrls bach duon fel gwallt babi, ac mi 'roedd
rhyw wrid yn 'i bocha hi, a welsoch chi 'rioed mor glws oedd hi'n edrach. Pan
welson ni nhw mi glywn Twm yn rhoi rhyw ochenaid, ac yn rhyw ruddfan dan 'i
wynt felly. Ac mi wyddwn beth oedd mewn eiliad, ac medda fi, heb droi 'y mhen,

— faswn i ddim yn medru edrach ar 'i wynab o rywsut, 'Mi oeddwn i wedi meddwl hel dipyn o fuar duon wrth ddwad adra, a dyna fi wedi anghofio basgiad. Fydda fawr i ti bicio'n ôl i'r tŷ a gofyn i mam am un, Twm.' 'Dwn i ddim ddaru o ddeall f'amcan i, ond mi droth heb ddeud yr un gair, ac mi oeddwn i'n teimlo rhyw reit annifyr wrth 'i weld o'n mynd â'i ben i lawr, nid at ddrws y tŷ ond trwy y buarth ac i fyny'r bonc dros y caea at Tŷ Mawr. Mi oeddwn i'n gwybod nad oedd Twm ddim mor dal a syth â Rice, na'i 'sgwydda fo mor llydan, na'i wallt o'n felyn a chyrliog; ond, rywsut, mi oedd well gin i Twm ganwaith, er fod o'n cerddad â'i ben i lawr, ac na fedrach chi ddim deud pwy liw oedd 'i lygada fo, a bod gino fo ryw wynab rywsut rywsut felly. Ac mi fyddwn i'n meddwl y basa fo'n ffeindiach o'r hannar wrth Maggie na Rice. Ond be 'newch chi? Pan welodd Maggie fi yn dwad i'w cwarfod nhw (wrth ryw lwc 'doedd 'run ohonyn nhw wedi sylwi ar Twm), mi ddaru dynnu'i llaw o law Rice, ac mi ath ynta yn stiff fel bydd o arfar, a phan ddaethon nhw ata i dyma Maggie yn deud,

'Ddo i ddim pellach, Rice,' a dyma hi'n troi yn 'i hôl hefo fi, ac mi ath Rice yn 'i flaen.

'Mhen dipyn ar ôl hynny mi ath Twm Tŷ Mawr i ffwrdd, a dyna lle 'roedd pobol yn methu gwybod be oedd yr achos. Mi oeddwn i'n gwybod, ond ddaru mi ddim deud wrth yr un creadur. Fuo fo byth adra, a chlywodd neb ddim o'i hanas nes doth Bob â'r newydd fod o wedi marw. Digwydd bod yn y dre yn ymyl lle 'roedd o'n gweini oedd Bob, a mynd i edrach amdano fo. A phan ddaru o holi amdano fo, dyma'r fistras yn deud 'i fod o'n sâl, ac medda hi, ' 'Dw i'n credu mai'r hen salwch 'na, 'r *influenza,* sy arno fo. Mi oeddan ni isio gyrru am y doctor y bore 'ma, ond 'na fo ddim gadal i ni, a chân ni ddim gyrru at 'i deulu o i ddeud fod o'n sâl chwaith. 'Wyrach y daw o ato'i hun pen rhyw ddiwrnod ne ddau. 'Dydi o ddim wedi bod rhyw dda iawn ys pan mae o yma, fel tasa rhyw iseldar arno fo.' Ac wedyn mi ddaru alw ar y forwyn i ddangos llofft y gweision iddo fo, ac mi ath Bob i fyny. Ond mi oedd o wedi dwad rhy hwyr. Mi oedd Twm wedi marw. 'Dydw i ddim yn cofio be ddeudodd y doctor oedd achos 'i farwolaeth o. Mi 'dw i'n gwybod mai torri'i galon ddaru o.

Mi oedd Bob yn deud fod gino fo bwt o bensal led yn 'i law fel tasa fo rhyw feddwl trïo sgwennu rhywbath, oedd Bob yn feddwl. Ond nid dyna beth oedd. Maggie oedd pia'r bensal honno, achos 'dw i'n cofio rhyw ddy' Sul bod ni heb 'run athro yn yr ysgol, a bod yr arolygwr wedi gyrru Twm aton ni, ac mi oedd arna fo isio pensal i rywbath, ac mi roth Maggie fenthyg un iddo fo, a dy' Llun wedyn mi 'dw i'n cofio bod hi a fi yn mynd allan i hel at y genhadaeth, a dyma fi'n gofyn iddi hi cyn cychwyn, 'Oes gin ti bensal, Maggie?' 'Oes,' medda hi, ac yn rhoi'i llaw ym mhocad 'i jecad. 'Lle'r aeth hi, tybad?' medda hi wedyn. 'O 'dw i'n cofio rwan, ches i moni hi'n ôl gin Twm Tŷ Mawr yn 'rysgol ddy' Sul.'

Pan soniodd Bob am y bensal yn llaw Twm, mi gofis mewn munud am y peth,

a fedra i yn 'y myw beidio meddwl amdano fo'n marw ar ben 'i hun yn rhyw hen
lofft wrth ben stabla heb neb ar 'i gyfyl o, a phwt pensal Maggie yn 'i law o.

Mi ddaethon â fo adra i gladdu, ac mi ddarun 'i roi o yn y bedd lle 'roedd 'i fam
o wedi'i chladdu. Mi oedd hi wedi marw pan oedd Twm yn hogyn bach, a fedrwn
i ddim peidio meddwl rywsut pan oeddwn i'n gadal y fynwant ddiwrnod 'i
gynhebrwng o, 'wyrach bod hi'n well ar Twm nag y buo hi erioed. Mae amball
un yn y byd 'ma yn cael 'chydig iawn o gariad, ac un felly oedd ynta druan.
Chafodd o mo gariad 'i fam, a rhyw greadur o ddyn calad ydi 'i dad o. Ac mi
glywis i mam yn deud na fuo fo ddim rhyw dros ben o ffeind wrth 'i wraig, ac
mae'r hen genod 'na 'run fath â fo, rhyw betha isio bod yn swels wyddoch, ac mi
fydda arnyn nhw gwilydd o Twm. A Maggie wedyn! 'Wyrach bod Duw yn rhoi
cysur iddo fo rwan, a fod o wedi anghofio y petha oedd yn 'i frifo fo ar hyd 'i oes
bron.

Gyda'r nos diwrnod cynhebrwng Twm mi ddoth Maggie acw i ddeud wrtha i
pryd oedd hi a Rice yn mynd i briodi, ac mi oedd arni hi isio fi fod yn forwyn
briodas iddi hi. Fedrwn i yn 'y myw beidio teimlo'n stowt wrthi hi rywsut, a
dyma fi'n deud reit siarp felly, 'Na ddo i wir.' Wrth gwrs mi ddechreuodd
gwefusa Maggie grynu, a'i llygada hi fynd yn llawn, a dyma hi'n deud,
'O Sioned!' Ac wedyn dyma fi'n meddwl nad oedd gini hi ddim help ar gownt
Twm druan. 'Doedd hi ddim yn gwybod dim byd, ac mi 'nes addo mor glên â
medrwn i. Ond mi 'roedd o'n 'y mrifo fi rywsut feddwl lle 'roedd Twm, a Maggie
yn dwad i ofyn i mi fod yn forwyn briodas iddi hi. Mi oeddwn i'n teimlo y baswn
i'n licio mynd i'r llofft am dipyn, a fedrwn i ddim diodda'i chlywad hi'n deud sut
ffrog oedd hi am gael a phetha felly. Ac mi oedd dda gini pan ath hi adra.

Jacob Jones eto

MAE gin i'r hanas rhyfedda i ddeud wrthach chi. Mae Jacob Jones wedi bod yma, a be 'ddyliach chi oedd arno fo isio? 'Newch chi *byth* gesio, a 'dwn i ddim yn iawn sut i ddeud chwaith.

Wel, isio i mi'i briodi o oedd arno. Jest meddyliwch isio i *mi*'i briodi *o*, o bawb yn y byd. Ches i 'rioed yn 'y mywyd fy synnu gymint, fy synnu mewn mwy nag un ffordd. Un peth oeddwn i'n weld yn rhyfadd oedd iddo fo feddwl amdana i o bawb; ond y peth oedd yn fy synnu i fwya oedd iddo feddwl y baswn i yn 'i gymyd o. Ac eto 'llaswn i ddim synnu at hynny chwaith, taswn i'n cysidro cimint oedd o'n feddwl ohono'i hun. Mae'n biti mod i mor syn pan ofynnodd o i mi hefyd, achos 'dw i'n credu fod hynny wedi rhwystro i mi egluro fy meddwl mor glir â 'llaswn i, er mod i wedi trïo'n ngora 'neud iddo fo ddeall, y tro *cynta*, fod well gin i gael fy esgusodi. Ond rhaid i mi ddechra o'r dechra.

Yn yr ha oedd hi pan ddoth o acw. 'Dw i'n cofio un nos Sul fod Richard Griffith wedi cyhoeddi fod rhyw Mr Jones i fod i bregethu acw y Sul wedyn. Ddaru o ddim deud o le. Mi oedd o fel tasa fo'n methu gneud allan yr enw ar y papur, ac o'r diwadd medda fo, 'O'r Sowth 'na', ac yn rhoi rhyw ysgogiad hefo'i ben at y drws 'gosa at y pentra, fel tasa fo'n meddwl mai fanno 'roedd y 'Sowth 'na', chwadl ynta. Wrth i ni fynd adra mi 'roeddan ni'n cydgerddad am beth o'r ffordd hefo Gwen Jones a'i gŵr, a dyma mam yn gofyn,

'Pwy 'di hwnna sy 'ma Sul nesa, tybad? Mae Richard Griffith ddigon rhyfadd na 'na fo 'falu am 'neud allan enwa pobol a llefydd yn iawn cyn codi ar 'i draed. Ond fel'na bydd o hefo pob enw dipyn yn ddiarth. Ac 'wyrach tasan ni yn gwybod na fasan ni fawr haws. Lle diarth iawn i mi 'di'r Sowth. Gobeithio na fydd o ddim yn siarad rhyw chwithig iawn.' A dyma ŵr Gwen Jones yn deud (Evan Jones 'di enw fo, ond 'gŵr Gwen Jones' fydd pawb yn 'i alw fo jest),

'Mi glywis i Owan William yn deud y bydda fo'n arfar dwad yma ar dro pan fydda fo yn y coleg 'na, ac mi enwodd o'r eglwys lle mae o rwan; ond 'dw i wedi anghofio.' Un o'r blaenoriaid ydi Owan William. Mi oedd y Sul nesa yn dechra mis pregethwrs yn yn tŷ ni, a dyna fel 'roedd mam mewn byd isio gwybod. Mi oedd hi'n trïo cofio pwy oedd wedi bod acw yn aros o'r stiwdants 'na, ac medda hi,

'Tybad mai'r hogyn hwnnw oedd wedi cael annwyd cimint? Wyt ti'n cofio Sioned, a finna'n rhoi posal dŵr iddo fo? Be oedd 'i enw fo hefyd? Rhyw enw go anghyffredin, 'dw i'n credu mai Abram Jones.'

'Jacob Jones,' meddwn i.

'O, ia, mi oeddwn i'n meddwl mai rhyw enw fel'na oedd arna fo. Creadur! wyt ti'n cofio fel 'roedd o'n tishian?'

Oeddwn, mi oeddwn i'n cofio'n iawn, ac mi oeddwn i'n gobeithio yn 'y nghalon na nid y fo oedd i fod yn y capal y Sul nesa, yn enwedig wrth nad oedd Bob ddim hefo ni, a finna'n gwybod sut un oedd Jacob Jones a phopeth. Mi ddeudodd mam y basa hi'n gofyn i Bob pwy oedd i fod, ond mi anghofiodd, a 'doeddan ni ddim callach nos Sadwrn. Rhywsut, er mod i wedi bod yn siarad hefo mam am Jacob Jones, a hi'n deud hwyrach mai fo fydda 'na, 'doeddwn i ddim wedi meddwl o ddifri, wyddoch, mai felly y basa hi. Ac mi 'chrynis i na fedra i ddim deud wrthach chi, pan welis i rywbath tal main yn dwad i fyny'r llwybr at ddrws y ffrynt ar ôl i'r trên saith fynd. Mi oeddwn i'n digwydd bod yn llofft y ffrynt, wedi mynd â llieinia glân i fyny, pan glywis i sŵn y giat, ac mi sbïis drwy y ffenast, a phwy welwn i ond Jacob Jones. Mi ddaru mi 'i nabod o mewn munud. Mi oedd gino fo het silc am 'i ben, côt laes amdano, ac ambarel yn un llaw a bag lledar melyn yn y llall, ac mi oedd o yn dwad yn hamddenol â'i ben i fyny a'r haul yn twynnu ar 'i sbectols o. Mi oedd y ffenast yn ygorad ac mi clywn o'n pesychu, nid pesychu iawn wyddoch, ond fel bydd rhai pregethwrs yn gneud pan fyddan nhw wrthi hi'n pregethu, — mi wyddoch chi be 'dw i'n feddwl. Pan oedd o jest â chyrraedd y drws dyma Pero yn rhoi wib rownd gornal y tŷ o'r buarth a thros y clawdd i ardd y ffrynt, ac yn cyfarth fel y bydd o ar ryw drampars, a tasach chi'n gweld fel 'chrynodd Jacob Jones, a'r golwg oedd arno fo. Mi 'llyngodd 'i ambarel ac mi 'nath yr hen gi am hwnnw a dyna lle 'roedd o'n 'i ysgwyd o. Mi glywn Jacob Jones yn deud, 'O ngwas i', ac yn estyn 'i law fel tasa fo am 'i bratio fo. Ond mi oedd Pero wedi'i ddrwg licio fo, a dyma fo'n gollwng yr ambarel ac yn cydiad yng nghornal 'i gôt laes o. Mi oeddwn i'n methu'n glir â pheidio chwerthin, ac wedyn mi glywn mam yn deud,

'O, Mr Jones, sut ydach chi? Pero, Pero, yr hen gena, gollwng mewn munud, dos. O'r hen walch! Drwg gin i fod o wedi'ch dychryn chi, Mr Jones; ond mae o reit ddiniwad. Mae o'n meddwl mai tramps fydd pawb fydd yn dwad at ddrws y ffrynt; wrth fod pobol gynefin â'r lle yn dwad trwy'r buarth. Anaml fydd neb ond rhyw fegars (mam, druan, mor ddiniwad) yn dwad ffor'ma, ac mi fydd Pero'n gneud amdanyn nhw.' A dyma hi wedyn yn gweiddi yng ngwaelod y grisia. 'Sioned, tyd i roi te yn y tebot, tra bydda i'n torri brechdan. Mae Mr Jones wedi dwad, brysia mewn munud.' Wrth i mi 'neud te iddo fo mi oeddwn i'n trïo peidio meddwl am yr olwg gynta oeddwn i wedi gael arno fo o ffenast y llofft, rhag ofn i mi chwerthin; ac amball i dro mi oedd hi reit galad arna i, ond mi ddalis yn well na fasach chi'n feddwl. Mi oedd o mor fawreddog ag erioed, ac yn siarad â llediaith mawr arno fo. A fedrwn i ddim peidio meddwl o hyd na welis i greadur

mor wirion yn 'y mywyd erioed. Tasach chi'n 'i glywad o'n siarad hefo mam am
Bob! Mi *oedd* ffiadd gin i; a 'dwn i ddim sut oedd mam heb deimlo'r un fath â fi,
ond dyna! pan ddechreuith mam sôn am Bob, mi fydd yn colli golwg ar bopeth
arall, ac mi oedd ddigon i Jacob Jones ddeud yn y ffordd fawreddog honno sy gino
fo,

'Hy—'hoswch chi, Mrs Hughes, 'dw i'n meddwl i mi weld mab i chi yma pan
oeddwn i gyda chwi'r tro diwethaf.' Wrth gwrs, mi ddechreuodd mam yr holl
hanas o'r dechra am Bob yn torri'i fraich a phopeth, heb feddwl dim o'r ffordd
'roedd o'n holi amdano fo, nac am fel 'roedd o'n deud ar y diwadd pan oedd hi'n
deud lle mor nobyl oedd o wedi gael, 'Da iawn, wir', fel tasa fo'n meddwl fod 'i
ganmoliaeth o'n werth 'i chael.

Ar y cyfan mi bihafiodd yn eitha ata i y tro yma. 'Doedd gin i ddim lle i gwyno,
er mod i'n teimlo dipyn yn stowt wrtho fo am ddwad adra o'r capal hefo ni nos
Sul. Mi fydd John brawd Elin yn dwad hefo ni jest bob amsar, wyddoch, ond mae
rhywbath yn swil yn John, ac wrth weld Jacob Jones hefo mam a fi, mi aeth adra
ar 'i union, yn lle dwad gyn bellad ag acw fel arfar. Ond wrth mam 'roeddwn i'n
stowt bora wedyn.

Mae cartra Jacob Jones heb fod rhyw bell iawn oddi acw. Ffarm o'r enw Llys y
Gwyntdu, tipyn tu draw i'r Waen Betws, ydi o. Mae o'n lle go anghysbell,
rywsut. Rhaid i chi fynd hefo'r trên o'r dre i stesion Llan y Mynydd, a cherddad
wedyn. Ond os ewch chi dros y Foel, ryw bedar milltir sy 'no, ac mi oedd Jacob
Jones yn meddwl wrth bod hi'n fora braf y basa wath iddo fynd ffor'no, ond
'doedd o ddim yn gwybod y ffordd, ac mi oedd mam yn trïo rhoi ar ddeall iddo fo,
ac medda hi,

'Tasach chi unwaith yn cael hyd i Lôn Tan-y-Graig, mi fasach yn iawn wedyn,
achos ma honno'n mynd reit at y llwybr sy i chi gymyd dros y Foel i Waen
Betws.' Ond 'doedd o ddim yn gwybod yn y byd, medda fo, ffordd oedd mynd i
Lôn Tan-y-Graig, a dyma mam yn deud o'r diwadd,

'Picia hefo Mr Jones, Sioned, at y groes, fyddi di ddim dau funud, mi olcha i'r
llestri 'na.' Mi oeddwn i'n trïo gneud stumia arni hi iddi hi wybod nad oedd arna i
ddim isio mynd, ond 'doedd wath i mi heb, ac mi es i nôl fy het, yn stowt na fedra i
ddim deud wrthach chi, ac yn teimlo y basa'n dda gin i tasa nhad heb fynd i
Dyddyn Bedw y bora hwnnw. Tasa fo o gwmpas mi fasa'n mynd yn fy lle i, a fuo
jest i mi fynd i chwilio am Wil i fynd, ond bod yn byd lle roedd hwnnw wedyn.
Wrth i mi fynd allan, dyma mam yn deud fel bydd hi wrth bawb wyddoch,
'Brysiwch yma eto, Mr Jones '

Mi oeddwn i'n trïo rhoi atab suful i bopeth oedd o'n ddeud ar y ffordd, ond
wrth 'y mod i mewn dipyn o dempar am fod rhaid i mi fynd o gwbl, — ac fel y
gwyddoch chi ddim yn hidio ryw lawar am sgwrs Jacob Jones un amsar, — mi
oedd reit anodd i mi fod yn glên hefo fo, ac 'roedd dda gin i nad oedd gin i ddim
llawar o ffordd i fynd hefo fo. Mi oedd 'i sgwrs o y bora hwnnw yn fwy diflas nag

arfar, 'roeddwn i'n meddwl. Y peth dwaetha ddeudodd o jest cyn deud bore da oedd, 'Be fasach chi'n feddwl o fod yn wraig i weinidog, Miss Hughes?' Ddaru mi ddim meddwl dim byd ar y pryd. Mi gofis amdan beth oedd o wedi ddeud wedyn, ond yr amsar honno mi oeddwn i'n meddwl nad oedd o ddim ond jest 'i hen sgwrs wirion arferol o, ac medda fi, ddigon cwta, 'Mae'r oll yn dibynnu ar y dyn, Mr Jones.' A 'doeddwn i ddim yn gweld dim byd yn hynna i 'neud i neb chwerthin, ond dyma fo'n torri allan, 'Ha-ha, da iawn, itha gwir, mae'r oll yn dibynnu ar y dyn, da iawn wir, ha-ha.' Jest pan oeddan ni wrth y groesffordd mi ddaru John brawd Elin yn pasio ni ar 'i gar gwyllt, yn mynd i'r dre at 'i waith.

Er bod mam wedi deud wrth Jacob Jones wrth iddo fo fynd i ffwrdd 'Brysiwch yma eto, Mr Jones,' ddaru mi 'rioed feddwl y basa fo'n gneud dim o'r fath beth, ac mi oeddwn i'n meddwl wrth 'i adal o wedi dangos Lôn Tan-y-Graig iddo fo, mai dyna'r olwg dwaetha geuthwn i arno fo rhawg, a 'doedd dim yn ddrwg gin i chwaith, ond mi ges fy siomi, fel cewch chi weld.

Pen rhyw wythnos mi ddoth acw wedyn. 'Ddyliwn i fod o adra am 'i *holidays*. Mi oeddwn i'n digwydd bod yn llofft rhyw gyda'r nos, a dyma fi'n clywad rhywun yn gweiddi yn nrws y cefn, 'Oes 'ma bobol?' Mi oeddwn i'n methu gwybod yn dechra pwy oedd 'na, er mod i'n meddwl mod i'n nabod y llais hefyd, ac mi sefis ar ben y grisia i wrando, ac mi glywn mam yn deud mewn llais braidd yn syn oeddwn i'n feddwl, 'Mr Jones, sut ydach chi? Dowch i fewn, dowch i fewn. Dowch i fan'ma,' — ac mi clywn hi'n mynd â fo i'r gegin fawr, ac mi ddaru mi ddeall mai Jacob Jones oedd 'na, ac mi oeddwn i'n meddwl tybad fod o wedi gadal rhywbath ar 'i ôl pan oedd o yma tro'r blaen, er nad oeddwn i ddim wedi gweld dim.

Wedi nhw fynd i'r gegin fawr fedrwn i ddim clywad fawr o'r sgwrs, achos faswn i'n meddwl fod mam wedi cau y drws, ac mi es i lofft y ffrynt, yn meddwl 'wyrach y basa fo'n mynd yn union, ac yn trïo dyfeisio beth oedd arno fo isio.

Pen dipyn mi glywn mam yn dwad allan o'r gegin tan ddeud, 'Jest cypanad bach, Mr Jones, ar ôl y daith 'dach chi wedi gael,' ac mi waeddodd wrth waelod y grisia, — 'Sioned'. 'Dwn i ddim be 'nath i mi beidio'i hatab hi, ac mi clywn hi'n gweiddi wedyn, 'Sioned'. Mi oeddwn i gyn ddistawad â llygodan, ac mi clywn hi'n mynd i'r gegin yn 'i hôl, ac yn deud wrth fynd, — 'Yn neno'r tad lle'r ath yr hogan 'na, mi oedd hi yma'r munud 'ma jest, mi oeddwn i'n meddwl mod i wedi chlywad hi'n mynd i'r llofft, ond decin i mai camgymeryd ddaru mi. Ath hi ddim yn bell, reit siŵr, mi ddaw i'r golwg o rwla'n union.' Ac wedyn mi clywn hi'n cerddad nôl ac ymlaen rhwng y gegin fawr a'r gegin bach yn hwylio te iddo fo, ac mi oeddwn i'n teimlo y basa ffitiach i mi fod yn 'i helpu hi. Ond rywsut mi oedd mor gas gin i Jacob Jones fel na fedrwn i ddim meddwl am fynd i lawr. Pen tipyn mi ddoth 'y nhad i fewn, ac mi glywn mam yn gofyn, 'Welsoch chi Sioned, William? Welis i ddim hogan tebyg iddi hi. Mae hi wedi mynd i rwla ers meitin iawn.'

Mi oeddwn i'n dechra meddwl nad oedd o byth am fynd, ac mi oeddwn i wedi cyffio yn sefyll yn 'run fan o hyd, achos mi oedd arna i ofn symud rhag ofn iddyn nhw nghlywad i i lawr. Mi ath y nhad allan yn o fuan, ac mi clywn o'n siarad hefo rhywun yn y buarth; ond fedrwn i ddim deall be oedd o'n ddeud, na phwy oedd hefo fo. O'r diwadd pan oedd hi bron wedi twyllu mi glywn Jacob Jones yn deud 'nos dawch', a mam yn agor drws y ffrynt. Mi es i at y ffenast ac mi gwelwn hi'n mynd i lawr llwybr yr ardd i agor y giat iddo fo, a be 'nes i ond rhedag i lawr y grisia fel melltan ac allan drwy ddrws y cefn i'r buarth. Mi oedd 'y nhad, wrth lwc, wedi mynd o'r golwg, ac mi es i rownd i'r ffrynt pan 'ddylis i fod Jacob Jones wedi cael dipyn o start. Mi oedd mam yn sefyll wrth y giat yn sbïo i lawr y ffordd ar 'i ôl o, ac wrth mod i yn dwad o gyfeiriad y pentra welodd hi mona i nes oeddwn i reit wrth 'i hymyl hi. A dyma hi'n dechra,

' 'Neno'r taid annwyl, Sioned, lle buost ti mor hir? Mi fyddi *siŵr* o fod o'r ffordd pan fydd fwya d'isio di. Dyma fi wedi gorfod gadal pob peth i 'neud te i Mr Jones, mae o yma ers toc wedi chwech.'

'Pam na fasach chi'n deud wrtho fo am fynd? A be oedd arno fo isio?' meddwn i.

'Paid â siarad yn wirion. Fasa ffitiach o lawar i ti beidio ymdroi cimint. A ddoist ti â mo'r startsh hwnnw wedyn, a finna, dyn a f'helpo, yn meddwl fod ti wedi mynd i nôl o. A dyna'r holl gyrtansia 'na wedi'u tynnu lawr ac mi fasan allan cyn un ar ddeg fory, tasa 'na startsh. Rhaid i mi ddeud fod ti'n ddi-les hefyd.'

'Nes i ddim deud gair, achos mi oeddwn i'n teimlo reit euog, wyddoch. Pan oeddan ni'n cael swpar, dyma nhad yn gofyn,

'Welist ti John, Sioned? Mi fuo wrth y drws 'na gynna pan oedd Jacob Jones yma, ond ddo fo ddim i fewn pan ddaru o ddeall fod o yma.'

'*Mae* John yn swil hefyd,' medda mam, ac mi oeddwn i'n teimlo'n ddicach byth wrth Jacob Jones, achos mi oedd John wedi bod i ffwrdd ers dipyn o ddyrnodia, ac mi oeddwn i'n gwybod fod o'n dwad adra' y noson honno. Mi oedd o wedi deud hynny wrtha i, ac y basa fo'n galw, ond mi oeddwn i'n meddwl mai hefo'r trên naw y basa fo'n dwad, ac 'roeddwn i'n disgwyl 'i glywad o'n dwad o hyd tan ddaru nhad ddeud felna, ac mi roeddwn i'n gobeithio na 'na Jacob Jones ddim cymyd yn 'i ben i ddwad acw eto i ddrysu petha. Ond fel oedd gwaetha modd, nid felly y buo hi.

Y tro nesa i mi'i weld o oedd ryw noson wrth fynd i'r pentra. Mi oeddwn i wedi digwydd mynd drwy Goed-y-Nant, a phan ddois i at y fainc sy o dan yr hen goedan onnen honno, mi 'steddis am funud. Mi glywn rywun yn dwad tu nôl i mi o gyfeiriad y pentra. Ond cyn i mi gael amsar i droi 'y mhen i edrach pwy oedd 'na, mi oedd rhywun wedi ista wrth f'ochor i, a phwy 'ddyliach chi oedd 'no? Jacob Jones! Mi neidis ar 'y nhraed mewn munud, ond dyma fo mwya digwilydd

yn gafal yn 'y mraich i ac yn fy nhynnu i lawr ar y fainc yn fy ôl, ac yn deud,
'Be 'dach chi am ddengid? 'Rhoswch, mae gin i isio sgwrs bach. Dwad acw
roeddwn i.'

"Dw i ar dipyn o frys, Mr Jones,' medda fi, 'mae mam yn tŷ os oes arnoch chi
isio'i gweld hi.' Ac mi drïis godi wedyn, ond mi oedd o wedi gafal hefo un llaw yn
'y ffrog i ac wedi rhoi'r llall ar gefn y fainc, a dyna lle 'roedd o'n dechrau cyboli am
y lle 'roedd o'n byw a rhyw lol. 'Doeddwn i ddim yn gwrando yn dechra; ddim
ond trïo meddwl sut cawn i fynd orwtho fo, ond dyma fi'n glywad o'n deud, 'Ond
pan ddowch chi yno, wrth gwrs mi fydd yn wahanol. Mae gin i'r tŷ bach dela
mewn golwg, mi fyddwch wrth ych bodd yn 'i roi o mewn trefn. Wrth gwrs, mi
fydd rhaid i ni gadw genath o forwyn, mae 'na dipyn o swels yn dod i Salam, ac mi
fasan yn synnu'n arw tasan nhw'n gweld gwraig y gweinidog yn golchi'r llawr, er
enghraifft. 'Wyrach y gwnewch chi chwilio am enath ffor'ma. Mi deimlwch yn
fwy cartrefol hefo un o'r Gogledd 'ma nag un o ffor acw.' Mi gofis ar y funud am
be oedd o wedi ddeud wrtha i am wraig gweinidog y tro cynt oeddwn i wedi'i
weld o, ac mi ddeallais fod Jacob Jones isio i mi'i briodi o, ac nid yn unig hwnnw,
ond 'i fod o'n meddwl mod i am 'neud, ac mi 'ddylis 'i bod hi'n hen amsar i mi
ddangos 'i fod o'n gneud camgymeriad mawr, a dyma fi'n torri ar 'i draws o,

'Mr Jones,' 'dydw i ddim yn gwbod am be 'dach chi'n siarad, ac mae rhaid i mi
fynd.'

'O, peidiwch â bod yn swil rwan, Sionad bach.' (Glywsoch chi'r fath wynab
gledwch?) "dw i'n siŵr y liciwch chi hefo fi, a rhaid i chi wisgo reit neis pan
ddowch chi i lawr i'r De acw. Faswn i ddim yn licio i'r boneddigesa sy'n perthyn
i'r eglwys acw edrach i lawr ar 'y ngwraig i.'

'Mr Jones,' medda fi, mor boleit ag y medrwn i, "dw i'n deall rwan mai isio i
mi ych priodi chi sy arnoch chi, a chyn i chi ddeud dim 'chwanag fydda well i mi
ddeud yn blaen fod well gin i beidio.' A dyma fi'n cychwyn codi wedyn, ond mi
oedd o'n fy rhwystro i, a dyma fi'n gwylltio, ac medda fi, 'Os na 'newch chi
ollwng 'y mraich i mi 'na i weiddi dros bob man, mi 'dw i wedi deud wrthach chi
nad oes gin i ddim isio gneud dim hefo chi, a tasach chi'n hanner dyn mi fasach yn
cymyd ych hatab ac yn mynd.'

Wyddoch chi be 'nath o? — Chwerthin a deud, 'Clywch arni hi'n tafodi. O'r
hen sopan bach, mi 'dach chi'n glysach o'r hannar fel'na.' Cyn iddo fo gael deud
'chwanag mi drawis 'i law o hefo *handle* f'ambarel, ac mi neidis i fyny'n sydyn, a
ffwrdd â fi hynny fedrwn i, heb edrach yn ôl ddim unwaith. Mi redis bob cam nes
dois i i'r ffordd fawr, ac es i ddim adra drwy Goed-y-Nant y noson honno.

Pan ddois i i'r tŷ mi ofynnodd mam i mi oeddwn i wedi gweld John, fod o wedi
bod acw tua saith. Na, 'doedd dim posib i mi'i weld o, achos yr amsar honno yr
oeddwn i'n Nghoed-y-Nant. Tasa'r hen Jacob Jones 'na heb 'y nal i yn cyboli'n
fanno, mi fuaswn adra ddigon buan. Mi *oeddwn* i'n stowt, achos mi oedd John yn

mynd i Lerpwl hefo'r trên cynta drannoeth ar ryw fusnas am wythnos. Mi
oeddwn i'n meddwl y baswn i'n codi'n o fora, ac y baswn i'n 'i watsiad o'n pasio
ar 'i beisicl. Mi fydd yn canu'r gloch bob amsar wrth basio yma wyddoch, ac mi
fydda i'n rhedag allan am ryw sgwrs fach os bydda i o fewn clyw, ond ddaru o
ddim bora wedyn, achos es i ddim oddi wrth y tŷ o gwbwl. Decin i fod o ar ormod
o frys am y trên.

Mi oeddwn i'n meddwl yn siŵr fod Jacob Jones wedi deall 'y mod i o ddifri, ac
y baswn i'n cael llonydd gino fo. Ond wir dyma fo acw drannoeth wedyn.
'Ddyliwn i fod o'n aros hefo rhyw gefndar iddo fo yn y dre. Mi oedd mam wedi
mynd i'r Rhiw, ac mi oeddwn i wrthi hi'n smwddio. Mi oedd y drws llydan yn
gorad, a phan oeddwn i wrthi hi'n tynnu hetar o'r tân mi glywn rywun tu nôl i
mi'n deud,

'Dyna ddynas dda. Mae'n dda gennyf ych bod yn gallu smwddio mor ddel,
Sioned. Mae mor anodd cael colar wedi'i gneud yn ffit i'w gwisgo.'

Raid i mi ddim deud wrthach chi pwy oedd 'na. Mi 'steddodd ar gornal y
bwrdd, a dyma fo'n gafal yn y coleri oeddwn i newydd dynnu odd'ar y ffendar.
Ddeudis i'r un gair tan oeddwn i wedi rhoi'r hetar poeth yn y bocs, ac wedyn
dyma fi'n sefyll yn syth o'i flaen o, ac medda fi reit bwyllog,

'Mr Jones, mae yn ddrwg gini bod chi wedi dwad yma heddiw, a gwelaf nad
ydach chi ddim wedi cymyd be ddudis i wrthach chi nithiwr o ddifri.'

'Twt, twt, peidiwch â bod yn wirion. Mi 'dw i'n gwbod amdanoch chi'r ledis
'ma, yr ydach chi'n hoffi peidio cydsynio'n rhy fuan er mwyn i ni feddwl mwy
ohonoch chi, a dydw i ddim mor wirion ag amball i greadur yn rhoi i fyny ar y
cynnig cynta, na'r ail chwaith. 'Dydw i ddim yn meddwl fod dim yn *objectionable*
yna i.' A dyma fo'n gosod 'i sbectols yn uwch i fyny ar 'i drwyn, ac yn tynnu'i law
hyd 'i wynab, ac yn chwerthin, fedra i ddim deud wrthach chi sut; ond mi
fedrwch gesio sut basa un fel fo'n edrach wrth ddeud fel'na, ac wedyn dyma fo'n
mynd ymlaen, 'Ond mi fasa reit dda gini hefyd tasach chi'n dod rownd 'no fuan,
Sioned. Mae fy *holidays* i ar ben pen rhyw wthnos, ac mi fuaswn yn licio cael
trefnu petha. 'Dw i'n meddwl y bydda'n well i ni briodi pan fydda i adra 'Dolig.'

Mi sbïis i ar Jacob Jones yn syn am funud. Ac mi ddoth i fy meddwl i tybad
oedd o'n iawn yn 'i ben. Ac mi oeddwn i'n trïo dyfeisio be i ddeud wrtho fo i
'neud iddo fo ddeall, ac medda fi o'r diwadd, 'Er na ddaru mi 'rioed feddwl ych
bod chi'n ddyn call iawn, Mr Jones, mi 'dw i'n synnu bod chi mor *hynod* o ffôl
hefyd. Mi 'dw i wedi trïo peidio deud dim byd cas, achos fydda i ddim yn licio
brifo teimladau neb, 'rhoswch gadwch imi orffan,' achos mi oedd o'n mynd i
siarad, 'ond rhaid i mi ddeud wrthach chi, gin na 'newch chi ddim cymyd be
ddudis i wrthach chi nithiwr, mod i wedi'ch casáu chi y tro cynta gwelis i chi, a
faswn i ddim yn ych priodi chi taswn i heb briodi neb byth; a mwy na hynny,
fedra i ddim ych diodda chi. Y tro dwaetha buoch chi yma, 'roeddwn i yn 'y llofft
o hyd yn peidio dwad i lawr am fod ych sgwrs a'ch cypeini chi'n ddiflas tu hwnt i

bopeth gini. 'Dydw i ddim yn 'i gyfri o'n beth neis i hogan ddeud wrth neb am y cynigion mae hi wedi gwrthod, mae rhywbath yn *mean* yno fo, ond os na 'newch chi fynd i ffwrdd rwan, a pheidio byth â dwad yma eto i mhlagio i, mi fydd rhaid i mi ddeud wrth 'y nhad neu mrawd, er mwyn i un ohonyn nhw 'neud i chi sylweddoli mod i o ddifri. Ella y cewch chi ryw hogan yn rhywle, er mae'n ddigon amheus gini, na welith hi ddim yn *objectionable* ynoch chi, chwadl chitha, ond rhaid i mi ddeud ych bod chi'n hynod o *objectionable* yn 'y ngolwg i.' Mi oeddwn i'n sbïo yn syth ar Jacob Jones, ac fel oeddwn i'n mynd ymlaen yn fy arath mi ddoth rhyw olwg mwya syn i'w wynab o, ac mi aeth yn fwyfwy syn hyd y diwadd, a phan ddaru mi orffan mi gododd oddi ar y bwrdd ac mi roth 'i het silc am 'i ben, ac mi aeth allan heb yr un gair.

Mi 'dw i'n cofio pan oeddwn i'n tŷ modryb yn Llundan y bydda hi'n gneud i mi ganu rhyw gân am ryw greadur yn cael 'i wrthod gin yr hogan oedd o wedi feddwl gael yn wraig. Rhyw Susnag digri felly oedd y geiria. Ac mi oedd yn niwadd y gân yn deud 'i fod o wedi mynd i ffwrdd wedi'i syfrdanu, ac yn deud wrtho'i hun o hyd ar y ffordd gartra, '*She's daft to refuse the Laird o Cockpen.*' A fedrwn i yn 'y myw beidio meddwl am yr hen gân wrth weld Jacob Jones yn mynd drwy y buarth. 'Dydw i ddim yn gwybod yn iawn be 'di'r gair Cymraeg am '*daft*' ond 'dw i'n gwybod o'r gora be mae o'n feddwl, ac mi dorris allan i chwerthin wrth feddwl mor debyg oedd Jacob Jones i'r hen greadur hwnnw ystalwm. Mi oedd hwnnw wedi gweld rhyw hogan oedd o'n feddwl fasa'n cadw 'i dŷ o, heb feddwl oedd yr enath yn 'i garu o, na meddwl oedd o yn 'i charu hi. Ac mi oedd Jacob Jones wedi gwisgo amdano yn 'i gôt laes a'i het silc a'i golar stic yp, 'run fath â'r llall yn 'i gôt las a'i '*cocked hat*'. 'Doedd gin Jacob Jones, druan, ddim wasgod wen, ac yn lle y fodrwy oedd gin y *Laird* mi oedd gino fo giard aur, ac yn lle y gledda ambarel, ac yr oedd o'n gorfod dod ar 'i draed yn lle ar gefn ceffyl, ond mae'n debyg fod ynta'n teimlo'r un fath â mae'r gân yn ddeud oedd y creadur hwnnw, '*And who could refuse the Laird with all that?*' A 'dw i'n siŵr mai'r un olwg oedd ar wynab y ddau wrth droi i ffwrdd, a bod Jacob Jones yn meddwl yn sicr mod i o ngho yn 'i wrthod o. Mi oedd yr hen gân yn swnio yn 'y nghlustia i drwy'r dydd, a phan oeddwn i yn y llofft yn gwisgo amdana, mi sefis o flaen y glás ac mi canis hi drwyddi i gyd yn y ffordd bydda modryb yn peri i mi 'neud. Mae 'na lot fawr o benillion wyddoch, ac mae'r dôn yr un ddigrifa glywsoch chi; a phan ddois i lawr pwy oedd yn y gegin ond Bob, ac medda fo,

'Lle cest ti afal ar yr hen gân yna, Sioned? Un ddoniol ydi hi hefyd.'

'Modryb fydda'n gneud i mi'i chanu hi pan oeddwn i yn Llundan ystalwm.' 'Chydig oedd o'n feddwl mod i wedi bod drwy yr un profiad â 'Mistress Jean' y pnawn hwnnw.

Wyddoch chi be 'di'r newydd yn y pentra'r dyddia yma? Fod un o genod Tŷ Mawr yn mynd i briodi hefo Jacob Jones. Mae o'n wir hefyd, achos mi ddeudodd hi wrtha i 'i hun. Mi ddoth yma un gyda'r nos i ofyn ga hi batrwm rhyw golar ffyslin oedd modryb wedi yrru i mi o Lundan. 'Does 'na'r un fath â hi o gwmpas yma, ne fasa dim peryg iddi hi ddwad, a dyma hi'n deud 'i bod hi'n brysur yn hwylio'i phetha am bod hi'n mynd i briodi 'Dolig (jest meddyliwch, deud wrth bobol 'i *hun* bod hi am briodi!). A dyma mam yn gofyn pwy oedd hi'n gael. A dyma hi'n deud mai Jacob Jones. Mi oedd hi'n 'i alw fo'n Mr Jones, ac mi 'roedd hi'n trïo egluro pwy oedd o i ni, ac medda fi,—

"Dw i'n 'i nabod o.'

'O, ia,' medda hi, 'yma 'roedd o'n aros pan oedd o'n pregethu yma dwaetha, yntê?'

Mi oeddwn i'n methu peido chwerthin rywsut. 'Dwn i ddim ddaru hi notisio ai peidio, ond fasa hi byth yn meddwl mai *hi* oedd yn gneud i mi chwerthin, achos mae hi'n hynod o debyg i Jacob Jones yn y meddwl sy gini hi ohoni'i hun. Maen nhw'n siwtio'i gilydd i'r dim yn hynny. Mi fasa'n sbïo tasa hi'n gwybod y cwbwl hefyd. Mi ddaru beri i ni beidio deud wrth neb am y briodas. Ond mi oedd hi wedi deud yn barod, i mi wybod, wrth Jane Pen Bonc, ac wrth Maggie Tanrallt, ac wrth bobol y Siop. Wir, 'dw i'n coelio 'i bod hi wedi bod drwy y pentra yn deud y secrat.

Caru Sioned

'DWN i ar ddaear lle i ddechra, mae gin i gimint isio'i ddeud, ac mae gimint o betha wedi digwydd ers pan oeddwn i'n deud hanas Jacob Jones yn dwad acw isio i mi'i briodi o, 'dach chi'n cofio? Mae rhywun arall isio i mi'i briodi o (nid priodi Jacob Jones 'dw i'n feddwl) a wel — mi 'dach chi'n gwybod pwy 'di o heb i mi 'i enwi o. 'Dwn i ddim yn iawn fedra i ddeud yr hanas i gyd. 'Dydi o ddim 'run fath â deud hanas Bob ac Elin neu Maggie Tanrallt a Rice Thomas, wyddoch. Ond mi 'na i drïo er mwyn i chi weld fel y gneith rhywbath bach iawn ddrwg mawr; a helynt go sownd fuo rhwng John a fi, a ddaru'r un ohonom ni feddwl y basa petha byth yn dod yn wastad.

'Dwn i ddim yn iawn pryd daru mi ddechra meddwl fod John yn fy licio fi yn wahanol i fel y bydda fo ystalwm pan oeddwn i'n hogan bach; 'wyrach pan ges i'r *Christmas card* hwnnw orwtho fo, a wyddwn i ddim yn dechra prun a oeddwn i'n 'i licio fo'n well 'ta ddim gyn gystal. 'Doedd o ddim yn edrach i mi'r un fath â'r John fyddwn i'n nabod gynt, a phan fyddwn i'n 'i weld o'n dwad mi fyddwn yn teimlo y baswn i'n licio dengid i rywla o'r golwg; a rywsut, pan fydda fo'n siarad hefo fi, fedrwn i ddim edrach yn 'i wynab o fel byddwn i ystalwm, a fedrwn i ddim sgwrsio hefo fo chwaith fel y byddwn i, ac wedi iddo fo fynd mi fyddwn yn cofio popeth fyddwn i wedi ddeud wrtho fo, ac mi fyddwn i'n teimlo petha mor wirion fyddwn i wedi siarad, a fod rhaid fod o'n meddwl 'y mod i'n un ddiwybod. Mi fyddwn i'n ceisio dyfalu weithia os oedd o'n fy licio i, 'doeddwn i ddim yn *siŵr* un amser beth yn y byd oedd o'n weld yna i, achos mae John yn glyfar iawn wyddoch, ac yn gwybod hylltododd o betha, ac mi wyddoch sut un ydw i.

Tua'r amsar yma mi feddylias y baswn i'n trïo dysgu dipyn, rhag i mi fod *mor* anwybodus, ac mi es i ofarholio llyfra Bob, y rhai oedd o heb fynd hefo fo i'r Rhiw, ond 'doedd o ddim llawar o ddiban, fedrwn i 'neud fawr ohonyn nhw ar ben fy hun, ac mi oeddwn i'n teimlo am y tro cynta fod 'difar gin i na faswn i wedi aros yn 'rysgol yn Llundan yn lle crïo fel babi am ddod adra mhen dau fis neu dri.

Rhyw noson, pan oeddwn i'n trïo darllan un o'r llyfra oeddwn i'n deud wrthach chi amdanyn nhw, llyfr barddoniaeth Susnag oedd o, a fedrwn i 'neud pen na chynffon ohono fo, pwy ddoth i fewn ond John. Mi faswn i'n 'i guddio fo taswn i'n medru ddigon buan, ond mi ffaelis; a dyma John yn rhoi'i law ar f'ysgwydd i, ac yn gafal yn y llyfr. Mi oeddwn i'n meddwl y basa fo'n chwerthin, ond ddaru o ddim. Ond mi roth o ar y silff yn 'i ôl, ac mi estynnodd un arall i lawr, ac medda fo, 'Mi 'na ni drïo hwn, Sioned.' A dyna lle buon ni'n dau tan amsar swpar yn 'i ddarllan o gyda'n gilydd, a John yn deud wrtha i beth oedd ystyr y petha oeddwn i ddim yn 'u deall nhw. Ar ôl hynny, bob tro y bydda fo'n dwad acw, mi fyddwn yn darllan o ryw lyfr neu'i gilydd. Weithia mi fydda yn dwad â llyfr hefo fo, tro arall un o lyfra Bob fydda ginon ni. Pan fydda hi'n braf, mi fyddan ni'n mynd â'r llyfr i Ben y Bonc, ac yn ista yn fanno. Mi fedrwch weld y môr oddi yno, ac mae'r mynyddoedd i'w gweld hefyd, a fedra i ddim deud wrthach chi'r teimlad fydda'n dod drosta i yn fan honno, pan fydda John yn darllan yr hanesion a'r caneuon rheini. Mi fyddwn i'n anghofio bod yn swil; a phan fydda John yn gofyn rhywbath i mi, mi fyddwn yn medru'i atab o'n iawn, ac edrach yn 'i wynab o heb gochi fel y byddwn i. Mi fydda'n gofyn i mi weithia, be fyddwn i'n feddwl am beth fyddan ni wedi bod yn ddarllan, ac mi fyddwn i'n deud wrtho fo'n blaen, ac weithia mi fydda'n chwerthin, a thro arall mi fydda'n deud nad oeddwn i ddim yn iawn, a thro arall mi ddeuda, 'Wel, ie 'ntê, ddaru mi ddim meddwl am hynna.' A wyddoch chi, mi fyddwn yn teimlo yn falchach 'dw i'n siŵr na'r un o'r hogia 'na yn y *college* pan fyddan nhw'n pasio *exam*.

'Doedd y darllan 'ma ddim yn plesio mam rhyw dda iawn fodd bynnag. Mi fydda'n deud wrth John a Bob weithia, 'Yn neno'r taid annwyl, 'dydach chi'ch dau ddim wedi cael digon o lyfra bellach heb fod ar John isio'u pwnio nhw i ben Sioned 'ma eto?' Ond mi oedd Bob yn eitha bodlon, ac felly ddaru mam ddim rhoi gorchymyn pendant i mi beidio. Mi ddoth pen ar y cwbwl serch hynny. Jacob Jones oedd yr achos, ond wyddwn i mo hynny tan yn ddiweddar 'ma.

Os 'dach chi'n cofio, mi oedd John yn mynd i Lerpwl i aros am wythnos y diwrnod hwnnw doth Jacob Jones acw pan ddaru mi ddeud tipyn o fy meddwl wrtho fo; ac os 'dach chi'n cofio hefyd, mi 'roedd o wedi rhwystro fi weld John y noson gynt pan fuo fo acw, drwy fy nal yn Coed-y-Nant. Drwy'r wythnos honno 'roedd John i ffwrdd mi oeddwn i'n teimlo braidd yn annifyr rywsut. Er nad oeddwn i ddim yn disgwyl iddo fo sgwennu ata i, eto mi fyddwn yn gwatsiad y postman bob dydd, a phan fyddwn i'n 'i weld o'n mynd heibio heb droi at y drws y naill ddiwrnod ar ôl y llall mi fyddwn yn cael dipyn o fy siomi. Mi fyddwn yn deud wrtha f'hun mai prysur oedd o reit siŵr, ac wedyn byddwn yn meddwl pa achos oedd iddo fo sgwennu ata i nad oedd o'n meddwl dim amdana i, ac eto fedrwn i ddim credu hynny chwaith. Mi fyddwn yn cofio sut bydda fo'n edrach arna i weithia, a sut bydda fo'n ysgwyd llaw â mi, a sut bydda fo'n deud 'Sioned'. 'Doedd neb arall yn deud fy enw i'r un fath â bydd John. Mi oedd o i ddwad adra nos Wenar, ac mi oeddwn i'n meddwl yn siŵr y basa fo'n galw acw wrth basio; ond ddaru o ddim. Ac mi oeddwn i'n meddwl 'wyrach nad oedd o ddim wedi dwad, neu'i bod hi rhy hwyr erbyn iddo fo gyrraedd acw. Pnawn Sadwrn mi es i fyny'r ffordd at y dre i'w gwarfod o fel byddwn i'n gneud weithia. Pen dipyn mi welwn John yn dod i nghyfarfod i'n ara deg ('doedd 'i *bicycle* o ddim gino fo); ond yn lle dwad yn 'i flaen mi gwelwn o'n troi at y gamfa sy'n mynd at y Rhiw dros gaea Pen Buarth. Mi sefis am funud yn edrach yn syn ar 'i ôl o, achos 'doedd dim posib nad oedd o wedi ngweld i, ac wedyn mi drois ac mi es adra, ac yn syth i'r llofft. Mi 'steddis ar y gadar wrth y ffenast, a dyna lle buo mi tan glywis i mam yn gweiddi arna i yn y buarth, ac mi oedd hi jest yn nos.

Os nad oeddwn i yn ddigon siŵr nos Sadwrn fod John wedi digio hefo fi neu rywbath, 'doedd dim posib i mi beidio bod nos Sul, achos wrth ddwad o'r capal mi ddaru mi sefyll i siarad hefo Bob ac Elin, ac mi oedd ynta hefo nhw, ac mi oedd o'n siarad hefo ni i gyd reit ddigyffro, ac yn edrach arna inna hefyd, ond nid fel bydda fo; ac yn lle dwad hefo ni i Tŷ Gwyn fel arfar, mi ath adra hefo'r lleill i'r Rhiw ac wrth ddeud, 'Nos dawch' mi ddaru ngalw i yn Miss Hughes. Pan es i adra a mynd i'r llofft i dynnu 'mhetha mi oeddwn i'n teimlo y baswn i'n rhoi'r byd am beidio gorfod mynd i lawr yn ôl i gael swpar, ond 'doedd wiw i mi feddwl am ffasiwn beth, neu fasa dim diwadd ar holi mam. Wrth ryw lwc mi oedd hi wedi gofyn i Gwen Jones a'i gŵr ddwad i fewn i gael tamad o swpar, ac felly 'doedd rhaid i mi ddeud na gwrando fawr.

Wrth i mi fynd i ngwely mi ddechreuis feddwl be oeddwn i wedi 'neud. Mi es dros yr holl amsar oeddwn i wedi nabod John, ac mi oedd y peth yn mynd i edrach yn rhyfeddach o hyd. Mi oeddwn i'n trïo cofio oeddwn i wedi deud rhywbath yn ddifeddwl amdano fo wrth rywun, ond fedrwn i ddim meddwl am ddim byd, achos fyddwn i byth yn medru sôn amdano fo wrth neb; ac os digwydda rhywun 'i enwi o'n ddamweiniol wrtha i, mi fydda'n gneud i mi deimlo'n reit annifyr. Mi oedd arna i gimint o ofn i neb feddwl mod i'n hidio dim yno fo, a wyddwn i ddim fy hun 'y mod i'n hidio cimint chwaith tan y nos Sul hwnnw. Wedyn mi ddoth i fy meddwl i 'wyrach fod o wedi gweld rhywun yn Lerpwl oedd o'n licio'n well na fi, a 'doeddwn i ddim yn gweld dim yn rhyfadd yn hynny, achos mi fyddwn yn synnu bob amsar be oedd o'n weld i licio yna i. Ac wedyn mi feddyliais, 'wyrach nad oedd o ddim yn fy licio i ond fel chwaer Bob, a fod o wedi ffendio mod i'n 'i licio fo yn wahanol. Ac O, wyddwn i ddim be 'nawn i wrth feddwl hynny, mi oeddwn i'n teimlo ngwynab yn llosgi yn y tywyllwch. Tybad mod i wedi dangos hynny iddo fo? Mi ddoth i'm meddwl i hefyd 'wyrach 'i fod o fel un o'r dynion rheini fyddan ni'n darllan amdanyn nhw, fydda yn denu hogan i ddangos 'i theimladau ddim ond er mwyn tipyn o sbort, ac er mwyn iddyn nhw fedru gneud bost ohono fo. Ac mi oeddwn i'n meddwl 'wyrach y basa fo'n deud wrth ryw hogia a genod, fel y clywis i Dic Tanrallt yn deud wrth Maggie a fi un diwrnod wedi i ryw hogan o'r dre yn pasio ni ar y ffordd. 'Dacw hen gariad i mi. Duwcs, mi oedd arna hi f'isio i hefyd. Mi fuo jest â thorri'i chalon pan ddaru mi ddigio hefo hi.' Mi 'dw i'n cofio mor ffiadd oedd gin i glywad Dic yr amsar honno, a phan ddoth 'i eiria fo i meddwl i y nos Sul hwnnw, a finna'n dychmygu 'wyrach y basa John yn deud rhywbath yn debyg amdana i, mi rois fy nannadd yn dyn ar 'i gilydd, ac mi ddeudis yna fy hun na cha neb byth ddeud 'y mod i wedi 'jest dorri

nghalon' ar 'i gownt o na neb arall chwaith. Ond er i mi feddwl a meddwl drwy'r
nos, 'doeddwn i ddim haws pan ddechreuodd hi ddyddio; a phan ddaru'r haul
ddechra twynnu drwy friga'r goedan onnen gyferbyn â'r ffenast a fflachio ar y
llyfra oedd ar dop y *chest of drawers,* mi ddaru mi godi. John oedd wedi'u rhoi
nhw i mi. Llyfra Daniel Owen oedd rhai ohonyn nhw, ac mi fyddwn i'n arfar
meddwl am Wil Bryan pan fydda fo'n deud nad oedd dim byd *definite* rhyngddo
fo a Susie, mai felly 'roedd hi rhwng John a fi, ac eto'n bod ni'n deall yn gilydd yn
iawn. Ond wrth i mi edrach arnyn nhw a'r haul yn disgleirio ar y llythrennod ar
'u cefn nhw, mi oeddwn i'n teimlo camgymeriad mor fawr oeddwn i wedi 'neud.
Mi oedd 'na lyfra erill hefo nhw, llyfr bach câs brown oedd un. Barddoniaeth
Susnag oedd o. Mi oedd 'na lawar o'r caneuon na fedrwn i mo'u deall nhw, ond
mi oedd 'na un yno fo ddoth i meddwl i wrth i mi sefyll yn droednoeth a'm pwysa
ar y *chest of drawers,* ac mi 'goris y llyfr. Hanas hogan sy yn y gân, yn trïo fel
finnau ddyfalu beth oedd wedi gneud i'w chariad oeri tuag ati, ac mae hi'n enwi
naill beth ar ôl llall. 'Wyrach bod chi'n gwybod am y darn, *'In a year',* ydi enw
fo, os 'dw i'n cofio'n iawn. Mi ddarllenis y gân bob gair, ac wedyn mi helis y llyfra
at 'i gilydd i gyd. Mi oedd *'Sioned from John'* oddi mewn i bob un ohonyn nhw, ac
mi rhois nhw mewn rhyw focs oedd gin i. Ac mi rois y *Christmas card* hwnnw ges
i gino fo, a phob *note* oeddwn i wedi gael orwtho fo, hefo nhw, ac wedyn mi es i'r
drôr i nôl y bwcwl arian i gau fy melt, oedd o wedi roi i mi ar fy myrthde, ac mi
rois hwnnw hefyd i ganlyn y petha erill, ac mi wthis y bocs ymhell o dan y gwely.
Mi faswn yn danfon y cyfan yn ôl; ond, fel oeddwn i'n deud, 'doedd 'rioed air
pendant wedi bod rhyngon ni, ac felly 'fynswn i er dim iddo fo wybod mod i wedi
meddwl fod o'n teimlo dim ata i mwy nag at ryw hogan arall. Mi oedd dda gin i
am un peth na fedra i ddim deud. 'Doeddwn i ddim wedi sôn wrth neb am John,
fel bydd genod, wyddoch. Fel bydda Maggie Tanrallt yn sôn am Rice Thomas
'dw i'n feddwl.

     Ond fedra i ddim deud wrthach chi amsar mor annifyr oedd y flwyddyn honno
pan oedd petha mor chwithig rhyngon ni. Mi fyddwn wrthi hi'n ddibaid yn trïo
dyfalu be oedd yr achos fod John wedi newid cimint, ond ofar fydda'r holl
ddyfalu i gyd, a fyddwn i fymryn nes wedi meddwl a meddwl nes bydda mhen i'n
troi. Mi fyddwn yn deud yn diwadd nad oedd wath gin i befo fo, nad oedd o ddim
gwerth meddwl amdano os oedd o'n medru bihafio fel 'na heb yr un gair i ddeud
pam. Ond cyn pen munud neu ddau mi fyddwn wrth yr un gwaith wedyn. Mi
fyddwn yn deud ynof fy hun o hyd, 'Taswn i ddim ond yn gwybod pam', ac mi
fyddwn yn meddwl na faswn i ddim yn hidio cimint wedyn.

     Ella mod i'n teimlo mwy, am mod i wedi meddwl cimint o John bob amsar.
Pan oeddwn i'n hogan bach, mi fydda Bob yn deud *stories* wrtha i am ryw
ddynion fydda fo'n alw'n farchogion, ac mi fyddwn i'n meddwl y bydda Bob 'i
hun fel un ohonyn nhw, mor ddewr a thynar â'r gora; a phan ddoth John adra, ac i

mi ddwad i'w nabod o, mi fyddwn i'n 'i weld ynta'r un fath hefyd. Ond rwan fedrwn i ddim peidio meddwl na fasa'r un ohonyn nhw yn ymddwyn at enath fel yr oedd John yn gneud ata i. Mi oedd 'i lun o ginon ni mewn ffrâm ar y silff ben tân yn y parlwr, a wyddoch chi, fedrwn i ddim diodda mynd yno. Mi fydda rhywbath yn pwyso ar 'y mrest i wrth 'i weld o a'i lygada fo'n gwenu arna i'r un fath â byddan nhw bob amsar tan yn ddiweddar. 'Doedd wiw i mi feddwl am 'i gadw fo o'r golwg yn unlla, neu mi fasa mam yn holi yn ddidrugaradd, a be 'nes i ryw ddiwrnod pan oeddwn i'n dystio'r petha ar y silff ond 'i ollwng o o bwrpas ar y ffendar, ac wrth gwrs mi aeth y gwydr yn deilchion. Fel y gallwch feddwl mi fuo mi mewn dipyn o helynt hefo mam, ond mi faswn yn diodda mwy o'm dwrdio er mwyn peidio gweld y llun hwnnw, achos fel 'roeddwn i'n ddisgwyl, 'doedd y ffrâm ddim gwerth rhoi ar silff ben tân ar ôl y codwm ar y ffendar, ac mi roth mam y llun yn yr *album*.

Mi oedd hithau wedi sylwi fod John ddim yn dod acw mor amal, ac mi 'roedd hi'n teimlo hefyd, ond 'dydw i ddim yn credu 'i bod hi'n meddwl fod wnelo fi ddim â hynny. 'Achos,' medda hi, wrtha i ryw ddiwrnod, 'ddaru mi 'rioed feddwl y basa John yn troi'i gefn arnan ni ar ôl dod ymlaen yn y byd tipyn. 'Doeddwn i ddim yn meddwl 'i fod o'n perthyn i'r siort honno.' ''Dydw i ddim yn meddwl 'i fod o chwaith,' medda fi. 'Mae o'n brysur iawn, medda Elin.' Fedrwn i ddim diodda clywad mam yn 'i feio fo wedi'r cwbwl. Toc ar ôl iddo fo roi gora i ddwad acw fel bydda fo, mi ddaru gymyd *lodgings* yn dre, er mwyn bod yn 'gosach i'w waith medda 'i fam o wrtha i, a fydda fo ddim yn dwad adra ddim ond ar bnawn Gwenar, ac mi fydda'n mynd yn 'i ôl gyda'r nos. Mi fyddwn i'n 'i weld o weithia drwy ffenast y llofft yn pasio ar 'i *bicycle*, a fydda fo byth yn troi'i ben at y tŷ, a dyna'r unig olwg fyddwn i'n gael arno fo.

'Doedd Elin ddim 'run fath hefo fi â bydda hi chwaith, a phan oedd hi acw ryw ddiwrnod a finna wedi mynd i'w danfon hi dipyn bach o'r ffordd adra, dyma hi'n gofyn i mi reit sydyn felly, 'Be wyt ti wedi 'neud i John, Sioned?' Mi sbïis i arni hi am funud, ac medda fi ddigon cwta, ''Nes i ddim iddo fo,' achos mi oeddwn i'n meddwl mai John oedd wedi gneud rhywbath i mi, ac y basa rheitiach iddi hi ofyn iddo *fo* am eglurhad. Ac mi ddeudis 'Nos dawch' wrthi hi, ac mi drois yn f'ôl. Mi oedd hi braidd yn stiff hefo fi ar ôl hynny, ac mi oeddwn i'n teimlo'n fwy annifyr byth, achos 'doedd gin i ddim ond Elin a Maggie Tanrallt yn ffrindia iawn, wyddoch, a fyddwn i ddim yn gweld lliw na llun ar Maggie 'r amsar honno, wrth fod hi gimint hefo Rice Thomas. Mi oeddwn i'n teimlo rywsut y baswn i'n licio mynd i ffwrdd ymhell i rywla i edrach faswn i'n anghofio. 'Doedd gin i ddim plesar hefo llyfra achos mi fyddan yn gneud i mi feddwl am John; a'r un fath pan fyddwn i'n mynd allan. Mi fydda'r Bonc yn gneud i mi gofio fel y byddan ni'n ista yno i ddarllan yn yr ha. A Choed-y-Nant wedyn, mi fyddwn yn 'sgoi fanno os medrwn i, achos ffordd honno y bydda John yn dwad i'n nanfon i adra pan

fyddwn i wedi bod yn y Rhiw. A fanno 'roeddan ni wedi bod yn cyfri sawl matha
o goed a bloda gwylltion oedd yn tyfu yno, a John oedd wedi dysgu'u henwa nhw
i gyd i mi, a dangos i mi sut i'w nabod nhw, a fedrwn i ddim diodda mynd ffordd
honno. Weithia mi fyddwn yn meddwl tybad 'nawn i anghofio ryw dro, 'wyrach
ymhen deng mlynedd; ac wedyn mi fyddwn yn cofio am Mary Thomas, chwaer
Rice Thomas, mi oedd hi tua deg ar hugian, ac mi oedd hi'n canlyn Robert Jones
Ty'n Celyn, ac mi fyddwn yn meddwl 'wyrach y byddwn i'n teimlo 'run fath at
John pan fyddwn i'n ddeg ar hugian ag oeddwn i'n ugian, ac mi *oedd* o'n edrach
yn amsar hir, ac i feddwl y byddwn i o hyd yn teimlo fel tasa rhyw bwysa ar 'y
nghalon i. A llawar bora wrth ddeffro mi fyddwn i'n meddwl mor braf fasa cael
cysgu o hyd, rhag i mi feddwl am John.

Dipyn cyn 'Dolig mi ddoth i'm meddwl i be 'nawn i'r diwrnod hwnnw, achos
mi oeddwn i'n gwybod fod mam yn meddwl am i deulu'r Rhiw ddod acw i gyd i
gael cinio 'run fath â'r 'Dolig cynt; ac wrth gwrs, fydda rhaid i John ddod hefyd, a
fedrwn i ddim meddwl am 'i gwarfod o, mi oedd arna i ofn iddo fo weld mod i'n
hidio. A be 'nes i ryw ddeuddydd neu dri cyn 'Dolig ond sgwennu at Pegi
nghnithar, a deud wrthi hi fod arna i isio dod i Bryncelli i fwrw 'Dolig, ond fod
arna i ofn na chawn i ddim gin mam, ond 'wyrach tasa hi'n dwad acw i ofyn y basa
hi'n medru mynd dros ben mam i adal i mi fynd.

Pegi nghnithar fydda i'n 'i galw hi, ond 'dydi hi ddim yn gnithar i mi chwaith;
'i thad hi sy'n gefndar i mam. 'Doeddwn i 'rioed wedi bod yn Bryncelli. Mi oedd
mam Pegi wedi marw pan oedd hi'n hogan bach, ac mae hi wedi cael 'i ffordd 'i
hun ar hyd 'i hoes gin 'i thad, ac mi fydd mam yn meddwl na fydd hi ddim yn
bihafio fel dyla hogan ifanc 'neud. Rhaid i chi beidio meddwl y bydd Pegi yn
ymddwyn yn anfoneddigaidd o gwbwl. Ond mi fydd yn deud 'i meddwl yn rhy
blaen gin mam, ac yn ddistaw bach 'dw i'n meddwl mai rhy indipendant ydi Pegi
gini hi, wyddoch. Ac felly fydd mam ddim yn hidio ryw lawar am i mi fynd i
Bryncelli, ond mi fydd Pegi'n dwad acw reit amal, ac mi fydd mam yn 'i
chroesawu hi'n iawn, ond mi fydd yn deud wedi hi fynd i ffwrdd, 'Gresyn fod yr
hogan 'na wedi cael 'i difetha gimint gin 'i thad.' Mae nhad yn ffond iawn ohoni
hi.

Rhyw ddeng milltir sy oddi yma i Bryncelli, a'r bora ar ôl i mi sgwennu ati hi,
tua un ar ddeg dyma ni'n clywad rhyw dwrw mawr yn y lôn. Ac mi redodd mam
allan, a finna ar 'i hôl hi, a phwy 'ddyliach chi oedd 'na ond Pegi mewn car uchal â
dau geffyl yno fo, un o flaen y llall, wyddoch. A dyna lle 'roeddan nhw yn edrach
fel tasan nhw am redag bob munud. Mi oedd 'na dri o gŵn hefyd, yn cyfarth
hefo'i gilydd, ac mi 'roedd Pero jest am roi naid i'w canol nhw ond fel daru mi
gael gafal yn 'i golar o a'i gau o yn y beudy. Fedrwn i ddim peidio meddwl fod
Pegi'n edrach reit neis hefyd. Mi 'roedd gini hi gap coch ar 'i phen a *cape* goch
drosti, a'i gwallt hi'n fflïo'n gyrls duon olrownd y cap, a gwrid yn 'i gwynab hi.

Mi 'roedd hi'n dal y *reins* yn un llaw a chwip yn y llall, ac mi 'roedd hi'n 'i chlecian hi o hyd. Ond 'doedd y tyrnout ddim wrth fodd mam o gwbwl. Rhyw betha fel'na fydd mam ddim yn licio yn Pegi, wyddoch. Mi ddaw acw weithia ar gefn ceffyl; hi'i hun pia hwnnw. *Tiptop* fydd hi'n 'i alw fo, ac mi fydd yn mynd fel y gwynt, ac mi fydd mam yn deud bod yn rhyfadd bod hi'n fyw.

Mi oedd arna i ofn garw wrth weld y ffordd 'roedd hi wedi dwad na fasa mam byth yn 'y ngadal i fynd hefo hi. Beth bynnag i chi dyma hi'n gweiddi ar mam,

'Modryb, mae nhad wedi torri'i goes, a 'does gin i neb i dendio arno fo, ac mae gin i isio chi adal Sioned ddwad acw am ddiwrnod neu ddau tan ga i rywun.'

'Diar annwyl,' medda mam. 'Wedi torri'i goes, y creadur! Sut daru o?' Ond mi roth un o'r cyffyla *spring,* ac mi oedd Pegi yn rhy brysur yn 'i ddal o i fewn i atab mam. Ond mi oedd rhywbath yng nghil 'i llygad hi yn gneud i mi feddwl fod coes 'i thad hi'n itha sownd, ac mai rhyw sgiam i nghael i i Bryncelli oedd y cwbwl. Wedi cael y ceffyl yn weddol lonydd dyma hi'n deud,

'Mi adwch iddi hi ddwad yn gwnewch, modryb? Mae hi mor annifyr acw. Mae'r ddwy hogan forwyn acw fel pyst, dim iws i chi ddeud dim wrthyn nhw.'

'Os wyt ti'n meddwl y bydd hi o ryw help i chi mi geith ddwad â chroeso. Mi geith dy ewythr ddwad â hi heno yn y car.' Ond 'doedd hyn ddim wrth fodd Pegi o gwbwl.

'Gadwch iddi hi ddwad hefo fi rwan, modryb bach.' Mi oedd mam yn edrach braidd yn anfodlon, ac medda hi,

'Mi fydd rhaid iddi hi ddwad â rhyw un neu ddau o betha hefo hi, a 'does gini hi ddim yn barod.'

'Mi yrra i Robin i lawr i nôl 'i phetha hi pnawn. Mae o'n mynd i'r dre eisus. Dos i wisgo amdanat, Sioned, a phaid bod ddim dau funud, neu mi fydd y cyduriaid 'ma'n cael annwyd.'

Mi redis i'r tŷ, a thra oeddwn i wrthi hi'n rhoi rhywbath amdana mi glywn mam yn gweiddi, 'Yn wir, Pegi, 'dw i ddim hannar bodlon i Sioned ddwad yn y car yna hefo'r cyffyla 'na. Maen nhw fel tasan nhw ar gychwyn rhisio yn barod, 'dwn i ddim sut na fasat ti wedi dy ladd ystalwm.' Ac wedyn mi glywn Pegi yn deud rhywbath wrth y cyffyla, a'r cŵn yn cyfarth, ac mi ellwch feddwl mod i wedi gwisgo amdana yn gynt na ddaru mi 'rioed 'dw i'n meddwl, ac mi oeddwn i wedi dringo wrth ochor Pegi cyn i mam benderfynu'n iawn 'na hi'n nhrystio fi yn y car ai peidio.

'Mi gyma i ofal ohoni hi, modryb. Mae rhaid i ni fynd adra rownd y dre, achos fedra i ddim troi yn fanma ac mae'r ffordd honno'n saffach na'r un. A modryb,' medda hi tan wyro dros ymyl y car, 'mae nhad reit iach, ond mi oedd arna i isio Sioned acw i fwrw 'Dolig, ac mi oeddwn i'n gwybod na cha hi ddim dwad ond fel'na. Peidiwch â bod yn ddig wrtha i, modryb bach. Mi 'neith les i Sioned hefyd, mae hi'n edrach ddigon llwyd. *Merry Christmas!* Cofiwch fi at f'ewythr.

Rwan *Tiptop.* ' Tasach chi'n gweld gwynab mam. Mi faswn i wedi neidio i lawr
'blaw fod y car yn mynd. Mi drois 'y mhen, ac mi welwn mam yn ysgwyd 'i dwrn
ar yn hola ni, a fedrwn i ddim peidio chwerthin rywsut. Ond mi oeddwn i'n
teimlo braidd yn annifyr, ac medda fi wrth Pegi,
    'Beth oeddat ti'n gneud tro fel'na, Pegi?'
    'My dear child' (mae hi wedi bod yn 'rysgol yn Lloegar am flynyddoedd, ac mi
fydd yn siarad rhyw hannar Susnag a hannar Cymraeg yn y ffordd ryfedda
glywsoch chi). *'My dear child,* dyna'r unig ffordd i ti gael dwad i Bryncelli. *Your
mother will sacrifice any prejudice* os bydd hi'n meddwl 'i bod hi'n gneud
gweithrad o drugaradd. Ond hidia befo, mi â i hefo Robin i nôl dy betha di
pnawn, *and I'll engage to bring your mother into a most benign mood.'*
    Un peth oeddwn i'n licio yn Pegi, ddaru hi ddim holi dim pam oedd gin i
gimint o isio bod i ffwrdd o Tŷ Gwyn dros y Nadolig.
    Wrth i ni fynd drwy'r dre mi oedd pawb yn troi i sbïo arni hi, a wir 'doeddwn
i'n synnu dim. Pan oeddan ni ar ganol y stryd fawr, pwy ddaru ni gwarfod ond
John. Mi oedd o'n sbïo i lawr, ond jest pan oedd o wrth yn hymyl ni dyna fo'n
codi'i ben, ac mi ddoth rhyw olwg syn i'w wynab o. Ond mi gododd 'i het, ac mi
'nes inna nodio, ond ddaru'r un ohonom ni wenu. *'Who was that?'* medda Pegi.
Ond wrth lwc mi oedd rhyw rwystr ar y ffordd yn gneud digon o waith iddi hi
hefo'r ceffylau, fel nad oedd dim anghenraid i mi atab. 'Dw i'n siŵr y basa fy llais
i'n dangos rhywbath i un mor graff â Pegi, achos pan fydda i'n teimlo dipyn mwy
na chyffredin mi fydd yn crynu, ac mi oedd 'y nghalon i'n curo ar ôl i mi weld
John mor sydyn felly.

    Ar ôl cinio mi aeth Pegi yn y car marchnad a dim ond un ceffyl hefo Robin, un
o'r gweision, i'r dre. *'I hate that thing,'* medda hi, *'but it will serve to impress your
mother in my favour. Piti na faswn i wedi meddwl bora. My harum scarum ways
are too much for her, poor dear. Now for a crawl,'* a dyma hi'n neidio i'r car ac yn
cymyd y *reins* gin Robin, a ffwrdd â nhw, ond nid fel yr oedd Pegi a fi yn dwad o'r
Tŷ Gwyn yn y bora.
    Fel oeddwn i'n deud, 'doeddwn i 'rioed wedi bod yn Bryncelli o'r blaen, ac mi
oeddwn i'n meddwl mai'r tŷ rhyfedda welis i 'rioed oedd o. Mae'r ffarm yn un o'r
rhai mwya yn y cwmpasoedd. Ar stad y Brithdir mae hi; ac ystalwm iawn yn
Bryncelli 'roedd y teulu'n byw. Ond mi ddarun fildio Plas Newydd, a throi'r hen
blas yn dŷ ffarm a'i alw fo'n Bryncelli, a dyna lle 'roedd Pegi'n byw. Tu allan i'r
giat mi oedd 'na hen garrag farch wedi'i chyfro bron hefo mwsog. Yn ffrynt y tŷ
'roedd 'na ddarn mawr crwn o dir glas, a pheth i ddeud faint o'r gloch yn 'i ganol
o. Mi oedd rhaid mynd i lawr rhyw ddwy neu dair stepan at y drws, ac mi oedd
hwnnw'n agor i ganol rhyw le mawr oeddan nhw'n alw'r neuadd, ac mi fedrach
weld to y tŷ â ffenestri yno fo. Mi oedd y neuadd 'ma yn mynd reit drwy y tŷ a

drws yn' i ben draw o'n agor i'r buarth. Mi oedd 'u clywad nhw'n sôn am y neuadd o hyd yn gneud i mi feddwl am y storis fydda Bob yn deud wrtha i pan oeddwn i'n fychan. Mi fydda 'na neuadd ym mhob un ohonyn nhw jest. Ac mae'n debyg mai llefydd go debyg oedd rheini i neuadd Bryncelli, ond yn lle'r 'rhianod teg', chwadl Bob, fydda'n dawnsio yn rheini, y gweision yn 'u clocsia oedd yma yn dod yn rhes at 'u pryd bwyd wrth y bwrdd hir oedd ar ganol y llawr.

Mi ddoth Pegi yn 'i hôl rhwng chwech a saith. 'Roedd f'ewythr yn ista ar y setl wrth y tân pan ddoth hi i fewn. A tasach chi'n 'i weld o'n sbïo arni hi. Mi oedd o'n gneud i mi feddwl am fel bydda mam yn edrach ar Bob; a wir 'doeddwn i'n synnu dim at f'ewythr, mae rhywbath yn annwyl dros ben yn Pegi, ac os oedd o wedi'i difetha hi, chwadl mam, mi oedd reit anodd iddo fo beidio.

Y peth cynta ddeudodd hi pan ddoth hi at y tân oedd, 'Mi ddois i â modryb rownd yn *splendid*. Mi gei aros am bythefnos, ac mi 'dw i wedi gaddo mynd â chdi adra yn y car 'na sydd wrth y drws, *at a snail's pace, my dear*, ond hidio befo, Sioned, *we can get many a tandem drive in a fortnight*.' A dyma hi'n clecian y chwip oedd hi wedi ddwad yn 'i llaw i'r tŷ; ac wedyn dyma hi'n deud wrth 'i thad sut oedd hi wedi cael gin mam adal i mi ddwad, ac mi 'ddylis y basa fo'n mynd i ffit wrth chwerthin. Mi oedd rhai o'r gweision yn y neuadd, ac mi oedd rheini'n chwerthin hefyd. Tra oedd hi wrthi hi'n deud 'i helynt mi oedd Robin yn cerddad nôl ac ymlaen at y car ac yn dwad â pheth wmbrath o barseli fewn ac yn 'u gosod nhw ar gwr y bwrdd. *'Presents, my girl'*, medda Pegi gan nodio'i phen arna i. Ac mi oedd rhyw wên ar wynab Robin fel tasa fo'n gwybod fod 'na rywbath iddo fo yng nghanol y pentwr.

'Dw i'n coelio taswn i wedi cael aros yn Bryncelli na fasa y gaea a'r gwanwyn hwnnw ddim hannar mor annifyr â buon nhw i mi. 'Doedd dim posib meddwl am ddim yn ymyl Pegi. Mi fydda'n fy nghipio i yma ac acw fel corwynt, a tasa mam yn gwybod y llefydd buon ni ynyn nhw a'r petha 'nes i y bythefnos honno, mi fasa'r gwallt yn codi ar 'i phen hi, 'dw i'n sicr gredu. Pan fyddwn i'n *cael* munud i feddwl, mi fydda hanas John yn edrach fel rhyw freuddwyd annifyr.

Mi oeddwn i'n meddwl y baswn i ddydd Nadolig yn meddwl amdanyn nhw yn Tŷ Gwyn, ac y baswn i'n trïo dychmygu be fasa John yn ddeud neu yn feddwl pan fasa fo'n ffendio mod i ddim gartra; ond 'nes i ddim o'r fath beth. 'Doedd dim posib i mi 'neud. 'Doedd Pegi ddim yn rhoi amsar i mi gael 'y ngwynt ata i feddwl am ddim.

Fel 'roeddwn i'n deud wrthach chi, mae Bryncelli'n hen dŷ hen ffasiwn iawn, ac mi oeddan ni'n dwy'n cysgu mewn rhyw lofft fawr gimint bedar gwaith 'dw i'n siŵr â fy llofft i gartra. Mi oedd 'na ddau ddrws yni hi. Mi oeddan ni'n mynd iddi hi o'r *passage* drwy un. Mi oedd 'na gyrtan coch dros y llall, a 'dw i'n cofio y noson gynta i mi fod yno i Pegi afal yn 'y mraich i, a nhynnu fi ato fo tan ddeud, *'Come and see why I like this room better than any in the house.'* A dyma hi yn agor y drws hwnnw lle 'roedd bar arno fo. Mi oeddwn i'n disgwyl gweld rhyw lofft arall. Ond ym mhle 'ddyliach chi 'roeddan ni'n sefyll wedi mynd drwy y drws? Allan ar ben grisiau cerrig uchal oedd yn mynd i lawr i'r ardd. Mi oedd hi'n noson leuad ola, ac mi oeddan ni'n medru gweld ar draws y wlad am filltiroedd. '*I love that,*' medda Pegi'n ddistaw wrth f'ochor i, 'ac mi fydda i'n agor y drws 'ma bob nos a bora i gael golwg arno fo.' Mi oeddwn i braidd wedi synnu ati hi. Achos fasach chi byth yn meddwl wrth Pegi y basa hi'n hidio mewn dim byd felly. Ond meddwl am fora dydd Nadolig 'nath i mi sôn am y drws hwnnw, achos y peth cynta welis i, neu 'wyrach fydda well imi ddeud, deimlis i, cyn i mi godi o ngwely oedd fod o yn 'gorad, a chyn i mi ddeffro yn iawn mi glywn Pegi'n gweiddi, 'Côd, Sioned, mae hi wedi bod yn bwrw eira. Tyd i weld.' A dyma hi'n cau'r drws ac yn dwad at y gwely ac yn estyn 'y nillad i mi, ac mi fuo raid i mi fynd er 'y ngwaetha i weld yr eira, ond 'doedd dim posib peidio sbïo, mi oeddan ni'n medru gweld cimint o ffordd odd'ar y rhiniog, a dim ond eira i'w weld ymhob man. Mi fynnis gael cau y drws ymhen rhyw funud neu ddau fodd bynnag, ac mi ddeudis wrth Pegi os oedd arni hi isio edrach ar yr eira fod rhaid iddi hi 'neud hynny drwy y ffenast, bod arna i annwyd.

'*We'll have some glorious fun,*' medda hi wrth gau y drws. 'Tyd brysia i lawr i gael brecwast.'

A wir mi guson hwyl hefyd. Mi oedd Pegi wedi gofyn i lot fawr o fechgyn a genethod o'r cwmpasoedd ddwad yno yn y pnawn, a tan oedd hi'n amsar te ddaru ni 'neud dim byd ond pledu'n gilydd â pheli eira, ac mi oedd f'ewyrth wrthi hi gimint â neb (be tasa mam yn 'i weld o!) ac yn hitio cap coch Pegi bob cyfla ga fo; ac am wn i nad oedd 'na lawn cimint o hwyl ar ôl te yn y neuadd wedi symud y bwrdd mawr naill du. Mi oeddwn i wedi bod wrthi hi'r diwrnod cynt yn helpu Pegi roi'r presanta ar friga *Christmas tree* fawr, ac mi oedd honno wedi cael 'i gosod ar ganol y llawr, ac wedi i bawb gael rhywbath odd'arni hi (mi oedd y gweision a'u gwragadd a'u plant yno i gyd), mi fuon yn chwara pob math o betha, ac mi 'nath Pegi i'w thad ganu'r 'Mochyn du' (O be tasa mam yn 'i glywad o!).

Mi oedd pawb yno'n hollol ddiarth i mi ond teulu Bryncelli, ond mi oeddwn i'n teimlo reit gartrefol hefo nhw i gyd, ac yn enwedig hefo un hogyn go dal pryd gola. Mi oedd o'n hynod o glên, ac yn dangos i mi be i 'neud pan oeddan ni'n chwara rhyw *games* nad oeddwn i ddim yn 'u gwybod nhw, ac mi oedd o'n ista wrth f'ochor i amsar swpar, ac mi oeddwn i'n siarad hefo fo mor ffri â taswn i'n 'i nabod o 'rioed. Pan oedd Pegi a fi yn mynd i'n gwelyau, dyma hi'n deud wrtha i,

'Mi ddylat ti feddwl dipyn ohonot dy hun heno, Sioned,' ac mi oedd rhyw wên ar 'i gwynab hi mwya slei.

'Pam?' medda fi.

'*You have evidently made a conquest of the invincible Llywelyn.*'

''Dwn i ddim be ti'n feddwl. Pwy 'di Llywelyn?'

'Pwy 'di Llywelyn wir! Clywch arni hi!' A dyma hi'n sbïo o'i chwmpas fel tasa hi'n deud wrth rywun arall, ac yn codi'i dylo mewn rhyw ffordd sydd gini. *'Why little innocent, you scarcely spoke to anyone else the whole evening,* a ddaru ynta ddim siarad hefo neb bron ond hefo chdi, a lle bynnag gwelwn i Llywelyn mi oeddat ti wrth 'i benelin o, a lle bynnag gwelwn i chdi 'doedd Llywelyn ddim ymhell, *and yet you ask me "Who is Llywelyn?"* O diniwad!'

'O Pegi!' oedd y cwbwl ddeudis i, achos mi ddaru mi gofio am yr hogyn tal pryd gola hwnnw, a rywsut 'doeddwn i ddim yn 'i licio fo hannar cimint ar ôl i Pegi sôn amdano fo felly; achos fedrwn i ddim diodda meddwl am neb ond John yn y ffordd honno. Mi ddoth Llywelyn i Bryncelli pen rhyw ddiwrnod neu ddau wedyn, ond fedrwn i ddim bod 'run fath hefo fo ag oeddwn i nos Nadolig.

'Dw i'n credu fod pawb fuo yn Bryncelli y diwrnod hwnnw wedi gwadd Pegi a fi i gael te hefo nhw, achos mi oeddan ni allan yn rhywla bob dydd tra buo mi yno bron. 'Dw i'n cofio un lle buon ni oedd rhyw ffarm oeddan nhw'n galw'n Foel-y-Ci. Nid yn gwadd geuthon ni fanno, hynny 'di, nid gyrru i Bryncelli ddaru nhw i ofyn i ni ddwad ddiwrnod neilltuol fel oeddan nhw'n gneud o'r llefydd erill; ond wrth i ni ddwad o'r capal pnawn Sul, mi ddoth rhyw hen ŵr at Pegi, ac wedi gofyn sut 'roedd hi, dyma fo'n deud,

'Dowch acw i de hefo'ch cnithar y pnawn 'ma, Miss Griffith. Mae William adra, wyddoch, ac mae acw ddau o fechgyn o'r coleg 'na hefo fo. Mae un ohonyn nhw i fod yma heno, mae o'n hel at y coleg, wyddoch. Ond mae'r llall acw ers rhai dyddiau. Mi ddoth hwnnw hefo William am dipyn o dro fel byddwn ni'n ddeud. Maen nhw wedi mynd i Beulah pnawn 'ma, ond mi oeddan nhw'n gaddo dwad adra i de.'

Mi oedd Pegi'n edrach braidd yn amheus, ond cyn deud prun a âi hi ai peidio, dyma hi'n gofyn, 'Sut mae William? Mi oedd dda ginon ni weld fod o wedi pasio. Ac mi oeddan ni'n pitïo na fasa fo'n medru dwad acw dydd 'Dolig.' Ac medda hi wedyn, 'Dw i'n meddwl mai gwell fydda i ni fynd adra pnawn 'ma, Mr Williams, thenciw mawr i chi 'run fath. Mae ginoch chi gwmni go lew hebddon ni. Mi fydda Miss Williams o'i cho, 'dw i'n siŵr.'

'Dim o'r fath beth, dim o'r fath beth. Mary, dyma Pegi'n deud y byddi di o dy go os daw hi a'r ferch ifanc 'ma acw i de,' medda fo ac yn troi at 'i chwaer oedd newydd ddwad at yn hymyl ni. 'Dowch, Pegi', medda fo wedyn, 'mae 'na waith i chi hefo un o'r bois 'na, yn does, Mary?' A dyma fo'n wincian ar honno yn y ffordd fwya doniol. Dynas bach siarp oedd hi, â llygada duon gloyw fel llygada robin goch yn union, ac medda hi, 'Faswn i'n meddwl wir. Dim iws i chi ddeud na ddowch chi ddim. 'Dw i'n mynd rwan i hastio'r hogan 'na neu chawn ni ddim te tan nos. Cofiwch, mi fydda i'n ych disgwyl chi'ch dwy.' A ffwrdd â hi. 'Rhaid i chi ddwad wedi Mary 'ch gorchymyn chi fel yna, Pegi.' (Mae'n beth rhyfadd mor 'chydig fedar ddal i alw Pegi'n Miss Griffith.) Ac felly mi aethon ni hefo fo, wedi

Pegi beri i un o'r gweision ddeud yn Bryncelli na fydda hi ddim yno i de. 'Doedd f'ewyrth ddim wedi dod i'r capal y pnawn hwnnw.

Mi oeddan ni jest yn mynd i ista wrth y bwrdd pan ddoth mab Foel-y-Ci a'i ffrindia i fewn. Mi wyddwn i mewn munud prun oedd yr un oedd Pegi i gael gwaith hefo fo. Price oeddan nhw'n 'i alw fo, ac mi 'roedd o'n gneud i mi feddwl am Jacob Jones, rywsut. Nid fod o'n debyg iddo fo chwaith; hynny ydi, yn 'i berson. 'Doedd o ddim mor dal â Jacob Jones o lawar, 'dwn i ddim oedd o llawn gyn dalad â fi. Mi ddeallis mai fo oedd yr un oedd yn hel at y coleg hefyd. Pritchard oedd enw'r llall, ac mi oeddwn i'n 'i licio fo a mab Foel-y-Ci yn well o lawar na Price hwnnw. Dau hogyn clên ofnatsan oeddan nhw. Tasach chi'n gweld fel daru mab Foel-y-Ci gochi pan ddaru Pegi ysgwyd llaw hefo fo, a deud bod dda gini hi glywad am 'i lwyddiant o, a 'dwn i ddim be ddeudodd o wrthi hi'n ddistaw, ond mi gochodd Pegi'i hun, beth bynnag, peth na welis hi moni hi'n 'neud erioed o'r blaen.

Mi oeddwn i'n ista rhwng yr hen ŵr a Pritchard, a Pegi wedyn, a gwerbyn â hi 'roedd Price, a mab Foel-y-Ci wrth 'i ochor o, a Miss Williams yn gneud te wrth ben y bwrdd. Be oeddwn i ddim yn licio'n tôl yn Price hwnnw oedd 'i fod o'n siarad Susnag o hyd. Nid fel bydd Pegi yn siarad Susnag 'dw i'n feddwl. Fydda i'n meddwl nad oes gini hi ddim help bod hi'n cymysgu gimint ar 'i Chymraeg, achos mae hi'n siarad mor gwic, wyddoch, fel bydd hi'n cipio'r gair cynta ddaw i'w meddwl hi, Susnag neu Gymraeg, dim ots prun, am geith hi ddeud be fydd arni hi isio, ac mi 'roeddwn i'n sylwi arni hi y pnawn hwnnw bod hi'n trïo'i gora peidio dod â dim Susnag i fewn, ac unwath neu ddwy ddaru hi hefyd. Ond am y creadur gin Price hwnnw, 'doedd dim arall i gael gino fo, er i chi 'i atab o'n Gymraeg a phob peth. Mi faswn i'n meddwl fod Miss Williams yn teimlo'r un fath â fi, achos mi ddeudodd toc,

'Yn neno'r tad, hogia, pam na siaradwch chi Gymraeg, dudwch? Faint o Susnag 'dach chi'n feddwl fedar rhyw gyduras fel fi?' Mi ddalis i Pegi a mab Foel-y-Ci'n chwerthin ar 'i gilydd. Ond Susnag fynna'r boi siarad beth bynnag. A wyddoch chi am be oedd o'n siarad? Am y bregath oedd o'n mynd i bregethu yn Seion y noson honno. 'Doeddwn i ddim yn deall hannar oedd o'n ddeud, ond mi oedd o'n sôn rhywbath am y *Greek text* o hyd. Mi oeddwn i'n gweld llygada Pegi'n fflachio, a rhyw olwg direidus ynyn nhw. Wrth i Price ddal i sôn am y bregath oeddan ni i'w chlywad, mi clywis o'n deud, *'But of course it will be all thrown away upon them at Zion'* — a chyn iddo fo fynd ymlaen dyma Pegi yn codi'i phen yn sydyn ac yn siarad yn Susnag am y tro cynta, ac medda hi, dan ryw hannar chwerthin, *'It is hardly wise to take anything for granted in these days, Mr Price, especially where the question of education is concerned. There is a possibility that some of those who attend Zion may be able to appreciate your sermon, and even your very profound preliminary remarks on the Greek text. Indeed,'* dan wenu yn 'i wynab o, *'for all you know, my cousin and I may be a couple of sweet girl graduates.'* Mi sbïodd arni hi fel tasa fo'n synnu at 'i hyfdra hi'n meiddio'i' geryddu o. Ond cyn iddo fo gael amsar i atab dyma mab Foel-y-Ci yn deud, 'Dowch â'r gwreiddiol, Price, rhaid gneud rhywbath i gael gin y genod gwirion 'ma roi'r parch dyladwy i'n dysgeidiaeth.' A wyddoch chi, mi 'roedd y creadur mor ddwl na ddaru o ddim ffendio mai smalio 'roedd o a Pegi. Ac mi ddaru ddeud rhywbath reit ddifrifol. Deud 'i destun yn Groeg 'wyrach 'roedd o. Mi oedd arna i isio chwerthin, nid gimint am 'i ben o, ond am ben gŵr Foel-y-Ci, achos bob tro y bydda Pegi yn rhoi 'un' iddo fo (i Price 'dw i'n feddwl), mi fydda'n gneud rhyw sŵn yn 'i wddw, ac mi fyddwn yn 'i glywad o'n rhwbio'i ddylo, yn 'i gilydd o dan y llian bwyd. Toc dyma fi'n clywad Pritchard yn sôn rhywbath am farddoniaeth, ac yn deud, 'Mae'n cyfaill Price 'ma'n dipyn o fardd.' A dyma Pegi'n deud ac yn plygu'i dylo yn 'i gilydd, 'Tewch â deud! Ches i 'rioed mo'r fraint o weld bardd o'r blaen. O Mr Price, wyddoch chi, mae well gin i ddarllan barddoniaeth na dim.' Ac medda fo, *'I am very pleased to hear you say so, Miss Griffith. I may say the same. We are kindred souls in that respect.'* Mi 'ddylis i fod Pegi'n mynd i dagu, ond mi ddeallis mai trïo peidio chwerthin 'roedd hi. Ond 'doedd Pritchard a mab Foel-y-Ci ddim yn trïo peidio, ac mi sbïodd Price arnyn nhw braidd yn syn, ac medda fo, *'What's the joke?'* Ond ddaru o ddim meddwl am funud *beth* oedd yn gwneud iddyn nhw chwerthin. Mi aeth rhyw siarad am y pentra acw hefyd, a dyma fo'n troi ata i ac yn deud, *'So you come from that part do you, Miss Hughes? Why I was at your place a short time ago, but it was in the capacity of a sinner.'* Mi ddigwyddis sbïo ar Pegi, ac mi welwn 'i llygaid hi'n fflachio, ac mi wyddwn bod hi'n mynd i ddeud rhywbath i'r pwrpas, a dyma hi allan fel bwlat, *'Do you ever go anywhere in any other capacity?'*

'Wel, dyna un dda hefyd,' medda Pritchard yn ddistaw, ac mi glywn Price yn mynd ymlaen,

'You don't understand me, Miss Griffith. I simply meant that I wasn't there preaching.'

'Oh, I see,' medda Pegi. *'You are not a sinner when you preach then?'*

Mi ddechreuodd Pritchard a mab Foel-y-Ci chwerthin, ond ar ganol y cwbwl dyma Miss Williams yn torri i fewn, 'Tewch â chlebran, wir, fechgyn. Wyddoch chi faint 'di o'r gloch? Os 'dach chi wedi darfod, mae'r hogan 'ma isio golchi'r tacla 'ma cyn mynd i'r capal.' Mi gododd pawb orwth y bwrdd ar hynny, a chafodd Pegi ddim atab i'w chwestiwn; ond mi glywis mab Foel-y-Ci'n deud yn ddistaw wrth Pritchard, 'Rhaid i ni gofio honna i ddeud wrth yr hogia. Yr ora glywis i ystalwm.'

Pan aeth Pegi a fi i'r llofft i wisgo amdanom i fynd i'r capal, mi 'ddylis y basa hi'n cael ffit. Mi 'steddodd ar gadar wrth ochor y gwely, ac meddai, *'Oh, Sioned, I shall die! Oh that Price!'* a dyma hi'n cuddio'i gwynab yn y dillad.

'Taw, Pegi, neu mi clywan di, a tyd yn dy flaen i wisgo amdanat.'

'We are kindred souls, Oh!' a dyma hi'n dechra chwerthin fwy fyth. Mi ddoth Miss Williams i fewn cyn i ni fod yn barod, a dyma hi'n gofyn,

'Be 'dach chi'n chwerthin gimint, genod?'

'Oh, Miss Williams, yr hogyn 'na!' meddai Pegi, ac mi gychwynnodd arni hi drachefn. Mi oeddwn i wedi cau'r drws ar ôl i Miss Williams ddwad i fewn wrth lwc, neu mi fasan yn siŵr o fod wedi'i chlywad hi o'r llawr, ac mi oedd Miss Williams yn chwerthin gimint â Pegi am wn i. 'O be 'na i,' medda honno, 'mi fydda i'n siŵr o chwerthin yn y capal.' Ond chwara teg iddi hi, mi oedd hi'n ista wrth f'ochor i yn y sêt yn gwrando ar Price mor sobor â sant. Ar ôl swpar yn Bryncelli, fodd bynnag, mi ath drwy'r holl hanas wrth 'i thad, ac medda hi yn diwadd, *'And the beauty of it was he never dreamt we were quizzing him all the time.* Mi oedd o ddigon o sioe, nhad.'

Fasa rhaid i mi ddim, wedi'r cwbwl, fynd i Bryncelli i fod odd'ar ffordd John, achos pan ddois i adra mi aeth mam i f'holi i be oeddwn i wedi bod yn 'neud yno. Ac mi roth hitha dipyn o hanas sut oedd petha wedi bod tra oeddwn i i ffwrdd, ac ymhlith petha erill mi ddeudodd nad oedd John ddim wedi bod acw hefo'r lleill dydd Nadolig, am fod o wedi gaddo mynd at ryw ffrindia yn dre. Mi oeddwn i'n meddwl tybad bod rhyw hogan yn fanno, ac mai dyna oedd achos y cwbwl i gyd. A wir pen tipyn mi ddois i gredu mai dyna fel 'roedd hi, ac mi ddeuda i chi sut. Rhyw gyda'r nos oedd hi pan oedd y tywydd yn dechra dwad yn braf, a'r dydd i weld yn estyn, mi ddigwyddis fynd i ffenast y llofft, a be 'ddyliach chi welwn i wrth ochor y clawdd reit gwerbyn â giat y ffrynt ond *bicycle,* a John wrth 'i ben o fel tasa fo'n trïo'i drwsio fo. Fasa hynny fawr o beth. Ond yn sefyll wrth 'i ochor o 'roedd rhyw hogan mewn ffrog las tywyll, a het ffelt wen ar 'i phen hi. Mi oedd yr haul jest yn mynd i lawr, ac yn twynnu reit arni hi, ac mi oeddwn i'n 'i gweld hi mor blaen, ac mi 'ddylis nad oeddwn i 'rioed wedi gweld neb gyn glysad â hi. Mi oedd 'i chroen hi mor wyn wrth ymyl brethyn glas 'i ffrog hi, a gwrid yn 'i bocha hi, a'i gwallt hi'n un cyrls tywyll o gwmpas 'i thalcan hi o dan gantal 'i het hi. Peth fechan bach oedd hi fel Elin, a'i chanol hi'n fain, wyddoch; a tasach chwi'n gweld 'i llaw hi ar handl y *bicycle!* 'Doedd hi ddim mwy na llaw plentyn. Mi oedd *bicycle* John yn pwyso ar y clawdd dipyn ymhellach, ac mi oedd yn amlwg fod rhywbath wedi mynd o'i le yn 'i un hi, a fod John wrthi hi'n 'i drin o. Toc mi ddaru'i yrru o i ganol y ffordd, ac mi daliodd o tra aeth hi arno fo. Mi aeth hi yn 'i blaen, ac wedyn mi ddoth yn 'i hôl fel tasa hi wedi bod yn edrach oedd o'n iawn, ac wedyn mi gychwynnodd eilwaith, a John ar 'i hôl hi ar 'i un ynta. Mi drois i, ac mi sbïis ar f'hun yn y glás, ac mi feddylis yna f'hun nad oedd dim rhyfadd fod John yn licio'r hogan honno'n well na fi, ac na fedrwn i mo'i feio fo am 'neud. Wath i mi heb â deud wrthach chi sut un ydw i'r olwg arna. 'Dydw i ddim byd yn debyg i'r hogan honno beth bynnag. Trwy'r gyda'r nos mi oeddwn i'n meddwl am y ddau yn y

Rhiw, — John yn dangos pob man o gwmpas, os dyna y tro cynta iddi hi fod yno. Mi oedd fy llun i yn y Rhiw, ar y silff ben tân yn y parlwr, ac mi oeddwn i'n meddwl be fasa fo'n ddeud wrthi hi amdano fo tasa hi'n digwydd sbïo arno fo, fel bydd rhywun mewn lle diarth. Mi oeddwn i'n meddwl hefyd 'wyrach y basa fo'n mynd â hi drwy Goed-y-Nant, ac y basa fo'n dangos y petha yno, ac yn deud wrthi hi pwy dderyn fydda'n canu, fel y bydda fo hefo fi y gwanwyn cynt; ac wedyn mi es i feddwl amdani hi, pan fyddan nhw wedi priodi, yn dod o hyd 'wyrach i un o'r *notes* fyddwn i'n sgwennu at John weithia, er nad oedd 'na ddim byd fasa ots i neb 'i weld ynyn nhw, ddim ond 'wyrach isio fo ddwad â rhyw negas bach o'r dre neu rywbath felly. Ond wedyn mi feddylis nad oedd rhaid i mi ddim poeni ynghylch hynny, fod yn debyg 'i fod o wedi llosgi bob un ar ôl iddo fo'i ddarllan o. 'Dydi dynion ddim mor wirion â genod hefo petha felly.

Mi oeddwn i'n meddwl amsar honno na faswn i byth yn licio'r gwanwyn wedyn, ac y baswn i'n casáu cân y robin goch tra baswn i byw, achos y gwanwyn hwnnw mi fydda 'na un yn canu'n ddibaid yn y goedan wrth fy ffenast i, ac O, mi fyddwn i'n teimlo y basa dda gini tasa fo'n tewi.

Mi welis i'r hogan honno lawar gwaith wedyn yn pasio ar 'i *bicycle*, ac weithia, ar bnawn Gwenar, mi fyddwn yn gweld John, dipyn bach o'i blaen hi, neu dipyn ar 'i hôl hi. Os na fyddwn i wedi gweld ddim ond John mi fyddwn yn meddwl y bydda hi wedi mynd o'i flaen o; neu os mai hi welwn i, a ddim ei weld o'n dwad ar 'i hôl hi, mi fyddwn i'n cymyd mai John oedd wedi mynd gynta. Mi fyddwn i'n 'i gweld hi weithiau yn pasio yn y bora hefyd; at y dre y bydda hi'n mynd, ac mi fyddwn yn meddwl 'wyrach bod hi a John wedi bod am *ride* cyn iddo fo fynd at 'i waith. Mi oeddwn i'n digwydd sefyll wrth y giat un bora pan oedd hi'n pasio, yn siarad hefo Jane Pengraig oeddwn i, a dyma honno'n deud, ''Dydi hi'n beth ddel? 'Dw i'n credu mai'r titsiar newydd sy yn 'rysgol dre ydi hi.' Ac wedi mi ddeall hynny mi oeddwn i'n synnu llai fyth fod John yn 'i licio hi, achos mae'n siŵr bod hi'n glyfar iawn, ac yn gwybod llawar mwy na fi. Mi fyddwn i'n casáu fy hun am na fedrwn i 'neud i mi fy hun beidio meddwl amdanyn nhw. Ond 'doedd waeth i mi heb, mi fyddwn yn gweld gwynab John o flaen fy llygaid o hyd.

Wel i chi, mi ges wybod yr achos o'r cwbwl un diwrnod; a 'doedd o ddim byd fel oeddwn i wedi ddychmygu. Fedra i ddim peidio chwerthin braidd, rwan, wrth weld mor wahanol oedd popeth i'r hyn oeddwn i wedi feddwl. 'Dw i'n cofio reit dda mai nos Sadwrn oedd hi, tua blwyddyn i'r amsar yr oedd John wedi mynd i Lerpwl, ac y dechreuodd popeth fynd o chwith. Mi oedd mam wedi bod yn y Rhiw yn y pnawn, ac mi oedd Elin wedi deud wrthi hi am ofyn i mi am fenthyg rhyw batrwm llawas, a bod arni hi isio fo y noson honno. Mi oeddwn i'n teimlo braidd yn anfodlon mynd i'r Rhiw, achos mi fydda arna i ofn dwad ar draws John a'r hogan honno, wyddoch, er nad oeddwn i 'rioed wedi digwydd 'u gweld nhw'n pasio ar ddy' Sadwrn. Mi faswn i wedi gyrru Wil yno hefo'r patrwm, ond 'i fod o wedi mynd i'r dre, 'y nhad wedi anghofio rhyw negas pan oedd o yno yn y pnawn, ac felly mi oedd *rhaid* i mi fynd, neu mi fasa mam yn holi. Mi oeddwn i'n meddwl yna f'hun y basa gyn hawsad i Elin ddwad acw i nôl o, ag oedd i mi fynd i ddanfon o; ond 'doedd wiw i mi ddeud hynny wrth mam, wyddoch. Ond mi ges wybod beth oedd 'i hamcan hi. Pan es i yno, mi oedd hi reit wahanol hefo fi i fel 'roedd hi wedi bod yn ddiweddar, mwy fel bydda hi ystalwm pan fydda John yn dwad acw. Welis i ddim hanas ohono fo a'r hogan honno, ac mi es yn llai anesmwyth. Pan oeddwn i ar gychwyn adra, dyma Elin yn deud, 'Mae dy wallt ti'n dwad i lawr, Sioned, tyd yma gael i mi 'i 'neud o i chdi.' A dyma hi'n gneud i mi ista, ac mi ddaru 'i ail 'neud o, ac medda hi, ''Dw i'n cofio John yn deud unwath mai fel hyn y bydda fo'n licio dy wallt ti; wedi'i neud dipyn yn uchal, 'i fod o'n siwtio siâp dy ben di. Wyt ti'n cofio?' Mi oeddwn i'n teimlo 'i *bod* hi'n front; ac er 'y ngwaetha mi ddoth y dagra i'm llygada i, ac mi godis reit sydyn, ac mi ddeudis, 'O mi 'neith y tro rwan, rhaid i mi fynd.' Pan oeddwn i yn cychwyn, dyma Elin yn gweiddi ar f'ôl i, 'O Sioned, fydda rhwbath gin ti ddeud wrth bobol Pen Graig bod ni am hel y cyrants duon ddy' Llun, ac os oes arnyn nhw isio rhai gadal i ni wbod faint i'w gadw iddyn nhw.'

Fasa well gin i beidio mynd i Ben-y-Graig, achos mi oedd rhaid i mi fynd rownd drwy Goed-y-Nant i fynd yno; a 'doeddwn i ddim wedi bod yno fwy na rhyw unwath neu ddwy ers pan oedd John wedi digio hefo fi. Mi oedd Pero yn 'y ngweitiad i, a dyma ni'n cychwyn at Goed-y-Nant. Wedi mi fynd dipyn o ffordd i lawr y llwybr mi welwn ryw ddyn yn sefyll a'i gefn ar un o'r coed sy o bob tu'r llwybr. 'Ddaru mi ddim 'i nabod o mewn munud, ond wedi mynd dipyn ymhellach mi ddoth 'y nghalon i'n ngwddw i, achos mi ffeindis mai John oedd o. Mi faswn yn troi yn f'ôl oni bai fod arna i ofn fod o wedi ngweld i. Mi alwis ar Pero, ac mi gychwynnis redag i lawr y llwybr, gan feddwl 'i basio fo felly, a galw 'nos dawch' wrtho fo. Ond pan oeddwn i jest wrth 'i ymyl o, mi gydiodd blaen 'y nhroed i yng ngodra fy ffrog i, ac mi faswn wedi syrthio ar f'hyd oni bai i John afal yna i. Ac medda fo, 'Lle ti'n mynd mor wyllt, Sioned?' Mi oedd o'n siarad jest fel bydda fo ystalwm, ac mi oedd o'n edrach arna i fel bydda fo hefyd. A wyddoch chi be 'nes i? Mi 'dach chi'n gwybod mai un wirion ydw i, ac felly 'newch chi ddim synnu 'wyrach mod i wedi dechra crïo. Ond 'wyrach hefyd y credwch chi fi pan ddeuda i y basa well gin i na dim welis i 'rioed taswn i wedi medru peidio. Mi dynnodd John 'i hancaitsh bocad allan, ac mi ddechreuodd sychu fy llygada i, fel taswn i blentyn, a dyma fi'n tynnu mhen yn ôl, ac yn dechra chwerthin ar ganol y crïo, ac mi sbïodd John arna i'n wirion. 'Mae hogla baco arni hi,' medda fi; ac mi ddechreuodd ynta chwerthin hefyd, ac mi rhoth hi yn 'i bocad yn 'i hôl.

Er nad oedd John ddim wedi deud yr un gair wrtha i ond be ddeudis i wrthach chi, mi wyddwn fod popeth yn iawn; a rywsut, er mod i wedi teimlo ddigon

chwerw lawar gwaith ato fo, a meddwl y baswn i'n licio deud wrtho fo be oeddwn
i'n feddwl ohono fo, eto mi oeddwn i fel taswn i wedi anghofio popeth, ac yn
teimlo'n ddigon bodlon heb ddim eglurhad o gwbwl. 'Doedd y fainc honno
ddaru Jacob Jones 'neud i mi ista arni hi ystalwm, ddim ymhell; ac mi ddaru John
a fi ista yn fanno. A dyma fo'n dechra deud yr helynt. Ac medda fo,
    'Wyt ti'n cofio, Sioned, fi'n mynd i Lerpwl tua'r adag yma, llynadd?'
    'Ydw,' medda fi. 'Chydig oedd o'n feddwl mor dda oeddwn i'n cofio.
    ' 'Dwn i ddim wyt ti'n gwbod fod cefndar i Jacob Jones yn yr offis acw. Wel,
bora y diwrnod cyn i mi fynd i ffwrdd, mi oeddwn i jest yn mynd i fewn i'r offis,
pan ddoth ynta i lawr y stryd, a Jacob Jones i ganlyn o. Mi ddoth Williams i fewn
hefo fi, ac mi ath y llall yn 'i flaen. A dyma ryw sgwrs yn mynd rhwng Williams a
fi, ac medda fo, 'Mae Jacob yn ffrindia garw tua'r Tŷ Gwyn acw, faswn i'n
meddwl wrth 'i sgwrs o; mi ddaru gystal â deud wrtha i neithiwr 'i fod o a Miss
Hughes yn mynd i briodi yn o fuan.' Mi ddeudis i wrtho fo nad oeddwn i ddim yn
gwybod dim am y peth. Ond mi elli feddwl fel 'roeddwn i'n teimlo, achos mi
'roeddwn i'n credu bob amser yn bod ni'n deall yn gilydd. Ond mi ddechreuis
ama a oeddwn i wedi peidio gneud camgymeriad, a dy fod ti'n licio Jacob Jones.
Beth bynnag, fedrwn i ddim meddwl am fynd i ffwrdd heb gael gwbod yn siŵr; a
be 'nes i'r funud honno ond 'sgwennu *note* atat ti, yn gofyn fasat ti'n dod hefo fi i
Goed-y-Nant y noson honno, fod gin i rywbath neilltuol isio'i ddeud wrthat ti.'
    'Ches i ddim *note*,' medda fi'n frysiog ar 'i draws o.
    'Na, 'dw i'n gwbod er ddoe na chest ti mono fo, ac mi gei weld sut bu hynny.
Wedi i mi'i sgwennu o, mi 'ddylis y baswn i'n gyrru'r hogyn sy yn yr offis acw â fo
i ti, ond mi ddigwyddodd car lefrith Pen Buarth fod yn pasio, ac mi ofynnis i'r
gwas fasa fo'n 'i drawo fo'n Tŷ Gwyn wrth basio. Trwy'r diwrnod hwnnw mi
oeddwn i'n meddwl amdanat ti, Sioned, a phan ddois i acw a ffendio nad oeddat ti
ddim yn tŷ mi ath rhyw ias drwydda i. Ond mi 'ddylis 'wyrach dy fod ti wedi
mynd at Goed-y-Nant, ac mi gychwynnis ar dy ôl di. Mi ddois o hyd i chdi hefyd.
Ond ddaru ti mo ngweld i. Mi oeddat ti'n ista ar y fainc 'ma hefo Jacob Jones.
'Wyrach dy fod ti'n cofio.'
    Mi drïis dorri ar 'i draws o i ddeud sut oedd hynny wedi dod oddi amgylch.
Ond dyma fo'n deud,
    'Aros am funud, 'dw i jest â gorffan. Fedra i ddim deud wrthat ti fel y teimlis i,
achos 'doeddwn i 'rioed wedi meddwl am yr un hogan ond chdi, ac mi oeddwn i
wedi bod mor ffôl â meddwl dy fod tithau yn teimlo'r un fath amdana i, er, pan es
i i edrach yn ôl, fedrwn i ddim cofio am ddim yn dy ymddygiad di fasa'n rhoi lle i
mi feddwl hynny chwaith. Ond 'dw i'n credu mai y peth oedd yn brifo fwya arna i
oedd dy fod ti wedi mynd i Goed-y-Nant o bob lle hefo Jacob Jones y noson
honno, a finna wedi sgwennu atat ti hefyd. Pan ddaru o a merch Tŷ Mawr briodi

mi 'ddylis 'wyrach 'i fod o wedi gneud tro gwael â chdi, ac mi oeddwn i'n teimlo drostat ti. Nithiw̦r mi ges wbod nad oedd *pob peth* oeddwn i wedi ddychmygu yn y matar ddim yn gywir. Mi wyddost fod 'na ocsiwn wedi bod yn Pen Buarth, ac mi brynnodd John Pritchard y Bryn, y car llefrith, ac mi ofynnodd gâi o'i adal o ym muarth y Rhiw tan bora heddiw. Mi oeddwn i adra ddoe, a cyn cychwyn yn f'ôl i'r dre mi es ati hi i roi oel i fy *bicycle,* ac mi dynnis fy jecad, ac mi towlis hi dros ochor y car llefrith 'ma. Pan es i i'w rhoi hi amdana ar ôl darfod, mi ffendis fod rhyw fwndal o bapura oedd ym mhocad y gesal wedi syrthio i'r car i gyd. Mi ath Elin a fi ati hi i hel nhw, ac mi ddaru mi ofarholio'r hen gar yn iawn, rhag ofn i rywbath gael 'i adal ar ôl. Ac mi ddoth Elin o hyd i hwn.' A dyma fo'n estyn llythyr digon budr yr olwg arno fo i mi. Mi 'roedd fy enw i arno fo yn sgwennu John, ac mi ddeallis mai dyna'r *note* oedd o wedi sgwennu ata i, a'i roi i was Pen Buarth. Mi ath John yn 'i flaen. 'Mae 'na ryw fath o focs o dan y sêt yn y car, ac mae rhaid fod o wedi'i roid o yn hwnnw a'i anghofio fo, achos yn fanno y cafodd Elin o wedi glynu yn y pen draw. Ella fod o wedi cofio wedyn a methu dod o hyd iddo fo, a meddwl 'i fod o wedi'i golli o. Mi ddudis i'r cwbwl wrth Nel. Ac mi fynna hi mai nid y chdi oeddwn i wedi weld hefo Jacob Jones.'

Fedrwn i ddim diodda ddim 'chwanag heb gael deud f'ochor inna o'r stori, ac mi ddeudis y cwbwl wrtho fo, ac am yr hogan honno hefyd. Ac medda fo wedi i mi ddarfod,

'Mi wyt ti'n gneud camgymeriad ar gownt yr hogan honno ar y *bicycle.'* (Mi oeddwn i'n gwybod 'y mod i neu fasa John ddim yn fanno hefo fi.) ''Dwn i ddim amdani hi. Mi 'dw i wedi helpu amryw o enethod hefo'u *bicycles* ar y ffordd. 'Dydi genod fel rheol ddim yn deall dim ar y *machine* maen nhw'n reidio, ond prun ohonyn nhw welist ti fi'n gynorthwyo fedra i ddim deud.'

'Mae hi'n ditsiar yn 'rysgol dre,' medda fi, 'ac mi fyddat ti'n pasio hefo hi bob pnawn Gwenar.' Mi ddechreuodd John chwerthin, ac medda fo pen dipyn,

'Mi wn i rwan pwy wyt ti'n feddwl, a rwan wrth i ti sôn, mi 'dw i'n cofio bod hi wedi cael tipyn o ddamwain ar y ffordd wrth ymyl Tŷ Gwyn ryw ddiwrnod, a mod i wedi'i helpu hi. Ond wn i fawr fwy amdani hi nag a wyddost ti. Un o Landdeusant ydi hi, a debyg gin i y bydd hi'n mynd adra bob dy' Gwenar, ac yn dwad yn 'i hôl bora Llun, a synnwn i ddim na 'llasa hi fod yn dwad o'r dre tua'r un adag â byddwn inna'n dod. Ond mi 'dw i'n gwybod na fuo dim sgwrs rhyngtha i a hi ond y tro hwnnw pan ddaru'i *bicycle* hi dorri lawr.'

Wrth gwrs ddaru mi ddim deud wrth John gimint oeddwn i wedi hidio fod petha wedi bod fel y buon nhw.

Pan welis i Elin wedyn, mi ddeudodd yr holl hanas wrtha i, ac mai hi oedd wedi gneud i John ddod i'r Rhiw y nos Sadwrn hwnnw, ac wedi'i yrru o i Goed-y-Nant, ac wedi rhoid y negas honno i mam er mwyn i mi fynd i'r Rhiw; ac medda hi, 'Mi oeddach chi'ch dau yn betha gwirion, hefyd. Tasat ti wedi deud wrtha i ystalwm mi fasa popeth yn iawn.'

'Does dim isio i mi ddeud wrthach chi be ddeudodd mam pan ddaru John ddeud wrthi hi fel 'roedd petha. Mae hi wedi dwad rownd yn o lew rwan; er bod ddigon hawdd gweld nad oes gini hi fawr iawn o feddwl ohona i fel un i gadw tŷ.

British Library Cataloguing in Publication Data

Parry, Winnie, *1870-1953*
    Sioned.
    I. Title
    891.6'632

    ISBN 1—870206—03—7